科幻之城系列

龙脊上的重庆

萧星寒 著

中国科学技术出版社
·北 京·

图书在版编目（CIP）数据

龙脊上的重庆 / 萧星寒著. -- 北京：中国科学技术出版社，2025. 8. -- (科幻之城系列). -- ISBN 978-7-5236-1569-0

Ⅰ. I247.5

中国国家版本馆 CIP 数据核字第 2025D1B330 号

策划编辑	王卫英
责任编辑	刘　畅
封面绘图	郭　宇　陈启琳
封面设计	北京中科星河文化传媒有限公司
正文设计	中文天地
责任校对	邓雪梅
责任印制	徐　飞

出　　版	中国科学技术出版社
发　　行	中国科学技术出版社有限公司
地　　址	北京市海淀区中关村南大街 16 号
邮　　编	100081
发行电话	010-62173865
传　　真	010-62173081
网　　址	http://www.cspbooks.com.cn

开　　本	710mm × 1000mm　1/16
字　　数	358 千字
印　　张	25
版　　次	2025 年 8 月第 1 版
印　　次	2025 年 8 月第 1 次印刷
印　　刷	河北鑫玉鸿程印刷有限公司
书　　号	ISBN 978-7-5236-1569-0
定　　价	50.00 元

序·山城情结幻沧桑

这注定是一本重庆科幻及古生物史上里程碑式的一部著作。云阳恐龙动物群研究已经取得了众多成果，科普工作需要开展，而重庆是科幻之城和恐龙之城，因此市场上急需一本可以完整反映云阳恐龙故事的科幻著作。萧兄这本开先河的《龙脊上的重庆》恰如其时地填补了此项空白。萧兄是山城重庆土生土长的科幻科普作家，创作出了很多具有重庆本土辨识度的好作品，这次终于圆了他多年的一个“龙科幻”梦想，而能为他写出具有本土特色的“恐龙大作”做一丁点儿贡献，深感荣幸。

萧兄长年笔耕不辍，已经发表了30多本著作，共计数百万字，可谓著作等身。他的作品总是充满了科学的严谨性、逻辑的缜密性、语言的考究性和情节的起伏性，读起来总让人欲罢不能。每次读他的作品都基本上一口气读完，而此次阅读《龙脊上的重庆》拥有更加别样的深切感触。

随着文字引导，逐步走入这个作品世界，还是先被他的旁征博引和信手拈来所折服。虽然我们交往已久，但我依然会被他广博的学识所震惊。就连我这个学地质和古生物学出身的人也深深地感叹他到底掌握了多少古生物化石和地质学、生物学、基因学等科学方面的知识啊，而且关于云阳恐龙动物群的几乎所有最新研究成果都一字不漏地写入了书中，十分与时俱进。读了这本书，抛开别的不谈，单就对云阳恐龙动物群的科普宣传来说就是一本小小的百科全书。我在读的过程中也顺便恶补、学到并消化了部分知识，这也是一种收获。我常年从事科普工作，也出版了多本重庆地学科普图书，发表了几十篇生物演化科普文章，上过很多次新闻，做过很多次讲座。但一切科普效果同他书中的科普带来的影响比起来，似乎显得十分软弱无力。新田沟帝国、沙溪庙王朝、普安云阳龙……书中把这些大多数人感到陌生的地质学名词用人类战争历史的方式讲述了出来，日后必将为大众所熟知。这就是高端科普，巧妙地潜移默化地传递了地学知识。

看到他书中的跌宕起伏、一波三折的情节，我眼前不禁浮现出一幅幅生机盎然而又充满故事的史前世界场景和高科技与远古生灵时空交错的神奇画面。说起史前，大家都会浮想联翩，脑中生出一个个片段，而萧兄则用他的想象、思考和妙笔为我们带来了一个大片级的视觉小宇宙，即便从中间的任意章节或内容开始读此书，都会很快被吸引，从而不知不觉地把书“吃下”。

看完全文，步入城市的街道和高桥，望着楼群和大江，我想如果忽然冒出来了上游永川龙、普安云阳龙、马门溪龙等众多恐龙时，人们该怎么办呢？可能萧兄会有对策，指导城市“与龙共舞”。如果真的存在失落的恐龙世界，要组建探险队的话，可能报名的人会踩破办公室的门槛。新田沟和沙溪庙两大势力的对抗会不会争相拉拢萧兄呢？

云阳恐龙动物群注定是要成名的，但从科幻小说的角度来讲述无疑是一种巨大的成功，不可替代，不仅是对成果的宣扬，也为无限的后端产业的开发奠定了基础。这部作品必然会在“重庆建立在恐龙脊背上”这张名片的打造中画出浓墨重彩的一笔。

最初发现云阳恐龙动物群的时候，我写过一副对联：

群龙共眠，深藏青山，静待人间共瞻

众贤蹍至，神笔发掘，揭秘史前面纱

当初写这副对联时的考虑范围只局限于调查发掘和研究开发，而如今，我想凭借此大作，萧兄必定是其中一位大贤，挥动着属于自己的神笔，为大众深度揭开云阳乃至重庆这个史前中生代帝国的神秘面纱，让山城重庆里的恐龙科幻载入史册！

是为序。

张锋

2024 年 5 月于重庆北碚

张锋，古生物学与地层学博士，教授级高级工程师。毕业于中国科学院南京地质古生物研究所，就职于重庆市地质矿产勘查开发局 208 水文地质工程地质队，重庆首席科学传播专家，市级科普基地负责人，四川美术学院兼职硕士生导师，2021“典赞·科普重庆年度科学传播人物（科研科普人物）”。

CONTENTS

目 录

序幕　恐龙来了

华灯初上，夜色迷离。嘉陵江江面波翻浪涌，映照着城市璀璨的灯火，如同随波逐流的万千碎银。抬眼望四周，又见层层叠叠的霓虹灯里，公路高高低低，四通八达，无数的车在楼宇之间来来往往，而耳边充盈着小贩热情的叫卖声。一时之间，真不知道是水里的城市更真实，还是陆上的城市更虚幻。

重庆千厮门大桥在嘉陵江上跨过，一头连着渝中区，另一头连着江北区。大桥这头的刘一手火锅店里，人声鼎沸。食客们围坐在一锅锅沸腾的火锅边，一边把毛肚、鸭肠、血旺下到锅里，一边兴奋地聊着。

忽然有人往外一指："霸王龙！"

众人纷纷停下筷子，向窗外望去。透过窗户，正好可以看到千厮门大桥的全部。夜色笼罩下，千厮门大桥巍然屹立，桥面上的汽车奔跑不止，桥面下的 6 号线上，一列地铁正隆隆驶过。然而，没有霸王龙的影子。

第一个喊的人立刻被指认为"骗子"。"我真的看见了。"他辩解道，"我没有豁[1]你们，哪个儿豁你嘛……"

---

① 豁在重庆方言里是骗的意思。后边这句话的意思是，"如果骗你，我是你的儿子"，通常用来强调自己说的是真话。

他没能说完，因为这个时候所有食客一起看见了一头两足直立行走的恐龙出现在了千厮门大桥上。它那么高，比所有的车都要高，足有6米。在车流中，简直是鹤立鸡群。它有一颗硕大的脑袋，隐约能见到嘴里匕首一般锋利的牙齿。它浑身肌肉遒劲，走起路来，千厮门大桥也似乎颤抖不止。

“个头比想象中的小，是小霸王龙吗？”有人疑惑地问。

“不，它不是霸王龙。”一个12岁的少年喊道，“霸王龙是小短手，它不是。它是——我知道了——它是上游永川龙[①]，体长足足10米，我在重庆自然博物馆里见过。”

可惜，上游永川龙并没有因为被叫对了名字而骄傲。好几辆车在它的脚边来了个急刹车，有一辆甚至停到了它的鼻子尖上。后边的车刹车不及，纷纷追尾，碰撞声、警报声与司机们的咒骂声响成一片。面对自己制造的一系列车祸，上游永川龙显得茫然无措。它在车堆里徘徊，两条细长的前肢无力地支棱着，健硕的尾巴拖曳在地上。

它咧了咧嘴，似乎是打了一个呵欠，没有发出任何声音，但满嘴寒光闪闪的牙齿足以成为压垮骆驼的最后一根稻草。还在它附近围观的司机和乘客，立刻疯狂地跑开，胆子再大的人，也不敢与一头6米高的怪兽正面对抗。

“恐龙要吃人啦！”

“快跑，恐龙来啦！”

人们逃得甚是狼狈。只是上游永川龙并不在乎这些，它的眼睛流露出迷惘和痛苦。面对这个陌生而危险的世界，它是那样无助。

刘一手火锅店的食客全部涌到窗边，他们都很庆幸自己离上游永川龙足够远，远到不用担心它会来袭击。叫出“上游永川龙”名字的少年得到

---

① 永川龙是兽脚亚目恐龙的一个属，其模式种上游永川龙1976年因发现于重庆永川区上游水库而得名，体长8—11米，体重4—5吨。其后又陆续发现和命名的有巨型永川龙、和平永川龙、自贡四川龙、南岸永川龙、甘氏四川龙等。关于它们的命名与种属关系，学术界还存在争议，这里不做讨论。

了表扬，高兴之余他又有了新发现："它好像受伤了。"

只见那头上游永川龙走路偏偏倒倒，在离开车祸现场后，不知道怎的，也许是慌不择路，竟翻过桥栏，跌落到滔滔的嘉陵江里。咚！水花四溅，然后随波逐流的万千碎银就将这头来历不明的上游永川龙完全吞没了。

它甚至都没有挣扎一下。

这事儿发生在 11 月 5 日的晚上，只是一系列惊喜与惊吓相交织的大事件的开端。

第一章　孑遗

历经漫长演化历程，生命之律动从未间断。从寒武纪的奇虾，到奥陶纪的鳌肢动物，再到泥盆纪的有颌鱼类，石炭纪的离片椎类，以及二叠纪的合弓纲兽孔目，每个时代均有其独特的生命之舞。在中生代，“陆地霸主”恐龙、“天空王者”翼龙，以及“海洋皇族”鱼龙，将生命之舞演绎至巅峰，它们在演化舞台上留下了深刻印记。生命繁荣与衰落，均为大自然尝试与调整过程之组成部分。虽如今已消逝于历史长河，但其影响仍延续至今。

——摘自《演化论演化着》

1

重庆市东北部，距离重庆主城250多千米处，莽莽大山与滔滔大江之间有一县城，名为“云阳”。云阳县东南部，距离云阳县城20多千米处，七曜山连绵起伏，总面积超过30平方千米的重庆云阳恐龙国家地质公园在磨刀溪畔有条不紊地铺展开。

此刻，是11月6日的下午1点，数以千计的游客穿过造型宛如桫椤树叶的游客中心，按照自己的需求，去往恐龙公园各处游玩：在横跨磨刀溪的恐龙之桥上，游客们拍照和摄像，留下珍贵的记忆；在国际恐龙化石研学中心，游客们聆听专家讲座，了解有关恐龙的最新研究成果；在恐龙溪漂浮乐园，游客们玩起了龙口惊魂与翼龙秋千；在侏罗纪探险谷，游客们穿行在蕨类植物的丛林里，躲避仿真恐龙的追捕；在侏罗纪商业街，游客们从打扮成褐色恐龙的商贩手里购买名为“龙宝”和“乖妹”的玩偶……无论是大人还是孩子，脸上齐齐洋溢着非比寻常的激动。

一辆皮卡车从游客中心旁边的内部通道驶进了重庆云阳恐龙国家地质公园。“恐龙博士”杨耐靠坐在驾驶位上，一边开车，一边沉思。昨晚，在云阳县普安乡佛手村，他有一个惊人的发现。此时他既疲倦又莫名地兴奋，大脑疯狂地运转着，就像嗡嗡作响的马蜂窝。

2015 年年初，一个叫周政的村民在云阳县普安乡老君村的一处山坡上放牛，无意中发现了一块骨头状的石头，由此拉开了发现和研究云阳恐龙化石群的序幕。

杨耐相信自己的这个发现，会比周政的发现更为重大。

杨耐今年 27 岁，个子高挑，脸庞瘦削，一双手灵活而有力。因为长期在野外工作，他皮肤稍稍显黑，然而非常健康，举手投足间散发着收放自如的力量感。

他的工作经历和他本人一样简单，就读于中国古生物大学地层与古生物专业，主攻地质历史时期生物宏演化的型式[①]，博士毕业后，一直在 208 地质队[②]地质遗迹保护研究院工作。古生物千千万，他钟情于中生代的恐龙。对恐龙的方方面面，他都了如指掌。在他还不是博士的时候，就已经

---

① 该研究聚焦生物演化的重大转折时期，探寻生命起源、辐射、灭绝、复苏的过程与原因，通过与其他学科的综合、交叉研究，重建地质历史重大转折期的海、陆生态系统的形成和转变过程。

② 成立于 1953 年，全称是重庆市地质矿产勘查开发局 208 水文地质工程地质队。208 地质队拥有地质灾害评估和地灾治理工程勘察设计甲级、地灾治理工程监理乙级和测绘乙级等多项资质，主要从事地质灾害危险性评估、勘察、设计、治理，地质灾害治理工程监理，测绘航空摄影，摄影测量与遥感，工程测量，界线与不动产测绘，地理信息系统工程及地质勘查等业务。

人送外号“恐龙博士”了。

车身摇晃。杨耐看向车窗外，皮卡车刚好从一座用玻璃钢制作的合川马门溪龙[①]骨架下方驶过。公园四处栽种着苏铁和蕨类植物，也有少量松树和柏树，高高低低，相映成趣，显然经过设计师的精心设计。大大小小的恐龙雕像，有的在林间漫步，有的在溪边喝水，有的藏在树丛里，咧着尖利的牙齿，伺机扑向猎物。

透过这些恐龙雕像，杨耐看见从西南往东北的天空，低垂着两条山脉一般大的铅灰色乌云，好像随时可能垮塌下来，将大地上的一切——从连绵起伏的七曜山到重庆云阳恐龙国家地质公园的各种建筑，再到喧闹的人群——尽数淹没。

杨耐停了车，快步向恐龙化石遗迹馆走去。它由 9 个大小不同的球形建筑参差错落组成，总建筑面积约 2 万平方米，看上去就像是好几种恐龙的蛋没有规律地码放在一起。

杨耐穿过一道巨大屏风，进入电梯，上到一层，又拐了两道弯，进入一个特别宽大的通道，眼前的景象陡然一变。玻璃穹顶覆盖之下，中间是一条又宽又直的通道，左手边是高 10 米、长 150 米的化石墙。只见陡直的斜坡上，股骨挨着头骨，颈椎压着尾椎，剑板挤着尾刺，5000 多块化石层层叠叠、密密麻麻地镶嵌在岩石里。

这便是“恐龙化石长城”，重庆云阳恐龙国家地质公园最著名的景点，世界上最大的侏罗纪单体恐龙化石墙。

在周政发现了第一块恐龙化石之后，208 地质队负责该地区的化石挖掘。为使这项重大工作顺利完成，208 地质队将相关人员聚集在一起，专门

① 马门溪龙是蜥脚亚目恐龙的一个属，其脖子几乎占身体总长度的一半。多数马门溪龙体长超过 20 米，少数体长可超过 30 米。在中国西部多个省发现了它的化石，包括建设、合川、中加、杨氏、安岳、井研等 9 个有效种，其中合川马门溪龙因 1957 年发现于重庆市合川区太和镇附近而得名，正型标本长 24 米，背高 3.5 米，重 26 吨，是目前亚洲最大的恐龙完整骨架，收藏于成都自然博物馆。

成立了地质遗迹保护研究院。在方圆60平方千米的区域内，研究院发现了数十处化石集中埋藏地，而“恐龙化石长城”便是其中化石埋藏最为集中，因而最为世人瞩目的一处。

重庆云阳恐龙国家地质公园就是以“恐龙化石长城”为核心而设计并建造的。

此刻，通道内已经挤满了好奇的游客。多数是家长带着孩子，也有研学机构的老师带着学生。他们一边挪动脚步，一边看着全透玻璃后边的“恐龙化石长城”，惊叹着，议论着，不时拍照。家长与老师的讲解不完全正确，人群中时不时地冒出一两句傻话，只是杨耐现在不想纠正他们的错误，他有更重要的事情要做。

“恐龙化石长城”通道的尽头，是研究院驻园区项目部。作为合作计划的一部分，项目部对游客开放。不过，真正的重大研究，比如鉴定并命名新的恐龙，包括普安云阳龙、磨刀溪三峡龙、普贤峨眉龙、元始巴山龙、华彩江州龙等，都是在别的地方进行的。

鉴定并命名新的恐龙，是化石研究的重要成果。杨耐相信，他在佛手村锅圈岩的那一个发现，将比鉴定并命名新的恐龙重要千倍万倍。

是的，全世界都将为之疯狂。

然而在正式公布那一个发现之前，杨耐还需要来自曹院的确认。他做事向来理性而稳重，地质遗迹保护研究院院长曹世尧最欣赏他的这一点。“研究化石的，咋咋呼呼、毛手毛脚，哪行？”曹院总是这样说。

杨耐从潮水一般的游客中间走过，迎面看见“大师兄”孙永河从项目部出来，劈头就问：“曹院呢？我找他有事。”

“曹院不在，”孙永河补充道，“他回北碚总部了。”

杨耐一时愕然，这不在他的计划之内。在他的计划里，曹院可能会支持他的发现，更可能会反对他的结论，让他不要胡思乱想，凡事要讲求证据。“你的证据呢？”曹院总是这样说。然而他万万没有想到，曹院会不在项目部里……

“有急事？给曹院打个电话。”孙永河试探性地建议，“你不知道吗，昨晚在千厮门大桥上，出现了上游永川龙。现场视频在网上到处都是，传得沸沸扬扬。我猜曹院正忙得焦头烂额。”

杨耐愣住了，他确实没有关注到这个新闻：“是谁搞的恶作剧吧？”

这时，有人从后边狠狠地撞上了杨耐。他疼得咧开嘴，还没有来得及说话，那个胖子已经一边骂骂咧咧一边跑开了，样子很兴奋。

“真没礼貌。”险些被胖子撞上的孙永河说。

更多的游客却往胖子跑的方向涌去。

那里有一面巨大的玻璃幕墙，可以清晰地看见斜下方的广场。

广场上，游客们四处奔逃。

透过人群的缝隙，杨耐看到广场上出现一头绝对不属于这个时空的庞然大物。它有着数米长的脖子、数米长的尾巴，前前后后加起来，竟然比附近停靠的大巴车还要大。

“是充气模型吧？”有人小声说。

“不可能哟。”有人附和，只是语气并不十分肯定。

杨耐直勾勾地盯着广场上的庞然大物，心脏在胸腔里怦怦作响，一种直觉在他脑海深处如旭日一般升起。

那庞然大物的脑袋支棱在长长的脖子上方。它在空气中左右摇晃着，就像是充气模型正在漏气的样子。然后，它的四条柱子一样的腿以极为怪异的姿势跑动起来。

隔得太远，听不见声音，杨耐却可以想象在它附近会是怎样一种地动山摇的感觉。20多吨重的卡车轰隆轰隆驶过身边是什么感觉？同时，一个问题困扰着杨耐：大象因为太过笨重，只能快速步行，无法奔跑，为什么眼前这庞大的生物可以？

“马门溪龙，”孙永河悄声说，就像担心那庞然大物听见一样，“是合川马门溪龙。”

那头20多米长的马门溪龙在广场上奔跑着，动作越来越迟缓，姿势越来越怪异——不只是因为它跟哺乳动物不同的奔跑姿势，它奔跑的方向也不是固定的，一会儿朝这边奔跑，一会儿朝那边奔跑，说明它并不知道它要去哪里，而且它转弯的姿势特别奇怪，僵硬得宛如水泥浇筑而成。

看得出，这头合川马门溪龙非常恐惧。

广场上的游客在拼命奔逃一段距离后，又按捺不住心中的好奇，远远地围观，对着合川马门溪龙指指点点。他们猜测，这是重庆云阳恐龙国家地质公园的最新节目。“科技真发达，仿真恐龙做得就像真的一样！”他们说，兴奋远多于恐惧。

不，不是的！杨耐暗想，仿真恐龙不是这个样子的。

在这个完全陌生的时空里，巨大的恐惧驱使那头合川马门溪龙以超越常规的方式不要命地奔跑。而这种不要命的奔跑，最终要了它的老命。在三四次转弯之后，在一辆大巴车附近再一次转弯时，它的四条腿不堪重负，猛地瘫软，20 多吨重的身体侧翻，轰然倒下，9 米长的脖子从高处如同鞭子一般，在众人的惊呼声里，重重地甩下。它的脑袋直接甩到了大巴车一侧，大巴车如同触电一般跳起，又落下，发出骇人的声响。

它的脑袋被大巴车切掉，滚落到一边。海量的鲜血从脖颈处激射而出，喷得到处都是。这喷射推动着它的长脖子四处乱转，看上去就像没有脑袋的它还在做最后的垂死挣扎。

杨耐知道，在倒下的那一刻，它已经死了。

在重庆云阳恐龙国家地质公园，没有哪一头仿真恐龙能够做到这个样子。

全世界都没有。

这意味着什么？杨耐不知道。

那个时候，没人知道。

2

在杨耐离开普安乡佛手村锅圈岩回恐龙公园的同时，向芸希也决定回一趟家。她要把这个好消息分享给妈妈。

向芸希 11 岁那年，隔壁的老君村传出一个惊天动地的消息，有人在那边的山坡上发现一块骨头，说是恐龙的。后来，208 地质队来了，研究一番说这一带均有化石，让村干部给村民们讲，发现化石要保护，要上报，不要私自开采，那是违法的。后来，县委书记和县长来了，带着各种专家，说要搞旅游，把这一带开发成世界级的恐龙公园。再后来，规划图出来了，开始拆迁了，挖掘机成群成群地开进来，这儿挖一座山，那儿填一条沟，从无到有，从少到多，重庆云阳恐龙国家地质公园渐渐在七曜山与磨刀溪的山水之间成型了。

妈妈观望着隔壁村的热闹，把每一条消息，无论真假，全部讲给小芸希听，并附上自己的点评。讲完，妈妈都会特意加上一句："可惜了，咱佛手村没有发现恐龙化石。"

小芸希向来机敏，知道妈妈在羡慕什么。修建恐龙公园要征地，征地范围内的农户要拆迁，拆迁不但有补偿款，而且可以从大山深处搬到普安乡去住。"加点儿钱，还可以搬到云阳县城去住。"妈妈这样说。

佛手村跟老君村同在七曜山上，只是比老君村距离公路更远，山也更高，沟壑也更深。"佛手村只有佛手柑，没有恐龙。"小芸希有话直说，"没有就是没有，你能怎样？自己造一个？"

"要是你爸爸还在……"

每次听到妈妈说这句话，小芸希都会假装没有听见，假装自己不会心疼。

在重庆云阳恐龙国家地质公园加班加点建设的日子里，小芸希也长大了，长得比妈妈还要高大，还要漂亮，还要能干。她经常说，"我是看着恐龙公园长大的"。

初中毕业时，16 岁的向芸希想去县城里读职高的汽车应用与维修专业。这遭到了妈妈的强烈反对，“女孩子家家的，修什么车！”妈妈说，“哪怕是回村里种佛手柑，也比修烂车强！”

佛手村因盛产佛手柑而得名，那是一种植物的果实，样子像是佛像的手掌，既能当蔬菜炒着吃，也能当水果直接吃，还是一味知名的中药，有药用价值。近些年，作为扶贫项目，县政府派人来指导佛手村的佛手柑种植、加工和销售，在更换了新品种后，佛手村的佛手柑的质量、价格和销量皆上了一个新的台阶。2018 年，佛手村才终于摘掉了贫困村的帽子，当时还大肆宣传了一番。

“你那个死鬼老爸，就是靠卖佛手柑发了财。”妈妈提到佛手柑总是会这样说，“他还是很能干的。”

然而，爸爸死在了骑摩托车送佛手柑的路上。

向芸希不想种佛手柑。

她与妈妈吵得不可开交，最后是叔叔出面，说服了妈妈。叔叔的老实巴交是出了名的，手上很勤快，嘴上却不善言语。这次能帮芸希说话，她还是很感谢叔叔的，虽然还是没法开口叫他爸爸。

随后，向芸希成了云阳职业教育中心“汽车应用与维修”班上为数不多的女生。因为是自己喜欢的，所以她学得特别认真，成绩特别好——超出第二名好多分那种好。职高毕业后，她在云阳县城一家摩托车修理店工作，3 个月的时间，买下了自己人生里的第一辆摩托车。她把业余时间都花在这辆摩托车上，最喜欢跟一伙摩托车爱好者一起，在一些荒僻的没有路的地方，肆无忌惮地骑行。

学习“汽车应用与维修”不是向芸希的目的，摩托车才是。

在买摩托车之前，没人知道她喜欢摩托车。

此时，那辆被她改造得异常优越的摩托车就停在锅圈岩附近的松林里。向芸希抬眼望了望锅圈岩，只见松林之上，耸立着一道 200 米长的砖红色弧形岩壁，颜色和形状皆宛如小时候家里烧柴的锅圈。锅圈岩这名字起得真形象。而那个她发现的、刚刚由“恐龙博士”杨耐鉴定的恐龙化石就埋藏在锅圈岩下方的山洞里。

“咱佛手村也有恐龙化石了。”向芸希想象着妈妈听到这个消息后的高兴劲儿，同时猛踩油门。摩托车在她身下发出欢快的轰鸣，随后稳稳地驶出松林，驶上一条由防火隔离带改造而来的山间公路。

群山耸立，公路屈曲盘绕。摩托车和向芸希在深绿与浅绿混杂在一起的波涛里时隐时现。摩托车大体是红色的，向芸希也穿着以红色为基调的骑行套装。她和她的摩托车已然融为一体，在深浅不一的绿色里，分外耀眼。

她记得在天晴的时候，在一些地方可以看到远处的重庆云阳恐龙国家地质公园。可是今天不行，远远近近都有缭绕的雾气遮挡着视线。

20 分钟后，路边的松林替换为农田，大部分种着佛手柑，也间或有其他农作物。正值 11 月，佛手柑收获的季节，从任何一个角度都能看到悬在绿叶中间的佛手柑，空气中也弥漫着佛手柑特有的香气。这次妈妈叫向芸希从云阳县城回来，就是让她帮忙采摘佛手柑的。“只有我跟你叔叔两个人，搞都搞不赢。要是搞得赢，我绝对不会找你。”妈妈说话越来越絮叨了，也就叔叔能忍受，“再不摘，佛手柑会烂在藤藤上，大半年白忙了，还浪费了种子钱和农药钱。”

农舍不是在山腰的林子里，就是在山洼的平地里。不时能看见一些闲置的农舍，那是已经搬到乡上甚至县城的村民留下的。

向芸希的家在一处山间洼地里，一楼一底，是叔叔搬来一起住之后在原有房子的基础之上改建的。“全靠你叔叔，一脚一手改的。你妈妈我是没有这个本事。”妈妈对她找的这个上门叔叔还是很满意的，“我不图他别的，一无钱二无权，就图他老实，手脚也勤快。今后你也照着找一个。”向芸希记得自己当时翻了一个大大的白眼，说：“要你管！”

把摩托车停在小楼前的院坝里，向芸希摘下头盔，走向半敞开的大门。不对，门怎么是半敞开的？这个时候，妈妈和叔叔应该在田里采摘佛手柑的。他们一忙起来，连喝口水的时间都没有。昨晚我一夜未归，他们肯定非常担心。

“妈，我回来啦。”她脆生生地喊了一声。

没有回应。

“叔叔，我回来啦！”她又喊了一次，声音更大。

还是没有回应。

大白天的，进贼了吗？她狐疑着，把头盔放下，顺手操起了靠墙放着的锄头。她半举着锄头，靠近半敞开的大门。她的胆子向来大，并不虚——猛然间，一个巨大的什么东西冲出大门来。

它身上有黄色和绿色的条纹，个头比门还大。

它缩着脑袋从门里冲出来，一冲出来就一昂首，一咧嘴，整个身体舒展开来，脑袋比二楼的窗户还要高。

它的两条后腿异常健壮，而前肢向前支棱着两只利爪。

在它咧开的嘴里，满是寒光闪闪的牙齿。

牙齿上似乎有什么红色的残留物。

向芸希不由自主地喘了一口粗气，把锄把抓得更紧。她不确定自己有没有尖叫，也不确定那个它有没有发出惊天动地的嚎叫，就像电影里经常表现的那样。

它可比向芸希高大太多了。

旋即，它奔跑起来。两步跨出院坝，落到外侧的水田里，又从水田三步跨到更远的小山坡。很快，它黄绿相间的背影就消失在远处的佛手柑丛林里，再也看不见。

那是一头……普安云阳龙。向芸希这才想起它的名字来，杨耐曾经给她解释过为什么普安在前、云阳在后。然而，现在不是纠结名字来历的时候。门被普安云阳龙撞塌了，向芸希举着锄头，进到屋里。

屋里静悄悄的，空气中弥漫着异样的气味。

血腥气。

向芸希抬眼四处搜寻，锄把攥得手指发白。

然后，她看见了。

妈妈躺在厨房的地板上，叔叔在她旁边，都血肉模糊，无声无息。

向芸希尖叫一声，丢下了锄头。

在这个普普通通的冬日下午，她毫无预兆地失去了所有的亲人。

而这，只是故事的开始。

3

解剖合川马门溪龙的事情由孙永河负责。“我是世界上第一个解剖活恐龙的人吗？恐龙，活的，你敢相信？”他穿上了绿色的工作服，非常兴奋，拿着解剖刀在空气中比画，“每一刀都在创造历史。”

现在的时间是下午 4 点。停车场的车辆已经被清空，在外围拉上了长长的警戒线。仍有少量游客在警戒线外徘徊，想要看到点儿新鲜刺激的东西。合川马门溪龙尸体就在充气帐篷里。它太大太长了，一个充气帐篷远远不够用，最后足足用了 8 个充气帐篷，首尾相接，才将它勉强罩住。从远处看，那帐篷就像是一条巨大的暗绿色毛毛虫。

“它到底是从哪儿来的？”

“不晓得。”

解剖开始了。孙永河主刀，杨耐和简于宸协助，周雨泉负责操纵无人机记录解剖的全过程。

合川马门溪龙的尸体躺在停车场的地上。没有哪一个解剖台能放下它 20 多吨重的身子。

杨耐汇报他的发现：“脖子下方有散热用的喉扇。齿冠较长，齿骨有明显斜角，根部牢固，不算尖锐，适合切断柔软的植物。颈椎和背椎呈后凹型，前缘呈匕首状，而且单节较长，因此脖子的活动范围有限，只能向上抬起 20 度。后肢比前肢强壮，估计能在短时间内抬起前肢，仅靠后肢直立。最后几节尾椎愈合，形成了一个尾锤，是非常有效的自卫武器。”

孙永河用医用电锯切开它的腹部。在医用电锯的嗡嗡声中，又混杂了皮肉与骨头被切割的碎裂声。

“皮肤表面粗糙，没有看到明显的毛发。鳞片很大，形状不规则，直径为 10—15 厘米。”杨耐一边观察，一边用卷尺测量，然后对无人机说出自己的发现，“皮肤厚 2—3 厘米，皮肤之下是肌肉。”

两架比拳头略大的无人机在技术员周雨泉的操纵下，一远一近，从不同角度拍摄着。它们的红色头灯亮着，就像两只悬浮在空中的眼睛。

肌肉比想象中的还要厚实。

孙永河换一只手来操作医用链锯，同时问道：“这肉是红肉的，还是白肉的呀？”

杨耐回答：“红肉。”

“用来红烧好吃，还是水煮好吃？”

“明知故问。”

“当然是红烧最好吃啦！”

“无人机正在记录。”

“你呀，就是太严肃。”

孙永河费了好大的劲儿才把合川马门溪龙的腹部彻底切开。一股浓烈的腥臊气在充气帐篷里弥漫开来。在那之前，杨耐本已做好了接受腥臊气冲击的准备，然而腥臊气真正冲击过来时，他还是差点儿窒息。这身临时拼凑起来的防护服隔离效果还是差了一些。

“现在可以下一个结论，这不是仿真恐龙，而是真正的恐龙。”孙永河说，“瞧那心脏，真大，活着的时候不知道跳得多厉害。”

杨耐盯着合川马门溪龙的内脏，从来就没有恐龙的内脏能作为化石保存下来。他观察着，又伸手进去在肠胃之间牵扯了几下。“不只一颗心脏，还有三颗较小的心脏。”杨耐汇报，“一主三副，一起协作，这才能把血液通过狭长的脖子，输送到十多米高的脑袋里。”

“恐龙是热血还是冷血的争论也可以结束了。记录下来，他们都错了，恐龙是中温动物[①]。”

“继续记录。发现气囊系统，双重呼吸[②]无疑，跟鸟类一模一样。”

在充气帐篷外边，手握遥控器的周雨泉回答：“拍着呢。拍得可清楚了。大师兄，你说，这些内脏处理干净了，拿去烫火锅会怎么样？”

“这建议好。”孙永河笑嘻嘻地说。

杨耐皱起了眉头：“要是这视频流传出去，我们208所的名声就全毁了。”

“‘恐龙博士’是研究如何吃恐龙的博士？”

“继续。”杨耐不想在这件事上纠缠。

他们忙碌了半个小时，把合川马门溪龙的内脏一一切割下来，用最大号的标本桶装着。每一个器官都无比巨大。那胃装满了东西，沉甸甸的，更是重到一个人完全抱不起的地步。孙永河指着恐龙的胃对他的研究生简于宸说：“把这胃里的宝贝送给菡姐鉴定，看看合川马门溪龙生前都吃了些什么。”

简于宸答应着，蹲下身子，去夹取胃里的食物标本。

黎乃菡是研究院副院长——人人皆亲切地叫她菡姐——是208所里数一数二的古植物学家，由她来鉴定是理所当然的事情。不过孙永河的这种说

---

① 中温，是介于变温和恒温之间。中温动物在身体内部燃烧能量以控制它们的体温，但与哺乳动物或鸟类不同，前者并不会提供一个恒定的温度，而是在20—50摄氏度之间波动。这种代谢程度不太高的“中温”，使恐龙比那些变温的蜥形纲动物动作更快；同时也使恐龙不用消耗太多的食物，从而能长到非常大的体形。中温动物不能在低于5摄氏度的环境中生长。因此它们通常生活在较为温和的环境条件下。

② 哺乳动物呼吸时，空气先吸进肺里，然后呼出，只在肺内进行一次气体交换。鸟类则不同，其肺前后都有许多由薄膜构成的气囊。吸气时，一部分空气在肺内进行气体交换后进入前气囊，另一部分直接进入后气囊。呼气时，前气囊中的空气直接呼出，后气囊中的空气经肺呼出，又在肺内进行气体交换。这使得鸟在一次呼吸中可以进行两次气体交换，因此被称为双重呼吸。这是鸟类对飞翔生活的适应，也是从恐龙祖先那里继承的本领。

法，依然让杨耐感觉不舒服。他正要出言纠正，就听到外面传来周雨泉的声音：“杨耐，有人找。”

杨耐不耐烦地回答：“正忙着了。”

“是那个来找过你的女孩子，叫你博士那个。”

向芸希？杨耐没有犹豫：“让她等，我忙完了就过去。”

孙永河嘻嘻笑道：“你先过去，人家女孩子，别让人家等你。”

“先做这边的事情。”

“难怪你到现在还单身了。”孙永河揶揄道。

“想什么呢。”

“起码还要3个小时，”孙永河继续劝告，“叫女孩子等你3个小时？你好意思嘛。出去之后，叫周雨泉进来，顶替你的位置。”

“先做事。”杨耐再一次强调。

“我说你这人……”

就在这时，帐篷外传来喧哗声，打断了孙永河的牢骚。充气帐篷的拉链门被谁给一下子拉开。杨耐正要责骂，一个红色身影已经钻了进来，置身于到处是合川马门溪龙的空间。

“我找你，”向芸希说，带着哭腔，“跟我走。”

“我在解剖，”杨耐举了举满是恐龙鲜血的手，不无愠怒地斥道，“你干什么呢？防护服也没有穿。”只是向芸希站在从合川马门溪龙身上切割下来的标本中间，空气中充斥着鲜血、内脏和粪便气息，年轻得骄傲的脸上，明白无误地写着四分悲哀、三分愤怒、两分沮丧与一分张皇，令他心中生出犹疑与怜悯。在他的印象里，向芸希不是那种一点儿小事就失去控制的人，于是转而关切地问道：“出了什么事？”

“我妈死了，我叔叔也死了，”向芸希哽咽道，幸而表述没有问题，“是被普安云阳龙咬死的。”

“啊！”孙永河惊掉了下巴。

“为什么不打我电话？”

“我没有你的手机号。”

“要我做什么？”杨耐先缓过劲儿来，开口问。

“那恐龙跑掉了。你是‘恐龙博士’，肯定知道怎么找它，怎么抓它。”

“还在佛手村里？”

“不晓得，可能在村子里，也有可能跑去后边的大山上了。”

“报警了吗？”

“村委刘书记报的。”

“我跟你去。”这次，杨耐没有犹豫。

4

在向芸希的记忆里，第一次见到杨耐是在云阳高铁站。

那天，向芸希骑摩托车去云阳高铁站接摩托车修理店老板的一个从主城区来的朋友。

在等待中，广场边一块巨大的展板吸引了向芸希的目光。上面先用夸张的大号黑色字体写着：重庆云阳恐龙动物群化石组合类别丰富。然后，下边用宋体规规矩矩写着两段看上去就让人不想读的文字。这些文字“浮”在数十头大大小小的恐龙上，文字看不清楚，恐龙也看不清楚。

“好丑。”向芸希情不自禁地感叹。

“不只是丑的问题。”旁边传来一个男子的声音，“错误太多了，多得我都不知道如何纠正了。”

向芸希偏过头去看，发现说话的男子满脸胡子，背着一个大大的军绿色登山包，一副风尘仆仆的样子。

他一边比画一边说：“普安云阳龙的前肢是 3 根爪子，结果画成了 5 根，而璧山上龙的尾巴则画成了鱼尾的样子，错得更加离谱。璧山上龙虽然也和鱼一样生活在水里，它的尾巴却是尖尖的，和蜥蜴类似。”

“是嘛。”向芸希嘟囔了一句。

“还有这些介绍，一上来就说沙溪庙组与新田沟组这样的专业名词，普通人根本不知道这两个词语是什么意思。我强烈怀疑，他们是故意这么做的，就是不想让普通人知道。”那人更来劲儿了，以不容置疑的口吻说，“沙溪庙是地层的名字，其形成距今约1.64亿年，沙溪庙组指的是这个地层挖掘出来的生物群，而新田沟在1.74亿年前形成……他们连顺序都弄反了，应该是新田沟组地层[①]在前，沙溪庙组地层[②]在后。现在这种顺序，很容易让人以为沙溪庙组在前，新田沟组在后。”

“我有请你来给我上课吗？”向芸希翻了一个大大的白眼，“你是‘恐龙博士’吗？”

那人没有在意向芸希的揶揄，而是认认真真地说：“没有‘恐龙博士’这个学位，研究恐龙都是读的地层与古生物专业。我两年前就拿到了这个专业的博士学位。”

“哟，没有想到真是博士。”

自然，这个好为人师的博士就是杨耐。那个时候，他刚结束在内蒙古宁城道虎沟一个多月的野外考察，外表看上去比他的真实年龄要老得多。后来，向芸希就一直把杨耐叫作博士，而且不带姓，仿佛博士这个词是杨耐专有的。

此刻，向芸希骑着她的红色摩托车，在前边领路，杨耐开着皮卡车，在后边不远不近地跟着。行了20多千米的山路，终于回到七曜山深处的普安乡佛手村。天色向晚，古老的山村笼罩在朦胧的雾气之中。

在很远的地方，就有三五成群的村民指指点点。到了向家近处，四周都围了好些村民，议论纷纷。三辆普安乡派出所的警车停在院坝边上，把

---

① 新田沟组地层，时间跨度1.74亿—1.68亿年前，1977年由四川航空第一区域地质调查大队在重庆市北碚区炭坝村新田沟发现并命名，以黄绿色、黑灰色砂岩与泥岩不等厚互层为主，为滨浅湖沉积。

② 沙溪庙组地层，时间跨度1.68亿—1.61亿年前，1946年由杨博泉、孙万铨等人在重庆市合川区沙溪庙镇发现并命名，为季节性河流沉积，岩性为正长石砂岩、长石石英砂岩与泥岩互层。

那里挤得密不透风。

向芸希把摩托车停在公路边。

村委会书记刘满平从屋里出来，劈头就问：“小向啊，你跑哪里去呢？家里出这么大的事，你还到处跑？”

“我去找‘恐龙博士’，就是他。”

杨耐打开车窗，对书记说：“我是重庆云阳恐龙国家地质公园208地质所的。”

刘书记一边向杨耐点头，一边问：“你找他来干什么？”

向芸希说：“我要抓住那头恐龙，杀了它，替我妈和叔叔报仇。博士能帮我。”

“瞎搞！有警察呢。”刘书记回头，冲从屋里出来的一个警察喊道，“姚所长，向家的女儿向芸希，回来了。”

姚所长把向芸希叫到一边，打开一个记录本，问：“向芸希是吧？今年21岁？在哪儿工作？刘书记说你在云阳县城里修车，是吗？屋里两名死者是你什么人？你是什么时候发现死者的？你看见什么就说什么，没有看见的，就不要打胡乱说。”

“我妈和叔叔是被恐龙咬死的，你们不去抓？”

“哪有什么恐龙？给你说了，不要打胡乱说。”姚所长关上了记录本，义正词严地说，“今天只是简单笔录，回头到派出所，做一个详细的笔录。现场已经勘验完毕，死者会送到县公安局，做进一步检测。你要在交接文件上签字……”

这时，有一个警察分开围观的村民，一边跑一边上气不接下气地喊：“姚所长，姚所长，我们找到了，找到了。”

姚所长不满意地问：“找到什么呢？”

“龙……龙……恐龙。”那警察喘着粗气。

姚所长还是一脸不可置信的表情：“找到了？在哪里？”

“在后山沟那片竹林里。有村民发现了，叫我过去看，我过去就看见了。”

“还不带我们去！”姚所长着急起来，点了几个警察的名字，还特意叮嘱，把枪准备好，不过不要随意开枪。

“不用，”发现恐龙的警察说，“那恐龙……恐龙已经死了。”

“你确定？”

在得到“肯定”的答案之后，姚所长带着四名警察去后山沟找恐龙，刘书记也叫了几名联防队员跟着，以防万一。向芸希和杨耐混在人群中，向后山沟的竹林跑去。天已黑尽，警察拧亮了电筒，村民则打开了矿灯，几道光在他们身前身后来回晃动，照亮了陌生而崎岖的山路。

那头恐龙侧卧在竹林里，旁边的楠竹被它折断了不少。看得出，它是在狂奔中突然摔倒的。向芸希看着它，莫名觉得它比先前看到的时候要小得多。

“是你看见的那头吗？”杨耐问。

“应该是。”向芸希马上补充道，“上午在家门口只看过一眼，在那种情况下，根本不可能看清楚。”

姚所长蹲下身子，用电筒光照着，小心翼翼地去看那一动不动的怪物，仿佛它随时会翻身跳起来咬他一个措手不及。幸好这样的事情没有发生。良久，姚所长问道：“这到底是什么？”

一个警察回答：“霸王龙？”显然信心非常不足，立刻自己又加了一句，“中国也有霸王龙吗？”

“中国境内没有发现霸王龙的化石，到目前为止，所有霸王龙化石都出自北美洲。”杨耐越过围观者，高声说道，“我是208地质所的，我叫杨耐，研究恐龙研究20年了。”

“他是‘恐龙博士’。”向芸希补充道。

见到有专业人士，姚所长稍微松了一口气，把那个问题又问了一次。杨耐回答道：“那是普安云阳龙，站起来有3米多高，属于坚尾龙类巨齿龙超科。重庆云阳恐龙国家地质公园里边有它的化石标本。”

“我看见过，”刘书记作证，“化石还是在咱们普安乡发现的。”

姚所长困惑地说：“我知道，我带孩子去过恐龙公园。去过好多次。但我没有……”

“没有把化石骨架跟这具死尸联系起来。”杨耐把姚所长没有说出来的话说完。不过他没有责怪姚所长的意思。假如不是才在恐龙公园见过狂奔中的合川马门溪龙，刚刚又亲手解剖过，要他接受眼前这具死尸是普安云阳龙也是非常困难的事情。

“也是吃肉的吧？看那牙齿，好尖，我还以为它是霸王龙的幼崽呢。”刘书记背后的一个村民嘀咕道。

“不要拿无知当有趣好不好！”杨耐生气地说，“普安云阳龙是普安云阳龙，霸王龙是霸王龙，混淆不得。霸王龙距离普安云阳龙的出现时间，比我们距离霸王龙的出现时间要长得多。普安云阳龙生活在侏罗纪中期，霸王龙生活在白垩纪晚期，两者相差1亿多年。1亿多年是多长，你们知道吗？”

向芸希默想：1亿多年，那是很长很长的一段时间吧！长得无法触摸、无法感知、无法想象。她只觉得那是一片无法描述因而显得异常空洞的茫然。“可是博士，它既然生活在那么多年前，为什么会出现这里？”向芸希问出了这个所有人心中的疑问。

一向好为人师的杨耐双手一摊：“我不知道。”

姚所长和刘书记商量后决定，留下几个人看着“那个大家伙”，明天叫县里的法医来现场勘验，然后再决定怎么处置它。

一行人在夜色中往山下走，没了来时的兴奋，大家都沉默不语。向芸希找了个时机，把杨耐拉到一旁，轻声问道：“博士，普安云阳龙为什么会出现在这里？会不会跟我们在锅圈岩那儿发现的化石有关？”

杨耐神情凝重：“我也在想这个问题。”他深深地看了向芸希一眼——后者只是满脸期待地看着他——继而带着痛苦的表情摇头说道，“我不知道这个问题的答案。”

5

同一天下午，在重庆市渝中区十八梯，游客如织。与往日旅游相同的是，他们边走边议论，只是话题里多了一样原本罕见的事物：恐龙。

“昨晚千厮门大桥那儿，说是出现了恐龙。”

“我在微信群里看到现场视频了。想看吗？我发给你。”

“真的吗？莫非从哪个基因实验室里跑出来的？”

“有可能哟。恐龙不是早就在地球遭陨石撞击时灭绝了嘛。现在哪儿来的恐龙？不是利用基因技术制造的，还能是从哪儿来的？”

“对对。《侏罗纪公园》成真了。小时候看，遭嘿[①]惨了。”

“那个迅猛龙也很吓人。”

“听说是云阳恐龙公园的恐龙复活了。”

“怎么可能呢？化石怎么可能……”

忽然传来一声尖叫：“蛇！那里有条蛇！”旁边立刻响起四五声同样的尖叫。也有胆大的游客乐呵呵地问：“在哪里？在哪里？”不用谁指，他们同时看见了，在前方的石栏杆上，站着一只鬼鬼祟祟的绿色小动物。

“不是蛇！”

“长着脚呢！”

“四脚蛇！”

在游客的议论声里，那只一尺来高、浑身布满细小的绿色鳞片的小家伙顺着石阶往上跳了几级，又调整方向，向着旁边的石壁发起攀爬挑战，然而它失败了。它的前脚爪不够有力，没有勾住石壁的缝隙，于是在游客们的惊叹声里跌落。

它跌落到了下方的通道里，发出压抑的嘶嘶声。然后，翻身而起，在

① 重庆方言，吓的意思。

众人拿出手机之前，闪电般冲进“十八梯大隧道遗址”里，消失不见了。

“跑哪儿去了？”游客们面面相觑，为没有拍到这只四脚蛇的照片而懊恼。好几个游客注意到这只四脚蛇是用两条后腿奔跑和攀爬的。这有点儿奇怪，在他们的印象中，四脚蛇不该是用四条腿活动的吗？游客们议论了几句，随即散开，继续在十八梯街区旅游。

尽管“恐龙来袭”的传闻甚嚣尘上，可是他们很难把眼前所见的小东西跟恐龙挂上钩。他们虽有疑惑，也是小小的，如风吹落叶般消散了。他们并不知道自己遭遇到了什么，以及错过了什么。

在隐秘的角落里，另外 5 只四脚蛇一样的小动物暗中窥视着这些两条腿走路的庞然大物。它们紧张又惶恐，发出窸窸窣窣的声音。

走出重庆轨道交通 3 号线铜元局站的乘客，既有行色匆匆的本地人，也有很多专程过来打卡的游客。铜元局站是一个高架侧式站点，它本身的位置就高于地面几十米。然而，走出站点，不用抬头，就能看见近处的台阶往左右分开，是向上方延伸的，这就叫人疑惑：站点如此之高，台阶不该是往下的吗？而在稍远的地方，一条 360 度的匝道分外夺人眼球。那匝道其实是苏家坝立交桥的一部分。在冬日暖阳的照耀下，它是那么高、那么细，行驶在它上面的公交车那么小，简直就像是甲壳虫。这时你才会意识到，它其实离你很远很远，甚至有缥缥缈缈的雾气如丝巾一般缭绕在它身上呢！脖子仰累了，一低头，又能看见下方几十米处，本地人在路边的公交站排队，而在旁边的烧烤摊，老板正在烟火里在忙碌。隔着那么远的距离，你也能闻到孜然、花椒与烤肉混合在一起的香气。

游客们一边感叹重庆不愧为山城，一边拿出手机，选取各种角度，随手拍下眼前的盛景。

这时，有什么奇怪的东西闯进手机镜头里。在甲壳虫般的公交车后方，隐隐约约出现了两头动物跃动的身影。镜头拉近，看见了更多的细节。那 6 头灰绿色的动物一前一后，四足奔跑，有牛那么大，耸动的背脊上有数根看上去就很锋利的尖刺和骨板。

“好像是剑龙？”

“就是剑龙！”

“快看，剑龙！”

“怎么可能？”

“从哪个动物园跑出来的？”

“假的吧？”

游客们议论纷纷，同时拍个不停，留下了珍贵的影像资料。

后来，经地质遗迹保护研究院院长曹世尧鉴定，出现在苏家坝立交桥上的恐龙学名叫作“元始巴山龙”，长 3 米、高 2 米。“元始”是“元始天尊”的“元始”，不是“原始时代”的“原始”，指的是它是已知世界上最早的剑龙之一，亚洲最早的剑龙；而“巴山”则指的是挖掘到它的化石的地方——重庆市云阳县普安乡。“元始巴山龙生活在 1.69 亿年前的中侏罗世。”曹世尧在《重庆新闻联播》里如是说。

北碚区澄江镇嘉陵江边，重庆自动化研究所副研究员钟扬和妻子莫小慧在散步。正值枯水期，大片的鹅卵石露出了水面，先前滚滚滔滔的嘉陵江缩小到原来的 1/3。

密布天空的铅灰色阴云，像是一块巨大的幕布，把太阳遮得严严实实的。这使得下午 3 点的天光也宛如其他季节的黄昏那样晦暗，令人难受。

重庆的冬天，就是这个样子的。钟扬对此倒是习以为常。

“那是什么？”莫小慧忽然指向上方。

钟扬急忙抬起头，目光穿过阴沉沉的天空，定格在那 3 只奇特的飞行动物身上。它们的翼展足有两米多宽，宛如巨大的风帆在天空中舞动。这些动物身后都拖着一条细长的尾巴，尾巴末端膨胀成三角形，仿佛是一支利箭，随时准备发射出致命的一击。

它们的身体呈现出一种独特的流线型，使得它们在飞行时能够更加灵活自如。然而，它们的飞行姿势却非常奇怪，既不像鸟类，也不像蝙蝠。它们在空中翱翔，时而盘旋，时而俯冲，仿佛在进行一场空中舞蹈。那橘红色的长嘴指向前方，犹如一把锋利的剑刺破天空的屏障，展现出无与伦比的速度和力量。

“翼龙，”莫小慧激动地说，“看上去很像是翼龙。”

翼龙？钟扬咂摸着嘴，没有轻易下结论，他是个极其审慎的人。

他和妻子继续仰望天空，看着那些奇怪的动物飞过嘉陵江，飞过澄江镇的上空。然后，它们以一种古怪的方式向下滑落，显然是出了什么问题。它们齐齐奋力地拍打着肉翅，想要重新飞上高空。但是，无论它们如何努力，也无法阻止自己向地面坠落。

最后，它们都毫无悬念地坠落到澄江镇旁边的松林坡上。

6

小时候，杨耐跟着爸爸妈妈和他们的朋友一起参加过几次化石挖掘之旅。带队的是一位据说是研究恐龙的大叔。大叔把大家带到一条盘山公路的路边，指着一面斜坡说，这就是三叠纪的地层。然后，他给每人发了一把地质锤，在烈日下去挖三叠纪的化石。孩子们很兴奋，小杨耐也不例外，即使那时还不知道所谓的三叠纪到底是什么意思，也起劲儿地在因修建公路而露出地面的古老地层中敲打和翻找。

每每找到一块看上去像化石的石头，孩子们就去找大叔鉴定。小杨耐当时就发现，化石挖掘本身比想象中的简单，最难的部分其实是鉴定。孩子们觉得是化石的，全都不是化石。他留了一个心眼儿，没有轻易去鉴定，而是反复对比后，把最可能是化石的那一块石头给了大叔。大叔接过他手中的小石块，瞄了一眼，立刻说：“今天的第一块化石出现了。”又补充道，“不是恐龙，也不是三叠纪最常见的双壳类化石，而是罕见的早期鱼类化石，很有研究价值。”

当时正值午后，太阳最为刚猛的时候。小杨耐觉得，大叔比太阳还要耀眼，自己的心比太阳还要热烈。

后来，每当有人问杨耐为什么走上恐龙研究之路时，他都会讲这个故事。而那位大叔不是别人，正是曹世尧，正高级工程师，现任重庆市地矿局 208 地质队党委委员、地质遗迹保护研究院院长。

所以，向芸希来重庆云阳恐龙国家地质公园找他去鉴定某处新发现的化石时，他欣然前往；当向芸希开口博士、闭口博士时，他也并不反感。

这是今天上午的事情。向芸希也和之前一样，不管不顾地闯进他的办公室，叫他博士，要他跟她走，野性十足。当时他也有几分生气，生气的原因不是向芸希没有礼貌，而是因为她打断了他正在做的工作。然而磨叽了几句话，他还是跟着她出了办公室。

向芸希骑着摩托车在前边带路，杨耐开车跟着。

山路十八弯，弯弯都惊险。

向芸希把杨耐带到了普安乡佛手村锅圈岩。把车停好后，她给他介绍了锅圈岩这个名字的来历。“化石就在锅圈岩下边的溶洞里。”她说。杨耐已经急不可耐了，一种莫名的情绪控制着他，令他一改平时的沉稳，几个箭步冲了过去。

在化石发现史上，普通人与专家所做出的贡献之比，要远高于其他的学科。远的不说，云阳恐龙化石群的第一块化石就是由当时只有 18 岁的村民周政发现的。当然，还是曹世尧院长那句话：发现归发现，鉴定还得专家来。

溶洞入口隐蔽在一丛茅草与荆棘的下方。向芸希说，这个溶洞是她七八岁来锅圈岩玩的时候无意中发现的。村里只有几个小伙伴进来过，大人都不晓得。“这是我们的秘密。”她说，“现在小伙伴们长大了，不晓得到哪儿去了。”

杨耐背上地质包，拧亮了头盔上的灯，小心地手脚并用，下到坑里。“博士，小心。”向芸希的声音在坑里回荡。洞口很小，仅容一个人通过，三四米后，洞变得阔大一些，开始看见没有发育完全的石柱和石笋。他抬头，用头盔上的灯照亮向芸希的脚。“别管我，我熟得很。爬上爬下多少次了。”她说，“没有电筒我也敢进来。”

手脚并用，再往下十几米，就到坑底了。

“在哪里？”杨耐在形状各异的石柱、石笋、石钟乳之间搜寻，灯光在黑暗中晃来晃去。“那里。”顺着向芸希的手势，杨耐看见了石壁上新近坍塌的一个洞口，通向另一个斜斜向下的坑，“以前没有，我今天来玩，才发现的。恐龙化石就在里边。”

这回向芸希抢了先，钻过洞口，滑下一段斜坡。坡底有一指深的溪流无声地流淌着。溪流冰冷，摸一摸，手指就失去了知觉。跨过溪流，在一段倒塌的石壁下方，杨耐看见了向芸希所说的“恐龙化石”。

直觉告诉他，向芸希没有说错。

他走上前去，仔细观察那从石壁中露出的一段灰白色物体。

“是化石吗？”向芸希忙不迭地问。

“是。”

杨耐给出了肯定的回答，这令少女欢呼雀跃起来，仿佛全世界都在为她鼓掌，而无比光明的未来正在她面前展开。

“是恐龙化石吗？”

“不知道，挖了才知道。”

“现在就挖？”

“现在就挖。”

杨耐已经放下地质包，打开，里边有锤子、錾子、刷子和透明胶带，还有几种向芸希叫不出名字的工具。光锤子就有大小好几种。“我能帮你吗？”黑暗中，向芸希瞪大了眼睛，“我是修车的，使用这些工具没有问题。”杨耐没有同意，一个生手来挖化石，他可不放心。“你可以回去了，”他说，“我一个人能行。”

向芸希的固执超出了杨耐的想象，无论杨耐说好还是说歹，她就是不离开，还说她小时候跟爸爸妈妈闹别扭了，就会跑到这里躲起来，谁也找不到她。她又说：“不要我帮忙挖化石也可以，我坐在这儿看你挖。一会儿口渴了，我去给你找水喝。”

“怎么，今天又和爸爸妈妈闹别扭了？”杨耐说完，专心地挖起恐龙化石来，不再理会向芸希。

这一忙碌，就是一个小时。中间喝了向芸希找来的溪水，又啃了两块面包，稍微休息了一下又接着干。那面包放在皮卡车的后备厢里，是野外考察最常备的物品之一。

向芸希看了一阵子，又琢磨了一阵子，问了几个细节，然后就在杨耐旁边用地质锤敲打起化石边上的岩石来。杨耐想阻止，但看她动作有模有样，也就只好叮嘱了几句，纠正了她几个错误的小动作，让她继续敲打。

随着化石边上的石块被他们俩敲落，一大块恐龙化石逐渐显现出来。

“好像是脑袋？”

“头骨。”

“跟恐龙公园展出的那些恐龙脑袋不太一样啊。”

“被岩石压扁了，被各种地质力量反复搬运过。”杨耐解释说，“你所看到的化石骨架，都是经过化石修复师的巧手修复过的。”

“牙齿好锋利，一定是吃肉的。”

杨耐点头：“对！可能是普安云阳龙，也有可能是一种新的肉食恐龙。需要挖出来，进一步鉴定。”

“有多大？”

“参考普安云阳龙，初步估计，身长在6米以上。”

“哇，在它面前，我们人就像是小鸡崽，它吃我们不费一点儿力。”

“你想被它吃掉？”

“才不会那么想。那是什么？”向芸希的目光被恐龙头骨边上的一个东西所吸引。那东西比三个拳头加起来还要大，黄黄的，没有什么光泽。“琥珀吗？”她向它伸出手去，在杨耐阻止以前，摸了一下，凉沁沁的，而且——她赶紧缩回手——有一种触电的感觉，全身的毫毛都竖起来了。

“不是琥珀，琥珀不是这个样子。”杨耐说。

“恐龙蛋？”向芸希又大着胆子摸了一下，只是凉，触电的感觉却奇怪地消失了。是错觉吧，她想自己太敏感了。

“也可能是结核石[①]。肉眼看上去，这两者差不多。”

“值钱吗？”

“不知道。”

“可惜。”

“我的意思是，可能值钱，也可能不值钱。我不知道哪一个的可能性更大。”

“说了等于没说。”

向芸希不满地咂咂嘴，然后看见杨耐僵立在原地，仿佛中了定身咒一般。“怎么啦？”她问。

杨耐没有回答，全神贯注地思考着，仿佛这个世界只有他一个活物。

7

“不会！”在下山的路上，杨耐对向芸希说，“你想多了。”

向芸希还是看着他。

“不要把前后关系，看成因果关系。除非……”

“除非什么？”

“除非有确凿无疑的证据。证据，你有吗？”

向芸希还是不解，却没有再问。

一行人在晚上10点钟回到了向家。警戒线已经撤了，少了一辆警车，围观的村民全离开了。姚所长给刘书记说了几句话，也上了车，于浓浓的夜色中离开。

---

① 恐龙蛋表面具有规律而流畅的纹饰，以及供胚胎进行气体交换的气孔。蛋壳一般厚度在1—3毫米，打开则像开盲盒一样，或开出与围岩相同的物质，或开出方解石晶洞，甚至可能开出非常稀有的恐龙胚胎。而结核石表面是坚硬的壳，没有气孔，内部是实心的，有明显的同心环带结构，有时也能开出贝类、鱼类、菊石、三叶虫等化石，不可能开出恐龙胚胎。

四处亮着灯，杨耐去看被普安云阳龙撞坏的大门，又进到屋里，看到四处掉落与损坏的东西，从堂屋一直到厨房。他边走边看，脑子里想象着那头 6 米长的普安云阳龙突然置身于狭窄、逼仄又陌生的环境里，会是怎样的惊慌！问题是，普安云阳龙为什么会突然置身于此？它是从哪儿来的？这个问题没有答案，而没有答案的问题，让杨耐的内心非常抓狂。

向芸希站在厨房门口，喃喃自语道："我妈在这里，叔叔在那边。警察把他们搬走了。本来我想杀了那头恐龙为他们报仇，然而那恐龙也死了。它从哪儿来的？还会再来吗？"

杨耐无言以对。

刘满平书记过来，问向芸希要不要去他家住，跟他老伴儿一起睡，关切之情溢于言表。向芸希点头同意，她并没有太多的选择。她胆子再大，也不敢一个人在突然之间变得空荡荡的屋子里住。"博士，你呢？"她转头问。杨耐回答："我得赶回去，回重庆云阳恐龙国家地质公园。明天带几个人，去锅圈岩看看，说不定有更多的发现。"

在回重庆云阳恐龙国家地质公园的途中，杨耐搜索了重庆与恐龙的新闻。其实不用搜，重庆发现恐龙的新闻已经在网络上铺天盖地了。经过一晚上的传播，昨晚千厮门大桥上惊现上游永川龙的新闻热度最高，虽然好多新闻把侏罗纪的上游永川龙说成了白垩纪的霸王龙。热度第二的是今天下午出现在恐龙地质公园的合川马门溪龙，一来合川马门溪龙的名气本来就和它的体形一样，超群出众；二来和上游永川龙一样，当时目睹合川马门溪龙亡命奔跑的游客众多，留下了无数的视频和照片，在网上肆意流传。然后是北碚区澄江镇的翼龙和南岸区苏家坝的元始巴山龙，对于后者，媒体笼统地称之为一种小型的原始剑龙。

起初，杨耐还能看到一些新鲜的现场记录。很快，现场记录被二次创作，冠以各种耸人听闻的标题，主播的声调越来越高亢，表情越来越歇斯底里，离真实也就越来越远。各种乱七八糟的信息混杂在一起，真实的、虚构的，杨耐看到其中频频出现的错误，不由得大摇其头。他随便点开一个标记为重庆的视频，主播用重庆味儿十足的普通话说：“有上游永川龙，是不是就有下游永川龙呢？”气得杨耐赶紧把视频关掉，以免不良信息污染自己的眼睛和耳朵。

杨耐回到重庆云阳恐龙国家地质公园，已经11点多了。广场上巨型毛毛虫一样的充气帐篷还在，却没有人了，看来解剖工作已经完成了。他穿过“恐龙化石长城”，进到研究院驻园区项目部，看见副院长黎乃菡的办公室还亮着灯。

杨耐敲了敲门：“还在工作呢，菡姐？”

“自己进来。”

黎乃菡俯身在工作台上，就着显微镜专心地看着什么。

“有什么发现？”

“石头。”菡姐的眼睛没有离开显微镜，“我在马门溪龙的胃里发现了胃石，证明了马门溪龙和现存的很多爬行动物、鸟类一样，消化能力不够强，需要吃下石子来帮助它们研磨坚韧的植物纤维的猜想。”

“它们的牙齿适合撕咬，不擅长研磨，吞下肚子里的树叶乃至枝条往往是完整的。还吃什么呢？”

“锥叶蕨。”菡姐调整了一下坐姿，“属于真蕨目蚌壳蕨科植物，化石常见于中国陆相侏罗纪地层。”

接下去，菡姐离开显微镜，翻开记录簿，上面有用铅笔绘制的植物画，包括根、枝叶和茎干，旁边是文字批注。“我在那堆半溶解的东西里分辨出一种早已经灭绝的苏铁和一种化石中不曾见过的针叶植物，还有数量不多的银杏叶。”黎乃菡把记录簿翻给杨耐看，“初步判断，这银杏与今天还存活的银杏的亲缘关系较远，应该是银杏门的新成员。马门溪龙吃的是地地道道的侏罗纪植物。”

杨耐问：“这说明什么？”

黎乃菡副院长认真地说：“说明它直接从侏罗纪来到现在。”

杨耐顿了一下，说：“它怎么办到的？被雷劈过来的吗？”

当学生的时候，杨耐看过一本穿越小说，开头写暴雨夜，女主角被雷劈了，然后是穿越到了清朝乾隆年。这个毫无科学根据的设定，让杨耐无法接受，所以立刻就放弃不看，进而拒绝再看任何以穿越为名的小说，多热门都不看。

然而，除了穿越，要如何解释这些恐龙会突然出现？

8

11 月 7 日，按照日程安排，今天该杨耐担任义务讲解员。

重庆云阳恐龙国家地质公园开始建设不久，整个恐龙化石群就移交给了当地政府。208 地质队在重庆云阳恐龙国家地质公园留了一个项目部，由地质遗迹保护研究院派人继续研究。按照协议，项目部有定期为恐龙公园的游客担任讲解员的义务。

“峨眉龙①的脖子那么长，”一个小孩子问，“它怎么吃草啊？”

杨耐笑着说：“峨眉龙确实是植食恐龙，可是它不吃草。恐龙生活的中生代，当时地球上还没有草这种植物。草只有 2300 万年的历史。”

“它不吃草，那它吃什么？”那个小孩子似乎对于植食恐龙不吃草这件事不能释怀。

“吃树叶啊！”旁边的小孩抢着回答，“脖子那么长，一抬头就能吃到。”

杨耐不由得笑了，想到自己小时候也是这般说过。

他出生在重庆市北碚区，离重庆自然博物馆只有几千米。重庆自然博物馆有七大展厅，小杨耐最喜欢去的是“恐龙世界”。那里的恐龙化石多得像不要钱似的，肉食恐龙与植食恐龙挨挨挤挤，亲密无间。有时候，小杨

---

① 峨眉龙属生活在 1.64 亿年前，跟马门溪龙属同属于马门溪龙科，目前发现了 8 个种，分别是模式种荣县、长寿、釜溪、焦氏、天府、罗泉、毛氏和普贤。其中普贤峨眉龙发现最晚，体长约 16 米。焦氏峨眉龙个头最大，体长足足有 23 米。釜溪峨眉龙最小，体长只有 11 米。天府峨眉龙脖子最长，也是最著名的，9.1 米长的脖子差不多占了 21 米体长的 1/2。

耐喜欢跟着讲解员跑，听讲解员介绍许氏禄丰龙，那可是“中国恐龙之父”杨钟健发掘、研究、复原装架的第一种中国恐龙；有时候，小杨耐独自一人蹲坐在上游永川龙脚下，仰望这头9米高的肉食恐龙，想象着它生前快速奔跑时，大地是如何颤抖的；有一段时间，小杨耐特别喜欢待在恐龙蛋的展区，看着那一枚枚灯光照射下的恐龙蛋，想象着小恐龙用嘴敲破蛋壳，从里边探出小巧脑袋的样子。

长大了，杨耐学了相关专业，喜欢时不时地去各大博物馆当志愿者，给游客讲解恐龙方方面面的知识。他很乐意做这一件事。

杨耐笑着补充道：“而且，它们吃的树叶也不是今天大家经常看到的这些树叶，而是裸子植物和蕨类植物的叶子。现在，被子植物是优势物种，但在恐龙生活的中生代，被子植物只是配角。”

面前的几个孩子都面露不解之色。杨耐意识到他们还不知道被子植物、裸子植物跟蕨类植物有什么区别。他正要解释，却被一个中年男人粗犷的声音打断了：“吃草跟吃树叶不是一样吗？”

“不一样的，我们要教给孩子正确的知识。”

“有个屁用。研究这些，”那人大手一挥，将重庆自然博物馆上下四层的全包括了进来，“都是有些人吃饱了没事儿干，屁用没有。”

杨耐一时气结。他已经猜出这个中年男人是先前说恐龙吃草那个小孩的父亲，也猜出他为什么这么生气——他觉得在孩子面前丢了脸，所以恼羞成怒，所以胡搅蛮缠。

“是能烤着吃呢？还是煮着吃？可不可以用来烫火锅？整一个恐龙宴？研究恐龙，到底有什么价值或者意义？它们又大又蠢，早已经被大自然淘汰了。一颗小行星砸下来，它们眼睁睁地看着，”那个中年男人用夸张的语气说，还加上了手上的动作，“嘭，全死了！”

它们才不是又大又蠢呢，它们……然而，杨耐自己都觉得解释了也没有用。刻板印象一旦形成，想要改变，真是千难万难。所以，他更加生气。

杨耐认为，恐龙不是怪物，是生活在中生代的一个庞大的动物家族。

它们的行为，跟它们所处的环境有关，沙漠、湖泊、沼泽、森林、平原、海洋，处于不同的环境之中，行为模式肯定是不一样的；也跟它们的族群有关，同属于蜥臀目，兽脚亚目与蜥脚亚目不同，同属于鸟臀目，剑龙亚目、鸟脚亚目、甲龙亚目、角龙亚目、肿头龙亚目也各具特色——怎么能用“又大又蠢”一个词语就全部概括了呢？恐龙活跃的年代，基本横跨了中生代，共 1.7 亿年，包含了三叠纪、侏罗纪、白垩纪，三个纪生活的恐龙都不一样，就算是同一种恐龙，在如此漫长的时间里，也已经发生了巨大的变化。

手机响起，是一个陌生的电话号码。杨耐接听了。

“杨博士吗？我是刘满平，佛手村的书记。那个不见了。”

“什么不见了？”

“龙。”

“普安云阳龙？”

“对头，那个普安……云阳……龙的尸体不见了。”刘书记一个词语一个词语地说。

“被谁拖走了吗？”

“不是，我不是这个意思。不是遭哪个人拖走了。那么大，那么重，没得起重机，怎么拖得走嘛？我的意思是，竹林里的普安云阳龙消失了，不见了。”

“到底发生了什么事？”

“天亮后，我和小向——你的手机号码就是她告诉我的——又去了后山沟竹林边。姚所长昨天不是说要想办法把恐龙的尸体弄到县里让法医检查吗？当时我就在张罗这个事，站在离尸体三四米远的地方。我亲眼看见，尸体前一秒钟还在，眨个眼睛就不见了，凭空消失了，闪都没有闪一下，就不见了，留下一个大大的凹痕。”

为什么会这样？杨耐如坠浓雾之中，茫然无措。

踌躇片刻，他决定去找孙永河。

一年前，刚到研究院的时候，杨耐很不喜欢孙永河，他身上的江湖气息过于浓重。

孙永河逢人就喊哥，又喜欢喝酒，哪儿都有他认识的人。老成持重的曹世尧也曾经批评过他，说他像社会上的混子多过像古生物学家。他仿佛是100年前的人。要是他生活在100年前，在帮派里边，不是说一不二的老大，也是一人之下的老二。孙永河调侃道：“老大叫龙头大爷，老二叫圣贤二爷，我呀，都当不了，能力不够，我最多当三爷，当家三爷。就像现在，曹哥，你是院长，我不是。”说得曹院骂也不是，笑也不是。不过，在曹院的坚决抵制下，大师兄叫他尧哥或者曹哥的做法，却没能得逞。

杨耐不喜欢孙永河，真不知道他是怎么把江湖气息跟恐龙专家拼合在一起的。只是经过近两年的相处，孙永河已经用无数的事实证明了他的专业能力，杨耐也不得不在心中重新调整对大师兄的定位。

有一段时间，他甚至羡慕起孙永河来。

杨耐的专业知识没有问题，对古地质学、古生态学、古环境学、古气象学都有涉猎，对解剖学、结构力学、计算机学等也所知甚多。然而，因为读博时他干过的一件超级“蠢事”，使他的精神一直处于某种小火焖烧的危机之中。到208地质所工作两年的时间里，他去过重庆的万州盐井沟、綦江莲花保寨、黔江正阳等地挖化石，也去过新疆哈密市南湖戈壁、内蒙古赤峰市宁城县道虎沟、辽宁省朝阳县胜利乡等地挖化石。最大成就大概是在道虎沟挖到了一种侏罗纪蜻蜓的化石。他表面上忙忙碌碌，实际上一无所成，精神上愈加焦虑。

直到昨天上午，向芸希带着他，下到锅圈岩的溶洞里，看到那头恐龙头骨旁边琥珀一样的东西。当时他就有一种感觉。那不是普通的化石，那是一把钥匙，一把打开过去与将来的钥匙。

他要找菡姐，告诉她锅圈岩溶洞恐龙化石的存在与神秘之处。

彼时的黎乃菡正在为合川马门溪龙标本的神秘失踪而头疼不已。

9

普安云阳龙消失的时候，向芸希没有看见。当时她在看着莽莽大山之上的天空，想着自己那不可言说的心事，听到刘书记的惊呼，这才扭头去看，那头6米多长的怪物已然不见了，就像它不曾出现过一样。她希望它没有出现过，然而它又真实地出现过，她无法否定。她妈和老实巴交的叔叔，现在正躺在云阳县公安局的某个冰柜里，悄无声息，正是它出现过的明证。

她觉得荒谬，其荒谬的程度并不比在家门口看到一头活生生的恐龙低多少。

对村民们来说，恐龙——不管叫什么龙——是一个无比陌生的东西，恐惧中夹杂着好奇，好奇中又渗透着恐惧。他们所有关于恐龙的知识，1/3来自电视新闻，1/3来自网络短视频，还有1/3来自口口相传。各种信息在村民间流传，正确与谬误混杂在一起，加上他们的想象，事情变得更加复杂。

他们习惯于背着向芸希议论恐龙，似乎觉得当着向芸希的面议论恐龙会给她带来伤害。只是他们用或高或低的声音说的那些话，还是不可避免地灌进向芸希的耳朵里。“命不好”“运气差”是最常听见的词语。

村子里来了一个50多岁的人。此人自称是视频博主，搞网络直播，带了手持摄像机。他开着一辆破旧的面包车，进到佛手村后，见人就问恐龙吃人的事情。“老子、庄子、孟子，我是胡子。子曰子云，我是胡子云。一说胡子云，大家都以为这是网名。殊不知这是我的真名实姓，是我爸我妈在我出生之后给我取的。”他说话的腔调很古怪，既不像重庆话，也不像普通话。有村民问他是哪里人，听口音不像是本地人，胡子云啰里啰唆地回答：“我知道你为什么要问我这个问题。要怪只怪胡子普通话说得不标准。天不怕，地不怕，就怕重庆人说普通话。老胡我从小就没有接受过普通话的教育。教我的老师全部是民办教师——现在的年轻人都不知道什么叫民办教师了——上课全用重庆话。后来，老胡我走南闯北，踏遍祖国的大好河山，到哪里就学哪里的方言。结果就是老胡我现在的样子，重庆话不标准，普通话也不标准。说起重庆话像普通话，说起普通话像重庆话。洋不洋，土不土，邯郸学步，说的就是我这种人。”

胡子云热情地给村民展示他的手持摄像机，“专业设备，高科技，买成好几万咯。”他洋洋得意地说，神情宛如炫耀自己玩具的3岁小孩，“走南闯北搞直播，哪儿有事哪儿有我。”

胡子云找到了向芸希的家。“听说村子里出了恐龙吃人事件，这可是大新闻。”他兴致勃勃地问，同时把手持摄像机对准在场的人，“请你们告诉我，谁家的亲人这么不幸，竟死于恐龙之口？”

“别理他！”刘满平书记对向芸希说，然后叫两名联防队员把胡子云赶走。“我翻山越岭来，开车开了好几个小时，”胡子云急了，“来了啥子事都没有做，你们就赶我走？各位直播间的朋友评评理，他们这样做对不对？”联防队员连哄带吓，总算把嘀咕个不停的胡子云和他破烂的面包车驱逐出了佛手村。

在院坝的一角，刘书记说他已经通知姚所长，恐龙失踪了，剩下的事情由姚所长处理。然后说：“你妈和你叔的尸体运到县公安局了，在冰柜里冷藏起，要等这个案子结了才能火化安葬。本来凶手很明确，但现在……”他的意思是这个案子会拖很久，问向芸希今后有什么打算，重点是房子和田土怎么处理。向芸希一时茫然，还没有意识到这房子、田土和田土上的一切都属于自己了。然后，刘书记又闪闪烁烁地说了一些在向芸希听来莫名其妙的话。诧异中的向芸希过了好一会儿才明白过来刘书记话里的意思。她很快打定了主意，告诉刘书记，田土上所有的农作物，请刘书记安排村民收回来，卖了所得的钱，分给他们。“我一分钱都不要。”向芸希强调。至于那一楼一底的房子——“先不管吧，等我想好了再说。然而在那之前，谁也别想把它强占了，那是我妈我爸留给我的。”

只是她还有几个问题需要解决：那头普安云阳龙是从哪儿来的？又到

哪儿去呢？它的突然出现跟她在锅圈岩下发现的化石到底有没有关系？

杨耐曾经给过她一个回答，她却并不满意。她想要更好的答案，虽然她也不知道这个“更好”的标准是什么。

她决定去找杨耐。

她记得在锅圈岩发现化石后，去恐龙公园找杨耐的时候，自己是满心欢喜，一路蹦蹦跳跳，像个十岁的孩子。只是这一次……她鼻子有些酸涩，忍不住用手背擦了擦鼻尖，很刻意地想起上一次的对话。

当时，向芸希指向路边的“恐龙化石长城”，小手上下左右挥动，仿佛挥动之间，这些化石就归她所有。她问道：“全都是恐龙化石？”

“不是。”杨耐告诉她，在云阳这一带的数十个化石埋藏点，先后挖掘出鸟臀目、蜥臀目等恐龙化石，还有蛇颈龙类、龟鳖类、鱼类等古生物化石。这些数量庞大、种类繁多的化石证明，大约 1.74 亿—1.64 亿年前的侏罗纪中期，在云阳乃至整个渝东北这一带，多种恐龙及伴生动物形成了完整而生机勃勃的生态系统。恐龙是其中数量和种类最多，同时也是名气最大的一类。“一个复杂的生态系统，不可能只有恐龙。”他强调。

向芸希若有所思地点了点头，好像听明白了，又好像没有听明白。“博士，为什么恐龙化石会集中在这个地方？”她又问。

她问的还是恐龙化石，杨耐感觉自己先前说的话全部白说了。然而，又有什么办法呢？这面化石墙里不只有恐龙化石，也被专家命名为“恐龙化石长城”而广为流传吗？杨耐心里叹息着，耐着性子给向芸希介绍“恐龙化石长城”来历。

那个时候，云阳这一带是巴湖的湖滨。众多恐龙在其他地方死亡后，尸体被泥石流、洪水等外因搬运聚集到这里，形成了恐龙坟场。群内的化石排列较为杂乱，而且时代跨越特别大，属于典型的“异地集群埋藏”。作为对比，四川广元旺苍有一处马门溪龙动物群的化石，是同一场大型泥石流的受害者与受益者，那叫“同地集群埋葬”。

杨耐感叹道，受害者是说这场泥石流造成了它们的集体死亡，受益者指的是同一场泥石流使它们最后变成了化石，在同时期的动物化为烟尘消失得无影无踪之后，以这种方式顽强地对抗时间无情的碾压。

“巴湖又是什么呀？”

向芸希的问题似乎无穷无尽，于是杨耐又给她介绍了巴湖的前世今生①。最后向芸希总结道：“博士，要是读书的时候你是我的老师就好了，我的成绩肯定比现在好。上课的时候我老是打瞌睡，听不懂。然而你一讲，不晓得为啥子，我一听就听懂了。”

当时杨耐挠了挠头，好像是表示头疼不已，又好像是表现得不好意思。

10

不管这头合川马门溪龙是从哪儿来的，孙永河都觉得它是命运馈赠给自己的礼物。

记者采访恐龙研究者，经常能听到某某从小喜欢恐龙、长大研究恐龙的经典故事，可惜孙永河不一样。他走上恐龙研究之路是意外。当年高考时，孙永河发挥失常，考得很不理想。填报志愿的时候，能做的选择已经不多了。他的父母急于让他跳出“农门”，抱着试一试的心态，填报了极为冷门的古生物学与地层学，竟然出人意料地——也可以说是意料之中——被中国古生物大学录取。他父母欣喜若狂。孙永河出生在重庆市巴南区下边的一个镇上，父母是典型的农民，一辈子在地里劳作，相信读书是孩子最好的出路，让孩子考上大学、跳出农门是他们最大的理想。农门，龙门，

---

① 约 2.25 亿年前，全球的大陆聚合在一起，称为泛大陆，由两部分组成，北边的劳亚大陆和南边的冈瓦纳大陆，在两个大陆中间为新特提斯洋。大约 2 亿年前，中国的华北板块与扬子板块碰撞，奠定了中国大陆的基本格局，秦岭、大巴山等隆起，导致新特提斯洋向西退却，部分海水留在山间，于 1.9 亿年前的三叠纪形成了一系列湖泊，其中最大的是巴蜀湖，云梦泽次之。巴蜀湖面积最大时达到 37 万平方千米。在缙云山上就发现过巴蜀湖留下的 400 平方米的波痕遗迹。后来，随着四川盆地的整体抬升，气候愈加干燥，巴蜀湖面积日益缩小，到 1.7 亿年前的侏罗纪中期，渐渐演变为蜀湖和巴湖两个湖泊。其中的巴湖覆盖了今天重庆的很多区域。

在重庆方言里，读音是一样的。开学之后，孙永河也苦恼过一阵子，迷惘过一阵子，破罐子破摔过一阵子，最终好歹还是适应了中国古生物大学的生活。

大学毕业后，孙永河辗转好几座城市，在不同的单位和机构工作，最后回到重庆，在重庆市地质矿产勘查开发局208地质队地质遗迹保护研究院工作并扎下了根。其间结婚、生子，人生大事倒也顺顺当当。“就跟我的恐龙研究一样，没出啥纰漏。”他自己总结的，“然而也没啥可说的。”他的意思是，在恐龙研究上，他还没有什么建树，没有什么拿得出手的成就。

大多数时间里，我们都是在重复前人的工作，重复、重复又重复。那什么样的成就算是拿得出手的成就呢？一次跟他的研究生简于宸闲聊时，孙永河扳着手指数道：第一项成就，发现一种新的恐龙，给它命名，叫它永河龙也不是不可以；第二项成就，证明或者证伪之前的某种假说，比如徐星发现顾氏小盗龙证明恐龙演化为鸟之间有一个四翼飞行阶段；第三项成就，提出某种前人没有提出过的、惊世骇俗的假说。

昨天，那头合川马门溪龙在广场突然出现，奔跑、倒下、死去。对孙永河造成的精神冲击，超过在场的所有人。他意识到，这是一个千载难逢、达成“拿得出手的学术成就”的机会。

他已经44岁了，岁月已经容不得他再拖延。

解剖合川马门溪龙，由他主刀，是他向黎乃菡副院长主动申请的。一刀刀割下去，一件件标本取出来，他的心和手都在不受控制地颤抖。他只能通过不停地说话来掩饰自己的紧张。幸好杨耐很快被向芸希叫走，他得以独自完成合川马门溪龙的解剖。

8个小时，不吃不喝不休息，甚至不上厕所。他坚持下来了，把那头合川马门溪龙从里到外，彻底分解成数以千计的标本。等一切处理完毕，已经是晚上10点多了。他收拾停当，回到宿舍，倒头就睡，在梦里也在解剖，手上、身上全是血。

一觉睡到大天亮，孙永河挣扎着爬起来，发现自己起得比平时晚。正在吃早饭的时候，简于宸惊慌失措跑来告诉他：所有标本消失了。什么？这个消息带给他的精神冲击百倍于合川马门溪龙的出现。标本消失？怎么会这样？他感觉到某种硕大的发着光的东西正在远离自己，和他当年高考数学考完后跟同学对答案，吃惊地发现自己看反了一道高分题的感觉是一模一样的。

在跑向实验室的路上，孙永河无意中看了一眼天空，仿佛看见命运之神在乌云背后叵测地笑着。那笑容令人不寒而栗。

简于宸没有撒谎，也没有看错。孙永河发疯似的推开实验室的大门，看见昨晚送过来的标本箱还在，可是标本箱里边的东西，那些合川马门溪龙的组织和器官，全都不见了。这画面过于诡异，以至于孙永河忍不住抓扯了几下自己那本就不多的头发。

哪儿去了？谁干的？

孙永河脑子宕机了好一阵子，这才叫上简于宸，气喘吁吁地跑到安保部，要求调取监控。黎乃菡听说了这事儿，也赶到了安保部。监控显示：早上 7 点 40 分，恐龙标本凭空消失了。看到这一幕的人都面面相觑，他们反复观看，确认前一秒标本好端端地还在标本箱里，下一秒，时间从早上 7 点 39 分 59 秒跳到 7 点 40 分的瞬间，标本全部消失，只剩下空空如也的标本箱。

“监控不会被修改过吧？”孙永河雷霆大怒。

“不可能，绝对不可能。”安保部负责人双手一挥，“昨晚我值班，任谁都不能来修改。孙主任，这种事情，不能瞎说。”

“冷静，冷静。”黎乃菡比孙永河冷静多了，“昨天解剖，有没有全程拍摄？赶紧去查，视频是不是还在？”

孙永河赶紧给负责拍摄的周雨泉打电话。

黎乃菡又说：“还有，简于宸昨天不是送了一份马门溪龙胃容物的标本到我那儿鉴定吗？鉴定完，我把标本放在我办公室的存储柜里。简于宸，你跑一趟。”

简于宸答应着跑开了。

电话里传来等待接听的声音。“快呀快呀快接啊。”孙永河着急得把心里话都说出来了。周雨泉总算接了电话。

“喂，大师兄……”

“还在吗？”

“什么还在？”

“昨天！昨天！”

“昨天……你说昨天？”

“视频！视频！”

“昨天录的视频？发生了什么？”

“你别管，先看，昨天录的、我解剖合川马门溪龙的视频还在不在？”

“大师兄，你等等，我这就去看。”

“别挂电话。”

又是好一阵等待。仿佛是等了一个世纪，电话那头传来周雨泉的回答：“在，都在。我在两台电脑里，分别存了一份。”

“都在？”

“都在。”

“保管好，别丢了。”

“我办事，你放心。”

孙永河挂了电话，如释重负地对黎乃菡说：“在，视频还在。”

菡姐微微点头：“还好。”

这时，杨耐从保安室外探头进来。“菡姐，我刚遇到简于宸了。他说马门溪龙的标本全部失踪了？”他问。孙永河欲言又止，菡姐也没有回答他，然而他们的表情说明简于宸没有说假话。“佛手村那头普安云阳龙也失踪了。”杨耐说。

“什么？”黎乃菡反问道。

杨耐没有重复自己的话，只用沉默来说明黎乃菡没有听错。

合川马门溪龙与普安云阳龙，莫名其妙出现，又莫名其妙消失，这意味着什么？

“我有一个新的发现，想向菡姐汇报。”杨耐犹豫了片刻，吞吞吐吐地说，“准确地说，不是我发现的，是向芸希发现的。”

菡姐问：“向芸希是谁？”

孙永河在一旁回答：“是佛手村的一个女孩。”

“你们发现了什么？”

“恐龙化石，但不是一般的恐龙化石。”杨耐把佛手村锅圈岩溶洞里的事情简单地说了一遍，并且将他和向芸希那个共同的怀疑也说了出来。

“你怎么不早点报告？”孙永河没好气儿地说。

“让小杨说完。”黎乃菡制止了暴脾气的孙永河。

孙永河闭了嘴，闷声听杨耐说他的发现。假如这小子的发现是真的，那他年纪轻轻就有“拿得出手的成就”了。这是运气吗？他注意到，黎乃菡表现得极为认真，没有批评，也没有质疑，更没有着急地下结论。其间简于宸跑回来，向黎乃菡报告，说那份胃容物标本也消失不见了。黎乃菡示意她知道了，现在听杨耐讲。

等杨耐讲完，黎乃菡说：“小杨的这个发现，很有意思。有必要去现场看看，我亲自去。”然后点了杨耐、孙永河、周雨泉和简于宸的名字，让他们稍微准备一下，半个小时后去佛手村锅圈岩考察。

这也是孙永河想要的。

11

你是一个10岁的少年，正如你这个年纪的无数少年一样，对恐龙非常痴迷。

恐龙对于少年，确实有着无可名状的吸引力。

爸爸说，你只有两岁的时候，在一大堆各种各样的玩具中，你独独挑中恐龙——就像对恐龙的痴迷是刻在你的基因里一样。

你还依稀记得，得到的第一本课外书就是恐龙百科全书。这本书不仅详细介绍了各种恐龙的生活习性、外貌特征，还附有栩栩如生的插图。你把那本书翻烂了，里边所有的内容都记下来了，还舍不得扔。

你越长越大，看了很多关于恐龙的书，看了很多关于恐龙的电影和电视节目，还有纪录片。对于恐龙的认识，也越来越全面、深入。不仅知道数百种恐龙的名字，它们的各种资料，身高、体重、食性、发现地，诸如此类，也是信手拈来、如数家珍。

你经常向你的小伙伴介绍什么恐龙最凶、什么恐龙最高、什么恐龙最袖珍、什么恐龙最漂亮。不，你不是在讲，你就是在炫耀，就像你经常炫耀你家里的各种恐龙玩具。啊，那些恐龙玩具，大的有一人多高，小的只有指甲盖那么大，占满了你小屋的每一个角落。你置身其中，俨然是小屋里的恐龙之王。

正是你，第一个叫出了在千厮门大桥上漫游的恐龙的真实名字。如果你当时不在那附近，在得知此事之后，你也渴望成为第一个叫出恐龙真名的少年。

在接下来的日子里，你更加积极地与同学们分享你所学到的知识。在老师的授意下，你们组建了一个恐龙研究小组，利用课余时间探索恐龙的奥秘。你是天然的主讲，如鱼得水，描写的正是你此时此刻的状态。经过你的介绍，小伙伴们总算是分清楚了三叠纪、侏罗纪和白垩纪。你既骄傲，又谦虚，说小组成员们互相学习，共同进步。你们的友谊也因此变得更加深厚。

重庆各地出现恐龙的消息，此起彼伏。你比任何人都要兴奋。你想要见到真正的恐龙。那些玩具恐龙对你失去了吸引力。只是不知道为什么，真恐龙就是不出现在你面前。你非常苦恼，一度想要离开出走，去找真恐龙。假如不是妈妈发现了你的企图，你很可能已经成功了。你愈加着急，宛如热锅上的蚂蚁——不，是热锅上的恐龙。

有一天，你和小伙伴在讨论恐龙灭绝的原因时，提出了一个大胆的想法：如果能够穿越时空，回到恐龙生活的时代，或许能找到阻止恐龙灭绝的方法。这个想法激发了你们的研究热情，你们决定寻找能够实现时空穿越的线索。

经过一番艰苦的努力，或者单纯是运气好，你们毫无意外地发现了一本老得书页都泛黄掉渣的书。据书中记载，在重庆的一座大山深处，有一条神秘的时空隧道。这座大山叫华蓥山，叫铜锣山，叫明月山，叫蒋家山，叫七曜山，都不重要。重要的是，你们兴奋不已，立刻着手准备这场探险之旅。而且，家长和老师都破天荒地支持你们，于是你们踏上了寻找时空隧道的征程。

经过一段时间或长或短的探险，你们终于在大山深处——这样的大山在重庆简直是数不胜数——找到了那条神秘的时空隧道。小心翼翼地穿过时空隧道，你们终于穿越到了恐龙生活的时代。

在那里，你们目睹了各种恐龙。霸王龙在追逐猎物，剑龙在喝水，角龙在嬉戏，梁龙在啃食树上的嫩叶，一派生机勃勃的景象。

就在你疑惑，为什么白垩纪早期就灭绝的剑龙会与白垩纪晚期才出现的霸王龙在一起时，一个小伙伴惊呼着指向前方：丛林里藏着一处神秘的建筑。

那建筑是实验室，里面有先进的技术设备和各种实验数据。通过研究实验室的资料，你们发现了一个惊人的秘密：原来，恐龙灭绝的罪魁祸首并非只是小行星撞击地球，还有一个邪恶的势力在暗中操纵。为了拯救恐龙，你们决定揭开这个邪恶势力的真相，并设法改变历史。

在接下来的日子里，你们与恐龙结伴，共同抵抗邪恶势力。经过一番惊心动魄的斗争，你们终于成功打败了邪恶势力，拯救了恐龙。同时，你们也找到了阻止小行星撞击地球的方法。

这个方法如此简单，以至于你怀疑自己是太笨了还是太聪明了。

说笨，是因为这样简单的方法以前怎么就没有想到呢？

说聪明，是因为这样简单的方法怎么别人就没有想到呢？

你忍不住笑出声来。

就如你的老师经常讲的那样，掌握了方法，任何问题都能迎刃而解。

你只需要这么轻轻地一按……

就在你准备改变历史的时候，突然……丁零零，丁零零，闹钟——世界上最让人讨厌的东西——响起。你睁开惺忪的眼睛，回到了现实。原来，刚才的冒险只是一场梦。“赶紧起床啦，幺儿。”妈妈在隔壁大声催促着。你不情不愿地爬起来，穿衣、洗漱、吃早饭、穿过种满黄葛树①的街道去上学……在这整个过程中，你都魂不守舍，身与心还沉浸在那个拯救恐龙的梦里。

出门时，妈妈叮嘱你，要当心。

当心什么呢？恐龙吗？

啊，要是那个梦是真的，该多好！

12

重庆出现了来历不明的恐龙。

现在人人都有手机，恐龙出现后引发了一系列的事件，都被拍照和录像，然后在各种社交媒体上疯狂地传播。一时之间，其风头竟盖过了一切流量明星的八卦，包揽了新闻头条与热搜的前十名。传统媒体也开始跟进，进行了连篇累牍的深度报道。

恐龙风波不管是怎样发生的，最终都汇总到了政府部门。这事儿具体归哪一个部门管，却出现了不小的争议。重庆市委、市政府经过商量，决定由重庆市规划和自然资源管理局出面，召集有关部门的负责人，于11月

---

① 黄葛树是重庆市市树，遍布全市的大街小巷，是桑科榕属的落叶乔木，也叫大叶榕。这种具有深厚历史底蕴和独特魅力的植物，树形高大，二三十米高很常见。茎干粗壮，枝杈密集，大枝横伸，小枝斜出虬曲。叶片大而油绿光亮。黄葛树寿命很长，百年以上的大树比比皆是。

7日上午9点召开一次紧急网络会议。

与会共12人。会议由重庆市规划和自然资源管理局局长主持。局长先通报了上级的要求，然后请正高级工程师，现任重庆市地矿局208地质队党委委员，地质遗迹保护研究院院长曹世尧主讲。

58岁的曹世尧坐在专家组里，抬手摁开了面前话筒，说：“我不是什么恐龙专家，我只是研究恐龙化石的。我熟悉的是恐龙化石，真实的有血有肉的恐龙，我和在座的各位一样，也是第一次接触，也有一种非常不真实的、做梦一样的感觉。”

这话说出了在场人的感受，大家都不约而同地笑了笑。网络会议室里紧张尴尬的气氛得以稀释。

曹世尧说：“所以，我不敢保证我一会儿说的100%正确。有什么错误，请各位领导和专家随时纠正。”

“不要谦虚。”局长说，“过分谦虚等于骄傲啊，曹院。”

“经过对6具尸体的外观特征研究与深度解剖，我基本可以确认：千厮门1号为上游永川龙，澄江镇2号为无齿翼龙，苏家坝3号为元始巴山龙，云阳老君村5号为合川马门溪龙，云阳佛手村6号为普安云阳龙，十八梯4号，没能鉴定出是什么物种。”

局长问：“那些恐龙是怎么死的？”

“目前还不知道。”曹世尧回答，“没有法医做鉴定。”

与会者不由得议论起来。

“安静。”局长敲了敲桌子，“你们以为恐龙都死了，事情就完了吗？不是的。事情并没有因为恐龙的死而结束……”

会议室里又安静下来。

“下边说一下分工和接下来的工作。”局长有条不紊地说，“一队由曹院负责，继续鉴定恐龙的尸体，为调查提供背景资料；二队由市融媒体中心负责，注意舆论监控与引导……”

这时，秘书过来，把手机递给局长。在众人的静默中，局长接完电话。

从他骤变的脸色中，谁都能猜出发生了什么大事。挂掉电话，局长扫视全场，讲道："刚刚收到的消息，所有恐龙尸体，全部消失了。"

与会众人面面相觑，谁也不知道这诡异的事情如何会发生，要如何解释，又要如何面对。

13

向芸希给杨耐打电话，杨耐告诉她，自己正在往佛手村赶，准备和研究院的同事一起去考察锅圈岩溶洞里的化石。刚挂了电话，普安乡派出所的警车就开到了向家后边的公路上。靠边停稳后，姚所长下了车，来找向芸希。

他说，县里打了电话，确定两名死者均死于外力导致的机械性窒息，没有明显撕裂伤，也没有丢失组织或者器官。"我能告诉你的，就这么多。"他补充道。然后，从裤兜里掏出烟盒抽出一支烟来。

"能不抽吗？"

面对向芸希的反对，姚所长愣了片刻，还是把已经叼到嘴上的烟取了下来，放回烟盒，又把烟盒揣回裤兜。

向芸希注意到，姚所长的手微微颤抖。

他很紧张。随即，他把他紧张的原因说出来了："那恐龙……消失了？"

"嗯。我亲眼看见的。刘书记，还有两个联防队员，五六个村民，也看见了。"向芸希说，"刚刚都在那里，一下子就不见了，就像融化在空气了。"

姚所长伸手在嘴边擦了一下，然后才意识到自己并没有抽烟。"那个……你妈，还有你叔，"他说，"没有像恐龙那样消失。"

向芸希说："一会儿研究院的人要过来。他们的副院长亲自带队。"

姚所长"啊"了一声，似乎得到了某种解脱。

他们等了大约 20 分钟，地质遗迹保护研究院的两辆车到了，杨耐在前，孙永河在后。两辆车停在警车的后边。周围已经聚集了不少村民。那个叫胡子云的博主也混在人群里，东问西问，鬼鬼祟祟的。

姚所长主动上前，询问谁是研究院的领导，然后热情地握住黎乃菡副院长的手，真诚地对他们的到来表示感谢。

姚所长说："我干警察干了二十多年了，上山抓过盗贼，下河逮过逃犯，还去千里之外解救过被拐卖的妇女儿童，但是，抓龙，抓恐龙，我还是大姑娘上轿——头一回，你说我这心里一点儿不犯怵那也不正常，是不是？不像你们，你们天天研究恐龙，你们当然不怕……"

黎乃菡说："我们天天研究的是恐龙化石，那是死的。像这种，有血有肉、活蹦乱跳的，我们也是第一次见。"

"那个什么云阳普安龙，我们想深入了解一下。"

"是普安云阳龙。"一旁的杨耐忍不住纠正，"云阳是属名，普安是种名。"

"是是是，是普安云阳龙。"姚所长略显尴尬地说，"我年纪大了，没记清楚。"

黎乃菡面容微微有些变色，嘴上却打着哈哈说："姚所长想知道什么，研究院肯定是'知无不言，言无不尽'。"

"那普安云阳龙怎么消失不见了？"

在姚所长看来，向家两口子被恐龙杀死，是板上钉钉的事情。就算那恐龙死了，也不妨碍这个结论。各种证据都有，逻辑链条也在。可是现在，那恐龙的尸体居然神秘消失了。凶手消失，就意味着这案子一时半会儿没法结案了。

他上哪儿去抓犯案的恐龙？

黎乃菡回答："这个问题的答案也是我们想要知道的。"

这边杨耐拿手扶了扶自己的太阳穴，发出一声叹息，后知后觉地发现自己再一次因为纠正错误而无意中得罪了人。他瞄了一眼姚所长中年发福的肚子，又高兴起来。因为他想明白了为什么当地人说普安云阳龙那么别扭。原来当地人习惯于说"云阳县普安乡"，云阳在前，普安在后，在日常聊天时去掉表示行政区划的词，说的也是"云阳普安"，到恐龙这儿，忽然间变成了“普安云阳”龙，普安在前，云阳在后，他们不习惯。这对他们来说，是打破了一个常规的认知，是一个非常陌生的东西，打心眼儿里不能接受，所以说起“普安云阳龙”来也就格外别扭。

然而，真就那么别扭吗？云阳是属名，普安是种名，叫普安云阳龙是多么正常的一件事啊。

转头他就看见了向芸希站在一旁望着他，于是走了过去。

“博士，我正想去找你。发生了这么多事情……”

“普安云阳龙是个头庞大的肉食恐龙，它咬死伯父伯母是受本能的驱使。甚至，它都不用咬，仅仅是撞击就能致人丧命。那头普安云阳龙有6米多长，突然置身于一个狭窄又陌生的环境，横冲直撞起来，谁也挡不住……”

“你想说什么？我妈我叔死是因为他们运气不好？活该他们倒霉？”

“我没有这个意思。伯父伯母的死是一场悲剧。我想说的是，普安云阳龙只是按照自己的天性行事，它不是以吃人为乐的怪物。人类本来不在它的食谱上。”

“难道我该就这样原谅它？”

“我并非要求你原谅它，仅仅希望你能了解它。了解与原谅是两种截然不同的概念。”

“你们重庆人就是这样安慰人的吗？”

“我是我，我不能代表重庆。”

“对头，我们这些大山里头出来的女娃儿，不配跟你们这些城里头的男娃儿耍。我们只配耍泥巴。”向芸希骂骂咧咧道，“滚回你的重庆！我们云阳不欢迎你！”

杨耐当场错愕，一时之间没有搞明白向芸希这个指控从何而来。什么叫我的重庆？云阳不是重庆的一部分吗？再说我也没有骄傲啊？杨耐在恐龙方面研究多年，深谙此道，只要和恐龙有关的东西，他都了如指掌，然而在别的领域，他就反应迟钝，说话做事都要慢上一到三拍，甚至五拍、十拍。

所以，隔了好一阵子，杨耐才搞懂向芸希表达的意思。

怎么说呢？大多数外地人，包括很大一部分重庆本地人心目中的重庆，都只指渝中半岛加临近的几个名气较大的区，所谓老重庆，所谓主城九区。甚至在不少人心目中的重庆，其实只指那几个专门打造、名声在外、其实并不具有代表性的景区。至于主城九区之外的区县嘛，即使知道它们在行政上隶属于重庆，心里也会隐约觉得那不是“重庆”，至少不是真资格的“老重庆”。

所以，向芸希是觉得我鄙视她了吗？我有鄙视她吗？我没有啊。

另一边，黎副院长和姚所长已经交谈完毕。黎乃菡承诺，研究院随时随地为姚所长提供咨询，一有什么新消息，也会第一时间通知姚所长。“放心吧。”黎乃菡说，“相信科学，一切都会解决。”

黎乃菡走到向芸希跟前，没有责怪杨耐不会说话，只是安慰了向芸希几句，然后请她带路，去锅圈岩溶洞看看她发现的恐龙化石。向芸希气鼓鼓的，幸而她还是知道轻重的，恨恨地从杨耐身边走过，到摩托车那里。她戴上头盔，跨上她的摩托车，发动之后，向锅圈岩驶去。

研究院的两辆车和派出所的警车跟在摩托车的后面。

村民们纷纷尾随。胡子云混在其中，意识到自己抓到了大新闻，不由得格外兴奋。

14

胡子云说他是视频博主，这倒真没有撒谎。至少从三四年前开始，视频经济刚刚兴起时，他就在各大视频平台上用自己的名字注册了账号，并且非常勤奋地更新自己的视频节目。用网友的话讲，胡子云是一个表现欲极强的人，他很乐于给网友们分享他的生活。哪怕是一盘刚炒的四季豆，他都会录下来上传到视频网站。胡子云却不明白，明明自己已经很努力了，可粉丝数量长期徘徊在一个不高的水平，从视频平台获得的收益也配不上他的辛苦。归纳起来就一句话：自从成为视频博主以来长期处于赔本赚吆喝的阶段。胡子云倒也乐观，经常说：钱嘛，生不带来，死不带去。钱多有钱多的活法，钱少有钱少的过法。再说了，都发大财了，谁来衬托你们的日子过得好呢？就让我来做那衬托鲜花的绿叶吧。

胡子云离开重庆，去外地闯荡，有二十多年了。这次重庆曝出恐龙的大新闻，他正在武汉，于是第一时间驱车赶到重庆云阳，来直播“重庆恐龙杀人事件”。一路之上，他已经列好大纲，想好了台词，甚至已经看到粉丝数与播放量还有收入噌噌噌地往上升。谁知道，刚进佛手村就被联防队员给驱逐了。他也不是第一次遭遇这样的事情，就把面包车停在一个山坳后，他又偷偷地回到了佛手村。嘿，居然让他钓到了大鱼。派出所所长来了，地质遗迹保护研究院院长来了，说是要考察什么溶洞里的恐龙化石。在这个节骨眼儿上兴师动众地去考察，那恐龙化石一定很特别吧。胡子云心中咯噔一声响：莫非跟恐龙杀人事件有关？

他混在村民中，一边怂恿他们去看热闹，一边打听向家的事情。到锅圈岩的时候，他对向家的了解已经超过向芸希了。好多向芸希不知道的事情，他都知道了。

几名警察在锅圈岩下边的松树林拉了警戒线，不准无关人员进入。胡子云远远地看见向芸希和研究院的人消失在松树林那边的岩石下边，不由得暗自着急。他知道正面闯，肯定是过不去的。看看四周的地形地貌，锅圈岩那砖红色的峭壁非常显眼。他决定采取迂回战术，去找找有没有别的路可以进到那个溶洞。

像这种溶洞，肯定不止一个入口。

锅圈岩下，溶洞里，向芸希在前边带路，黎乃菡、孙永河、杨耐、简于宸和周雨泉先后往下爬。姚所长也坚持跟着下了洞。本就不大的溶洞，一下子挤进这么多人，顿时显得更加逼仄了。

他们都戴着头盔，向芸希和姚所长也戴了。头盔上的灯照亮了他们的身前身后。简于宸还拎了两盏射灯，负责照亮。周雨泉小心地拎着两架无人机，准备一会儿从不同角度拍摄考察的全过程。

他们在黑暗中站到了那块巨石前，看到了裂隙中被杨耐与向芸希初步打磨过的恐龙化石。杨耐依稀觉得，跟上一次来相比，这恐龙化石似乎有一些变化。但具体有什么变化，他又说不上来。

“这化石不会是你伪造的吧？”孙永河围着化石转了小半圈，看着向芸希说，言外之意再明显不过了。在场的几个人都笑起来，孙永河笑得特别大声，连一向安静的简于宸也忍俊不禁。他这么说，不是毫无根据的，伪造化石是他们这些古生物研究者经常遇到的事情。

“我没有。”向芸希立刻否定。

“佛手村的人对恐龙公园没有拆迁到佛手村，耿耿于怀很久了。”

向芸希更急切了，然而急切中她又不知道如何反驳这个叫作大师兄的人。对方可是研究恐龙的专家，自己呢？不过是……

“她没有伪造，我作证。”杨耐替她解了围。他指着露出来的化石，一边比画，一边解释：从侧面看，轴向中间线的轮廓呈近三角形；中轴中间的腹面是水平的……

黎乃菡点点头：“非常细致。那你怀疑什么？是什么让你觉得，这具化石很特别？”

“我怀疑，我怀疑这具化石跟突然出现的恐龙有关。”杨耐鼓足勇气说。

向芸希在一旁补充道：“我们发现了它，然后恐龙就出现了，这也太巧了。”

黎乃菡说：“小姑娘，前后性不等于相关性，更不等于因果性。”

向芸希坚持说：“我摸到那个琥珀，就像触电一样，太诡异了。”

孙永河笑道：“那根本就不是琥珀，有这么大的琥珀吗？只是一种很普通的矿物晶簇，到处都能看到。”

杨耐嗫嚅着说：“我也被琥珀电过。”

孙永河蹲下身，伸手去摸了摸那黄色的形如琥珀的矿物晶簇。“哪有触电？”他的嘲弄溢于言表，“怕是别的电吧？”紧接着，他又把手按到矿物晶簇上，浑身抽搐着，模仿触电的样子。

“别闹。”黎乃菡转向杨耐：“有别的证据吗？”

杨耐沉默片刻，摇摇头。

黎乃菡瞪了一眼，把目光转向恐龙化石。

这一瞪一转，让杨耐心里很不是滋味。“小杨给人挑刺的时候，从来不带恶意，并且对所有人一视同仁。”菡姐曾经这样说过，“这是我最欣赏他的地方。”但现在，自己把一个没啥根据、连假说都算不上的东西，急吼吼地告诉菡姐，还劳烦这么大一帮人来考察……

黎乃菡和孙永河等人离开了。溶洞就剩下向芸希跟杨耐面面相觑。

“你有没有觉得……”向芸希迟疑着，对杨耐说，“……那恐龙化石发生了细小的变化？”

原来不是他一个人看见了。杨耐感激地转向向芸希，轻轻“嗯”了一声，同时使劲儿点了点头。“我看见了。”他说。

“我觉得它变了，可是说不出来，到底哪里变了。”

“我也是。”

“到底发生了什么？”

“我不知道。”

他们不知道，他们的对话被一个人听见了，并且录了下来。这个人就是胡子云。他在锅圈岩四处转啊转，在好几个疑似溶洞入口的地方进进出出。最后，竟给他找到了一个通向恐龙化石所在溶洞的入口。入口狭窄至极，他拼了老命，才挤了进去。“要不是我年轻的时候练过缩骨功，今天肯定进不来。”他对着镜头自言自语。前面有人说话的声音，这激励他又往前爬了一段距离。隔着冰冷坚硬的石壁，看不见人，幸好向芸希与杨耐的对话，他听得一清二楚。

就像北京的蝴蝶扇动翅膀，最终在太平洋上引发一场超级风暴一样，这次偷听，在后边引发了一场轩然大波。

第二章　活化石

作为一种理论，演化论的建立并非一蹴而就。在提出一个多世纪之后，随着众多新发现和新理论的涌现，演化论得以不断完善，逐渐构筑起一座坚实的理论大厦。今日我们所探讨的演化论，已然与达尔文时代有了显著差异。因此，在对待达尔文理论的问题上，我们既不能盲目捍卫，将其言论视为不容置疑的真理；亦不能全盘否定，仅因对达尔文部分观点的质疑便认为已全面颠覆了演化论。我们应认识到，演化的事实已无可辩驳地证明了演化论的正确性，而争论主要集中在具体的演化形式和原因等方面。

——摘自《演化论演化着》

15

距离恐龙出现和消失，已经过去了整整 5 天。

关于恐龙的消息，在主流媒体上惊鸿一瞥，出现了两三次后就让位于别的新闻。在民间，恐龙的消息传播得更为久远。但最大的消息浪潮，还得是在无所不包、无所不在、无所不能的网络上。

起初网络传播的信息还基本正确。两三天后，信息就渐渐走样，更多的虚构内容加入进来。什么疯狂外星人，什么幕后蜥蜴人，什么隐秘的地下城市，什么被封杀的龙帝国，都如雨后春笋一般，冒了出来。

杨耐看得头都大了。辨别信息的真伪，对他来说，近乎一种本能。更不用说，这次事关恐龙，正好是他的专业领域。他看着一众平时看上去还不错的网络大咖，对着恐龙事件大放厥词，不由得想：之前他们的高谈阔论，又有多少错误?

杨耐写了几篇文章，批驳网上的错误观点，放到网上，几乎没啥影响。他应邀为排名第一的科普网站写文章，介绍这次恐龙事件中出现过的6种恐龙。他自认写得深入浅出、通俗易懂，还专门找简于宸画了几幅精美的复原图，做到了图文并茂。网站编辑也特意进行了排版，以符合网络传播的需求。可惜，虽然借着恐龙事件的热度，这篇文章的阅读量高于以前的文章，然而跟前面那些名为科学、实为伪科学的文章相比，零头都不到。

世情如此，杨耐很难过。

幸好他没有沉湎于网络世界，因为现实里他忙得不可开交。

在这5天里，经过申请，他和研究院的几个队友一起，进行“抢救性挖掘”，将锅圈岩溶洞里的恐龙化石搬运回了项目部。

其过程颇为复杂。

第一步，他们以那具恐龙化石为中心，搜寻了周围50米深的溶洞，确认没有别的化石。这是一具孤立化石，虽说罕见，但不能说完全没有先例。这一发现，也证实了杨耐关于这头普安云阳龙是“原地死亡”的猜想。

第二步，将那具恐龙化石连同它周围的岩石整个从石壁上切割下来。几个人用各种电动切割工具，花了7个小时，才完成这个工作。为了保证在这个过程中，恐龙化石不会受到损伤，他们必须小心翼翼。很多时候都不得不放弃使用电动切割工具，转而使用原始但破坏性更小的锤子、凿子、镊子和刷子。

在杨耐的坚持下，那块矿物结晶也被切割下来。它比保龄球大一圈，看上去挺沉，摸上去挺冷，拿起来却轻飘飘的，好像是空心的。

第三步，是制作“皮劳克”[1]。这一步遇到了一个小麻烦，就是石膏总是不能及时凝固，导致皮劳克的包裹总是失败。孙永河知道了，告诉他们：这是因为溶洞比外边更潮湿，给石膏加点儿盐就能解决问题。他们照着孙永河说的做了，果然皮劳克很快就制作好了。

随后是将皮劳克搬出溶洞。这具普安云阳龙的化石处于蜷缩状态，相对于直立状态，要小很多，但加上岩石和石膏后，还是很大一包。他们用电动切割工具将溶洞扩宽，在切断几块横亘在中间的石头之后，皮劳克被顺利送出。

第四步，杨耐开车，把那包皮劳克送回项目部，放在一大堆等待修复的皮劳克旁边。跟其他皮劳克一样，它有一个由字母和数字组成的编号，看上去很普通。

搬运结束，而化石修复工作刚刚开始。甚至可以说，根本没有开始。事实上，化石修复是一件极为繁杂的事情，从开始到结束，几个月是常有的事情，有时候甚至需要一两年时间。

现在，杨耐面临着选择：一个选择是把化石留在项目部修复，然而这边的修复室比较小，人手严重不足，并且等待修复的化石是如此之多；另一个选择是把化石从云阳送回位于北碚区蔡家镇的重点实验室，那里面积更大，人手更多，设备也更先进。

孙永河强烈支持第二个选择，并且以“川渝共建古生物与古环境协同演化重庆市重点实验室主任”的身份，保证他会亲自将“老佛”送到重点实验室，第一时间对“老佛”进行修复。“老佛”是孙永河给那包皮劳克取的绰号，因为它是在佛手村发现的。对于这种在编号之外取绰号的恶趣味，杨耐只能付之一笑。不然，孙永河会谁反对就用谁的名字。

孙永河又补充道：“你放心，我不会把‘老佛’拿去烫火锅。”

---

① “皮劳克”是俄语的音译，意思是“石膏壳”。在野外发现化石后，用石膏粉、水、麻袋片及加固剂等材料对化石进行逐层包裹，并写上产地、发掘点和序号。回到实验室后，研究人员用锯条去掉皮劳克，对化石进行清理、研究、修复等工作。皮劳克的任务也圆满完成了。

孙永河对合川马门溪龙标本消失的事情比任何人都耿耿于怀。“早知道那肉会凭空消失，我就应该先把它烫了火锅。”他多次当众这样说，并且不遗余力地介绍：猪牛羊的脂肪和肌肉是混在一起，形成大理石纹路或者雪花纹路，而恐龙，其脂肪和肌肉则泾渭分明，脂肪是脂肪，肌肉是肌肉。“脂肪和肌肉分离，意味着恐龙肉不适合水煮。水煮的话，肥肉容易腻，瘦肉容易柴。”他边说边用夸张的动作表演说话的内容，“所以，小块恐龙肉适合烧烤，大块恐龙肉适合油煎，并且无论大小，再加上处理干净的内脏，都有一个万能的解决方案——用来烫火锅。天上飞的、地上跑的、水里游的、土里长的、树上结的，凡可入口食材，皆可入锅烫食。恐龙来了，也不例外。”

“可惜，你快到嘴的恐龙肉飞走了。”

“以后我要开一家恐龙火锅店，只吃恐龙。上游永川龙血，马门溪龙肥肠，普贤峨眉龙千层肚，华彩江州龙腰花，普安云阳龙舌头，磨刀溪三峡龙蛋……想一想，都心潮澎湃，口水呀，一泻千里。”

有人问：“可是，你上哪儿去抓那些恐龙？”

孙永河回答：“鸡啊，四舍五入，吃鸡，就等于吃恐龙。”

上上下下发出哄堂大笑，每一个人都很快乐。

孙永河笑得特别夸张，特别豪爽。

孙永河之所以对火锅这么熟悉，是因为他的老婆谭月如在北碚区正码头开了一家名叫“大师兄土灶老火锅”的店。从店名就可以知道，虽然该店的法人写的是谭月如，大家都叫她老板娘，但大师兄才是该火锅店真正的老板。

几经思索，杨耐对孙永河说：“就听大师兄的，把‘老佛’送到重点实验室去。我觉得，对‘老佛’的研究一定会出重大结果。”

“最关键的是，在那 6 头恐龙消失后，‘老佛’是我们唯一还能研究的对象。”孙永河说，“除非它们再一次出现。”

“大师兄，它们还会回来吗？”

“你希望它们回来吗？”孙永河不答反问，并且不等杨耐回答，自顾自地把答案说了出来，“我希望它们回来。”

16

姚所长打来电话的时候，向芸希正在“玩泥巴”。

在云阳县城边上的一座山上，20多辆越野摩托车正在山道上举行爬坡比赛。这山道不是什么正经的公路，而是由挖掘机挖的森林防火隔离带。宽窄不一，高低不平，好几处的坡度都在60度以上。驾驶越野摩托车的，都是二十来岁的年轻人。他们毫无顾忌地笑着，即使连人带车摔倒在烂泥里，也毫不在乎。

“玩泥巴”，不滚一身泥怎么能叫“玩泥巴”呢？

在摩托车队之中，向芸希一身红色，非常惹眼。

这时，比赛已经接近尾声。最后一段是最困难也是最危险的，一个近30米高的陡坡，是下雨之后山体滑坡形成的一个光滑的斜面，连防火隔离带都不是。

胖娃儿、鱼头、黑皮都冲坡失败。还是队长龙波艺高人胆大，第一个冲上了陡坡，将摩托车准确地停靠在坡顶平坦的地方。他伸开双臂，嘴里发出尖啸，同时聆听着下边20多名摩托车手的欢呼，享受着成功的快乐。

轮到向芸希了。她戴好头盔，瞅瞅坡顶的队长，松开手刹，让摩托车沿着计划的路线向着陡坡冲去。

“胆子要大，心要细；路面不平，身要稳。”爸爸教她骑摩托车的时候这样反复说过。后来，在拥有了自己的摩托车之后，她并不意外地发现，不管多高深的驾驶理论，还是多复杂的驾驶技巧，都是爸爸那句话的细化。

冲坡的技巧主要在于对速度的精准掌控。如果速度过慢，那么就无法顺利冲上去；而如果速度过快，那么就很容易失去控制，导致摔倒。然而，找到那种既能保证冲上山坡，又能防止失控摔倒的“适中”速度，却是非常困难的。因为这个问题涉及了速度的具体数值，即所谓的“适中”，并没有一个明确的答案。

幸运的是，对于向芸希来说，自从她开始“玩泥巴”以来，已经无数次地尝试冲坡，并在这个过程中摸索出了一套行之有效的方法。首先，起步阶段需要快速冲刺，这样才能获得足够的冲力去推动自己向上爬。然后，在半路阶段，需要保持稳定的速度和方向，不能左摇右晃，否则肯定会失败。最后几米的距离，则需要根据实际情况灵活调整速度和方向。

向芸希无视着身后队员们热情洋溢的助威声，坚定地驾驭着她的摩托车。她手脚并用，动作熟练而敏捷，全身心地投入到这场挑战中。她的摩托车在陡峭的坡道上疾驰，每一次油门的踩下，都是在向陡坡发起挑战。

所有的理论在这一刻都化作了具体的行动。她的眼神坚定，手中的摩托车摇晃得厉害，但她并不与之对抗。相反，她冷静地分析着地形的变化，根据这些变化进行着精准地调控。她的身子，也随之变化，时而紧贴在摩托车上，宛如与摩托车合为一体，时而又直立起来，整个人仿佛脱离了摩托车的控制，飘然独立。

向芸希的每一个动作，每一个决定，都充满了力量和决心。

她兴奋，但不紧张。

她感受着身体里每一个细胞的战栗。

她顺理成章地冲上了近30米长的陡坡，把摩托车停在队长龙波的旁边。她摘下头盔，露出了充满自信的脸庞，坦然接受云阳泥巴车队全体队员的欢呼与掌声，仿佛这一切都在她的意料之中。“胆子要大，心要细；路面不平，身要稳。”她冲着坡底的队员喊，声音在空气中回荡，传得老远。

就是在这种情况下，姚所长打来电话。“刚接到通知，你可以把你妈和你叔领回来了。”他说。

“结案了吗？”向芸希忽然觉得冷。

“没有结案，现在没有。”姚所长在电话那头犹豫了一下，说，“不是必须等警方结案，才能领回尸体。”

向芸希没有吱声，感觉有冬天的风掠过她温热的额头。

姚所长解释：尸体通过法医鉴定，得出死亡原因后，死者家属对结论无异议，就可以签字领回火化或土葬处理。侦查机关及法医会保留案件和尸体的全部档案，用于今后的侦察与审理。“不是必须等警方结案——”他强调说，“——才能领回尸体。”

“我知道了。”向芸希说。

她步入云阳县公安局，迎接她的是几份文书。她深吸一口气，拿起笔，开始签字。同意鉴定结果，同意尸体火化，最后领到了两个四四方方的盒子。

然后，就是葬礼。

她此前从未想过，一个人从这个世界离开，是这样复杂，又是这样容易。爸爸出车祸去世的时候，她还小，一切都是妈妈操持。她甚至隐隐觉得，葬礼有些好玩，那些大人在悲伤什么呢？直到几个月后，她意识到，那个用摩托车带她出大山去玩的男人不会——永远不会——再回来了，她才痛哭了好几回。她的泪水如同泉涌般流淌，哭得撕心裂肺，哭得昏天黑地，哭得死去活来，村民纷纷前来安慰她，都说这孩子硬是有孝心。

“至少得有个像样的葬礼吧。”刚到家，刘满平书记就找上门。随即把张伯叫来。张伯 70 多岁了，是佛手村里专门办葬礼的，了解所有的葬礼习俗，也擅长主持葬礼。在谈好价格后，张伯便开始按照习俗筹备葬礼。他告诉向芸希，葬礼上需要念诵经文，撒纸钱，还要请村里的鼓乐队演奏哀乐。另外，按照习俗，家人还需要为死者准备一顿丰盛的“最后一餐”。他说，这都是简化过的了，要是搁以前，还要隆重十倍。“都听张伯的。”向芸希说。

这一次，妈妈和叔叔的葬礼，由张伯安排，向芸希全程配合，叫放鞭炮就放鞭炮，叫烧钱纸就烧钱纸，叫回礼就回礼，叫磕头就磕头，村民都说这女娃硬是坚强，跟山一样。只有她自己知道，自己并不像看上去那样坚强，之所以没有垮掉，是因为她还没有接受妈妈和叔叔同时离开的这个事实，是因为恸哭的时候还没有真正到来。

葬礼前后，向芸希抽空去普安乡派出所开了两份死亡证明，然后用死亡证明，注销了妈妈和叔叔的户口，将重庆农商行里的10万元存款更换为自己的名字。

10万元，这就是爸爸、妈妈和叔叔忙碌了一辈子的积蓄。

坟地选在向家后边的山坡上。向芸希坚持把妈妈和叔叔葬在一起。在农村这叫作合坟。张伯很疑惑，试探性地问：那你爸爸呢？向芸希说："莫管他。他已经死了，现在我说了算。"

葬礼的高潮是下葬那天晚上。当夜幕降临，整个佛手村笼罩在一片沉寂之中。乐队的唢呐声在空气中回荡，悲壮而庄重，仿佛诉说着生命的离去和永恒的告别。

在这个特殊的时刻，纸扎的楼房、轿车、瓜果和牲畜被摆放整齐，准备进入火堆中永远安息。这些代表着死者生前美好回忆的物品，被人们小心翼翼地扔进熊熊燃烧的火焰之中。火光映照出村民们的脸庞，他们聚集在一起，共同见证着这一生与死的交汇。

向芸希站在人群之中，她看着火舌朝着黧黑的天空翻卷，无数的纸灰向着四面八方飘散。那些曾经属于她家人的回忆和温馨，如今化作了飘散的灰烬，让她感到生命的脆弱和无常。

她觉得自己生命的一部分彻底消失，那些曾经的快乐时光、亲情关怀和陪伴在她身边的人们，如今都随着火焰一同消散。眼泪不由自主地流淌下来。

这是她在妈妈和叔叔去世后第一次流泪。

泪水无声地滑落，如同心底深处那份无法言说的痛苦和思念。

第二天，她独自离开佛手村，回到了莽苍大山之外的云阳县城。

17

11月11日，"老佛"由大师兄孙永河送到了北碚区蔡家镇的川渝共建古生物与古环境协同演化重庆市重点实验室，研究院的人更喜欢叫它重点实验室。杨耐并没有跟着去。孙永河让他留下，继续在锅圈岩寻找。“那个溶洞里就发现了孤零零的一具化石，这太奇怪了。”他说，理由非常充分，“我有一种强烈的预感，下边，或者周围，会有恐龙化石长城那样规模的化石群，甚至比恐龙化石长城的规模还要大。”

于是，杨耐留在了云阳这边。白天到佛手村锅圈岩转悠，晚上回恐龙公园项目部。孙永河也会把他的研究结果，同步到杨耐这边。

修复化石是一个极其繁杂与漫长的过程。现在技术进步了，修复效率提高了好几倍，但仍然有大量的琐碎而细致的工作要做。

第一个结果就足以震惊世界。“老佛”的化石完整度超过 99%，只丢失了最末端的 3 块尾椎。要知道，经过数以千万年的时间与地质力量的碾压，所有出土的化石都有不同程度的损毁和丢失，完整度能够达到 45% 到 50% 就算好的了，只发现牙齿或者头盖骨等零星化石的案例比比皆是。

第二个结果也很惊人。在包裹“老佛”的围岩里，发现了皮肤印痕化石[①]，其保存完整程度也超乎想象，几块皮肤印痕化石拼合起来，总面积超过 4 平方米。毫无疑问，是当今世界恐龙皮肤印痕化石之最。但是，那恐龙印痕化石上，似鳞片状排列的纹路十分清晰，明明白白地告诉研究者，这是剑龙类恐龙的皮肤，绝对不会是普安云阳龙的。

或许是“老佛”临死前正在吃这头剑龙？要知道，与普安云阳龙同时期，云阳，乃至重庆这一带，生活着很多种早期剑龙。

分析其他数据，杨耐也有一些奇怪的发现。

比如密度。一般骨头和牙齿化石的密度约为 2.6 克每立方厘米，比典型的沉积岩石密度要低。有些化石，如薄壳贝类化石，密度只有 1.4 克每立方厘米。而“老佛”的密度为 3.7 克每立方厘米，高于所有类型的沉积岩。为什么会这样？

---

① 皮肤属于软组织，基本不可能形成化石，只会在岩层里留下印痕，而且可能性比骨骼变成化石小多了。不夸张地说，全世界的恐龙皮肤印痕化石加起来用一个旅行箱就可以装走。

再比如牙齿。人类的牙齿属于异型齿，牙齿分化为门齿、犬齿、前臼齿、臼齿等，形状不同，功能也不同。哺乳动物的牙齿都这样。而恐龙及多数爬行动物的牙齿属于同型齿，形状和功能基本一样，属于一种牙齿包打天下，并且一生之中牙齿可以多次自行更换。但“老佛”的牙齿相比之下更加小巧，也更加密集，甚至隐隐有分化为不同牙齿的趋势。这是怎么一回事？

杨耐望着空气发呆。

难道是一种新的云阳龙？

是不是可以叫佛手云阳龙？

“老佛”属于云阳龙科，这个没有问题。但新种……

他不敢轻易下结论。

曹院说过很多次：研究化石，锥体的形态、侧凹的数量和变化、神经棘的特征……每一处细节，都需要大量的对比，仔细地描述。一个字都马虎不得，写进论文的话，没有“可能”，只有“是”和“不是”。

于是杨耐去向曹世尧院长汇报了“老佛”的事情。刚回项目部的曹院指出，1.747 亿年前到 1.615 亿年前的中侏罗世，这 1300 万年的时间是恐龙演化的关键时期，许多恐龙的亚类群及一些重要特征都是在这一时期出现，比如恐龙的巨型化。但这一时期的化石记录都极为贫乏，云阳恐龙化石群的出现极大地填补了这一世界级的空白。对云阳恐龙化石群的研究已经取得了非凡的成绩。相信进一步研究下去，会取得更加举世瞩目的成就。

杨耐表示，想要验证“老佛”是一种新的云阳龙，不但要跟同科的普安云阳龙进行比对和研究，还要把范围扩大，扩大到四川盆地所有的侏罗纪兽脚亚目恐龙标本。如果需要，还要与全世界同一时期的同类恐龙进行逐一比对，找到所有它与其他恐龙的相似与不同之处。“这事儿要做完，好几年的时间都过去了吧？”杨耐对曹院说，“但我一定会去做，并且把它做好。”

曹院赞许地点点头：“我相信你。”

杨耐不由得有些感动。

他曾经跟曹院发生过冲突，虽然那是很久以前的事了。当时曹院在研究院的年终总结大会上讲话，提到去年在綦江发现了某种“似哺乳爬行动物”的化石。杨耐在台下大声说，“似哺乳爬行动物”是个过时的概念，早就被淘汰了。一石激起千层浪，原本安静的会场立刻炸开了锅。虽然曹院强忍着没有当场发飙，但事后也没少找杨耐的麻烦。

“也就你崽儿敢当众说曹院讲错了，说什么恐龙根本不会爬，根本就不是爬行动物，连爬行动物这个分类都不应该存在。”后来，大师兄曾如此评价杨耐，三分调侃，三分揶揄，三分戏谑，再加一分对“初生牛犊”的敬佩。

杨耐耸耸肩，无所谓地说：“我说错了吗？他说错了我还不能说吗？恐龙真的不会爬[①]。”

彼时的杨耐，正在经历深层次的精神危机。当众指出领导的错误，算得上是他精神上的一种宣泄。

虽然说这事儿还真不能怪曹院。

与众多同领域的长者一样，曹世尧深受“祖师爷”林奈所传的形态分类学影响。这种分类学主要依据生物的形态特征进行分类，是古生物学中最为传统和基础的方法。在曹世尧的学术生涯中，他运用这种分类学方法，对古生物进行了深入的研究和探索。然而，杨耐这一代人所学的则是系统发育分类学。这种分类学方法更注重生物演化的历史和亲缘关系，通过生物的演化树来对物种进行分类。与形态分类学相比，系统发育分类学更加科学和先进，能够更好地揭示生物的演化历程和相互关系。

---

① 恐龙不会像蜥蜴、鳄鱼和乌龟那样在地面上爬行。恐龙的四肢长在身体的正下方，可以支撑起整个身体的重量。早期恐龙都是两足行走，后来一部分恐龙变得非常庞大，这才把前肢放到地上，变成四足行走。同时，恐龙的脊椎和骨盆结构也跟蜥蜴、鳄鱼和乌龟不同，这使得它们的身体更加稳定和灵活，更适合在陆地上快速移动和捕食猎物。分类学上，蜥蜴属于鳞龙亚纲，乌龟属于鳍龙亚纲，而鳄鱼和恐龙都属于主龙亚纲，后两者亲缘关系更近。

目前来说，系统发育分类学还没有完全取代传统的形态分类学[①]，多数人主张“各自表述，并行不悖”，但耿直的杨耐不接受这种说法，始终认为应该全部使用系统发育分类法，不使用系统发育分类法的古生物学家，都是该被淘汰的活化石。

18

“綦江的版画，长寿的柚，彭水的魔芋吃不够；奉节的脐橙，梁平的鸭，云阳满街都是羊脚脚。”念完顺口溜，胡子云对着镜头说，“直播间的各位朋友，今天我们到云阳，不吃羊脚脚，专访恐龙人——见过恐龙的人。”

他把镜头转向面前云阳县亮水坪小区，这里十来幢高楼，密密麻麻地矗立在一起，仿佛拥挤的灰白色森林，是云阳县有名的公租房。时值早上7点，天还没有大亮，四处的路灯照的夜色与浓雾中的小区鬼影重重的。急着上学的孩子与上班的大人从各幢高楼的出口溪流一般源源不断地涌出，都睡眼惺忪，口鼻部喷出些许白色的烟气。向芸希混在人流中，打了个哈欠，正打算像往常一样，去路边小摊吃一碗云阳面，然后去摩托车店里上班，迎面却看见胡子云递过来的话筒和他叵测的笑脸。

“这位就是向芸希，我早就向大家介绍过了。云阳恐龙吃人事件的主角，见过恐龙吃人的人。”胡子云操着变了调的重庆话，兴奋不已地说，“向芸希，向芸希，我能采访你一下吗？我去过佛手村，我们见过。昨天我又去了，他们说……”

向芸希已经扭头走开。

胡子云忙不迭地追上去：“等等我，我就问一个问题。”

向芸希双手揣在裤兜里，紧抿着嘴唇，在前面疾走。胡子云的问题是

---

① 在系统发育分类法的框架下，存在大量无法归类的物种。究其原因，主要是因为系统发育分类法旨在研究整个物种演化树，而在漫长的历史中，许多物种的演化路径无法被精准确认。此外，物种间的演化关系也不易明确划分，这使得系统发育分类法未能完全取代传统的形态分类法。

她所不愿意回答的。胡子云犹如饶舌的苍蝇一般，继续嗡嗡嗡："他们说，是你害死了你妈和叔叔。"刹那间，悲愤的情绪充盈了向芸希的全身。她停住疾行的脚步，回头冲胡子云的话筒大喊道："没有，我没有，我没有害死我妈，也没有害死我叔叔。"胡子云连忙说："我也是听他们说的。真实情况到底是怎么一回事，你不说，我们又怎样知道呢？"向芸希嘴唇翕动着，眼睛有一瞬间似乎变得血红，仿佛下一秒就要号啕大哭起来。然而，她没有哭，甚至没有厉声尖叫。她只是缓缓地把捏成拳头的双手从裤兜里拿出来，冲着胡子云和他的镜头说："我再说一遍，我没有做错什么，更没有害死谁。"

"不要激动。"胡子云决定换一个方向问，"那恐龙长什么样子？"

"要问你问杨耐去，他是'恐龙博士'。我啥子都不晓得。"

"你跟杨耐在山洞里说的话我都听见了……"

"不要再跟着我了，不然我要报警了。"说罢，她决绝地快步挤入涌动的人群之中，让其他人将自己与胡子云的镜头隔开。

在拐角处，向芸希偷偷擦了一下湿润的眼角，然后把双手插进裤兜，以无所畏惧的姿态继续前行。她不想让任何人看见自己哭过。世界很大，她孑然一人。前面的路，被冬日的晨雾所封锁，不知道潜藏了多少不可名状的怪物。她必须坚强。

佛手柑有一种浓烈无比的气味。有人说那是佛手柑特有的香味，喜欢得不得了。向芸希却不这样认为。从小到大，她都觉得佛手柑的气味太浓了，浓得闷人，闻了很不舒服。后来，上初中时学到了"过敏"一词，她意识到自己可能是对佛手柑过敏。妈妈自然不相信她的说法，说她装病，说她懒，说她不想给家里做事，说她……妈妈骂谁都口无遮拦，"而且喜欢上纲上线"，叔叔如是说。向芸希也没有办法。

11月初，妈妈打电话来，说家里搞不赢，要向芸希回家帮着摘佛手柑。向芸希拗不过，给老板龙波请了3天假，回到了弥漫着佛手柑气息的佛手村。那佛手柑挂在枝头，沉甸甸的，一个就有半斤多，几个就能装一背篼。妈妈和叔叔忙得很开心，向芸希却高兴不起来。看着漫山遍野的佛手柑，她没有丝毫丰收的喜悦，只有长时间置身于过敏环境中的厌恶和疲倦。

11 月 6 日早上，龙波打来电话，说店里忙得不可开交，要向芸希回去。妈妈不同意，几乎是强逼着向芸希去采摘佛手柑。“再不采摘就会烂在树上了。”她解释说。在忙碌了半个小时后，妈妈指出向芸希采摘的好几个佛手柑没有熟透。向芸希心里生出一丝绝望，借口要上厕所，离开了那片山坡。

在回家的路上，瞥见了松林之上的锅圈岩，向芸希忽然想起了那里的溶洞。那是小时候的秘密乐园，上初中后就很少去了，但……她心念微动，前面正好有一条岔路，可以去往锅圈岩。她走到那条路上，没有回家，离满是佛手柑的山坡也越来越远。

后来，她在锅圈岩下的溶洞里发现了恐龙化石。

后来，她找来杨耐鉴定。

后来，她回到家里，遇到了破门而出的恐龙。

后来，她在厨房里看到了妈妈和叔叔血肉模糊的尸体。

后来……

经历了一系列的事情之后，她只想离开。

在很久以前，她就打定主意，一定要离开这连绵起伏的大山咔咔。

什么叫大山咔咔？老话是这样形容的，“看得到，走得老；看到屋，走得哭”。山上山下，扯着嗓子可以摆龙门阵，两人想要见面，却需要走半天。不是夸张，是实实在在地走半天。那弯弯曲曲、高低起伏、杂草丛生的山路，更像是某种挥之不去的噩梦。

她只想离开。

现在，向芸希意识到，自己离佛手村还不够远，她还需要去更远的地方。

19

在北碚区蔡家镇重点实验室，孙永河看着二十多个同事忙这忙那，觉得百无聊赖。虽然他答应杨耐要好好修复“老佛”，但自从解剖过合川马门溪龙之后，他对这些石头的兴趣降低了很多很多。

摸过鲜活的恐龙之后，谁还会对毫无生命力的冰凉的石头感兴趣啊！更何况，他独自解剖的时候，还在合川马门溪龙的脑子里发现了某种肯定不是自然生成的东西……

可惜，现在他只有这些石头。

把“老佛”从云阳送回北碚来修复，并且把它的发现人杨耐留在云阳那边，孙永河是存了私心的。一块化石常常能改变一个古生物学家一生的命运。这样的事情已经发生过很多次了。正如曹院一直强调的那样，发现化石只是第一步，甚至可以说是微不足道的，修复和鉴定才是最重要的。“中华龙鸟”的例子就很典型[①]。他已经错过了一次改变命运的机会。如果对“老佛”的修复与鉴定有什么惊世骇俗的发现……

“这块石头……”孙永河在重点实验室巡视，路过简于宸的时候总算找到了感兴趣的东西，“……是‘老佛’身边那个？”在得到简于宸肯定的回答之后，他俯下身子仔细端详。跟在溶洞里相比，这球状晶簇经过打理，去掉了黄色的包裹之物，变成了水晶球一般晶莹剔透的东西。恐龙蛋化石内部有时能开出异常精美的方解石晶体[②]。但像这种……孙永河也是头一次见。他凑近水晶球，仔细端详，发现它的表面隐隐有某种连续性的花纹。有几分像恐龙爪印……

一件往事骤然浮上心头。

---

① 1995 年，两位姓李的农民在辽宁省北票市四合屯村相继发掘出两块化石。其中一块化石被转送至中国科学院南京地质古生物研究所，鉴定为小型兽脚亚目恐龙化石，随后被存放进了仓库。另一块化石则被送至中国地质博物馆，馆长季强对这块化石进行了深入的研究，将其鉴定为世界上第一种带有羽毛的恐龙，命名为“中华龙鸟”，引起了广泛的关注与轰动。后续的研究证实，最初送至南京地质古生物研究所的化石也属于中华龙鸟的范畴。

② 恐龙蛋壳犹如一个小小的溶洞，富含二氧化硅的地下水进入蛋体内部，同时压力达到两三倍大气压强，温度也不高，在零上几摄氏度的样子，在地下经历千万年，遵循六方晶系规则——所有晶尖都会有规律地指向蛋黄所在的中心位置——结晶成六方柱状的方解石晶体。

七八年前，孙永河到重庆市彭水县考察，听当地干部说，太原乡花园村的山梁之上，有一块刻着奇怪文字的巨石。传说是当年张飞路过此地时用手指所刻，所以叫“张飞岍”。在传说里，那些文字是一幅藏宝图，还有流传了很久的童谣是这样唱的：“好个张飞岍，银子在路边；有人识破了，要值万万千。”当地的文史干部念完童谣，问孙永河：“那文字莫非是恐龙的脚印呢？”

重庆有恐龙脚印化石，总量不多，集中在綦江和沙坪坝。孙永河来了兴致，在当地干部的带领下，沿着早年间彭水通向丰都的盐茶古道，爬了两个多小时山路，他们找到了张飞岍。

孙永河绕着张飞岍转了一圈，发现这块巨石的材质为棱骨石，正面很平整，有 6 道人工打磨出来的凹槽，凹槽深约 0.5 厘米，宽约 20 厘米，长约 100 厘米。而那些神秘的文字或者说字符就刻在凹槽之中。

孙永河先前从文史干部那里看过《彭水县志》的记载，说张飞岍石刻：“符号为阴刻，呈枝状、爪状、蚯蚓状，无环形、方形、三角形，个别略似象形状，不类甲骨文、钟鼎文，亦不类道家符咒。”

不得不说，县志的描述是非常准确的。

“是恐龙脚印吗？”文史干部问。

“不是。”孙永河很肯定地回答，“一看就是人刻的，根本不是什么恐龙脚印。”

“不是啊，”文史干部尴尬地笑了笑，“有学者考证过，说是古彝族刻的，也有说是古苗族，我还看见有说是蚩尤刻的。至于刻的是什么内容，没有人知道。”

从张飞到蚩尤，这中间隔了多少年？孙永河哑然失笑，指着张飞岍附近的地上纸烛燃尽的痕迹，问：“这是怎么回事？”

文史干部解释：当地人把张飞岍当成神。逢年过节，或谁家有人生病了，谁家有人出远门，谁家有红白喜事，都要来这里烧香烛纸钱，祈求神灵保佑。

“真不是恐龙脚印？”文史干部还是不死心。

“真不是。我骗你干吗。发现恐龙脚印对我来说，也是大功一件。”

“风化得很严重啊。至少是先秦时期。”

从先秦时期到恐龙时代，这中间又隔了多少年？他知道吗？还藏宝图？什么叫穿凿附会？这就叫穿凿附会。

孙永河把话题转向别处，不再提及恐龙。

现在，看着水晶球上的花纹，孙永河瞬间想起了张飞岍，想起了张飞岍上那些神秘的文字。难道这花纹是某种古老至极的文字？孙永河对矿石涉猎不深，但也知道矿物结晶上出现各种花纹是很正常的事情。但这花纹……太像是有意识地刻画上去的，有着某种他理解不了的意义。

他迫切地想找人咨询一下。这是他遇到问题时最习惯的做法。

活了44年，孙永河最大的成就是认识一大堆朋友。他仔细搜罗了一下通讯录，发现表弟钟扬是可以质询的，并且是眼下最合适的对象，于是给钟扬打电话。

钟扬比孙永河小十多岁，在中国科学院重庆自动化研究所工作，研究人工智能，是个资深的程序员。他性格极好，几乎不会拒绝人。

伴随着嘀的一声，表弟钟扬那张略显忧郁的脸出现在手机屏幕上。

“嗨，表弟。”孙永河主动打招呼，“打搅到你了吗？”

“没有。”

“小惠还好吗？”

“挺好的。”钟扬脸上荡漾起一丝笑意。

当初钟扬对小慧一见钟情，可是花了两年时间才追到她。大家都说他是个世上罕见的情种。孙永河见过小慧，只觉得一般，搞不明白钟扬的痴情痴在何处。“今天打电话过来，是有件事想问你。”孙永河说，“我们挖化石，挖到一个奇怪的东西。你给看看，认识吗？”

孙永河将手机摄像头对准了那个水晶球，转了一圈。

“奇怪，好像加工过。”钟扬皱着眉头，“这些花纹，也很特别啊。看上去就像……”

“就像某种文字？”

“确实有那种可能性。”

钟扬不愿意把话说死了，但孙永河可没有这个习惯：“要不，用你最新编写的程序‘黑曜石’翻译一下？”

钟扬颇为自得地说：“黑曜石嘛，很棒的。对文本的翻译，正确率能达到 99%。不只是中文，对全世界两百种常见文字的互译，都能达到 99% 的正确率。”

“哇，巴别塔要倒了。”

“有几个古文专家知道了黑曜石的存在，特意找过来，要用黑曜石去翻译古文，甚至一些现在已经死掉、无人使用的文字。比如甲骨文，又比如玛雅人使用的方块图文，古印度人的印章文字，等等。对甲骨文的识别与翻译已经取得了不错的成绩。”

表弟说得不错，表达的意思其实是很棒。“那自然语言呢？”

“对自然语言的翻译，正确率目前只有 90%。继续大数据训练，正确率迟早也会达到 99%。”

“那么识别与翻译水晶球上的花纹呢？”

“可以试一试。”钟扬说。

表弟果然不会拒绝人。孙永河道：“我叫人把这玩意儿给你送过去。后面的事情，就拜托你了。”

20

杨耐人在云阳，心在北碚。在锅圈岩的进一步寻找，在动用了最先进的几种探地仪器之后，到目前为止，除了发现溶洞下方还有几条向下延伸的逼仄的溶洞，在化石方面一无所获。阅读和分析大师兄从重点实验室传回来的资料是他每天最大的快乐，但不知道为什么，后来传回来的资料越来越少，甚至连着两天，直接就一个字都没有。他打电话过去，孙永河说确实没有什么新的进展。而且又有一批从綦江送来的皮劳克需要立刻处理，根本忙不过来。杨耐惦记着“老佛”，隔着几百千米，又使不上劲儿，因此失去了平常心，宛如憋着一泡尿找不到厕所。

有一天黄昏，杨耐路过向芸希的家，发现有几个村民对着空荡荡的房子在指指点点。不用打听，那些村民就七嘴八舌地告诉杨耐，在安葬完妈妈和叔叔之后，向芸希跑到云阳县城去了。剩下这幢房子没人住，空着多可惜啊。其中一个老年村民说得很直白，向芸希嫁给他儿子，这房子就归他家了。说这话的时候，老年村民满脸放光，仿佛这事情已经发生了。至于向芸希愿不愿意，不在他的考虑之列。杨耐不理解村民们为什么会这样想，也很直白地把自己的意思表达出来，自然引起了村民的不满。双方发生了一些口角，刘书记出面，才暂时平息了双方的怒火，不至于往更严重的方向发展。

回到项目部，憋着一肚子怒火与怨气的杨耐向曹院打报告，强烈要求去北碚重点实验室。曹院拗不过他，只好同意。

杨耐把自己要到北碚工作的消息告诉了妈妈。不出所料，妈妈非常高兴。“好事。”妈妈说，“从蔡家镇回来，20分钟的车程，打个瞌睡的时间就到了。”

随后，杨耐用一天时间将手里的工作移交出去，买了11月23日去重庆北站的高铁票。这天中午，杨耐准点来到云阳高铁站。云阳站是郑渝高铁上的一个中型客运站点，进进出出的乘客不算多。在入口处，杨耐看看时间还很充裕，正想着做点儿什么，忽然被人从后边拍了一下肩膀。回头一看，是好久不见的向芸希。

“我要离开云阳。”向芸希说，“你能送送我吗？”

“去哪儿？”

“重庆……”

“去旅游？”

“不是。是离开。”

离开？杨耐略微迟疑了一下，看着向芸希不大的双肩背包，又看着向芸希望向自己的眼睛，忽然明白向芸希说的“离开”不是出去旅游，不是出去学习或者工作，而是“离开云阳再也不回来”的意思。他不由得眯了一下眼睛。

“你能送我吗？他们都忙。”

杨耐不答反问：“过去做什么？”

“先离开再说，”向芸希耸了耸肩，“最好是做老本行。实在不行……大不了去送外卖。我会骑摩托，送外卖是不是正合适？”

这女孩子的坚强让杨耐心中漾起一阵感动。“我送你。”他说。

两个人一起进入高铁站。向芸希冲杨耐挥了挥手，朝安检通道跑去。杨耐看见她眼角似乎有什么亮晶晶的东西闪过，待她过了安检，隔着栏杆，继续冲他挥手、说着再见时，那亮晶晶的东西已经消失不见了。杨耐叹息一声，跟在人群后面，进入了安检通道。

从云阳站出发，长长的列车在大山与大河之间穿行，时而横空跨过峡谷，时而紧紧贴着峭壁飞驰，时而越过零星的民居。隧道多得超出乘客的想象，在地理上，渝东北属于川东平行岭谷，这边的山岭和峡谷真是多得不可计数，长长的隧道与桥梁，也因此一个连着一个。

桥梁几乎无处不在，越过江河，越过峡谷，在山间平坝上方，在刀削斧劈一般的峭壁旁边，连接着这里和那里。

三四千米长的隧道串联成隧道群，以至于有游客感叹：这哪里是坐高铁，分明是坐地铁嘛。有很长一段时间，阳光只在列车驶过隧道与隧道之间的空隙时，射进车里几秒，给列车里的一切带来光与影的移动，如梦似幻。

杨耐肯定不是第一次坐高铁，也不是第一次看这样的景象，但他的眼睛依然在车内与窗外之间来回切换，哪边的风景都充满了变化，都让他无比着迷。

“嘿，你怎么也在车上啊？”

不用看，杨耐也知道问话的是向芸希。在她进入这节车厢时，他就看见了她。

“你去哪里？”向芸希来到杨耐的身旁，“我还以为你来云阳高铁站是送人来的。”

“回北碚，到重点实验室做研究。‘老佛’早就送过去了。”

“‘老佛’是谁？”

“就是我们在锅圈岩发现的那具普安云阳龙化石，大师兄给取的代号。”

“我一直想知道，那普安云阳龙是从哪里来的？他们都说是基因工程制造的，就像电影《侏罗纪公园》那样，从琥珀里的蚊子体内提取到了恐龙的 DNA。”

“不，不可能。”杨耐说，“DNA 非常容易损坏①，保质期只有……”

就在这时，列车骤然减速。

剧烈的刹车声响彻整趟列车。

21

列车时速超过 300 千米。在巨大惯性的作用下，列车继续前冲，在众多乘客的尖叫声里，在刺耳的警报声里，直直地冲进了铁路前方，长 9167 米的万州区铁峰山分水镇隧道。

列车的反应不可谓不快。从接到前方隧道出现异常情况的通知，到紧急启动刹车系统，到整列列车彻底停住，所花时间不超过 30 秒。然而，它的速度实在太快，在冲进分水镇隧道之后，撞上了什么奇怪的东西才硬生生地停了下来。

---

① 暴露在阳光下，经历日晒、风吹、雨淋，DNA 的保质期只有几周。埋到土里，DNA 的保质期约为 521 年。如果在缺氧、少水等环境下保存，理论上 DNA 可以保存 100 万年。把 DNA 干燥后真空包装，再冰冻到零下 80 摄氏度，DNA 最多保存 680 万年。显然，自然中不存在这样的环境。

好消息是列车没有倾覆，停在了铁轨之上。

惊魂未定的乘客纷纷打听出了什么事。乘务员也茫然无序，只是遵从职业需求，安抚着乘客。这时，列车里的灯陡然熄灭了。刹那间，所有人都陷入了无边的黑暗与恐慌之中。

幸而，应急灯很快在四处亮起。

绿莹莹的灯光照亮了乘客们惶惑的脸。他们纷纷拿出手机，却不无惊讶地发现没有信号。

“我们在分水镇隧道里，在铁峰山肚子里，怎么可能有信号嘛。”有乘客解释，“好臭，什么东西好臭。”

他深深吸了一口空气，确认不是错觉。

他周围的乘客也纷纷点头，表示闻到了。“好像是杀猪厂的气味。”一个年纪不小的乘客说。“对，就是杀猪厂猪下水跟猪粪便混合在一起的气味，太难闻了。”大家纷纷附和，心情也因此愈加烦躁，吵吵嚷嚷着要下车。

乘务员想要阻止，可阻止不了，现场秩序一下子混乱起来。关键时刻，列车长拿出高音喇叭，安抚乘客，并且说，面对现在这种情况也是有应急预案的。“到处跑，只会制造新的伤亡。上级也知道我们这儿出事儿，救援也在路上了。”他说，“相信我们，一定会把大家安全带离隧道。”

混乱被列车长及时制止了，下了车的乘客又回到了车上。

先前杨耐没有下车，向芸希想下车，还被他阻止了，这时他却逆着人流要下车。一个乘务员看见了，抬手阻止他：“你干什么？请你配合我们的工作，回你自己的位置上去。”杨耐说：“我下去看看，看是不是撞上恐龙了。”乘务员脸色一变：“你怎么知道？”向芸希在一旁说：“他是‘恐龙博士’，什么都知道。”那乘务员收回手，让杨耐下了车，向芸希也蹦蹦跳跳地跟着。

应急灯照不到的地方都黑洞洞的。列车仿佛是一条长长的发着绿色荧光的毛毛虫。

“你怎么知道列车撞上了恐龙？”

“气味，这气味在前几天解剖合川马门溪龙时我闻到过。”

车头处有四五道应急灯的光晃来晃去。那是列车长带着乘警在检查。空气中的腥臊味儿更浓了。向芸希忍不住捂住了口鼻，而杨耐径直前行，因为眼前的一幕，让他忽略了别的。

从车头往后，三节车厢之下，铁轨与车轮之间，拥塞着无数的碎肉。这里一堆，那里一坨；这里一块，那里一摊。有的能看出来原来是什么，脑袋、尾巴、腿、胃，还有肠子；有的根本就看不出它本来的模样，被列车撞击之后破坏得太严重了。

杨耐对向芸希说：“要不你回去吧？”

“我不。”向芸希倔强地说。但她无法控制生理反应，话音刚落，就跑到隧道边上去吐。然而又吐不出来，愈加难受。

杨耐继续走。

被高速列车撞死的是恐龙，这毫无疑问。从脚就可以推测出是一种大型蜥脚亚目恐龙。不是一头，他数了数，至少是 4 头。

列车长看见来了陌生人，厉声说道：“赶紧回去。”

“普贤峨眉龙。”

“什么？峨眉？”

“普贤峨眉龙，2020 年由古生物学家在云阳化石群挖掘、鉴定并命名。它长约 16 米，站起来有 8 米高，体重 6 吨，生活在约 1.69 亿年前的中侏罗世。”

“你是……”

“杨耐，在 208 地质队工作，研究恐龙的。”

4 头 6 吨重普贤峨眉龙，共计 24 吨的血肉，虽然挡不住高速列车的前进，但足以……不，不是 4 头。杨耐不自然地抽了抽鼻子，在车头的另一边铁轨上，看见了掉落的第 5 头普贤峨眉龙的脑袋。“5 头。为什么是 5 头？我不知道。”他自言自语道，“也不要问我它们为什么会突然出现在隧道这里，我不知道。”

“有危险吗？”列车长问，他指的是四处散落的普贤峨眉龙的残肢断体。

“不知道。”杨耐说，“保险起见，我建议将乘客们撤离。”

列车长没有犹豫，命令各车厢的乘务员按照第三套应急预案，坚守岗位，执行任务，组织各车乘客，有序下车，然后集体往列车进来的方向走。根据标识，列车长推测，往这个方向走，最多走两千米，就能走出分水镇隧道。

“天黑之前，一定要走出隧道。你呢？”

“我再观察一会儿。机会难得。”

“她呢？”

“我来照顾。”

“那你观察完，赶紧跟上大部队。”

列车长说完，带着几名乘警转身跑开，去组织近两千名乘客撤离。

杨耐走到向芸希旁边，递了一张纸巾给她。

“我没吐。”向芸希接过纸巾，擦了擦嘴角。

“说不定吐了更好。”

“你这种人，身边的朋友一定不多吧？”

“不，不是不多，是根本没有。”

“真的还是假的哟？”

杨耐不置可否地笑了笑。

杨耐不笑的时候显得严肃，好像谁都欠他钱似的，而一旦笑起来，就跟三岁孩子似的，可以说没心没肺，也可以说纯真善良、毫无恶意。向芸希承认，他笑的时候，还是有某种难以言说的魅力的。

“笑什么笑，傻兮兮的。”

杨耐忽然一抬手，止住了向芸希进一步说话。

在车头前方，浓重而黏稠的黑暗里，传来一阵阵诡异的声音。有一个庞然大物的身影在黑暗中闪过。只影影绰绰看见长长的脖子，长长的尾巴。

“那是……”

“普贤峨眉龙，活的！”

杨耐撒腿就跑，跑向黑暗。

“你别跟过来。危险。”

向芸希回头瞅了一眼在乘务员与乘警的组织下正有条不紊地撤离的乘客们，旋即意识到只有自己一个人留在宛如血肉地狱的车祸现场，不由得诅咒了一句，跟在杨耐身后，跑向了分水镇隧道的更深处。

22

对向芸希的到来，杨耐似乎并不意外。

作为一种大型蜥脚亚目恐龙，普贤峨眉龙的奔跑速度本来就不算快。更何况，它是在黑暗的高铁隧道里奔跑，跑得相当憋屈，8 米高的它不是撞到这里，就是碰到那里，闹出的动静非常大。

应急灯捏在杨耐的手上。他相当有耐心地跟在普贤峨眉龙后边。

“追上了怎么办？我们肯定抓不住它。”

“追上了再说。”

前方突然传来格外剧烈的声音，有什么大型的东西被那头普贤峨眉龙撞上了。再然后，普贤峨眉龙的声音就消失了。

消失了吗？像上次一样？杨耐和向芸希赶紧往前跑，发现前方隧道有一个岔洞，悬挂了“紧急救援”的标志。标志被普贤峨眉龙撞坏了，杨耐毫不犹豫地从它下边钻进了岔洞，向芸希紧随其后。走过约 40 米的岔洞后，他们来到了一条与主隧道平行的一条隧道。杨耐解释说，这是施工时的辅助通道，工人、机械、材料，都从这边进，也是隧道竣工后的永久性救援通道。

救援通道只有 2375 米长，两人心急如焚，在最短的时间里，冲了通道。

通道尽头是一条山谷，还残留着少许施工痕迹。

但没有看见那头普贤峨眉龙。

杨耐不死心，继续找。

普贤峨眉龙是个庞然大物，在行进之中留下了无数的痕迹。

循着这些痕迹，杨耐和向芸希在连绵的大山里上上下下，跑了一个多小时。有时觉得普贤峨眉龙就在前面，过去一看，发现它已经离开了；有时觉得它已经消失了，再也找不着了，可它留下的痕迹又在前面出现了。

“它比我们还要慌。”休息的时候，杨耐如是说，“长途跋涉，是我们哺乳动物的长项。”

但最终还是没有追上，而天色越发阴暗。

停在一处山脊上，杨耐掏出手机来看，已经是下午五点半。还是没有信号，什么信号都没有。这荒郊野岭的，没有信号不是很正常的嘛。杨耐忽然间意识到，刚才只顾跟着普贤峨眉龙的痕迹走，完全不记得是怎么来的这里，自然也不知道这里是哪里了。

杨耐伸长了脖子，极目远眺，只见四周都是连绵起伏的群山，云雾遮蔽下，看不真切。

“一个好消息，那边——”向芸希指向远山说，“——这座山与那座山的中间，看见了吗？那里有一片房子，看规模，至少是一个村子。我们去那里。”

杨耐没有反对。

“看得到，走得老；看到屋，走得哭。”向芸希说。

两人继续在大山里跋涉。

杨耐时不时地看看向芸希，这个山里的妹子，身手极为矫健。他原本以为自己长期从事野外挖掘工作，业余也把大量的时间花在健身与锻炼上，身体素质自然是极好的。现在看来，向芸希的身体素质应该在他之上。

他的竞胜之心渐起，总想赶在向芸希的前面。谁想这样一来，却连续走错了好几次路。

这里的荒山野岭实际上没有供人行走的路，好些地方，荆棘丛生，杂草遍地。杨耐怀疑，他们俩是从古至今第一批从这儿走过的现代智人。没有路，幸好有方向，方向就是那一片半山腰上的村落。

杨耐在前，向着那个方向攀爬。

向芸希告诉他，错了，该走另一边。

那边不是更远吗？杨耐疑惑。

这边，这么走，从这里下到那个山沟，再到那边，然后就到了那个垭口。向芸希指给他看，手臂滑动，仿佛是沙盘边指点江山的大将军。

“这边呢？”

“继续往前走，你就能看到一片悬崖。不想活的话，可以跳下去，保证死了，重伤的机会都不会给你。”

杨耐不信，因为从这儿看过去，那边根本没有什么悬崖。他固执地独自前行数百步，然后就看到了向芸希所说的那道悬崖。它藏在一片倾覆的楠竹林下边，在远处根本看不见。

那向芸希是怎么知道悬崖的存在的？

杨耐回到向芸希所在的地方，后者没有嘲笑他，也没有解释，只是转身走向她先前所指的方向。

一个问题藏在心里，没有答案，对杨耐来说，是一件很不舒服的事情。他比以前更多地观察向芸希。他发现她一边留心脚下的每一步，一边抬眼观察远处的山形山势。远处与近处，都在她的观察范围之内。在观察的同时，她已经在脑子里规划好了下一步怎么走，甚至可能都没有一个思考的过程。杨耐明白了，这是一种长期在大山里生活形成的直觉，是他这个城里人所不具备的。

杨耐望向村落所在的地方，估计至少还要一个小时才能走到。

“我头晕乎乎的，像喝醉了酒一样。”向芸希停下脚步，扶住身边的一棵松树，想要大口喘气，但似乎又不需要。她曾经多次攀登过云阳县城那1975级的登云梯，毫无问题。可现在，感觉比一口气爬上登云梯还要难受。“这正常吗？”

杨耐也停了下来，缓了缓，回头对向芸希说：“深深地吸一口气，把你的肺装满，然后憋着，憋到你的极限，再吐出来。不要一次性全部吐完，而是一点儿一点儿地吐，像鱼吐泡泡那样。这样反复几次。不要急，呼——吸——，呼——吸——”

杨耐一边说一边做，向芸希跟着做。这样呼吸几次后，向芸希舒服多了。“就像中暑。”向芸希问，“可是大冬天的中暑，说出来也没人信啊！”

“是醉氧①。”杨耐解释说，从缺氧的高原到氧气浓度更高的平原，身体忽然不适应，就会出现醉氧的现象，“没想到会在这种情况下体验到。让你反复呼吸，是为了让你的肺和身体迅速适应氧气浓度更高的环境。”

“你的意思是空气中的氧气增多了？”

“对。我也不知道为什么。”

向芸希还要问，杨耐抬手止住她的话头。附近的灌木丛晃动了好几下，叶片中间突然冒出一个绿色的小脑袋。它有着扁圆的脑袋，两只深黑色的眼睛警惕地望着两人。

随后，在它周围，冒出来第二、第三、第四、第五、第六个同样的脑袋。

它们的嘴唇翕动着，似乎在吞食什么绿色的东西。

向芸希吓了一跳，身子不由自主地往后一缩。“别怕，”杨耐说，“它们是……”话音未落，就见它们从灌木丛中像袋鼠一样跳了出来，落地之后，两条后腿一蹬，从他俩的身旁跳过，跳进另一边的丛林里，消失在绿色里。随后就是几道绿色的波痕向远方快速延伸，很快不见。在那短短的一瞬，向芸希就看见它们的个头比自己稍稍矮一些，有 1.5 米高，整体呈绿色，体态纤细，动作灵巧，两只前爪蜷缩在胸前，有一条细长的、会伴随着跳跃

---

① 对于侏罗纪时期的大气含氧量，科学家们的看法并不统一，有些研究显示侏罗纪的含氧量比现在高，而另一些研究则表示侏罗纪的含氧量比现在低。这是研究方法和模型的差异导致的。较为普遍的说法是，侏罗纪时期的含氧量比现在稍高，但差距并没有大到需要穿防护服的程度。同时需要注意的是，侏罗纪长达 5400 万年，受各种因素的影响，在此期间大气构成不可能一成不变，某些成分甚至在短时间内剧烈波动。这里是情节需要，采用了侏罗纪时期大气中含氧量高于现在的说法，并进行了戏剧化的描写。

和奔跑晃动的尾巴。

“磨刀溪三峡龙，”杨耐说，“2019 年鉴定，一种鸟臀目小型植食恐龙。”

23

在分水镇隧道发生高铁事故的时候，黎乃菡正在南川区金佛山看银杏。每一次看到银杏树[①]，黎乃菡都有一种特别的感慨：既觉得生命的渺小，在自然的伟力面前，什么都不是，又觉得生命的伟大，在历尽劫波之后，却依然艰难地存在着。

黎乃菡每年冬天都会抽时间到金佛山看银杏。

近些年，银杏作为一种景观植物，在重庆及别的城市都有大量种植。以至于一到冬天，哪儿的银杏黄了，到哪儿去看银杏，已经成了新闻热点与新的旅游追求。但在金佛山德隆镇杨家沟这边有 3000 多株古银杏，依然是一种特别的存在。

午饭过后，黎乃菡离开宾馆，信步走向银杏皇后所在的地方。天气晴好，虽不是秋天那般的天高云淡，但也不是隆冬那般晦暗不明。道路两旁的银杏树叶都黄了，一片片一枝枝一树树，煞是好看。风吹过，无数黄黄的叶子如蝴蝶一般翩翩起舞。落叶铺满路面，走上去沙沙作响，宛如走在沙滩上。

黎乃菡一边走一边看一边想。

通过种群遗传结构和动态历史模拟分析发现，现在全球的银杏均源自

---

① 地质史上，银杏曾经是个大家族，银杏门下，纲一级的成员就有好几个，种一级的成员有数十个。与动物的恐龙时代相对应的，是植物的银杏时代。然而，经历多次灭绝后，现存银杏门只有孤零零的一种银杏，没有近亲，也没有远亲。全世界只有三个地方有比较大的野生银杏种群了。一是以浙江天目山为代表的东部地区，二是以广东南雄广、西兴安为代表的南部地区，三是以贵州务川、重庆金佛山为代表的西南地区。野生种群生存在以下几个地方：浙江临安区、湖北安陆市、巴东县、神农架林区、湖南石门县、广东南雄市、广西兴安县、重庆南川区、贵州花溪区、务川仡族苗族自治县、凤冈县。

浙江天目山。这种基因上的单一性其实隐藏着极大的危险。现在人工栽种使得银杏似乎到处都是，但这些银杏随时可能因为某种疾病而在短时间内全部死掉。

游客到处是。多数都在拍照，拍银杏，拍天空下的银杏，拍银杏树下的家人、朋友和自己，都在享受这难得的明媚但注定短暂的冬日时光。他们不会像黎乃菡这样，在欣赏银杏美景的同时，还在思考银杏的过去，担心银杏的未来。

黎乃菡突然停住脚步，弯下腰从一大堆纠缠在一起的银杏落叶里挑拣出奇特的一片。她把那片银杏叶放到眼前端详。这不是银杏，不对，这是银杏。准确地说，这不是现生的银杏，而是义马银杏，已知最早的银杏，生活在 1.7 亿年前。黎乃菡曾经多次挖过它的化石，多次用放大镜观察过它的枝和叶，再细致地描绘出来。

这不可能。

黎乃菡望望四周，太阳还在，不停拍照的游客还在。她喘息了一下，往前走，又从满地的落叶里找到第二、第三片义马银杏叶。

这怎么可能？难道这里有活的义马银杏的……

“耗子！”前面突然传来一声尖叫。更多的游客跟着嚷嚷：“哪来的耗子？”“大白天的，耗子怎么到处跑？”“打死它们！”“快躲开快躲开！”

黎乃菡循声望去。隔着纷乱的人影，她看见一群灰不溜秋的小动物从一侧的银杏树下钻了出来，粗短的毛发令它们看上去仿佛是某种刺猬。它们的四条短腿一起用劲儿，闪电般地从道路这边，穿过堆积的落叶，穿过惊慌失措的人群，消失在另一边的蕨类植物里。黎乃菡最后看见的，是它们粗短的尾巴，在蕨类植物的叶片下晃动了两下，然后消失不见了。

“那不是耗子吧？”有惊魂未定的游客问。

“不是，不像是耗子，”有游客猜测，“更像是……黄鼠狼？”

“黄鼠狼长这个样子？”

他们都没有在现实中见过真正的黄鼠狼，所以谁也不敢拍着自己的胸脯说那群小动物是黄鼠狼或者不是黄鼠狼。“胆子真大。”这个结论倒是出奇地一致。

黎乃菡看着手里的义马银杏叶，又瞅瞅那群小动物消失的地方，依稀觉得那群小动物在哪里见过。不是在别处，是在恐龙地质公园的展厅里——是一种叫作三列齿兽类的合弓纲[①]动物。

三列齿兽类长得确实像耗子，尤其是那一对发达的大门牙。它们和耗子一样在地下生活，吃植物的根和叶子。因为住在同样的环境里，居于同样的生态位，草草看上去，样子真的就差不多。但问题是，三列齿兽类出现在三叠纪，繁盛于侏罗纪，在白垩纪中期灭绝，连那颗小行星的面都没有见到。

又一种侏罗纪生物，活的？

24

杨耐和向芸希继续在大山里穿行。也许走出了高含氧量的地区，醉氧的现象已经完全消失。

走到一处山脊时，向芸希瞅着一旁的深沟，对杨耐说：“博士，我现在从这儿跳下去，会不会变成化石，有一天被你或者别的谁找到来研究？”

“可能性不大。”杨耐偏头看了看岩石下方100米深的山谷，“无限接近于零。”

“你是说你活不到那么久吗？化石要很多年才能形成，我还是知道的。几千年，还是几万年？”

“不是。”杨耐说，“我是说，你现在跳下去变成化石的可能性无限接近于零。”

① 合弓纲，俗称“兽族”，包含羊膜动物中所有与哺乳类关系较近的物种。合弓纲这个“弓”指的是颞弓，颞窝周围的骨片所形成的骨弓。“合”，是因为最初命名的学者错误地以为这对颞弓是由两对颞弓合并来的。后来研究发现不是，但名字就保留了下来。

每一块化石都是一个奇迹。

10 亿根骨头中仅有 1 根会成为化石。全世界 80 亿人，每个人的骨头有 206 块，那么全世界大约只有 1642 块骨头能成为化石，全部挖出来能组装成 8 具人体骨架。据一些科学家推算，地球上曾经出现过 9.82 亿种生物，而已描述的化石仅 18 万种。

想要变成化石，从来都不是简单的事情。

首先，得死对地方，死在能够被快速埋葬的地方。如果埋葬得不够迅速，暴露地面越久，遗体被破坏的可能性就越大。快速埋葬这一点，自然灾害可以帮上忙。比如大洪水、泥石流和火山爆发，突如其来，猝不及防地就被埋葬了。死亡与埋葬同时发生，是非常理想的状态。

其次，得埋对地方，埋在有矿物质的地方。骨头的组成物质需要被逐渐溶解，再由外来的矿物质逐渐替代。而且，骨头的组成物质溶解的速度和矿物质形成的速度得大致相等，这样才能够很好地保存原来的特征。这个过程需要上千年的时间。

最后，得运气超好。在形成化石的过程中与形成后，没有遇到火山，也没有遇到地震，没有遇到任何能摧毁化石的地质力量。哪怕是在数以千万计的年月里，化石随着所在的地层，一会儿上升，一会儿下降，一会儿平移，而化石骨架依然在一起。直到有一天，被人——或者别的——从地底下挖出来，拼装起来。

“真麻烦。还有其他方法吗？成为琥珀？”

“好主意。琥珀不仅能够保存骨骼，还能保存软组织。在琥珀中，除了昆虫，还发现过蜥蜴、鸟类，以及恐龙的尾巴。当然，想成为琥珀，你得找到足够多的树脂。”

“那得需要多少树脂啊？有更简单的办法吗？”

“有，在美国洛杉矶有个叫拉布雷亚的沥青坑，已经挖掘出近 700 种冰河时期的动物化石。跳进沥青坑，也是变成化石的捷径。”

向芸希默想了一下跳进沥青坑的感受。“一定很难受，但会死得很快吧。”她说，“可以带东西吗？比如钻石。”

“喜欢钻石？你可以带上一块钻石，在上面刻上你的名字，刻上你为了成为化石，都做了什么努力。说不定下一个地质时代的智慧生物透过你留下的信息，能再现我们生活的年代，以及我们所处世界的模样。”

“不不不，”向芸希故意模仿杨耐的语气，咧着嘴笑道，“我不是喜欢钻石，只是随口举例。”

“还可以随身携带铜和镍，这样，出土时你的骨头就会变得金光闪闪，宛如金属器具，非常酷炫。”

“还是算了，太复杂，太麻烦。我不喜欢。我喜欢简单。”

“不简单，一点儿都不简单。”杨耐摇着脑袋说，“形成化石已经是千难万难，而从化石中推测出它们生前的行为，更是难上加难。从某种程度上说，我们现在对恐龙的认知，全都是建立在几大车的化石及连篇累牍的推测与猜想上。最杰出的古生物学家就是那些做出最佳的推测与猜想的人。”

“那你还经常纠正别人的错误？”

一听这话，杨耐就来气。世人对古生物学家的误会太深了。“不不不，你根本不知道我们是怎么搞研究的。”他大声说，“虽然我们还有很多未知和猜测，但这也是科学的魅力所在：不断地追求真理和知识的拓展。即便推测与猜想①，也不是你想象的胡编乱造。”

向芸希也按捺不住，心中火起，反唇相讥道：“是是是，你是‘恐龙博士’，你说什么都是对的。可你知道摩托车有多少种吗？你知道圆碟、浪花碟和通风碟②的优缺点吗？”

杨耐如大白鹅一般扭动着脖子，瞪大了眼睛，莫名地看着向芸希。

“你都知道吗？不知道吧？不知道你就是傻瓜。”原本向芸希的话语中

---

① 在科学研究中，推测和猜想也是非常重要的一部分。科学家们通过推测和猜想来预测未来的研究方向和可能的结果，从而指导他们的实验和研究工作。当然，这些推测和猜想也需要经过严格的科学验证和检验，只有被证实或证伪后才能成为可靠的知识。

② 这三种碟是摩托车制动系统上的碟盘，用于刹车的。

充满了挑战性，洋洋得意，但最后这句话露了怯。不过，杨耐没有像以往一样，打蛇打七寸，而是从心底里冒出一句话来：“你讨厌我？”

“我哪敢？”向芸希脸色微微一变，避开了杨耐突如其来的凝视。她走到松树边，拿手拂过叶尖，感受那植物的坚硬。她蹦跳着，从这棵松树，拂到那棵松树，嘴里不由自主地唱起了一首山歌：

喝你一口茶呀，问你一句话，你的那个爹妈噻，在家不在家？
你喝茶就喝茶呀，哪来这多话，我的那个爹妈噻，已经八十八。
喝你二口茶呀，问你二句话，你的那个哥嫂噻，在家不在家？
你喝茶就喝茶呀，哪来这多话，我的那个哥嫂噻，已经分了家。
喝你三口茶呀，问你三句话，你的那个姐姐噻，在家不在家？
你喝茶就喝茶呀，哪来这多话，我的那个姐姐噻，已经出了嫁。

杨耐看着向芸希，看她在各种植物之间来来回回。她有一种与众不同的美丽，充满了野性的韵味。她的眼神清澈而有神，仿佛能洞察世间万物的真相。她的笑容，如同山间的野花，虽然不张扬，却独具魅力。她的身姿矫健而有力，每一个动作都充满了生命的活力。这种野性之美不仅仅是外在的，更多的是源自她内心深处的独立、自由和不羁。她如同一匹未被驯服的狂野之马，奔腾在广袤的大地上，不受任何束缚，展现出无尽的活力与激情。又像是一只自由的鸟儿，展翅翱翔在蓝天白云之间，享受着生命的美好与自由。

西边的太阳隔着层层雾气照射下来，几乎感觉不到它的温暖。空气异常潮湿，仿佛只要挥一挥手，就会有凉沁沁的露水在手掌上形成，晶莹剔透，如同贴上了一层薄薄的玉石。

沿着狭长的山脊爬了一段后，他们来到一处较为阔大的山坳。“不远了，”向芸希说，“爬过前面那道山梁，看那里，那里应该有一条通向村子的公路，到了那里，只需要沿着公路走，就轻松了。”

她忽然用两只手捂住了自己的两只耳朵。

杨耐也来不及问，耳道深处传来一阵锐痛。他也如向芸希一般不由自主地捂住了耳朵。然而没有什么用，那锐痛，仿佛是一根烧得通红的长针，从两个耳道同时往脑袋深处扎。

一次又一次。

三次之后，杨耐觉得自己的脑子仿佛变成了一团黏稠的糨糊，无法感知，无法运转，充满恐惧。向芸希的表情也极为痛苦，小脸皱缩成一团，嘴微张着，却没有发出刺耳的尖叫。

锐痛骤然间消失，就像它来时那样突然。杨耐顿时觉得天旋地转，好像浑身的骨架都被抽走，要不是他勉力支撑，已经瘫软在地，如同无声无息的死人一般。

向芸希也没有倒下，她松开捂住耳朵的手，茫然地望向远处，随即表情变得惊恐。

杨耐也看见了。

1、2、3、4、5、6。

他们俩同时看见了6头普安云阳龙。

25

那6头普安云阳龙分成两队，左边3头，右边3头，直奔目标而去。这是非常典型的合作狩猎模式。它们的速度快得惊人，转眼间已经到了猎物跟前。

它们的猎物是一头普贤峨眉龙。

杨耐毫不怀疑，那就是他们先前追踪的那一头。脑袋小，脖子特别长，几乎占了整个身体的一半。身上有少数新鲜的伤痕。所有的特征都对得上。

单独看个头，5米长的普安云阳龙没法跟16米长的普贤峨眉龙比。而且，这头普贤峨眉龙身体结实，四肢异常粗壮，看上去非常敦实，肯定不是什么喜欢束手就擒的优质猎物。

然而，此时此刻，那头普贤峨眉龙不知道为什么，既不反抗，也不逃跑，而是杵在原地，酣睡一般。要是它逃跑，6头普安云阳龙不一定能困住它；要是它反抗，6头普安云阳龙里一定有受伤的。但这些都没有发生。

在30米外，杨耐和向芸希看见，左侧那队的第一头普安云阳龙跳起来，张开大嘴，一口咬住了那头普贤峨眉龙前腿上方的脖子。普贤峨眉龙感到疼痛，好像这才从酣睡中醒来，奋力一甩，竟将那头普安云阳龙摔到了一旁的草丛里。几乎是同时，右侧那队的第一头普安云阳龙略略低下脑袋，避开了普贤峨眉龙肌肉敦实的后背，斜着向上，一口咬住了普贤峨眉龙后腿前方较为柔软的腹腔。普贤峨眉龙再次感到疼痛，原地转圈，甩倒第二头普安云阳龙的同时，尾巴横扫过来，用尾尖的小骨锤挡住了第三头普安云阳龙的进攻。

剩下三头普安云阳龙停止了袭击。

猎人与猎物达成了暂时的和平。

但僵持下去，显然对普贤峨眉龙是不利的。它的脖子和腹部都受了伤，皮开肉绽，鲜血汩汩流出。再这么僵持下去，它也会因流血过多而死。

普安云阳龙停止进攻，也是这个原因。

这是一群非常高明的猎手，知道如何用最少的代价，获取最大的收益。

与影视表现的不同，它们没有张开满是牙齿的嘴发出骇人的咆哮声，而是沉默着，不发出一点儿声音。现场只有它们杂乱而不失有序的脚步声。它们有时退让，有时闪避，有时突袭，目的只有一个，围住普贤峨眉龙，不让它离开。

普贤峨眉龙更加焦躁，发出一种短促的低鸣，试图再次突围，但再次失败。现在所有的声音都是它制造的，6吨的身体运动起来，惊天动地，然而普安云阳龙的包围仿佛收放自如的网。它毫无办法，只能眼睁睁地看着自己的体力与生命力随着鲜血的流淌而一点点消逝。

一头普安云阳龙瞅准了一个空当，扑向普贤峨眉龙。

它上当了。

普贤峨眉龙并没有像它表现得那样衰弱，在那头普安云阳龙扑过来之前，它已经提前移动了身体。于是，那头普安云阳龙撞到了普贤峨眉龙坚实的脊背上，就像撞到铜墙铁壁上。

撞得它头昏脑涨，像被拍扁的蚊子一样，滑落到地上。

普贤峨眉龙从它身上踩过去，趁势要从包围圈难得出现的缺口处冲出去。

不得不说，这是一个不错的防守反击，也是这场猎杀中，普贤峨眉龙唯一逃脱的机会。

可惜它的对手是普安云阳龙。

说时迟那时快，为首的那一头普安云阳龙张开了嘴，在场所有的普安云阳龙都张开了嘴。没有听见声音，但先前体验过的锐痛再一次出现在杨耐和向芸希的脑子里。他们俩再一次捂住了耳朵，尽管捂耳朵这个动作并不能使那剧痛缓解半分。

所幸，这一次锐痛只出现了一次。

然后，他们俩不无惊讶地看见，即将逃出包围圈的普贤峨眉龙再一次杵在了原处，不再奔跑。这一次，普安云阳龙们不再保留实力，一拥而上，有的咬脖子，有的咬腹腔，还有的咬肛门。最凶悍的那一头，跳起来，咬住了普贤峨眉龙的脑袋，咬住就不放，生生地用自己的体重将普贤峨眉龙的脑袋压了下来。

在这样迅猛而有效的进攻下，普贤峨眉龙终于倒下了。16米长、6吨重的身体，倒下时发出骇人的声音。有一秒钟，杨耐觉得它又抬起了脑袋，四肢颤动，似乎又要挣扎着起来，然而这要么是幻觉，要么是回光返照。普贤峨眉龙彻底倒下了，不再挣扎。

普安云阳龙开始享用美食，先前被普贤峨眉龙踩伤的那一头也一瘸一拐地加入聚餐的行列中。空气中弥漫着浓重的血腥味。

杨耐注意到，普安云阳龙吃普贤峨眉龙是有先后顺序的。那头最为凶悍的显然是首领，最先吃，也吃的是最好的部位。孙永河说过，蜥脚亚目恐龙都是些皮糙肉厚的家伙，经常活动的部分是活肉，才会好吃。首领吃的，就是这样的活肉。

也就是说，普安云阳龙内部有长幼尊卑之序，这是一种社会性恐龙。跟现在那些喜欢独自生活、只会在繁殖季节聚在一起的乌龟和鳄鱼完全不同。

向芸希给了杨耐一个手势，示意离开。现在普安云阳龙们忙于进食，正是离开的最佳时机[①]。两人转了一个弯，绕过正在聚餐的普安云阳龙，多走了好长一段路，这才来到先前看到的那一条盘山公路。

踏上公路的那一刻，杨耐有重返文明世界的感觉。

回头看，没有看到普安云阳龙所在的山岭，也就没有看到它们大快朵颐的场景。先前那条山沟则在层层叠叠与雾气缭绕的远山之间，留下了一个不是很清晰的影子。也没有见到太阳，即便是隔着层层雾气，杨耐也意识到它快要下山了。

天就要黑了。

谁知道天黑之后会发生什么？

“希望它们吃饱了。”杨耐说。

向芸希把这句话重复了一遍，表示感受是一样的，又问：“那疼痛，好像脑浆子都从耳朵里流出来了，是怎么回事？普安云阳龙的叫声引起的？”

“我也是这样猜的。”杨耐说，“同样的锐痛也会发生在普贤峨眉龙的脑袋里，所以它才会僵立在原处，任由普安云阳龙撕咬。”

“在那个状态下，连逃跑都不能——好可怕。”

向芸希咬住了嘴唇，闷头继续走，显然是想起了她妈妈和叔叔。

“我怀疑那锐痛是由于——”杨耐看着向芸希远去，止住了话头。

公路仅容一辆车开过，好些地方密布青苔，说明不常有车辆驶过。在

---

① 恐龙的下颌与头部相连，它们的中耳虽只有一块镫骨，但它们头骨中的“方骨”和下颌中的“关节骨”形成的颌关节，却具有咀嚼和听觉的双重功能。也就是说，恐龙的嘴不仅能“吃”，还能“听”，它们在吃东西时，下颌上下运动，会影响到听力，因此它们几乎是嚼几下就咽了。

拐了几个弯之后，终于走进了这个藏在深山老林的村子。房子散落在公路两边，土墙、瓦顶、过时的标语，无不显示着这是一个几乎与世隔绝的地方。

狗比人先发现他们俩的到来。最先叫的是一条趴在黄桷树下的成年黄狗，紧接着一条黑狗从路边的土屋里冲上公路，边跑边吠，然后更多的狗加入这大合唱之中，此起彼伏，一时竟有滔滔不绝之感。

一个穿着古朴的白胡子老人走到黄桷树下招呼他的狗。

更多的村民在暮色中出现了。

向芸希欢呼了一声，杨耐没有她那么高兴。希望它们吃饱了。他把这句话在心底又重复了一遍。据他所知，恐龙们吃饱一顿，可以好几天不进食。想到这里，他稍稍安下心来，跟向芸希一起走向暮色中的小山村。

26

你是一名来重庆的外地游客，也许来自上海，也许来自哈尔滨，也许来自大连，也许来自武汉，也许来自福州，也许来自桂林，也许来自乌鲁木齐。

在来之前，你向你的重庆朋友打听重庆哪些景点最值得去。

你会得到这样的答案：洪崖洞、李子坝、磁器口。对外地人来说，是重庆最热门最火爆的景点，对我们本地人来说，这些地方是一年之中节假日才会去一两次的景点。后来，来的游客太多了，这些景点重庆人连节假日都不去了。

吃的呢？你问，都辣吗？不能吃辣的能活着走出重庆吗？

你的重庆朋友会告诉你：谁都知道重庆的饮食以辣为主，但辣和辣也是不同的。重庆的辣，是麻辣，讲究的是，越麻越过瘾，越辣越欢心。火锅，一锅煮尽天下菜，无论是鸡零狗碎，还是名山大川，无论酸甜苦咸，还是人生百态，一锅煮之。实际上，重庆火锅也推陈出新，翻出了许多花样。比如鸳鸯锅、九宫格，又比如麻辣烫、串串香。你的重庆朋友说，也可以把这些花样称为火锅的儿子、火锅的孙子。事实上，火锅也只是重庆菜的一种。重庆本土菜又称江湖菜，充满了想要吃饱的欲望，共同的特点是盘大、量足、味重、油浓，所谓江湖豪情，尽在其中。至于能不能活着走出重庆，这取决于你自己。

然后，是重庆小面。

你的重庆朋友郑重其事地说，重庆小面其实是一个统称，包含了很多样式，其中的学问可多了。首推“豌杂面”，豌豆加杂酱，好吃，关键是不辣，对外地客人尤其友好。吃重庆小面时，老板问你吃不吃得辣，你一定要大声而坚决地回答：不吃，点儿都不吃。同时，还要加一句：不要海椒（辣椒的俗称），也不要花椒（麻人的就是它）。还得强调一句：要清汤，不要红汤。然而这种吃法，真的就是吃了一碗“假”的重庆小面。

当然，来重庆旅游，既可能是你的一个长期的计划，来之前做好了一切的攻略；也可能是你临时起意，说走就走，走到哪儿算哪儿，主打一个率性而为。

如果可以选，你的朋友会建议你坐飞机，在晚上到重庆。因为在飞机上看到的重庆夜景，“真的是天下无敌”。渝中半岛的夜景宛如一幅瑰丽的画卷，点缀着江城的夜空。飞机逐渐降低高度，透过机窗，你可以清晰地看到灯光璀璨的高楼大厦，蜿蜒曲折的长江与嘉陵江，以及横跨江面的一座座桥梁。这一切都在夜色中展示出一种繁华与现代的氛围。

总而言之，自驾也好，高铁也好，飞机也好，你来重庆了。

冬天的重庆，别有一番风情。

晨光中，冬日暖阳穿透薄雾，轻描山城轮廓。尽管街道两侧的树木已失去翠绿，枝头仍倔强地挂着几片不舍的黄叶，似在诉说秋日的余韵。换一个方向，就见常绿的黄葛树密布大街小巷，令你疑惑，现在是不是冬天。行人匆匆而过，阳光下，他们的长影与飘舞的落叶交织，构成一幅动人画面。

午后，阳光愈发明媚，驱散雾气，揭示山城真实面貌。长江与嘉陵江在重庆的怀抱交汇，江面波光粼粼，映照出天空的湛蓝和太阳的金辉。行走在长江大桥上，江风轻拂，清新而带有一丝凉意。远山在阳光下熠熠生辉，与近处的城市建筑交相辉映，仿佛一幅天然水墨画卷。

傍晚时分，夕阳渐沉，天空泛起淡淡橙光。街头灯光次第亮起，各式霓虹灯在夜幕中闪烁，宛如满天星星落入人间。此刻，人们纷纷走出家门，享受冬夜的温馨。火锅店生意逐渐火爆，一家人围坐一堂，品尝热气腾腾的美食，共话家常。这样的场景让你深感重庆冬日的温暖与人文气息。

夜幕降临，重庆褪去白日的喧嚣，披上宁静与神秘的外衣。月色下，山城轮廓更加分明，万家灯火与星光交相辉映，如梦似幻。漫步重庆的大街小巷，远处歌声悠扬，江水轻拍岸边，似在诉说着山城的古老传说。长江与嘉陵江在朝天门交汇，浩浩荡荡。两岸的建筑在夜色中熠熠生辉，在江面上随波流转。岸上一座城，江里一座城。

你不知哪一座更真实，哪一座更虚幻。

突然，人群中传来一阵惊呼声，紧接着一阵恐慌蔓延开来。原来，一条巨大的身影闯入了人们的视线。

那是一头上游永川龙，体长 10 米，体重起码 5 吨，抬起脑袋可以达到两层楼的高度。那脑袋有 1 米多长，头顶还有骨质的瘤状物。它的大嘴中长有 50 多颗牙齿，每一颗都如同匕首一般侧扁并向后弯曲，靠近了仔细看，在牙齿的边缘还有锯齿。

它在朝天门码头上横冲直撞，毫无顾忌地穿梭于人群之中，引得众人纷纷避让。

原本宁静的码头瞬间变得混乱不堪，游客和市民纷纷躲避这突如其来的巨大生物。有些勇敢的市民拿起了身边的杂物，试图阻止上游永川龙的前进。然而，在这庞大的身躯面前，他们的努力显得如此微不足道。

你从未想过，会在重庆看到恐龙。

这是你重庆之旅的意外收获，还是你人生里看到的最后的奇观？

27

村民们的年纪都不小了，都在40岁往上。他们聚拢来，打听两个年轻人的事情。杨耐和向芸希将自己的来历一五一十地说了，他们真诚的态度赢得了村民们的信任。杨耐问他们有没有听说过甚至见过恐龙，那是近在咫尺的危险。村民们纷纷表示，见过见过。下午的时候，一群个头比房子还要高的恐龙从村子下方的山沟跑过。当时全村的狗都发疯似的叫，直叫得声嘶力竭。但那群怪物自己跑开了，似乎它们有自己的事情要忙，对村子里的人和狗都不感兴趣。

这个说法让杨耐玩味。他想象着假如自己是一头恐龙，突然来到一个完全陌生的时空，是迅速改变自己的行为以适应新的环境，还是努力保持原来的生活习惯？普安云阳龙追捕普贤峨眉龙是不是后者的具体表现？想到这里，他意识到不对劲儿，反复询问村民那几头怪物的特征，脖子长什么样，几条腿走路，尾巴长不长。根据村民们不太准确的描述，杨耐得出结论：路过村子的恐龙是普安云阳龙，一共6头。普安云阳龙是典型的肉食恐龙，对村民和他们的狗不感兴趣，也是咄咄怪事。

出来制止大黄狗的白胡子老爷子说："恐龙有啥可怕的。又不是没有上山打过猎？山上的野物可多了。野猪，野鸡，野猫，野兔，还有野羊和野鹿。"

村民们都笑他，说那是巫老爷子年轻时候的事情了。

说话的当儿，天已经黑尽。暮色四合，天上浓云密布，远远近近的山都已经模糊不清，只剩下一个大体的轮廓。散落在公路两边的灯光，是眼前所见的为数不多的温暖。

更多的温暖来自淳朴的村民。

巫老爷子邀请两位年轻人到他家吃住，家里就他一个人，多两个人正好和他说说话。村民们也纷纷表示有什么需要帮助的，明说就是，不要见外。

向芸希比杨耐先同意。“我饿了，再推来推去，就是虚伪了。我要吃饭。”她说。又在进巫老爷子家门时，对杨耐说：“不用现在还在深山老林里躲避肉食恐龙的追杀，博士你是不是应该感谢我呀？”唬得杨耐一愣一愣的。

饭菜都是现成的，不过只够一个人吃。隔壁彭嬢嬢送来饭菜，不过需要热一下。巫老爷子家里的土灶是烧柴的。杨耐去添了几把柴，就被向芸希轰开了。“添柴都不会，真笨。”她一边说一边推，“做不成就一边去，净添乱。”然后她自己又是用火钳在火塘里倒弄，又是用竹子做的刷把把铁锅刷了一遍又一遍，最后把热好的饭菜端上了桌子。

对于向芸希这个举动，巫老爷子表现出了一定程度的好奇。杨耐想解释，不是因为自己懒，却已经被向芸希抢过话头：“一会儿叫他洗碗，有他的事。”巫老爷子捋着胡须，笑而不语。

饭后，杨耐很自觉地去洗了碗筷。

“懂事。”巫老爷子赞道，同时拿出了旱烟杆，开始填烟叶。

巫老爷子今年 92 岁了，非常健谈，一边吧嗒吧嗒地抽着旱烟，一边跟两个年轻人聊天。“我爱摆老实龙门阵。”他说。这烟叶是自家种地，自家晒的，自家卷的，味道可好了。连这旱烟杆都是自家造的。要不要试试？

杨耐忙不迭地摇动双手和脑袋，以示拒绝的决心之大，然后问巫老爷子这里到底是哪里。他先前就注意到了，这里有电，但没有手机信号，也没有网络信号。在城里生活久了，一般人很难想象在重庆还有这样的地方。事实上，这不是重庆吗？这连绵起伏数百千米的茫茫群山不正是重庆吗？

巫老爷子说，这一带的山叫君悦山，行政上属于万州区分水镇的一个村子，叫作楠竹坪，以前人多，五六百人，现在年轻一辈都到城里边，就剩下我们这些老不死的不肯走。“也不怨他们。没修公路以前，走路去镇上赶场，得走一天，辛苦着哩。”巫老爷子感叹道，“人往高处走，水往低处流，不应该吗？”

这话引起了向芸希的强烈共鸣。她望向巫老爷子，就像望着自己的爷爷。妈妈当年对她坚持去读职校，坚持留在云阳县城修摩托车，也不肯回家收佛手柑，不解且不满。

“我是老了，要是年轻30岁，我也会离开。现在嘛，过惯了这里的生活，去城里怎么迈腿都不晓得，就不去凑那个热闹了。”巫老爷子继续说，“楠竹坪看起来不起眼，实际不得了。一脚跨四县。这边是万州，以前叫万县；这边是开州，以前叫开县；这边是梁平，以前叫梁山；这边是忠县，以前啊——”巫老爷子故意卖了个关子，吧嗒了两口旱烟，接着说，“以前还是叫忠县。没变。”

两个年轻人都被巫老爷子逗笑了。

杨耐默算了一下，自己离92岁还有65年。等自己活到巫老爷子这把年纪的时候，身体是否也是这般硬朗？精神是否也是这般矍铄？口齿是否也是这般清楚？

那条大黄狗在房间里来来去去，一会儿窝在灶台边，一会儿去大门口，一会儿凑到巫老爷子脚边任由他摸自己的脖子。

大黄狗脖子上挂着3个铃铛，走起路来发出悦耳的声音。

向芸希说：“我家里既养狗，又养猫。和城里养狗养猫不一样，我妈养，是因为猫有猫的用，狗有狗的用。养猫来捉鼠，养狗来看家。要是没用，甭想进我家，吃我家的饭。”

“淳朴的实用主义。”杨耐说。

巫老爷子拿旱烟杆敲了敲它的脑袋，它立刻翻身而起，跑向里屋，不一会儿叼着一卷纸烟出来了。巫老爷子呵呵笑着，摸摸大黄狗的脑袋，夸它懂事，又对两个年轻人说：“大黄跟了我七八年，我不用说话，敲敲它，它就知道我要什么。”

说完他开始专心地清理旱烟杆的烟灰。

“想起一件事情。”向芸希也看着大黄，兴致来了，滔滔不绝地往下说，“有一回，我放学回家。在院坝那儿，猫儿先看见我，立刻就地打了个滚儿，一副死皮赖脸、要我抱抱的样子。我就抱了。谁知道，那黄狗也躺到地上，四脚朝天，来回滚动。一开始我还没有搞清楚是怎么回事，然后看见它拿前脚爪不停地往自己的嘴上凑，我才晓得，它是在学猫儿打滚儿洗脸的动作，想要讨我的欢心。你是没有看到，那狗啊，学那猫洗脸，可前腿太长，脚爪够不到嘴巴的滑稽样子，我肚皮都笑痛了。你看到了肯定也会笑死……你怎么啦？”

杨耐处于一种痴傻的状态。

28

过了好一会儿，他才从状如痴傻中解脱出来。“我想到一个问题。要是狼在野外，遇到狗，听见了铃铛发出的声音，它会认为这是狗发出的，还是晓得这是人给狗安上去的铃铛发出的？”

“狗发出的吧？”向芸希对她的答案没有信心。

“我怀疑……那群普安云阳龙是被驯化过的。”他说，“就像猫和狗一样。”

“谁驯化的？”

杨耐没有回答向芸希的问题，而是沿着自己的思路走：“我还怀疑……”他欲言又止，向芸希可没那么耐烦，立刻追问：“博士，怀疑什么，你倒是说啊。”

“次声波。”他说，“我怀疑那锐痛是次声波引起的。”

“我知道次声波。”向芸希皱了皱眉，“可是……”

“我怀疑那普安云阳龙能发出次声波，有效震慑猎物。”

“不是仰天长啸吗？”

“不是。”

杨耐解释说，在很多影视剧的想象中，肉食恐龙张大了嘴朝天吼叫，试图用这种方式彰显其在食物链中的霸主地位。然而这种看似威风吼叫，实际上却增加了它们的可辨识度，让猎物们清楚地知道掠食者的位置。

杨耐描述道：“你要知道，猎物们也时刻保持着警惕，聆听着任何一丝异响，进而判断出肉食恐龙的方位，然后抓住机会，以不要命的速度，逃出生天。而那种低频的次声波吼叫从四面八方传来，让猎物们无法知道肉食恐龙到底在哪里，声音又如影随形，让猎物们在无尽的恐惧中无法自拔。它们仿佛在黑暗中摸索，试图找到一丝生机，却始终无法摆脱那种恐惧的阴影。肉食恐龙则利用这种恐惧，悄无声息地靠近猎物，准备给予猎物致命一击。”

杨耐苦笑道：“我只是怀疑，没有证据。而且还牵扯到另外的问题。假如普安云阳龙真的能发出次声波，那到底是它自己的某个器官发出的，还是谁给它安的次声波发生器发出的？”

向芸希心中微微一颤，一些想法从心底跃出，宛如月光下无数条鲤鱼跃出平静的水面：“就像狗脖子上的铃铛？”

“就像狗脖子上的铃铛。”

“谁安装的？”

杨耐没有回答这个问题。当遇到无法回答的问题时，他倾向于回避，并且用做别的事情来缓解自己的焦虑。他掏出手机，瞄了一眼，什么信号都没有。这不正常。地质队员常常在远离人口聚集区的野外工作，这些地方往往没有手机信号也没有网络信号，因此他准备了这部有卫星通话功能的手机。重庆的信号覆盖率高，即便是像楠竹坪这样的深山老林，一般都是有信号的。但现在，手机信号和网络信号都没有，在沙漠、戈壁与远洋都有的卫星信号现在也搜不到，仿佛环地球轨道上的卫星都消失了一般。为什么会这样？

“我不知道。”杨耐把手机塞回裤兜，“我在想，今天我们所见的这些恐龙，普安云阳龙、普贤峨眉龙、磨刀溪三峡龙，会不会消失？就像上次一样？”

“上一次，那头普安云阳龙的尸体在我眼前一下子就消失了，不晓得到哪儿去了。”向芸希问，“你说，它们是回到了它们来的地方，还是去别的地方呢？”

杨耐皱了皱眉。这是长期困扰他的一系列问题之一。它们从哪里来？

为什么来？为什么凭空消失？消失之后又出现在哪里？如果说那些活着的恐龙，或者死了的恐龙，出现又消失，还可以接受。但那头合川马门溪龙，已经被解剖，制成数量惊人的标本，也消失了。一块肉，一根骨头，一滴血，都没有留下，也太匪夷所思了。

回到来处，也不失为一种假说，但是……

巫老爷子装好了新的烟叶，点燃，吧嗒吧嗒地抽了两口。他听不懂两个年轻人在说什么，他没有问，也没有插话，只是默默地看着他们俩，似乎想起了自己年轻时的那些事情。

两人又闲聊了一会儿，夜深了，于是睡觉。向芸希睡楼上，杨耐和巫老爷子睡楼下。

没有星星，也没有月亮，整个楠竹坪被浓重的夜色重重包裹。凛冽的寒风从山巅和山谷刮过，竹林和松林发出波涛一般的声音。6 头普安云阳龙悄然出现在公路上，夜色和风声掩盖了它们的行踪。它们脚步轻捷，行动略显鬼鬼祟祟，但目标非常明确。

大黄在屋门口自己的窝里，处于半睡半醒之间。一只耳朵耷拉着，一只耳朵竖立着。猛然间，那只耷拉的耳朵也竖了起来。千百年来，演化赋予它的对危险的敏感使它成为第一个注意到普安云阳龙到来的生灵。

大黄一骨碌爬起来，冲出狗窝，一溜烟地跑到公路边，朝着那边过来的 6 头庞然大物尽力发出吠叫。强烈的刺激让它浑身的毛都挓挲起来，声音也比平时高了好几个八度。

楠竹坪的其他狗也克服了心中对陌生动物的恐惧，纷纷加入吠叫的行列，尽着自己看家护院的职责。一时之间，犬吠声在楠竹坪此起彼伏，随着冬风在寂静的山村传得很远很远。

被惊醒的人已经穿上衣服，爬起来查看发生了什么。电灯次第亮起，一盏两盏三盏，接力一般，给黑沉沉的山村带来了希望一般的微光。

普安云阳龙们没有见识过这样的阵仗。它们在村口踯躅着，似乎被狗群所吓，不知道接下来干什么。片刻后，为首的那头普安云阳龙张开满是尖牙的嘴，立刻有一种频率极低的声波传出。

宛如被榔头砸中，离它最近的大黄呜咽一声，率先倒下。这一幕正好被开门的巫老爷子看见。他唤了一声“大黄”，大黄躺在路边，没有回应，没有动弹。随后，巫老爷子看见夜色中影影绰绰的6头高大的怪物——其中一头还向他冲了过来——顿时呆住了。

“是恐龙！”杨耐喊道，“快关门！”

巫老爷子清醒过来，和杨耐一起，将房门猛地关上。

那头冲过来的普安云阳龙及时停住，没有撞在门上或者墙上。它是身手敏捷的掠食者，有着丰富的猎杀经验，不会犯撞墙这样的低级错误。而且它察觉到了身后的异样，提前转身，做好了应对大黄的准备。大黄已经是狗里边的勇者，见到主人遇险，奋不顾身地爬起来，拼命向那头肉食恐龙发起袭击。然而，个头上的差距不利于大黄，对方的反应速度比它想象的要快得多。因此，只是一个照面，大黄就被那头它从来没有见过的庞然大物咬杀致死。

“向芸希，快起床！”杨耐冲楼上喊，“恐龙来了，向芸希！”

外边，6头普安云阳龙各自奔向公路两边的目标。

它们奔跑时伏低了身子，脑袋降到了原先腰部的位置，粗硕的尾巴翘起来，在全力冲刺的同时，保持着整体的平衡。两条粗壮的腿快速迈动，长而锐利的脚爪踏在沙土或是水泥地上，发出不一样的声响。它们的动作迅猛，目标直指那些吠叫不停的狗。

还有那些亮了灯的房子。

杀戮开始了。

向芸希已经穿好衣服下了楼。听见外边传来的狗的惨叫声，杨耐自言自语道：“这不正常。它们明明吃饱了呀！”他边说边在地质包里翻找，很快找到了那把地质锤。巫老爷子也在寻找趁手的武器。“畜生！看我怎么收拾你！”他在靠墙放着的农具里找到了一把铁铲，又将一把锄头递给向芸希，还说，“不要怕，小妹儿。它要敢进来，看我怎么对付它。”

“它们应该进不来。”杨耐边说边四处游走，观察屋子四周，看有没有什么普安云阳龙可以进来的地方。门已经关好，窗户也焊了铁条，似乎固若金汤。“楼上呢？”他问。向芸希回答：“顶楼锁着，睡之前我检查过。”

杨耐稍稍安下心来。

就在这时，外面传来一声人的惨叫。

“不好！”巫老爷子快步走到门边，开了门，举着铁铲就冲了出去。速度之快，完全不像 92 岁的老人。杨耐和向芸希也没有过多的犹豫，跟在巫老爷子身后，前后脚冲出安全的屋子，冲进无尽的黑暗与危险之中。

29

重重夜色笼罩，这个小山村正在发生骇人听闻的事情。吠叫声已经消失。那些狗，要么死了，要么偃旗息鼓，巨大的恐惧将它们变成了哑巴。

三人快步跑到了公路上。

杨耐注意到，那些死去的狗的身体都是完整的，没有被吞食的痕迹。这不正常。他不由自主地想，这不是一场为了填饱肚子而进行的狩猎，而是一场纯粹的杀戮——为了杀戮而杀戮。

公路另一边，一头普安云阳龙正在对彭孃孃家进行攻击。彭家的门敞开着，那头畜生低了头，往门里张望，却没有进去。它似乎知道门里的空间太小，自己个头太大，进去施展不开。它只是咧开嘴，露出森森的牙齿，从鸣管深处发出频率极低的颤音。在室内灯光的照耀下，颇为黏稠的唾液混着少许血液从它的齿缝间流出，淌到了地上，说明它已经为进食做好了生理准备。

同样的事情，也发生在楠竹坪别处。

“关灯！”杨耐喊道，“把灯都关上！相信我！”

向芸希也跟着喊。

彭孃孃家的灯应声关上。不远处的灯也关上了，然而更远的地方，灯不但没有熄灭，还有新的灯在黑暗中亮起。

守在彭孃孃家门口那头普安云阳龙转过身来，两三下跳到了公路上，居高临下，如君王一般俯视着举着铁铲、锄头和地质锤的三人。

仰望那头普安云阳龙，向芸希毛骨悚然：“它好像在等我们？”

杨耐回答：“对。砖墙它们攻不进去，它那个姿势，是想把彭孃孃他们驱赶出来，或者把我们吸引过来。”

“真狡猾……”

话音未落，巫老爷子“嗷”的一嗓子，挺起铁铲，猛冲过去。他有着丰富的狩猎经验，虽然面对普安云阳龙这样的大块头也是第一次，但是他知道，一旦让对方先攻击，自己这边就只有等死的份儿。所以他选择了先下手为强。

巫老爷子并没有如一般人那样，去攻击普安云阳龙的头部，而是奔向那恐龙的侧面，铁铲挥出，砍中它的大腿。在它反击之前，又迅速转弯跑开，不给它咬自己的机会。

“给你放点儿血。”巫老爷子恨恨地说，“畜生，敢咬死大黄。”

杨耐不得不为巫老爷子点赞。想到办法固然很重要，能执行到位，才是关键。面对强敌，仅凭血勇是不够的，但没有血勇，更是不够的。“这次我来。”他说着，从巫老爷子手里拿过铁铲——巫老爷子白胡子颤抖着，刚才那一击消耗了他太多的精力——琢磨着怎样进攻。

面前那头普安云阳龙似乎不相信眼前发生的一切，受了伤后也没有马上反击，而是隐忍着。随后，向芸希就知道为什么会这样了。这时，杨耐也模仿着巫老爷子的动作，不过是砍向它的另外一边。他希望自己长期在健身房里的锻炼能够助他一臂之力。这一次，普安云阳龙却有了防备，当铁铲砍向它的腿时，它及时退开，让杨耐砍了个空，而且它的大脑袋已低下，大嘴已经张开，在杨耐计划转弯的地方等着他。

转弯的地方，是杨耐跑得最慢的地方。

与此同时，向芸希发出一声撕心裂肺的尖叫：“后面还有！”

杨耐直冲普安云阳龙满是唾液的大嘴而去。惊恐之中他没有慌乱，而是拿铁铲往前一伸，正好伸到那恐龙的口鼻上。它一抬头，就把铁铲弹飞了。杨耐也趁此机会，止住向前冲的步子，并快速退回先前的位置。

此刻，一前一后，两头普安云阳龙将三个人包围在公路上。向芸希举着锄头，巫老爷子拿着地质锤，杨耐赤手空拳，与两头肉食恐龙对峙。双方实力如何，一看便知。

四周的黑暗里传来惨叫声，此起彼伏，也不知道多少人见不到明天的太阳。

“回屋里去。”巫老爷子说，“彭孃孃，你们也不要出来，把门关好。”

这显然是目前最好的选择。

“给我。”杨耐对向芸希说。他指的是向芸希手里的锄头。向芸希撇撇嘴，拒绝了。“你们回屋，快！我掩护你们！”她晃动着锄头，这原本用来种庄稼的农具，成了她赖以自保的武器。“晚上它们看不见是吧？”她说着，跳前几步，大着胆子，颤着声音喊道，“来呀，你们这些蠢货。咬死我妈是吧？来呀，来咬死我呀。看我不一锄头砸死你们！”

杨耐也不磨叽，扶住巫老爷子，向着公路边的房子跑去。房子里的灯亮着，是这一片黑暗中最温暖也最吸引人的地方。气温很低，奔跑中他们呼出无数的白气，萦绕着他们的口鼻。

两头普安云阳龙都僵立着，似乎被冻僵了。

向芸希举着锄头，倒退着离开公路，退到通向巫家房子的小路上。一不小心，她滑倒在地。杨耐急忙放下巫老爷子，返身去扶不肯松开锄头的向芸希。眼见着接近向芸希时，一种剧痛如同炸弹在杨耐的脑子里爆开。他来不及捂住耳朵，人已经像被砍倒的树干一样，脸朝下倒在了向芸希身上。

30

模模糊糊中，杨耐又保持了几分理智。他手脚无法动弹，但能清晰地感觉到向芸希的存在，听见她还在嘟囔“快跑快跑”。

两头普安云阳龙一左一右，来到杨耐和向芸希身旁。

垂涎三尺是它们此时最真实的写照，因为它们只有一种类型的牙齿，那就是尖牙，撕咬、刺穿、分解可以，但不会咀嚼，吃东西都是囫囵吞枣，所以它们在吃东西之前，嘴里必须分泌足够多的唾液。

多到溢出来的程度。

其中一头腿上有伤的普安云阳龙咬住了向芸希的肩膀，将她拽到一旁。杨耐看见仰面朝天的向芸希眼睛无神地睁着，感觉她应该和自己一样，神志是清醒的，只是手脚无法动弹。这使杨耐产生了前所未有的恐惧。他知道，生活在印度尼西亚的科莫多巨蜥是现生动物中看上去最像恐龙的，以至于经常被人叫作科莫多龙。这种 2 米多长的巨蜥在杀死野猪之类的猎物后，喜欢咬开猎物柔软的腹部，先吃美味的内脏……而他和向芸希将在完全清醒的情况下，经历这恐怖的一切，完全没有逃脱的机会。

另一头普安云阳龙咬住了杨耐的裤管，往另一个方向拖拽。

杨耐趴在冰冷粗粝的地上，聚集着力气。他捏了捏手里的地质锤。这是现在他唯一的武器，也是唯一的逃生机会。然后，他奋力一扔，将地质锤扔向咬住了向芸希的普安云阳龙，同时勉力喊了一嗓子：“快跑！”

地质锤在空中翻转着……

向芸希看见了，也听见了，却无法动弹，心中无限恐惧，也无法以任何形式宣泄出来。

她看见杨耐的那把地质锤在空中翻转着，越过自己的上方，当啷啷落到另一边的水泥路上。

没有砸中计划中的目标。

因为……因为那头普安云阳龙不见了。

杨耐眼睁睁地看着那头受了伤的普安云阳龙消失了。此前他听向芸希描述过，也听别的目击者讲过，然而亲眼看见，还是第一次。他不敢相信自己的眼睛。没有闪烁，没有形变，没有涌动，也没有任何形式的声音。

它就那样简单地消失在黑暗里。

趴在地上的杨耐努力偏头，看向脚的方向，只看见巫老爷子倒在离屋门口不到一米的地方，没有看见那头正拖拽着自己、准备大快朵颐的普安云阳龙。

在楠竹坪杀戮的另外 4 头普安云阳龙也同步消失了。古老的小山村再次陷入黑暗与风声之中，仿佛恐龙从未出现一般。当然，这是不可能的事情，恐龙出现过，并造成了不可挽回的伤亡。

过量分泌的肾上腺素所带来的兴奋劲儿也消失了，取而代之的是疲倦与遍布全身的疼痛。还有寒冷。杨耐感觉到前所未有的冷，五脏六腑，四肢百骸，乃至每一根骨头、每一个细胞都被冰冻起来。

向芸希最早恢复活动能力。她从水泥地上翻身起来，过来扶杨耐。“发生了什么，博士？”她问。杨耐回答：“我不知道。它们……”他努力寻找合适的词语来描述刚才见到的情景，最后还是只能用“消失了”来形容。

“你的肩膀怎么样？”

“没事儿，羽绒服咬破了。你呢？我看见它咬你脚呢？”

“也没事儿。它把我裤腿撕开了。难怪这么冷。”

“你那地质锤扔得可真准。”

“什么用都没有。”

“为什么扔我这边？”

“你那边那头受了伤嘛，你跑掉的可能性要比我这边大很多。”

说话间，杨耐已经站起来，往那边看去。刚才那头普安云阳龙受了伤，往地上淌了不少血，但现在地上的血迹也不见了。

“你怎么啦？浑身发抖，冷？”向芸希一边问一边将杨耐扶进屋子，又去把巫老爷子接进屋子。杨耐已经用颤抖的手点燃土灶里的柴火，熊熊燃烧的火带来了前所未有的温暖。巫老爷子恢复得很快，刚能活动就嚷嚷着出去看楠竹坪其他村民的情况。

楠竹坪都是些 40 岁以上的留守老人。在普安云阳龙的这次袭击中，有

7位老人受伤，都是跌伤或者扭伤，幸好无一人死亡，已经是奇迹中的奇迹了。遗憾的是，有17条狗死于恐龙之口。村民们一边相互救治一边诅咒恐龙。他们家中都有常备药物，这里离医院远，人人都是半个医生。伤情重一点儿的那位老人也很乐观："怕啥子嘛，活了几十岁了，又不是没有遇到过。"

杨耐到来时，村民们纷纷表示感谢，说关灯之后，黑暗里恐龙忽然找不到方向，就跟睁眼瞎一样。向芸希很兴奋，带着劫后余生的后怕说，博士就是博士，知识就是丰富，要不是博士知道那恐龙在夜里看不见，楠竹坪里恐怕没有一个人逃得掉。杨耐摇着头，讪讪地说："不，不是。恐龙的夜视能力确实不如我们[①]，但也不至于是睁眼瞎。它们造成的伤亡这么少，一定有别的原因。"

向芸希说："要不是我知道你不是那样的人，你刚才这句话会被理解为嫌这次袭击死的人少。"

"啊，我没有。"杨耐愣了片刻，这才明白向芸希的意思，受了惊一般扭动着脖子。只是向芸希已经走开，去配合巫老爷子包扎一名伤者的手臂。她肩膀上被恐龙撕开的羽绒服敞开着，像一道触目惊心的伤疤。

快天亮的时候，这场涉及楠竹坪所有家庭的救援工作进入尾声，杨耐裤兜里的手机忽然震动起来。原来是有信号了，各种在过去10个小时里错过的信息蜂拥而来，争先恐后地向杨耐展示着自己。他赶紧看了起来。

正如杨耐所预料的那样，所有的热搜都与重庆、与恐龙有关。每一条新闻标题，都用夸张的语气吸引受众点击细看。

"凭空出现""突然就出现了""毫无预兆""吓了我一大跳""非常奇怪"，诸如此类的词语，经常被目击者用来描述恐龙出现的情景。在现场照片和视频里：长着大而笨重的脑袋的中型蜥脚亚目恐龙冲向了某处高速公

---

① 蜥形纲与合弓纲的眼睛基本配置是一样的：视杆细胞负责识别光线，视锥细胞负责识别颜色。但整个中生代，较好的生态位几乎都被蜥形纲所霸占，而大部分合弓纲只能生活在夜间和地下，因此视锥细胞减弱，同时视杆细胞增多，夜视能力得到前所未有的强化，并延续到了今天。

路收费站，引发了一连串的车祸；脖子长得不可思议的恐龙在嘉华大桥上漫步，对脚底下的一切都视而不见；鸵鸟一般大小的恐龙在迎宾大道的车流里撒开脚狂奔，好像是把汽车当成了竞赛对象；样子很像火鸡的恐龙出现在大足石刻游客的脚边，画外音是某个游客的惊呼："这也是恐龙？"

杨耐一边看一边把所有发现恐龙的地点标记在电子版重庆地图上，然后发现，上一次出现恐龙的 6 个地方，这一次有其中的 4 个地方又出现了。两个没有出现恐龙的地方正好是重庆云阳恐龙国家地质公园和佛手村。不过在普安乡的隔壁，龙角镇出现了华彩江州龙。同时，新增 31 个发现恐龙的地点，新增了李氏蜀龙、建设气龙、太白华阳龙等 12 种恐龙。这说明什么？

"博士，在干什么呢？"向芸希过来问。

杨耐把电子地图调给向芸希看："这些出现恐龙的地点并不是随机的，而是有规律的，呈现出很明显的网格分布，仿佛经过精心的选择或者规划。"

向芸希仔细看着："武隆县的问号是怎么回事？"

杨耐解释道：问号表示按照标准的网格分布应该出现恐龙的地方，但不知道为何武隆县这里目前没有目击恐龙的报告。"我在网上看到一个猜测，是重庆大学一个叫于灵的教授提出的。"杨耐迟疑着，吞吞吐吐地说。

"你倒是说啊，我等着听呢。"

"于灵教授是研究理论物理的。他在文章里说，恐龙的反复出现和消失，就像是有谁在做时空穿越的实验。就像我们把航天员送上太空之前，会先把猩猩和狗送到太空一样。他们……他们在研究一件在我们看来匪夷所思的事情——时空穿越。"

穿越吗？向芸希兴奋起来。在云阳职高读书的时候，她看过不少穿越小说，虽然不是班上最沉迷的那一个，但至少知道这个词语是什么意思。"你的意思是说，他们在研究时空穿越，把数量庞大的恐龙发射到我们这个时空里了？"

“发射……好吧，也算是一种发射。发射需要精确的坐标，由时间与空间共同标记的坐标。”杨耐一边想一边说，把于灵教授跟他自己的想法，还有向芸希的说法，融合在一起，思路渐渐清晰，“他们对我们这个时空有一些了解，但还不够，不够精确，因此用网格分布的方式来进行摸索，摸索出可以进行安全发射的时空坐标。因为在他们之后，沧海桑田，连海洋和陆地都发生了翻天覆地的变化。”

向芸希问：“他们是谁？”

杨耐没有回答她的问题，自顾自地往下说：“他们发射恐龙，然后回收，这就是第一批恐龙出现又突然消失的原因，连解剖成样品的那些，都被回收了。回收，于灵教授在文章里用的是回收这个词。于灵教授猜测他们的发射和回收做到了分子级别。在第一次实验取得了成功之后，他们获得了足够多的数据，然后开始了第二次实验——也就是眼下我们看到的。这次规模更大，发射来的恐龙无论是种类还是数量，都是前一次的好几倍。而且，已经不限于恐龙，与这些恐龙同时期生活的动植物都在发射之列。”

向芸希执着地追问：“他们是谁？外星人吗？”

杨耐表情凝重，微微地摇了摇头：“我不知道。”

忽然间一个念头跳进他的脑子里。他晓得围猎的普安云阳龙为什么没有造成巨大伤亡了。不是因为它们晚上看不见，不是因为天冷限制了它们的行动，也不是因为白天它们吃了那头普贤峨眉龙，肚子饱饱的，而是因为它们的目的既不是吃，也不是咬死，而是把村民们从他们的藏身之所驱赶出来，供它们的主人狩猎。

它们是有主人的。

它们的主人到底是谁呢？

这时，东边的太阳缓缓升起，从铅灰色的云缝中挤出一点点光，将楠竹坪所在大山与大沟照得微微发亮。天地朦朦胧胧，一副似醒非醒、似睡非睡的样子。

第三章　失落的世界

传统生命树图以仿桃树的分支为主要表现形式，虽然在一定程度上揭示了生物演化的线索，但未能全面展示生物世界的多样性和复杂性。相较而言，黄葛树图既有分支，又有汇聚，以更为紧密的方式呈现生物间的关联。为了深入探讨生物演化，有必要超越传统桃树图的范畴，接纳并重视黄葛树图这种更为理想的表达方式。唯有如此，我们才能更好地理解生物演化过程，并在科学研究和实践领域取得突破性进展。

——摘自《演化论演化着》

31

人的记忆很怪。在楠竹坪那一夜发生了很多事情，最惊心动魄的部分向芸希没怎么记住，反复想起的却是第二天离开楠竹坪的情景。

彭孃孃家有一辆摩托车，是她儿子上一次回来时留下的。向芸希发现后，顿时像发现了宝贝一样眼睛亮了起来。“也不晓得能不能骑，”邻居孃孃说，“能骑就送你们，我留着也没得啥子用。”向芸希花了 5 分钟的时间进行检修，证明这款摩托车老是老，旧是旧，还能正常工作。

巫老爷子说，沿着那条山间公路一直开，就能开到分水镇，起码要两个小时。杨耐很高兴有摩托车可以代步。他背上地质包，告别巫老爷子和村民，向芸希已经在公路边倚靠在摩托车上等他了。

“你开，还是我开？”

“当然是你开。我不会。”

在头盔之下，向芸希抿嘴一笑，跨坐到摩托车上。“上来。”她命令道。杨耐乖乖地坐到她身后。“手往后，撑住货架。这车很老，路也不好，当心一会儿把你颠下去。”向芸希说，“按照交规，你还得戴头盔，可惜没有。一会儿被交警逮着，自己交罚款。”

其实向芸希自己戴的也不是什么正宗的摩托车头盔，而是由护林员的帽子改造而来。拿帽子的时候，向芸希给邻居孃孃保证，等回到山下，一定会把帽子和摩托车一并送回来。

摩托车轰鸣着，离开楠竹坪，声音比预料的更大。

天色比昨天要亮得多，在层层雾气之上，太阳已经出来了，红通通的，并不耀眼，甚至可以直视而不用担心伤到眼睛。这里的地势很高，放眼望去，可以望很远。只见远山低平，层峦叠嶂间，云遮雾绕，整体上由浓到淡，可以清晰地分作 4 层。最底下一层，黝黑深沉；最上面一层，只是一个轮廓，或者一个剪影，看不见任何细节。传统的中国山水画，大概就是照着这个样子画的。杨耐想，远处的人看这边，应该也是这个样子吧。我们在山水画里。

一个剧烈的颠簸，将杨耐从对远处的遐想中惊醒。

“抓紧。别掉下去了。”向芸希说，“这车的轮胎本身不行，磨损严重，老打滑。”

杨耐注意到了，公路也不行，七弯八拐不说，还缺少维护，到处都坑坑洼洼，枯枝败叶也不时出来挡路。

“你什么时候学的骑摩托车？”在巧妙地避开一个水洼与一堆松树叶之后，杨耐问，“看上去技术不错啊。”

“10 岁，我 10 岁就会了。我爸教的。”向芸希对杨耐说，通过泥巴路的时候一定要减速降挡。“我喜欢用 2 挡来代步通过。”缓慢的动力输出，保证车辆不会出现打滑的情况。还要避免使用前刹。在泥路上用前刹，导致前轮的受力不均衡，即使速度不是很快，也会使前轮失控，侧翻。“用后刹就够了。”她强调道，“不同的路面有不同的驾驶技巧，胆子要大，心要细；路面不平，身要稳。”

“很专业啊。”

“我爸教的。”

“嘿嘿，停下，停下！”

“怎么啦？”

向芸希不解，还是依言把摩托车停下。杨耐立刻翻身下车，向着公路后边跑去，最后停在了一段岩壁跟前。向芸希跟过去，看看蹲在公路边专心致志的杨耐，又看看那段七八米长、三四米高的岩壁，不明白发生了什么。

那岩壁中间有一条小的溪流，哗哗的水流入下方的排水沟。排水沟里堆着数量不多的碎石，看来岩壁是最近——甚至可能是昨晚——经历了小规模滑坡，所以看上去很新鲜。除此之外，它很普通，跟别处的岩壁没有什么两样。

杨耐忽然站起身来，望着向芸希，目光炯炯：“这边的地层是新田沟地层。这边是沙溪庙地层。两个地层本是上下关系，但在这里，因为造山运动，使它们成了罕见的左右关系。”

向芸希忽然间感觉到自己的心脏在有力地搏动，每一次跳动都像是在告诉她，这个世界正在发生一些她无法理解的变化。

“我就在新田沟与沙溪庙之间，”杨耐继续说，他的声音里带着一种深深的沉静，“数以亿万计的时光从我身上无声无息地碾过。”

向芸希咂咂嘴，想说什么，却没有说出口。

此后很长一段时间她都没有主动和杨耐说话，只是默默地做事。

摩托车先被开到分水镇，再被转交给彭嬢嬢在镇上的亲戚，拜托他交还给彭嬢嬢，然后两人打车去了万州北站。买票的时候遇到点儿小麻烦，无法买票。有工作人员打来电话，询问他们是否是分水镇隧道事故的受害者，为什么没有跟列车长在一起。他们解释了一番，旋即买到了去重庆北站的高铁票。再次启程，一路上两人都不怎么说话，就像在楠竹坪上的默契不曾出现一样。列车准时抵达重庆北站后，两人分手，走向了各自的目的地。杨耐去北碚区，向芸希去南岸区，两个地方的方向正好相反。

“它们还会回来吗？”临走，向芸希问。

“会，肯定会，而且规模会更大。”杨耐吸了吸鼻子，望了望铅灰色的天空，异常笃定地说，“所以，做好准备吧。”

向芸希比杨耐先转身离开，态度异常决绝。

妈妈告诉过她，爸爸出车祸的时候，摩托车上拉的不是佛手柑，而是别的女人。

32

在去往重点实验室的车上，杨耐向曹世尧院长汇报了他的时空投放实验假说，曹院表示“很有趣，但还不够成熟”，要他进一步完善。完善到什么程度呢？不说在*Nature*、*Science*、*PNAS*发表，那也得发表在SCI期刊上。

杨耐说不清曹院这话是不是故意为难自己。从道理上讲，曹院说得没错，然而……

曹院进一步解释，对于恐龙出现又消失的原因，已经出现了很多种解释。有说，是自然形成的时空湍流造成的，换句话说就是，恐龙的出现和消失是自然现象，是随机的，不受控制和无法预测的；也有说，那些恐龙是高维时空在我们这个低维时空的全息投影，并不是真实存在的；还有说，恐龙来自平行宇宙，在它们那个宇宙里，终结白垩纪的那一颗小行星没有砸下来，恐龙们一直兴盛到现在……这些林林总总的假说，有的能解释一部分现象却无法解释另一部分现象，无法成为一个有效的理论；有的看上去很吸引眼球，其实连严谨的假说都算不上，只能说是一个玄之又玄的想法，既无法证实，也无法证伪。

“你那个什么投放，算哪种？”曹院反问，“有证据吗？能拿出来在评审会上供各位专家讨论吗？”

杨耐习惯性地争辩了几句，说这个理论不是自己的，是人家于灵教授的，自己只是引用，然而除了心中窝火，没有别的用处。孙永河笑他：“也就你崽儿敢跟曹院犟嘴。不过大师兄我劝你一句，耿直归耿直，也要耿直对时间，耿直对地方。”这番言论让杨耐更加窝火。

杨耐从小就听人说“重庆人要耿直”，“耿直”是重庆人评价一个人的最高标准。“你娃不耿直”和“这个娃儿耿直”是截然相反的两个评价，会得到完全不同的待遇。杨耐是听着这样的话长大的，也是照着这样的要求做的，同时渐渐明白，所谓耿直，其实包含了极其丰富的内容。说话算话，有话直说，表里如一，能跟兄弟伙扎起，诸如此类，不过是最表面的要求。往深了说，细细罗列，怕是365条都不止。然而现在孙永河要他选择性地耿直……这本身就不够耿直。

幸好，在川渝共建古生物与古环境协同演化重庆市重点实验室，杨耐再次见到了他心心念念的“老佛”。

重点实验室位于北碚区蔡家镇，是一个高30米、占地面积超过2000平方米的巨大棚屋。进门就能见到已经装架完成的各种恐龙[①]，另一边的工作台上摆放着拆开的皮劳克，数十名专业的修理技工将变形、零散的化石从岩石中剥离出来，然后再用空压机、气动笔等设备进行精修。化石的结构和纹理在技工的巧手里逐渐清晰起来。

正如大师兄保证的那样，对“老佛”的整理、修复和组装得到了最大

---

① 有高大的马门溪龙，也有中国最小的剑龙——江北重庆龙，有威风凛凛、霸气十足的上游永川龙，也有大鼻龙科的胸忍渝州龙。还有一些别的古生物化石，比如巴氏大熊猫、璧山上龙、西蜀鳄，不一而足。事实上，从重庆各个区县，包括云阳侏罗纪恐龙化石群、黔江白垩纪恐龙化石群、綦江莲花保寨恐龙足迹群、万州盐井沟哺乳动物群等，新挖出来的化石都会被集中送到这里来。被包扎得严严实实的数十个皮劳克堆在仓库里，满满当当。

程度的重视。简于宸告诉杨耐，至少已经完成60%，这速度，几乎称得上是史上最快。

“数字版的‘老佛’已经建好了。”简于宸一边喝咖啡一边在电脑上向杨耐展示。从骨架到内脏再到肌肉和皮肤，一层层叠加上去，那些简单的线条和色块仿佛忽然间有了生命一般，化作“老佛”的模样，站起来，走起来，跑起来。

“我甚至能让它打篮球。”简于宸咧开嘴笑着说，“瞧瞧。”

果然，屏幕上的“老佛”前爪上多了一个篮球，在简于宸的操控下，它来了一个三大步上篮，动作相当流畅。“还有，我一直不知道拿‘老佛’身边的剑龙皮肤怎么办。”简于宸露出恶作剧的神情，“昨晚我忽然有了一个新的想法。”

光标在屏幕上移动、点击、拉动，“老佛”旁边出现了一块剑龙皮肤，裁剪、折叠，然后落到“老佛”身上，变成了一件合体的衣服。

“看上去还挺绅士。”杨耐忍住笑。

“在干什么呢？”孙永河从仓库里走过来。

“没干什么。”简于宸连忙回答，一口气喝完咖啡，放下杯子，接着认真工作。

不久，杨耐从新闻上知道，在11月24日，市委常委召开了高级别的特别会议上，两位科学顾问发言，曹世尧曹院长是其中之一。

在会上，面对一众领导，曹世尧院长系统地提出了“失落的世界”假说。他指出，在重庆地下，还有另外一个重庆，即鲜为人知的洞穴群。在重庆地下，渝东南地区和渝东北地区，有面积极为广阔的岩溶，孕育了不计其数的洞穴。6500万年前，那颗小行星终结了恐龙们在地面的统治后，一部分恐龙迁徙到地下，在那里继续存活。假如能进入那里，我们将看到一个神奇的仿佛时间停滞在侏罗纪时代的世界，恐龙们在那里的山川湖泊之间自由自在地生活。最近发生的两次目击恐龙事件，可能是因为地质变化，使这个“失落的世界”与地面世界产生了新的联系。一小部分恐龙通过新出现的洞穴来到地面，出现在人们面前。它们的突然出现与消失，都是因为有这些新的洞穴。

杨耐和孙永河讨论曹院的假说。大师兄这回没有藏着掖着，说得直接而通透：失落的世界，对一部分人来说，陈旧得发指，其历史至少可以追溯到100多年前；对另一部分人来说，却新鲜无比。关键是这种说法比另外那些假说更朴实、更合理、更靠谱——至少不那么令人不安。因此，恐龙来自地下洞穴的说法最终被特别会议采纳，并在稍后经主流媒体放出，从而被广为宣传，对于安抚人心、维持社会稳定很有用处。“你看网上那些消息，各种谣言，传得神乎其神，没一个经得起考据。”大师兄嗤之以鼻。

杨耐想起于灵教授的时空投放实验假说在网上的遭遇，自己认可他的理论，但也有大把大把的人表示反对，并对其进行了无底线的批评。网络仿佛成了放大器，放大了美，更放大了丑。他理解不了网上的戾气何以如此浓烈，于是不再关注，转而把精力放在研究“老佛”上。

然而，还没等杨耐屁股坐热乎，曹院就把一项新的任务交给了他，让他到子午工程[①]科学谷实验室报到。

原来，刚刚发射上天的子午卫星检测到地球上出现了一个磁场异常活跃点，经过反复分析，正是重庆市武隆县天星乡。而先前杨耐曾发现，根据网络分布，武隆县那里该出现恐龙，却没有出现恐龙，细化下来，当时推测的地点的坐标正好指向武隆县天星乡。两条线索都指向同一个地方，这不可能是巧合。

结合曹院“失落的世界”假说，经报请上级部门批准，一支庞大的武隆科学考察队成立了。考察队由208地质队、子午工程团队共40人联合组成，又从重庆洞穴探险队招募了4名洞穴探险专家，一道前往武隆县天星乡。

① 子午工程的正式名称叫“东半球空间环境地基综合监测子午链”。从2008年开始，子午工程Ⅰ期、Ⅱ期、Ⅲ期先后启动。该工程联合东经120°、西经60°子午圈沿线几十余个国家和地区的千余台各类仪器形成全球分布式的地基探测网络，对地球空间环境进行全纬度、全天候、全要素的观测。除了研究空间天气，还通过学科交叉，研究台风、火山喷发、海啸等过程对空间天气的影响，在变化的地磁场环境下的太阳与地球的相互作用等。

33

什么叫做好准备？向芸希觉得，自己并没有做好来重庆这边工作的准备。她以为自己准备好了，但事实一而再再而三地告诉她，没有，她没有做好准备。

龙哥把向芸希介绍给了他在南岸区的一个朋友，也是开摩托车修理厂的。向芸希在那儿工作了两天就被辞退了，据说是老板的某个亲戚要来。接下来她在好几个地方辗转，最后在璧山工业园区“青山工业”下属的摩托配件厂工作，这才稳定下来。

正好同车间的何晓霞在找人合租，向芸希欣然同意，于是住进了春和景明小区。何晓霞比向芸希大 11 岁，结婚了，孩子 6 岁，读一年级了，在老家泸州由婆婆带，老公也在泸州那边的酒厂工作。“虽说你是重庆的，我是四川的，但我离老家的距离，可比你近。”何晓霞如是说。向芸希不信，打开导航一搜，确实如此，不由得感慨重庆之大。

何晓霞先来一年，对这边很熟悉了。她带着向芸希去逛公园，逛夜市，（向芸希特别喜欢吃“狼牙土豆”。）放假还一起去爬虎峰山。站在虎峰山的一块舌状突出的巨石上——当地人称之为鸡冠石——何晓霞抬手往东一指，告诉向芸希那云雾笼罩之下的城市就是大学城兼科学城。向芸希的心跳不由得快了起来。

何晓霞问向芸希对璧山的印象，向芸希回答：地比较平，公园比较多，山没有云阳那边的大，还有就是面，渣渣太多。璧山也有打着“云阳鲜面”招牌的店，据说是云阳人开的。向芸希去吃过，总觉得跟云阳那边吃到的不一样。后来她隐隐约约明白，这大概就是书上说的乡愁吧。

离开云阳后，佛手村书记刘满平给向芸希打过几次电话，告诉向芸希她家地里佛手柑采摘和售卖的情况，问她刨去开支后剩的钱如何打给她。她说她相信书记，钱存在书记那里，就当存银行了。刘书记又问了她的情况，她含糊其词地说，好好好，没有什么困难，然后把电话挂了。她与刘书记隔着数百千米通话，她在璧山，书记在云阳，那缥缈的微弱的无线电波，成了她与那个她出生并长大的山村唯一的联系。

小时候，5 岁或者 6 岁，向芸希第一次坐在摩托车前面，爸爸从她身后伸出双臂，握住车把的同时，将小小的她牢牢护住。摩托车在山间的水泥公路上行驶，摇晃得厉害，然而小芸希一点儿也不害怕。这肯定不是她第一次坐爸爸的摩托车，却是她记忆里最早的一次。她还记得，摩托车停下来的时候，她奶声奶气地问：爸爸，这是哪里呀？爸爸回答：这是外面，大山外面，跟山里面不一样。她现在都还依稀记得当时自己睁大了好奇的眼睛，四处张望的样子。具体看见了什么，已经不记得了，但看的兴奋感与幸福感留存在心底，历久弥新。

如果说那个时候她就下定决心要离开佛手村肯定是不对的，但种下了离开的种子却是极为可能的。

现在，她真的离开了，她甚至刻意剪了短发，以示新生活的开始，心底却对家乡又有几分割舍不下。

恐龙肯定会回来，杨耐如是说。这件事向芸希同样没有准备好。

首先是准备武器。是的，下一次恐龙出现的时候，她可不希望再用铁铲、锄头和地质锤与之对抗。她需要威力更大的武器。可惜没有。网上有自称“末日生存狂”的作者列举过能够合法使用并随身携带的武器，只有寥寥几种，而且没有一种可以在与霸王龙的对抗中胜出。所以，作者建议，现在就开始锻炼跑步，因为根据计算，成年霸王龙的奔跑速度只有每秒 6 米，还不如你家的狗，而你练一练，奔跑速度能达到每秒 10 米。而且啊，霸王龙不擅长长跑，而这恰恰是人类的优势。在这篇文章的后边，网友留言是清一色地嘲笑恐龙的傻大憨粗，赞扬恐怖直立猿[①]的优秀。然后，有网友推荐防狼喷雾，向芸希就给自己买了一个。这玩意儿使用方法简单，喷

---

① 指的是人类。

谁谁都怕，看上去挺实用。可惜一次坐地铁时给弄丢了，她也没有再买。

其次是如何对待恐龙再来这件事的态度。一路走来，向芸希在不同场合，有意无意中听到了很多种说法，有时也主动问起，得到的答案林林总总，很能体现一个人的底蕴与气质。有的说，不虚，虚也没用，要来的终归要来。你虚它，它就不来了吗？有的说，我为什么要虚？恐龙来了，小的我打来吃，大的我躲远点儿，有什么好虚的。有的说，总比病毒好对付。病毒看不见摸不着，不知不觉就传染上了。还有的说，虚啥子嘛，有警察，有解放军，再多的恐龙，机枪突突突就完事儿了。连坦克都用不上。霸王龙算个屁，血肉之躯，能跟钢铁对抗？更不要提咱还有蘑菇蛋。向芸希查了一下，才晓得蘑菇蛋指的是核弹，能在瞬间毁灭一座城市的超级武器。拿来炸恐龙，还真是高射炮打蚊子——大材小用。

无论是在网络上，还是在现实生活中，重庆人对待恐龙来了的态度惊人的一致，归纳起来就是：在别处，是“恐龙来了，快跑！”，在重庆，是“人来了，恐龙们快跑呀！”。

闲聊时向芸希问何晓霞，要是恐龙又来了，你要怎么办？霞姐说，简单，回老家。向芸希追问，要是老家也有恐龙呢？霞姐说，还是得回去，一家人，要死死一块儿。向芸希忍不住问，那为啥现在分开？一向乐呵呵的霞姐难得地皱眉道，没办法，现在钱放得高，找钱不容易，能找到工作已经很不错了，哪容得下挑三拣四？唉，生活已经很艰难了，恐龙还要来捣蛋。

最后是知识储备。因为前两次的恐龙事件，关于恐龙的书籍、电影和纪录片得到了前所未有的关注，连续多日冲上了热销榜，向芸希按图索骥买了来，在摩配厂工作的空隙，很认真地学习。有的一看就懂，有的怎么看都看不懂，还有的以为懂了，细究起来又稀里糊涂，说不清楚。比如，对于什么是恐龙这个基础性问题，她原本是晓得的，现在却越看越迷糊。这是恐龙，这不是恐龙。沧龙不是恐龙，鱼龙和翼龙都不是恐龙，为什么呀？大有“你不问我恐龙是什么我还晓得恐龙是什么，你一问我恐龙是什么我却不晓得恐龙是什么”的架势。很自然地，她想向博士咨询，可杨耐的电话老也打不通，也不晓得出了什么事。

34

联合科考队分作 4 个小组，每一个小组 11 人，各自负责一个区域的调查。杨耐是第三组的。在此之前，他去过内蒙古的沙漠和新疆的戈壁滩挖过恐龙化石，对于野外工作有一定的经验，但深入地下几百米的竖井和洞穴还是有生以来第一次。

“地下还有一个重庆，曹院这话没有丝毫的夸张。”第三组的洞穴探险专家叫魏泽生，个子不高，是重庆洞穴探险队的副队长，“这是拜岩溶地貌[①]所赐。而且在已经登上月球的今天，由于种种原因，我们对地下重庆其实所知甚少，甚至可以说一无所知。”

在第三组行动之前的会议上，魏泽生向队员们介绍了武隆县天星乡的基本情况。“在不到 25 平方千米范围内，已探明的竖井有 56 个，洞穴有 45 个，落水洞有 9 个，简直是洞穴探险的圣地。”魏泽生如是说。他满脸络腮胡，看上去极为粗犷，实际上少言寡语，只在提到洞穴探险时话才多一点儿。“我们组负责的天星洞穴系统[②]是其中最复杂的。”

他展示了一幅令人震撼的洞穴剖面图，又随口说了一些数据。“这个数据不用记，因为随时可能因为新的发现而被修订。”魏泽生又强调说，“这个

① 地下水与地表水对可溶性岩石溶蚀与沉淀，侵蚀与沉积，以及重力崩塌、坍塌、堆积等作用形成的地貌，称为岩溶地貌。又称为喀斯特地貌，后者得名于欧洲的喀斯特（Karst）高原，意为“岩石裸露的地方”。重庆的岩溶地貌面积超过 3 万平方千米，涉及重庆 80% 以上的地区，分布广泛。渝东北和渝东南是岩溶地貌分布最为集中的区域，遍布峡谷、地缝、石林、峰丛、溶洞群、天坑群、竖井群、天生桥群……

② 天星洞穴系统，由气坑洞、垌坝洞、苗坑 1、烂木树洞、六尺凹口下洞、小古池湾洞、苗坑 2 这 7 个洞穴共同组成。这 7 个洞不是独立的，而是彼此相通的，如同蚂蚁窝那样。国内探测的深度大于 400 米的竖井有 16 个，前 4 名均在这个系统之中。该系统最深处为地下 1022 米，有“地下的珠穆朗玛峰”的美誉。

剖面图也只是作为参考，因为地下并非静止、一成不变的，随时可能发生变化。”

集结完毕之后，联合科考队在重庆洞穴探险队的营地接受了 3 天的培训，掌握了洞穴探险的基本技能，这才分批前往武隆县天星乡考察。

到达武隆县天星乡气坑洞洞口时是 11 月 23 日上午，雨稀稀拉拉地下着，直到中午都没有停的意思。魏泽生与领队赵培钦讨论，最后决定，先下去看看，等下去也不是办法。

气坑洞口不大，周围是茂密的灌木群，如果不是事先知道，很难发现。探身去望，下面黝黑，深不见底，只能听见如雷一般的水流声。

下午 2 点，开始下洞。

洞口事先打好的锚点，挂好绳索，将绳索抛到洞里边去。魏泽生再一次叮嘱道：“洞穴是有记忆的，记录着人类的所有行为。一个脚印、一片垃圾，都会刻在洞穴中千万年——不要留下任何垃圾，也不要随意走动，你踩下去的那一个脚印，都可能是人类第一次踩在那个位置。”他第一个下洞，动作极为熟练。

其他队员陆续进入。每个人都穿着橘黄色带光带的全套防护服，背着数十千克重的背包。按照计划，他们将在气坑洞里工作五天四夜，所有吃喝拉撒睡相关的东西都得一次性带下去。而且，他们还不是单纯的探险，而是肩负着科考的任务，所以还得加上大量的设备。所携带的东西，又翻了一倍。

两名留守的后勤队员仔细地检查绳包是否包到位，然后示意杨耐可以下洞了。他谨慎地控制着下降器，第 4 个下洞。

不能太快，也不能太慢。

四周的墙壁不停地渗水，空气中弥漫着腐烂气息。水流在上方汇聚并奔涌而下，飞溅的水花封锁住走向深处的通路，而巨大的水声让他们听不见彼此说话。

黑暗将他们吞噬。

照亮四周的，只有他们额头上的灯。

第一节竖井下完，抵达一个略微平坦的地方。杨耐记得，剖面图上，把第一节竖井叫作“时间耗尽段”，他不知道之前的探险家为什么取这样一个名字。是在地面的时间已耗尽的意思吗?

还没来得及喘气，紧接着下第二节竖井。这里实际上是一系列长长的岩石缝，狭小到仅能容一个人侧着身子挤过去，有些地方甚至需要匍匐在地，像狗一样爬过去。他们必须避开岩石缝下方的地下河，将背包卸下，再一件件递送到前面的队员手里。岩石缝里没有一块干的地方，到处都又湿又滑，一不小心就会摔倒。洞壁上满是碱性很强的泥，多钻一会儿，黏黏的泥就糊满了全身，极不舒服。岩石缝四通八达，每一条都似乎能走通，实际上呢，多数都通向死路，除了浪费时间，没有任何别的作用。因此每一步都要万分小心，对体力和脑力的消耗极大。

第二节竖井叫“信仰丢失段”，真是名副其实。

要是孙永河来命名，大概会叫作“恐龙的千层肚”吧。

忙碌中，好几个小时已经过去。

在黑暗中，人的时间感觉开始错乱。

有时觉得时间已经过了很久，一看表，才两分钟；有时觉得没过多久，一看表，时间已经过去了 3 个小时。

杨耐不害怕黑暗，四周伸手不见五指的时候，他的内心是宁静而不是恐慌的。他也不害怕孤独，一个人独处是常有的事情，向人倾诉的欲望也并不强烈。他也不害怕寒冷，不过，这是以前的事情了。在那晚楠竹坪与两头普安云阳龙对峙，死里逃生后，他并没有对恐龙产生厌恶、恐惧或者憎恨，只是比以前更害怕寒冷了。这种后遗症是他所没有想到的。

魏泽生招呼大家继续往下走。

顺着长长的斜坡，地下河流到第三节竖井里。这是一个巨大垂直向下的空腔，有 60 米深。看见它，杨耐第一次真正理解了什么叫“竖井”——像井一样垂直向下的洞穴。

因为瀑布的关系，他们不能从这边直接下去。他们要跨过好几道深不见底的裂缝，到对面的一块倾斜的巨大岩石上，才能继续往下。又是一番艰难的攀爬，他们总算是安全抵达。魏泽生让大家在岩石上休息，吃一些巧克力，补充体力。

一个队员忽然有了新发现："看那是什么？一只青蛙？"

杨耐也凑过去看，在岩石的一个角落里，蹲着一只小小的两栖动物。皮肤是透明的，体侧有大小不一的橘红色或橘黄色斑点。"是红点齿蟾，中国特有的物种。"他说。来之前，杨耐恶补过洞穴生物①的资料。从洞口到现在，一路之上，他特别留意动物的踪迹，也只看到一条半透明的无鳞鱼和一只暗红色的小螃蟹。

那么恐龙呢？

杨耐走到魏泽生跟前，问："队长，你不是第一次到这里来吧？"魏泽生没有回答，因为这是一句标准的废话。杨耐继续问："这次下来，有没有发现，气坑洞有什么不一样的地方？"魏泽生这回摇了摇头。杨耐这才后知后觉地发现自己先前问了一个愚蠢的问题。他讪讪地说："我是想问，这下边真的能找到恐龙吗？"魏泽生回答："找不找得到，我说了不算。我只负责带你们下来，再把你们安全地带上去。"

本来，一连串的问题在杨耐脑子里盘亘。他是打心眼儿里不相信恐龙来自"失落的世界"的说法。不说别的，小型恐龙还可能，到普安云阳龙和普贤峨眉龙那种尺度的就已经不可能了，更不要说上游永川龙和合川马门溪龙这种庞然大物了。一句话，洞穴的环境不足以支撑起一个庞大的古生物群独自存活 6500 万年。再大的洞穴也不可能。"然而我现在为什么会

---

① 这些生活在洞穴中的动物，因为缺乏阳光，几乎都放弃了视觉，成了"盲人"，而身体的颜色也变得没有意义，纷纷褪去，变得透明。洞穴资源贫乏，大部分的营养物质被用来维持生命。即便如此，它们也必须减少活动，减缓新陈代谢，这样它们才能在饥饿中存活更长的时间。有一种叫洞螈的，新陈代谢非常缓慢，每天只活动 5 分钟，但可以 10 年不进食，12 年才产一次卵，80 岁仍能生育，寿命可达 100 多年。

在气坑洞里……”他自言自语道。

魏泽生已经吃完巧克力，叮嘱大家把包装纸放进专用垃圾袋，然后说，全新的挑战开始了。他指着已经挂好的绳索，说从这里下去10米不到，就必须得在空中接受瀑布的冲刷，躲也躲不掉，而且越往下水越大，会给下降造成前所未有的困难。“你们做好心理准备。”他再次强调。

“真诚保持段”，看着魏泽生第一个顺着绳子往下降，然后被瀑布冲得左右摇晃的样子，杨耐不由得想起第三节竖井的名字。他探首下望，只能看见前面几名队员的头灯射出的有限的光芒，只能听见在狭窄的空间里来回振荡因而更加震耳欲聋的水流轰鸣声。他知道他将下到“上游水塘”，蹚过“地狱之河”，路过“龙嘴瀑布”，穿过“理智顿失段”，最后抵达“终点水塘”。

他有信心完成这一切。

35

曹世尧一度为重庆云阳恐龙国家地质公园名气不大而着急，现在则为重庆云阳恐龙国家地质公园名气太大而着急。

据不完全统计，目前全世界已命名恐龙800余属，1000余种。其中，中国已命名了170多种恐龙，约占世界的1/6，为世界第一恐龙大国。然而，却不是恐龙文化大国。到大街上，随便问一个路人，问他知道哪些恐龙，脱口而出的，不是霸王龙，就是迅猛龙，抑或者是剑龙、甲龙、角龙这种大类的名字。

曹世尧年轻的时候看过《侏罗纪公园》，当时喜欢得不行，甚至可以说，曹世尧走上研究恐龙这条路，跟《侏罗纪公园》也有莫大的关系。然而当他真学了相关专业，对《侏罗纪公园》就喜欢不起来了。电影里那些恐龙更像是披着蜥蜴或者鳄鱼皮的狮子或者老虎，长着血盆大口，有事没事就龇着牙仰天怒吼，跟别的怪兽片没啥两样。至于剧情，一句话就可以概括：恐龙来啦，快跑！简单得令人发指[①]。

“重庆才是真正的侏罗纪世界！”到208地质队工作后，曹世尧曾经无数次对来访的记者说，“在重庆发现的恐龙化石，几乎都出自侏罗纪的地层。重庆的大部分区县都发现过恐龙化石。说重庆建在恐龙脊梁之上，是龙脊上的城市，是最真实地描述。”然而，接下来他又无数次这样说：“我们有这么丰富的恐龙资源，重庆云阳恐龙国家地质公园也修好了，然而……你完全可以把这一切称之为捧着金饭碗要饭吃。”

如今，重庆于11月6日和11月17日先后两次出现恐龙，重庆与恐龙一下子成为全国与全世界瞩目的焦点。这是接受多少次采访都没有达到的效果。从某种程度上说，也是曹世尧一直以来追求的结果。

然而，其中的一则谣言令曹世尧非常苦恼。

起初，这则谣言很可能出自某个直播间，就一句话：重庆云阳恐龙国家地质公园复活的恐龙失去控制逃到了社会上制造了这次恐龙灾难。随后，这则谣言在网络上被大量复制、粘贴、转发、分享，越来越多的人加入其中，情绪宣泄、不假思索地相信这个说法，甚至有人用“宁可信其有，不可信其无”的态度来表达自己对这则谣言的信任。同时，还有许多诸如“我的一个朋友”“我听说”“剩下的事情你自己琢磨”，以及“懂的都懂”的说法加入这个谣言的传播中，使得这个说法从最初的暗示升级为一个“不可辩驳、不容置疑、板上钉钉的事实”。

杨耐是谣言的起点，他在佛手村发现的化石被认为是恐龙事件的开关。孙永河在谣言中扮演了关键性角色，他在不同场合说的话，被人翻拣出来，拼合在一起，有的与孙永河最初表达的意思一样，有的却发生了180度的变化，目的都是为了证实谣言的可靠性。研究院的其他人，包括曹世尧和

① 事实上，《侏罗纪公园》及其后续作品中出现的大多数恐龙都是白垩纪时期的，还有好多角色根本就不是恐龙。翼龙不是，沧龙也不是。霸王龙只在北美洲地狱溪地层有发现，并且在白垩纪末期才出现。而成群狩猎的迅猛龙根本就不存在，是原著作者迈克尔·克莱顿结合伶盗龙和恐爪龙的特点杜撰出来的。至于双冠龙会像眼镜蛇那样喷射毒液，也是编导根据剧情需要设计出来的。

黎乃菡，都以各种方式出现在谣言里。

在不停地流传中，这则谣言变得更加复杂，有高层的内斗，有民间的智慧，有狗血的三角关系，有科学无法解释的神秘力量，整个过程跌宕起伏，惊险、恐怖、刺激，故事性极强，传播力与感染力一流。

然后，这则谣言衍生出好几个版本，细节上彼此矛盾，但不妨碍它继续传播。每一个接触过这则谣言的人，都自觉不自觉地参与了这则谣言的传播与再创作。哪怕是反驳它，也使它经由“反驳之路”传播到了更为辽远的地方。其影响的范围早就超出了重庆的地域，在全国都有影响。

这使重庆云阳恐龙国家地质公园的热度达到了历史最高点。

谣言的影响越来越大，已经开始影响日常工作，208 地质所的领导也来询问，担心引发大规模舆情。作为研究院院长，曹世尧不得不站出来，协调多方力量，于 12 月 1 日，与黎乃菡一起，在重庆市融媒体中心召开新闻发布会，进行解释和说明。

新闻发布会的效果差到极点。曹世尧对项目部的工作说明被认为是照本宣科，对恐龙事件的解释被认为是欲盖弥彰，说要追究造谣者的法律责任被认为是装腔作势。

好不容易摆脱记者的包围，来到空旷的地方，曹世尧望着阴霾重重的天空，嘀咕道：“我讨厌冬天，尤其是重庆的冬天。”一旁的黎乃菡立刻问：“为什么呢？”曹世尧说：“重庆的冬天真叫人讨厌，又湿又冷，尤其是对一个外地人来说。再往北，家家户户有暖气；再往南，人人头上顶着大太阳。重庆呢，夹在南北中间，啥都没有，没暖气，没太阳。”黎乃菡晓得他在说什么，叹息一声，问：“接下来你打算怎么办？”曹世尧焦躁地说：“面对谣言，我能怎么办？骂孙永河？骂杨耐？开新闻发布会辟谣？我都做过了。效果你也看见了。我一个快要退休的小小院长，我能怎么办？”

一则经不起推敲的谣言也能传播甚远、影响甚广，通常都是因为它迎合了某种巨大的社会性需要。眼下，神秘而可怕的恐龙莫名其妙地出没，带来了最真实的接触与破坏，以及深入骨髓的社会性恐惧。普通人迫切需要给眼前匪夷所思的事情一个合情合理的解释，于是谣言赶在科学之前，以包打一切的面目出现了。科学研究，需要时间，需要证据，需要时间找到证据，从不轻易下结论，而谣言不需要。这些道理，曹世尧都知道。当了这么多年领导，面对谣言也不是一次两次。然而知道归知道，经历归经历，他就是无法阻止这一则谣言的产生与广泛传播。这种深入骨髓的无力感令他身心疲累。而且他还有一个担忧。多年的经验告诉曹世尧，越是巨大的恐惧，越需要一个具体的宣泄对象。如果……

曹世尧平复了一下心情，对黎乃菡说："希望联合科考队他们在武隆的调查尽快有结果，这样谣言不攻自破。"黎乃菡双手互抱："我不看好。你们把注意力过多地集中在了恐龙身上，没有注意到别的。"曹世尧道："又要说你在金佛山看到的义马银杏吗？"黎乃菡说："是的，义马银杏，它们和恐龙生活在同一时期，现在一起出现，又一起消失，其中肯定隐藏着什么秘密。"曹世尧问："什么秘密？"黎乃菡双手一摊："我暂时还不晓得。"曹世尧道："你什么时候变得这么废话呢？"这时，铃声响起，曹世尧接听了手机。黎乃菡看见一向稳重的院长脸色骤变，猜想是发生了什么大事。挂掉电话后，曹世尧语气无比焦灼地对黎乃菡说："项目部被当地村民砸了。"

36

你是一名消防员，今年刚加入。血气方刚，有事儿敢上，只是还欠缺经验，行事容易鲁莽。

小时候，你爸爸骑着摩托送你去上学，途中目睹一起房屋垮塌事故。你爸爸丢下摩托车，不顾楼房再次垮塌的危险，试图营救被困人员。然而扒开砖头的举动反而威胁到被困人员，一时之间，又没有想到别的办法，只能停下来。很久以后你都还记得那种想去施救、但无法施救的无力感。幸好，消防员及时赶到了现场，快速制订救援方案，用专业的知识和娴熟的本领很快将被困人员救出，并送往医院。你和围观的群众齐声欢呼。当时，消防员帅气的身影给了你极大的震撼。从那时起，小小的你在心里便暗暗下定决心，长大了要当消防员。

19 岁，你如愿以偿，顺利进入消防队。

原本以为你的身体素质还可以，参加新兵训练时和队友们一比，却差得很远，你的心情不免有些低落。而且他们也和你一样，之所以加入消防队，都是有故事的，其中好几个故事，都比你的更精彩，或者更感人。

你当然不肯轻易认输。为了补齐力量和爆发力的短板，你报名了新兵技能对抗赛的所有项目，并且在正常训练之外，每晚自行增加“三个 100”的训练——100 个俯卧撑、100 个仰卧起坐、100 个下蹲。随后是“三个 150”，再后来就是“三个 200”，循序渐进，风雨无阻。

从不会到学会再到优秀，你每天都在进步。

有人说，你这身体素质，当特种兵都绰绰有余。

经过 12 个月日复一日的训练，你在新训结束时获评年度“入职培训全优队员”，被重庆市消防救援总队授予个人三等功。然后，你被分配到某个支队，开启你梦寐以求的救援之路。

你，你们，这个平日里在人们心中是与火焰搏斗的英雄群体，其实你们的职责远不止灭火那么简单。火灾、洪灾、塌方、泥石流……哪儿有危险，哪儿就有你们的身影。

“消防员的天职，就是救民于水火，助民于危难。”你认为每一个生命都值得守护，每一次出任务必全力以赴，每一份责任也应坚守如一。

实际上，大灾大难是少见的，更多的是日常救援。

近年来，随着环境保护意识的增强，山林中的野生动物数量逐渐增多。你们时常会遇到从山上下来进入城市的野猪、猴子等野生动物。这些动物往往因为误入人类生活区域而陷入困境，你们便成了它们的“救星”。你们都能凭借过硬的专业技能和冷静的心态，对这些动物进行妥善处理，既保护了动物的生命，也避免了人与动物之间的冲突。

当然，你们最常面对的还是那些“熊孩子”制造的各种麻烦。孩子们的好奇心重，常常会因为玩耍而引发各种意外状况。你们在处理这些事故时，既要迅速果断，又要细致入微，确保每一个孩子都能得到及时的救助。你们的专业与用心，赢得了广大市民的信赖与赞誉。

但恐龙……你还真没有遇到过。

第一次接到与恐龙有关的报警时，被你的同事判断为“假警”。每年消防队都要收到大量假警，非常浪费时间和精力，有时还会错过“真警”。假警令人愤怒与厌倦，而大多数假警都是前面提到的“熊孩子”们干的。当某地出现不明生物的报警反复出现后，你们还是遵照命令出发了。

等你们赶到时，那头恐龙已经死去，你们只得到一具尸体。有的消防支队连尸体都没有得到，而隔壁区的消防支队捕获了一头磨刀溪三峡龙，这让他们骄傲了一番。

然后，所有的恐龙——不管是处于什么状态的——都消失了。怎么会这样？你们大惑不解。它们还会回来吗？你们更关心这个问题。你们讨论，你们思考，你们进行种种假设，和这个时候的其他人一样。虽然身穿“火焰蓝”，毕竟你们也只有二十来岁。

老成持重的队长提醒你们：“作为消防员，我们要有未雨绸缪的思想。不但要假设恐龙一定会回来，而且要做最坏的打算。来的恐龙不是三五头，而是成千上万头。因此，我们要重点讨论和思考的问题是，恐龙回来之后，我们要怎么对付恐龙，以避免它们造成破坏？”

可现在没有恐龙，想要练习也没有对象啊！

在这种情况下，一位富有创意的消防员——可能是你，也可能不是——提出了一个主意。鳄鱼与恐龙的身体结构和行为特性有许多相似之处。学习如何对付鳄鱼，对将来对付恐龙一定有帮助。队长觉得有理，于是联系了重庆鳄鱼繁育中心的驯养员，请他们担任教练，指导消防员如何正确地捕捉和捆绑鳄鱼。

常见的鳄鱼只有两三米长，用对付鳄鱼的办法来对付小型恐龙应该可以，然而更大的恐龙呢？又有一个方案被提了出来。麻醉专家被请到消防队。针对不同种类和体形的动物，使用的麻醉剂的品种和剂量是不同的。麻醉专家用氯胺酮[①]和右美托咪定[②]为原材料，调配出恐龙专用镇静剂。经过对蜥蜴、鳄鱼、鸟和蛇的多次试验，证明有效。又根据恐龙的体形与体重，设计出6种剂量。麻醉专家建议，在泄殖腔所在的部位注射恐龙专用麻醉剂的效果最佳。即使是大型肉食恐龙，也会很快屈服于麻醉剂的威力，从躁动不安到安静如斯再到呼呼大睡，也就几分钟的工夫。对此，麻醉专家颇有几分信心。

接下来，你们还以上游永川龙闯到解放碑或者别的商业圈为警情，进行了演习。

你深信，你们已经为恐龙的再一次到来做好了充分的准备。一旦恐龙回来，决定不会出现想去施救、但无法施救的情况。即使它们不来，你们也能将对付恐龙的办法用于别的险情。

没有一滴汗水会白流。

37

为了一顿火锅，挨了曹世尧一顿骂，孙永河觉得不值。

关于重庆云阳恐龙国家地质公园那则谣言里更多的是无端的猜忌与联想，然而也有三分真实的部分，正好印证了“纯粹的假话，容易被人揭穿；三分真，七分假，才是最不容易被揭穿的谣言”的说法。有些人，真的是盯着那“三分真”，然后得出“十分真”的结论，并且这个结论一旦得出，就根深蒂固，不会更改，谁劝都不听，谁说都不信。在有些人那里，甚至存在“负筛选”的现象，即滤过真实的，剩下全是虚构的，还能奇怪地自成体系。

---

① 全名为2–邻氯苯基–2–甲氨基环己酮，是苯环己哌啶（PCP）的衍生物。在医学临床上一般作为麻醉剂使用，被列为第一类精神药品管控。

② 分子式为$C_{13}H_{16}N_2$，是有效的α2–肾上腺素受体激动剂。临床上适用于重症监护治疗期间开始插管和使用呼吸机患者的镇静。

总而言之，他们就认定了恐龙这事儿是重庆云阳恐龙国家地质公园干的，劝他们的、给他们讲道理的都是被骗了，他们才是掌握了“宇宙真理”的那些“少数人”。

而孙永河正是提供那“三分真”的古生物学家。

那天，一个朋友到北碚区正码头大师兄土灶老火锅店里请客。作为幕后老板，孙永河自然端着酒杯过去敬酒。一桌七八个人，有认识的，有不认识的，一杯酒下肚，就都成了孙永河的朋友。其中有一个人，50岁出头，头发花白，听说孙永河是研究恐龙的，立刻来了兴致，力邀孙永河坐他旁边。

“我是胡子云，搞自媒体的，视频博主。”那人也是自来熟，熟练地自我介绍，“有几个关于恐龙的问题想咨询孙博士。”

孙永河也没别的事情可做，坐下后一边用筷子夹起一长串鸭肠放进沸腾的锅里，一边说：“问吧问吧，关于恐龙没有什么是我不晓得的。”

“我来问你，看你晓不晓得这个问题的答案。”胡子云也喝了不少酒，两腮泛红，“为什么恐龙统治地球两亿年，叱咤风云，却没有进化[①]出智慧来？”

“哪个说的？”孙永河一瞪眼，却没有继续说下去，而是把煮好的鸭肠挑到自己碗里，又在蒜泥、蚝油等蘸料里搅拌一番，这才送进嘴里一阵狼吞虎咽。火候刚刚好，脆而不生，然后孙永河才在众人的围观里侃侃而谈。

他说：“我一直觉得恐龙完全有可能出现高智商的物种和高度发展的文明。现在人们研究恐龙全靠化石，然而化石能够提供的信息是有限的。再过1亿年，整个人类文明的痕迹可能也只剩下小半截牙齿，谁又能通过这小半截牙齿知道我们的智商如何呢？假如侏罗纪有一种高智商的恐龙建立起了它们的文明，这个文明的遗迹大部分都应该化为碎末了。”

“为什么呢？”有人问。

---

① 将达尔文的著作中的“evolution”一词翻译成“进化”或者是“演化”存在巨大的争议。因为“进化”暗含了“进步”的意思，是一个线性发展、阶梯上升的过程；而“演化”则指出，这一过程是没有特定方向或者某种预定目标的。本书采用“演化”的说法。

孙永河解释道：“不说别的，单说地震。侏罗纪到现在，1.8亿年的时间里，会发生30亿次大地震，其中500万次是超级大地震。这些地震就足够把所有的恐龙建筑变成渣渣，然后把渣渣埋进火山熔岩之下，或是把它们压在一起，形成起伏的大山，甚至将它们埋到几千米之下的海洋沉积物里，再也不见天日。只有这些渣渣恰巧留在地表浅层的薄薄一层的侏罗纪岩石层中，才有一丝丝被我们发现的希望。”

大家不由得感叹生命的不容易，总算又找到了一个喝酒的理由，于是纷纷举杯，向恐龙致敬，向生命致敬。

“我算是晓得史前文明是怎么一回事了。不是它们不存在了，而是它们的存在被时间抹去了。不过也会有一些漏网之鱼。”胡子云扳着手指数起来：在非洲加蓬发现了16处20亿年前的核反应堆；在美国得克萨斯州寒武纪沉积岩中发现了成人的脚印；在俄罗斯堪察加半岛发现了4亿年前的机械齿轮……他说得唾沫飞溅，而酒席上的人都听得津津有味，甚至比听孙永河讲恐龙，还要来得认真。

孙永河晓得胡子云讲得不对。像胡子云这种，满嘴科学术语，其实并不真正了解科学的人，他已经遇见过太多。但他不是杨耐，不打算在酒桌上纠正胡子云的错误。

胡子云连白垩纪、寒武纪、侏罗纪、奥陶纪等的先后顺序都讲错了，多半不晓得每个纪的物种更迭、海陆变迁与气候变化，更不用说明白几亿年、几十亿年到底意味着什么。他的知识体系是混乱的、模糊的、碎片化的。在他的知识体系里，几百年跟几千年、几万年是没有区别的，几亿年跟几十亿年是一样的。在他贫瘠的想象里，恐龙跟人类之间的距离，与三叶虫跟人类之间的距离，也是没有区别的。然而又有什么关系呢？都是酒桌上说了就忘的屁话罢了。

就像这一桌人一样，有的可能还会见上几面，打个哈哈，说那不是谁谁谁嘛，在哪儿哪儿一起喝过酒了。其实多数酒桌上碰过杯的人都再也不会见面，只是各自生命中匆匆的过客罢了。

胡子云拉住孙永河的胳膊说要问最后一个问题。"'老佛'研究得怎么样了？"胡子云脑门泛起了一层油腻的红光，用发红的眼珠盯着孙永河，期待后者给出他想要的答案。后来，孙永河对这个问题的回答被胡子云剪进了他的节目里，成为那个著名谣言里最真实的一部分。

孙永河说："没有研究透的东西，本来我是不该说的。既然大家都拿我当朋友，我就说了。说了大家要替我保密，谁也不要说出去。'老佛'呢，是最近才在云阳挖到的恐龙化石。"

也许是酒精的作用，孙永河已经喝得有些高了；也许是表现欲在作怪，看着一桌人都目不转睛地看着自己，等待自己说出那个答案，他有些飘飘然了；也许……总之，他当着一桌陌生人的面，把那个秘密说了出来。

第二天孙永河酒醒之后，走进川渝共建古生物与古环境协同演化重庆市重点实验室继续研究"老佛"时，并没有想起昨天酒桌上自己说过了哪些不该说的话。直到关于重庆云阳恐龙国家地质公园导致了两次恐龙灾难的谣言广泛流传之后，他才意识到自己无意中成了这则谣言的主角。直到曹世尧院长在研究院当众责骂他口无遮拦时，他才意识到，为了那顿火锅所付出的代价未免太大了些。

然而，他并不认为自己有错。

后来，事情闹得愈发不可收拾。12 月 1 日，一伙当地村民在谣言的鼓动下，闯进重庆云阳恐龙国家地质公园，砸了几个场馆，重点是项目部。他们说，如果不砸，会有成千上万头恐龙被项目部复活，到那个时候，造成的后果将不可想象。他们在想象中恐惧万分，在想象中义愤填膺，于是相互邀约，在现实里来砸"万恶之源"。公园保安和工作人员都没能阻止他们。等警察赶到的时候，一切都已经结束，能砸的已经砸了，能抢的已经抢了。云阳县的警察们费了九牛二虎之力，才从村民家里收缴了部分赃物。普安乡派出所所长姚景珩为此忙得焦头烂额。

在这种情况下，孙永河主动向警方提供了胡子云的名字。一天后，他在新闻上见到了胡子云被捕的消息。面对镜头，胡子云依旧操着他一口混杂了各地方言的重庆话说:“我有错,我有罪,我浑身无力,我不该造谣。请各位朋友以我为戒,不信谣不传谣,尤其是不要造谣生事,给国家、给个人添麻烦。”

38

“这个向芸希是不是你?”何晓霞问。

“不是。”向芸希心虚地否定,“只是同名,凑巧。”见霞姐还是一脸不信的样子,她又补充道,“这是谣言。网上谣言多得很。”

“这个向芸希是云阳的,你也是云阳的……”

“都是那个叫胡子云的编造的。”向芸希嘟囔着说,“我也不晓得他为什么要编一个跟我同名同姓的向芸希出来。为这事儿我不晓得解释了多少回了。不是我,真不是我。”

何晓霞将信将疑,却没有再追问。

向芸希看过那则谣言,只看过一次,不是胡子云发布的原始视频,而是被其他人重新剪辑后的版本。这被称为二创、三创、四创。怎么说呢?主播们个个激情澎湃,唾沫四溅,将两次恐龙事件都归咎于研究院在云阳的研究。而她,作为“老佛”的发现者,是这些灾难的罪魁祸首。

向芸希烦得不行。原本以为离开云阳,日子会过得好一点儿,然而这些狗屁倒灶的事情还是如影随形,令她心烦意乱。“明明我什么都没有做,为什么要我承担这些……”

这天晚上下班,回到春和景明小区,何晓霞先去洗澡,向芸希坐在沙发上玩手机。百无聊赖中,她想起了杨耐,决定给他打一个电话。

跟杨耐重新建立联系是12月初。当时,她接到了彭孃孃的电话。离开楠竹坪的时候,她给彭孃孃留下了自己的电话号码。彭孃孃在电话里说巫老爷子去世了。“走得很安详。头天有点儿咳,没在意。第二天早上就叫不醒。冬天,是死人的季节。”彭孃孃絮絮叨叨地说,“他是在睡梦中去世的。

老爷子一生好强，从不肯要人照顾。他这种死法，应该是他最想要的。”

向芸希不是不能接受死亡，然而噩耗从遥远的实际上只是匆匆路过的楠竹坪传来，她还是唏嘘不已。人与人之间的联系就那么脆弱，说断就断，说没就没？于是她又一次试着给杨耐打电话。这一回一打就通。说完巫老爷子的事情，向芸希才了解到之前打不通电话是因为杨耐在没有任何信号的洞穴里考察。听说向芸希开始学恐龙知识了，杨耐颇为欣慰，表示愿意给向芸希讲，有什么问题随时可以问他。向芸希也不客气，说：“我学习差不是因为我不聪明，你好好教，我自然会好好学，绝对不会给你丢脸。”杨耐说：“我不是怀疑你，我只是……我只是需要确定一件事情。”一段令人迷惑的长时间的沉默之后，杨耐开口道：“你刚才问我什么？哦对，到底什么是恐龙。这个问题确实不好回答。很多时候，越是基础的问题越难以回答。想要解释清楚，得把恐龙放到蜥形纲[①]里边去分析。还得加上合弓纲，作为对照组。以及它们的共同祖先羊膜动物，龙兽争霸[②] 3亿年的故事比任何神话任何史诗都要波澜壮阔、精彩绝伦。”

听得向芸希云里雾里。

于是，向芸希把她在胡子云直播间里听到的那个问题又重复了一遍：“为什么恐龙统治地球两亿年，叱咤风云，却没有进化出智慧来？”这个问题看上去很有趣，想一想似乎又难以回答。不过杨耐有一个很个人的经验，就是一个问题如果难以回答，很可能是问题本身有问题。稍加分析，就会

---

① 蜥形纲，包含羊膜动物中所有与爬行类关系较近的物种。蜥蜴、蛇、龟鳖、鳄鱼，以及鸟类等现生动物和它们已经灭绝的亲属，俗称“龙族”。这个纲的成员通常具有鳞片覆盖的身体、冷血（变温）特性，以及在头骨中具有一个或两个颞孔（用于附着颌部肌肉）。

② 已知最早的羊膜动物出现于3.4亿年前的石炭纪，产羊膜卵繁殖，使它们极大地摆脱了水的限制，能够深入内陆地区，因此很快繁盛起来。合弓纲和蜥形纲的祖先也从羊膜动物中分化出来。到二叠纪时，合弓纲一度是陆地生态系统中的优势类群。二叠纪末的生物大灭绝结束了古生代，也结束了合弓纲的繁盛，蜥形纲趁势崛起。中生代是以恐龙、翼龙、鱼龙、蛇颈龙等为代表的蜥形纲的天下。及至白垩纪大灭绝，中生代结束，蜥形纲遭到重创，以哺乳类为代表的合弓纲填补了蜥形纲留下的空白，新生代来临。

发现这个问题破绽百出。说别的杨耐也许不行，但说到恐龙，说到演化，那可是他的本行。他掰着手指，隔着连绵的虎峰山，给向芸希细细讲起来：

“首先，恐龙统治地球两亿年这种说法是不对的，至少是不准确的。准确地说，恐龙在当时的生态系统中居于优势地位，占据了生态系统中各个层级的生态位，种类繁多，数量庞大。

“其次，恐龙指的是蜥形纲双孔亚纲主龙形下纲恐龙总目，而人类是合弓纲真兽亚纲灵长总目人科人属智人种。拿种与总目相提并论，没有什么价值。要比，也是恐龙总目与灵长总目比，但这样一比，荒谬感不就出来了吗？

“最后，也是问题最大之所在。这个问题，暗示了智慧的出现是必然的。只要某个物种存在的时间够长，就会演化出智慧来。要是没有演化出智慧来，这个物种就是失败的。这种说法，把智慧视为演化的目的，甚至是终极目的，是极其荒谬的。

“演化没有目的。鸟儿的翅膀是让它们翱翔于蓝天的器官，对于鸟儿来说，翅膀是它们生存的根本，但我们能说没有演化出翅膀的物种都是失败的吗？再说了，还有企鹅和鸵鸟这种，有翅膀但不会飞，在各自的生存环境却活得有滋有味的鸟儿。

“演化没有目的，但有目标。演化的目标就是简单的三个字：活下去。翅膀是活下去的手段或者方式，智慧也是。不能把手段或者方式，看作是目的。”

“胡子云说的史前文明……还多有意思。”

“我看过，他说的那些尽是东拉西扯、捕风捉影、胡说八道，都不是真的。”杨耐生气地说，“所谓 4 亿年前的机械齿轮，不过是海百合的化石；白垩纪地层中发现的人体骨骼，不过是几百年前下葬的美洲原住民；加蓬……不想说了，越说越生气。正儿八经的科学不学，尽学些伪科学。这个胡子云！”

“那些都是假的呀？”向芸希颇为失望地感叹。

杨耐更生气了：“你记住了，胡子云那些所谓史前文明的证据，归纳起来就两个来源。要么是误解，把自然产物错误地当成了人造的；要么是赤裸裸地造假。”

然而，杨耐也明白，他不该对胡子云生气，更不该对向芸希生气。胡子云只是不知道从哪儿读到了那些伪科学宣传，而伪科学宣传对他又有特别的吸引力，毕竟真正的科学不像伪科学那么有趣，读起来晦涩难懂，令人痛苦不堪。就像演化论，其实来来去去就那么几条原则，似乎每一个人都能参与讨论。然而，演化论只是门槛低，想要真正理解演化论，还是得下一番苦功夫，不然就只会得到一些粗浅乃至错误的观点，又用错误的观点去解释自然现象，发现解释不通，于是反过来责怪演化论，说演化论是错误的……

“恐龙真的不可能演化出智慧来吗？”向芸希问。

这回杨耐没有直接否定，而是犹豫了很久，才喃喃自语一般说道：“不一定。”

“什么意思？你刚才说了那么多，不就是想证明恐龙都是些傻大个儿，演化不出智慧来吗？”

“不是，我没有这样说。”杨耐一板一眼地说，“我刚才反驳的是‘为什么恐龙统治地球两亿年，叱咤风云，却没有演化出智慧来’这种说法，并没有完全否认恐龙演化出智慧的可能性。”

“这有区别吗……”

“有，而且区别很大。”

何晓霞裹着睡衣从卫生间出来，看见沙发上的向芸希，一边吹头发，一边问：“向妹儿，跟你男朋友打电话呀？”

“不是……”

“在聊什么？聊得这么开心。”

“聊恐龙，聊恐龙是否会演化出智慧。”

“还说不是男朋友，脸都红了。”

“谁谈恋爱讲恐龙啊？”

“有哪条法律规定谈恋爱不能讲恐龙啊？”

“人家是博士，哪看得上我？”

“你喜欢他，他不喜欢你？”

“没问过。”

“都说重庆妹儿敢爱敢恨，我看未必。”

“有哪条法律规定，重庆妹儿就该敢爱敢恨？”向芸希狡黠地模仿霞姐的说话方式，“不敢爱敢恨就不是重庆妹儿呢？”

“看出来了，你是真喜欢他了。而且，还没有告诉人家。”

“有哪条法律规定，喜欢人家就一定要说？”

“干田坎上的死鸭子——嘴硬。”霞姐露出洞悉一切的神情，笑道，“什么时候带过来，让霞姐见见？你不好意思说，我帮你说。老话说得好，女追男，隔层纱。我呀，用手指这么轻轻一捅，那纱就变成婚纱了。”

“哎呀，不跟你鬼扯了，洗澡去了。”向芸希夺路而逃。

39

被村民砸抢过的项目部重建工作进行得非常顺利，但是曹世尧院长一点儿也高兴不起来。

在警察的大力协调下，村民们把抢走的东西都送了回来，有几个带头闹事的，还被拘留并罚了款。被砸坏的东西也列了清单，按照重修方案，一样样修复起来。曹世尧不得不承认，在这个过程中，远在北碚的孙永河发挥了不可替代的作用。他用他的人脉为研究院拉来了一笔专用赞助，使得项目部的修复工作提前完工。

然而，曹世尧还是不高兴。

年轻的时候，曹世尧是研究蜥脚亚目恐龙的专家，尤其钟爱马门溪龙。有多少种马门溪龙，每一种马门溪龙的脖子有多少块颈椎骨，他一清二楚。曹世尧在学术上取得的第一个成果——是他的成名作兼代表作，也是他后来能走上行政岗位的原因——就是在马门溪龙上。

究竟是什么让蜥脚亚目恐龙如此出类拔萃？当两亿多年前它们首次出现时，体形跟犀牛差不多，还相对较小。到大约1.65亿年前，已经演化出第一批巨型恐龙，即有着标志性长脖子的马门溪龙。

在接下来的1.5亿年的时间里，在全世界6块大陆上，至少6个科36种蜥脚亚目恐龙演化出破纪录的体形，而且它们在牙齿、头部形状及身体比例等方面各不相同，这表明它们占据着不同的生态位。尽管可以从幼年快速生长、全年持续生长、终生持续生长等方面来解释蜥脚亚目恐龙是怎样长成史上第一的，然而现有理论既无法解释为什么马门溪龙是第一批巨型恐龙，也无法解释为什么巨型化会在蜥脚亚目恐龙中反复出现。

那时，曹世尧特别想弄明白这个问题，一度沉迷其中，难以自拔。

然而，在探索恐龙的领域中，现实研究往往与科幻电影中的描述大相径庭。它并非充满轻松与浪漫，而是充满了未知的风险与挑战。古生物学者们常常在荒芜的沙漠戈壁与连绵的群山中，寻找恐龙及其生活的痕迹。在这些人迹罕至的地方，他们经常面临异常艰苦的工作条件，风餐露宿是常态。很多时候，忙碌大半年，一无所获也不是什么罕见的事情。

随着年龄的增长，曹世尧走上了领导岗位，用于行政的时间越来越多，用于研究的精力越来越少，离年轻时的梦想也就越来越远。

如今，这两次恐龙事件突如其来，目前来说影响巨大，在可以预见的将来，影响也会日趋增大，他忽然动了念头，想接续年轻时的梦想，继续研究蜥脚亚目恐龙巨型化的秘密，比如它们的长寿之道[①]。

但想归想，他根本没有时间和精力去做这项研究。

重建项目部只是他眼下需要关注的众多事情之一。

世界上本没有地质遗迹保护研究院。早年间，整个重庆都没有专门的机

---

① 蜥脚亚目恐龙具有很大的体形和较慢的代谢速度，普遍寿命较长。根据推测，峨眉龙、盘足龙等身长10—20米之间的中型蜥脚亚目恐龙能活80—150年；梁龙、腕龙等身长20—30米的大型蜥脚亚目恐龙寿命估计有200年；体长在35米以上，体重超过100吨的超大型的蜥脚亚目恐龙，如阿根廷龙、波塞东龙、阿拉莫龙，寿命甚至可以达到惊人的400年。

构来研究古生物；在日常工作中，如果遇到化石，也只是临时抽调相关人员去搞一搞。最著名的例子就是“果壳綦江龙”[①]。2015 年，在云阳发现了恐龙化石，208 地质队这才集中古生物方面的人才，成立了地质遗迹保护研究院。

作为亲身经历者，曹世尧比谁都清楚这样一个事实：与其说是研究院成就了重庆云阳恐龙国家地质公园，不如说是重庆云阳恐龙国家地质公园成就了研究院。因此，与重庆云阳恐龙国家地质公园方面的合作，一向是摆在研究院工作的首位。

然而，恐龙事件一出，作为重庆市首屈一指的古生物学者，曹世尧一直处于舆论的风口浪尖之上。来自上级的压力，来自同行的责难，来自群众的疑问，都让他备受煎熬。面对媒体，他不敢轻易表态，说话总是四平八稳。因为现在是特殊时期，他说出的每一句话都可能被过度解读，进而引发难以预料的后果。没有别的人——包括副院长黎乃菡——能够帮他分担这重重的压力。

此外，如今的恐龙研究，跟曹世尧年轻时候的恐龙研究已经有很大的不同了。近年来，大数据和人工智能技术为恐龙研究开辟了新的领域，并取得了一系列突破性成果。例如，通过结合各种化石证据和大数据技术，研究人员能够还原恐龙的外貌特征，绘制出恐龙复原图甚至三维动画。而且这项技术还能通过收集丰富的化石和生态信息，从土壤、气候、食物、植被等多个方面还原恐龙的生态环境，探究其生物学特征和演化历程。然而，不管是大数据还是人工智能技术，都不是曹世尧熟悉的领域。从何处入手，开启研究新征程，他大有“狗咬刺猬——无处下口”的尴尬。

重启研究，也就只能说说罢了。

最关键的是，他提出的恐龙来自“失落的世界”的说法，现在没有找

---

① 2006 年，綦江挖出了 4 块恐龙骨骼化石，后因技术和资金限制而未深入研究。直到 2010 年 10 月 26 日，甘肃地质博物馆才受邀前来发掘，又聘请了外地专家来研究，最终将这只长约 15 米、背高 3 米的蜥脚亚目恐龙命名为“果壳綦江龙”。追溯历史，早在 1994 年，当地农民就发现了类似“水牛骨头”的恐龙化石，将其送至綦江文管所，后由重庆自然博物馆鉴定为蜥脚类恐龙化石。

到一丁点儿线索。武隆联合科考队那边忙碌了大半个月，一无所获，已经申请结束考察，就等上级同意了。

他完全不知道该如何应对接下来要发生的事情。

他不知道接下来会发生什么事情，不过多年的经验告诉他，接下来一定会发生什么惊天动地的大事。因此更加痛苦。

“我就想安安静静退个休，有那么难吗？”曹院长沮丧而绝望地想。

40

孙永河抽空给表弟钟扬打电话，询问水晶球的研究情况。

“非常困难。”钟扬在他的办公室里慢条斯理地说。

对水晶球内部的扫描显示，其内部有类似芯片的结构。数以千计的芯片像某种蕨类植物那样排列。于是，一个猜测顺理成章地浮上心头：这个水晶球是某种存储器。

接下来的问题，就是如何把水晶球里存储的信息提取出来。

然而，人类存储的信息尚且做不到全球通用，不说介质不同，也不说格式不同，仅仅是一个接口不同，就制造了无数的麻烦。那水晶球又是用什么介质和格式来存储信息的？不知道这些，就不知道如何读取水晶球里的信息。最初也只能用试错的办法来摸索，不过试了很多次，没有任何有效的进展。直到有一天，钟扬忽然想到恐龙与人类虽然在时空上相隔遥远，但有一个巨大的共同点，那就是人类与恐龙使用了共同的遗传物质与编码方式，我们的 DNA 是同一套体系的。而 DNA 是可以用来存储信息①的。

---

① 在 DNA 存储技术中，信息被编码为碱基序列，这些序列构成了 DNA 分子的“代码”。每一个碱基都可以视作信息存储的基本单位。通过精密的设计，这些碱基可以按照特定的顺序排列，从而形成一个巨大的信息库。理论上，DNA 存储技术具有高密度、低能耗、易存储等优点。据估计，1 克 DNA 能存储数百万 GB 的数据，1 千克 DNA 能存储人类至今为止产生的所有知识，而一个人身体里的 DNA，能存储可观测宇宙的数据。目前，该存储技术还存在成本、速度、稳定性等诸多难题，难以克服。

“我在水晶球的芯片上发现了合成 DNA 序列，证实水晶球使用了 DNA 存储技术。”钟扬说，“凑巧，我知道北京的一所理工大学有一个 DNA 存储技术研发团队。”

拐了几个弯，钟扬联系上了该研发团队。眼下，DNA 存储技术是处于临界状态的高新技术之一，全世界数十家公司和研究机构都在 DNA 存储技术的研发上发力，期待最后的临门一脚。北京的一所理工大学的这个团队实力位居世界前列，只是迟迟未能成功，也令他们非常焦虑。在得知钟扬的来意后，该团队的负责人欣喜若狂。水晶球的存在足以证明 DNA 存储技术的前景是何等光明，而对已经成熟的 DNA 存储技术的研究，将使他们的研究少走很多弯路。他们欣然接手了对水晶球的研究。

此前他们已经多次将海量信息存储到 DNA 芯片里。现在他们要做的是逆向操作，将 DNA 序列信息从 DNA 芯片中解读出来。

他们首先尝试对水晶球内置的 DNA 芯片上的待读取区域进行去封装操作。“还记得你先前在水晶球表面发现的那些所谓的文字吗？那不是文字，”钟扬说，“那些像恐龙爪印的花纹，实际上是水晶球的接口。他们用一种类似黏土的凝胶包裹住水晶球，就能对水晶球的内部进行操作[①]。”

研究不可能一帆风顺。经过努力，他们获得了部分成功，提取到了 1 万亿 GB 字节的原始数字信息。

“要是早 10 个月，你把水晶球送过来，我们也只能干瞪眼。”该团队负责人说，“幸好你送过来的时候，荧光单体试剂的研究刚刚取得突破，正好拿它来验证。只是效率太低，而且太费钱了。”

“还剩多少？”钟扬问。

负责人回答：“90%。要全部提取，保守估计需要 10 年时间，还需要数百亿的经费支撑。”

---

① 大致流程是这样的：去封装成功后，又基于喷墨原理，向待读取区域添加测序用的荧光单体试剂，获得 DNA 序列信息及其空间位置。紧接着，根据空间位置，解码 DNA 序列，得到原始数字信息。

现代科研，既需要时间，也需要经费。而钟扬既没有 10 年时间，也没有数百亿经费，只能表示感谢，然后带着水晶球和原始数字信息回到重庆。

接下来的事情就交给黑曜石翻译程序了。黑曜石要对这 1 万亿 GB 字节的原始数字信息进行破译，将其还原为文字、图片、声音、视频等形式。这又是一个浩大的工程。

“大好事。然后呢？”

“然后进展不大，即使有黑曜石的帮助，也只解读出只言片语。”钟扬慢声慢气的回答让孙永河沉默了。

一种冲动在孙永河心里憋着。“我有一个证据，关联着一个惊世骇俗的发现。”他独自解剖合川马门溪龙时，从合川马门溪龙脑子里挖出过一种晶晶亮亮的东西，后来跟其他标本一样消失得无影无踪。他的冲动没有出口。

那种晶晶亮亮的东西，一看就不是自然的产物，而是某种智慧的杰作。是的，就是钟扬说的，形如蕨类植物的电子芯片。

在酒桌上，或许是酒精解除了他的一切防备，他对胡子云等人说的那句话是这样的：“‘老佛’很可能是聪明的恐龙人。‘老佛’的出现很可能不是意外，而是精心策划的结果。”

41

联合科考队在武隆县天星乡前前后后待了 15 天，一无所获。4 个小组，44 个人，用最原始的方式加最现代的设备，将天星乡的地下里里外外考察了一遍。天上还有无人机巡视，近地轨道上还有子午卫星盯着。可以说天星乡从来没有被这样重视过。实事求是地说，也不能说一无所获。联合科考队发现了 3 条新的竖井，4 条竖井的深度被重新测量，9 个洞穴的地图得到了精确地绘制。一组发现了一种西南地区少见的矿物结晶，三组的收获最大，发现了一种新的洞穴蜥蜴，它通体白色，约 30 厘米长。但收获也就这样了。他们的主要任务——寻找“失落的世界”——真的是一点儿进展也没有。

子午工程科学谷实验室发来消息，说天星乡的地磁异常前几天已经消失了，就像它出现时一样突然。“地磁异常也不是什么罕见的现象，”子午工程科学谷实验室主任赵培钦解释说，“跟一般人的想象不同，受各种因素影响，比如岩浆涌动，地球磁场经常发生变化。实际上，也无法证实磁场异常跟恐龙出现有关。说不定只是巧合。”

杨耐有自己的想法。在他的数字地图上，天星乡属于应该出现恐龙却没有恐龙出现的地方。这边山高林密，人烟稀少，即使出现恐龙，被人目击到的可能性也远低于人口密集地区，然而若就此下“11 月 17 日天星乡出现了恐龙只是无人目击”的结论，也不科学。

那证据在哪里呢？

12 月 10 日，经申请，上级批准，武隆联合科考队结束任务，各自回到原单位。

杨耐计划回重点实验室重新开始研究“老佛”时，接到曹院的电话，要他去子午工程科学谷实验室协助工作。曹院解释说，208 地质队还挂着重庆市地质灾害防治工程勘查设计院的牌子，是地质灾害防治的排头兵，持续构建完善涵盖地质灾害早期识别、监测预警、调查勘查、治理设计及应急抢险的防治能力。在这一方面，与子午工程的目标完全一致，因此双方有着天然的合作关系。事实上，子午工程科学谷实验室就是双方的合作项目。“赵主任对你印象不错。”曹院说，“他们那边缺人手，你过去，能发挥作用的地方可不少。别给研究院丢脸。”

于是杨耐跟着赵主任上了他们的专用大巴。

专用大巴从武隆天星乡出发，历时三个半小时，来到沙坪坝区，行驶在科学大道上。这条全长 66 千米的城市快速路，南接支坪长江大桥北桥头，北接北碚嘉陵江大桥南桥头，贯穿整个西部槽谷地带，是西部（重庆）科学城[①]发展的中轴线。

① 西部（重庆）科学城，2020 年规划并开始建设。它东衔中梁山、西揽缙云山、南接长江、北拥嘉陵江，东西横跨 5 到 15 千米，南北纵贯 80 千米，规划区域范围 1198 平方千米。

“终于回到人间了。”有队员感叹。

“在洞里待久了，感觉自己都要发霉，身上都要长出苔藓了。”

“你们说，那些山洞像不像恐龙的肠子呀？”

杨耐望向车窗外。近处还看得比较清楚，稍远的地方就模模糊糊，再远一些的地方，深深地藏在重庆冬天又冷又湿的雾气里，犹如高深莫测的谜语。也不知道大师兄那边的研究进展如何了。上一次通话的时候，大师兄说，“老佛”的装架接近完成，简于宸立了大功，然而……接下来，大师兄话锋一转，带着遗憾与愤怒说，研究却几乎处于停滞状态，所有的时间都在忙别的事情。“重建项目部，”他说，“曹院也忙得焦头烂额。我应该把时间用来做研究，而不是浪费在这些乱七八糟的事情上。”

他收拢思绪，开始琢磨于灵教授那个投放实验假说。

大巴向着目的地驶去，又快又稳。

在重庆沙坪坝区寨山坪山麓，密密麻麻的城市建筑中，有一片区域尤为突出。那里的弧形建筑仿佛是大地长出的数十片叶子，而长条状、蜂窝状与其他形状的建筑也各具情态。所有建筑均有大面积的玻璃幕墙，在阳光下熠熠生辉，显出意味深远的科技感。临近的建筑以空中连廊相连接，供人们往来，体现出既相互独立又彼此联系的设计理念。在后山的灌木丛里，矗立着它的名字——“科学谷”，是中国西部（重庆）科学城第一批落地的科技创新产业园。

重庆科学谷占地面积约940亩，总建筑面积约140万平方米，园区包括研发总部楼、孵化平台、商务办公楼、高端酒店等业态综合体，聚焦于高端电子产品、软硬件开发、前沿材料、信息集成、大数据应用等多个领域。

赵培钦主任对杨耐说：“这里肯定不是重庆最繁华的地方，但重庆的未来，一定是从这里生长出来的。”

“现代化的城市容易建设，现代化的人可不容易培养。”杨耐说，“在最现代化的城市里，住着满脑子陈旧品格与思想的人，这样的现象，比比皆是。”

“你说得极好。”赵主任真诚地说，“只有实现了人的现代化，才是实现了真正的现代化。”

赵主任身高在一米九以上，身材壮硕，令人望而生畏。他的脑袋光秃秃的，没有一根头发。按照他的说法，满头青丝都献祭给了子午工程。“不要以为光头就容易，每天都要花费很多时间打理的。”他笑着解释。赵主任的眉眼长得极为温柔，即使不笑也像在温柔地笑，整个人看起来像极了“温柔的巨人”，但也并非没有火气。“老是有人问我长这么高为什么不去打篮球，被问得多了我也烦，就反问：长这么矮为什么不去卖炊饼呢。”赵主任把这事儿当笑话讲给大家听，“然后就再也没有人来问我长这么高为什么不去打篮球了。”

下了大巴，杨耐才意识到，天下着蒙蒙细雨，雨极小极小，仰面朝天才能感觉得到，令人想起“沾衣欲湿杏花雨”。不过，时不时来一阵风，遍体生寒，提醒杨耐，现在不是春天，而是冬天。

他不由得搓了搓手，把羽绒服裹紧，跟在赵主任身后，走向今后一段时间将要在其中工作的地方。

42

今年重庆的冬天来得比往年更早，也更猛烈。

往年 12 月初，或者更晚一些，来自北方的寒潮越过秦岭南下，才会在高海拔地区降下一些小雪。诸如武隆仙女山、涪陵武陵山、巴南圣灯山、江津四面山、南川金佛山等景区都会以此为卖点，大肆宣扬，招揽游客上山赏雪、玩雪。因为在重庆，雪是比大熊猫还要稀罕的玩意儿，往往好多年才能下一次。然而今年 11 月底，高海拔地区就连下了好几场雪，连不以雪闻名的北碚缙云山、綦江老瀛山、城口大巴山、巫溪阴条岭、巫山五里坡、丰都南天湖等地，也在一夜之间变成了冰雪世界。重庆人在热腾腾的火锅旁边，一边抱怨天气预报不准，说什么因为双重厄尔尼诺现象导致今年会出现前所未有的暖冬，结果比哪年的冬天都冷；一边高兴地计划着，拖家带口兼呼朋唤友去哪里哪里一起玩个高兴、彻底放松，挑战一下雪地麻将。

他们的计划大部分落空了，因为12月15日夜，重庆普降暴雪。

事后统计，这天晚上，从凌晨1点开始，到16日中午12点，重庆大部分地区出现了寒潮、雨雪和大风天气，过程累积平均降水量20—30毫米，部分地区雨雪量突破历史同期极值。海拔较高的地区，积雪深度超过30厘米，而山间河谷平坝地带，积雪在15厘米以上，至于大城市，包括主城，积雪也不低于5厘米。

12个小时，这场事先没有预告的暴雪将重庆从农村到乡镇再到城市完全覆盖。

山城的每一寸土地，无论是屋顶、街道还是树木，都被洁白的雪花细致地覆盖，宛如一幅精美的水墨画卷。那连绵起伏的山峦，在白雪的映衬下显得更加峻峭，仿佛是大自然最原始、最真实的线条。

蜿蜒的长江在雪后显得更加静谧。江面上的波纹被雪花轻轻覆盖，仿佛时间在这一刻静止。江边的码头、桥梁和建筑，也在雪的映衬下展现出别样的风情。

不用走出重庆，重庆人也能看到“千里冰封、万里雪飘”的北国风光。推开门，走到小区或者街上，就能搓雪球、打雪仗、堆雪人。当然最重要的是拍照摄影，景美，人也美，心情快乐让一切都美起来。文人的创作热情空前高涨，或写小诗，或写短文，记写这难得的雪景。太阳在厚厚的乌云背后，黯淡得几乎看不见。风吹云动，阳光偶尔从乌云的缝隙激射而下，给雪后的世界抹上了别样的光亮。

当然，也有人畏惧寒冷，宁愿躲在温暖的空调房里，刷剧，或者从事学习108号文件[①]的活动。即便是窝在暖烘烘的床上，什么也不做，也比外

① 麻将一共108张牌，这里用108号文件代指麻将。

出与寒冷搏斗强。

同时，还有许许多多的人，包括消防、武警、环卫、电力、交通、通信等部门，在为暴雪之后整座城市的正常运转而辛勤工作着。

43

下雪的时候，向芸希就激动得睡不着觉。天一亮，她立刻拖上霞姐，迫不及待地去爬虎峰山。虎峰山并不算特别高，只是缙云山脉的一部分，但胜在离城区近，坐车、走路都能到。向芸希一边在登山步道上奋力爬行，嘴边冒出的白气使她宛如仙女，一边四处张望，望山，望雪，望城市，深入地体会什么叫一步一景、人走景移。

经过雪的洗礼，璧山城区被一层薄薄的银纱轻轻覆盖，呈现出一种静谧而庄重的氛围。山川、楼宇和街道都沉浸在这片纯净的白色中，显得分外洁净和祥和。雪花轻盈地飘落，仿佛在给这座城市披上一层轻纱。远处的山峦在白雪的装点下更显峻峭，而近处的楼宇则在雪的映衬下显得更加挺拔。整个城市陷入了寂静之中，仿佛时间在这一刻静止，人们的心也随之平静下来。

虎峰山反而变得异常热闹。游客们分别从璧山和沙坪坝两个方向攀登而来，最终在山顶汇聚。他们互相交流着对美景的赞叹和喜悦，欢声笑语响彻山谷。拍照成了每位游客旅途中的必备环节，几处极佳的拍照背景引得游客们纷纷排队等待。一些勇敢的女孩甚至穿着漂亮的曳地长裙在雪地中留影，不晓得她们使用了什么与众不同的抗寒神器。同时也有摄影爱好者操控着小巧的无人机，从空中用别样的视角拍摄雪后的山、城、人。

向芸希和何晓霞互相拍了好多照片，嘻嘻哈哈，完全沉浸在愉悦之中。游客越来越多，仿佛全重庆的人都不约而同地挤到这座小小的山上来。霞姐建议去旁边的另外一座山，人可能少一点儿。两人边走边聊，分享着此时此刻的快乐。

一阵持续不断的鸣叫从前方山谷传来。

“什么鸟？”霞姐问，“真好听。”

“不晓得。”向芸希说，“过去看看。”

她们俩轻手轻脚地往鸣叫发生的地方走去。

这声音高高低低，婉转流畅，像活泼的山中小曲，在雪后的山林里传得很远很远。向芸希屏息凝神，判断声音是从那边的松树林传出来的。她示意霞姐不要说话，继续往那边靠近。

那声音忽然消失了，戛然而止，宛如一个高速公路上的急刹车。

“我没有发出什么声音啊。”向芸希懊恼地想。

“那是什么？”在向芸希回答之前，何晓霞已经跑向松林的边儿。那里比别处更为平坦，乱石与荆棘丛中，不晓得是谁在雪地里掏挖出一个不小的土坑。向芸希跟过去，看见土坑直径4米，深30厘米，新鲜得就像是刚挖的。最显眼的是围着土坑壁，插着一种长椭圆形的东西。浅绿色，隐隐有些斑点，跟周围的环境比较接近，不仔细看，根本发现不了。

“鸟蛋？”何晓霞惊喜地说，“1、2、3、4、5、6。一共6个。”

“不要去摸……”

向芸希话音未落，何晓霞已经摸了其中一个。

“我是服了你了，霞姐。你动作怎么那么快呀？”

“怎么啦？摸不得？我又没有打算把它煮了吃了。”何晓霞不服气地说，“这蛋好大，起码有9个鸡蛋那么大。吃一个，当吃9个鸡蛋。我妈说，鸡蛋最有营养了。我生浩浩的时候，一个人吃了两百个鸡蛋。”

向芸希深深地叹了一口气。

“怎么啦？到底怎么啦？你倒是说啊！”何晓霞不解地问。

向芸希做了一个噤声的手势，又指向旁边的松林深处白雪覆盖的地方。何晓霞不明白到底发生了什么，紧赶慢赶，跟在向芸希身后，躲在了一片低矮的灌木林后边。

“到底……”

向芸希再次做了噤声的手势。

这时，一个近两米高的家伙在另一侧的松林里出现了。它探头探脑，左顾右盼，钻出松林后，在原地踯躅了好一阵子，似乎在等待什么。何晓霞大张着嘴想问问题，向芸希伸手捂住了她的嘴，在她耳边轻声道：“恐龙！”

那头恐龙两腿直立，后背上遍布着斑斓的羽毛，看上去像一只超大号的长着血盆大口的丹顶鹤。

它没有继续等待，而是放平身子，跑起来，粗大的脚爪在岩石与草丛之间快速移动。松树上的雪簌簌落下，落到它身上又滑落到地上。它很快来到土坑旁边，低下头，张嘴咬住了一枚长椭圆形蛋。

一开始何晓霞以为它要把那蛋叼起来，但她很快发现自己善良了。那恐龙咬开了恐龙蛋的蛋壳，伸出浅红色的舌头，迅速地舔舐里边的蛋液，没有一丝犹豫。

“为什么？”何晓霞瞥见了向芸希责备的目光，见她拿着手机在给那恐龙录像，自己也赶紧拿出手机来。

那超大号丹顶鹤一样的恐龙如法炮制，很快把6枚恐龙蛋全部咬开，全部吃光。它咂咂嘴，抬起脑袋，发出山间小曲一般的鸣叫。可以清晰地看到它脖子里的鸣管①快速地起伏着。随后，它快步离开，消失在松林与白雪之间。

在它身后的土坑里，留下了6个空空的蛋壳。

“那是什么恐龙，专门吃人家的蛋？”

“那是它自己的蛋。”

---

① 在鸟类的气管和支气管交界处，有一个由环状软骨扩大而成的管状空腔，称为鸣管。鸣管中的两个支气管内壁上各有一鸣膜，通过鸣膜震动出声。两处鸣膜能以不同的频率振动，这让鸟类能够同时发出两种不同的声音。因为鸟类特有的双重呼吸，无论吸气还是呼气都能使鸣管振动，发出声音，而哺乳类动物只有在呼气的时候，声带才能振动，所以鸟类发声频率明显高于哺乳动物。有的鸟类鸣管旁还长有鸣肌，这些肌肉能够控制叫声的音调，让它们的叫声更加抑扬顿挫、复杂多变。因此，鸟类“唱功”比哺乳类高出不少。我们经常把唱歌唱得好的人比作百灵鸟就是这个原因。当然，也有一些鸟，比如鸵鸟，鸣肌退化了，相对来说，它们的叫声就单调得多。

“什么？”

“我们先前听见的叫声就是它发出的。那是它自己的蛋。”

“可是它为什么要吃自己下的蛋？”

“因为你摸了那蛋。”

“我就摸了摸……”

“你摸了，蛋壳上就会留下你的气味。恐龙妈妈现在所处的环境与它生活的环境有着天壤之别，这本就让它过于紧张。现在又加上你的气味。在此之前，它可能完全没有见过人，没有闻过人的气味。对恐龙妈妈来说，这气味代表着陌生，更代表着危险。危险来临，恐龙妈妈有三个选择：第一个是冒险将恐龙蛋留在原地；第二个是将恐龙蛋搬到新的巢穴；还有第三个——就是恐龙妈妈刚才做的事情。”

“与其让敌害吃掉，不如自己吃掉？”

“起码还能增加自己的营养。”

“好可怕。”

“我不想说自然就这样，但……大自然从来就没有什么温情。大自然的温情，是人赋予的。”

“吃掉自己生的蛋，好残酷。”

“冷酷也是人赋予的。”向芸希面无表情，模仿杨耐的语气说，“这既不温情，也不残酷，是它们的生存之道。亿万年来，莫不如此。”

说罢，向芸希望向雪后清凌凌的天空，明白正如杨耐所预言的那样，恐龙们又回来了。她掏出手机，给杨耐拨打电话。

44

北碚区正码头，嘉陵江畔，大师兄火锅店里，孙永河推开窗户，冲谭月如喊：“老板娘，把伙计们都叫过来，赶紧备货，鸭肠啊毛肚啊多准备点儿，还有酒，今天生意肯定特别好。”

北碚区拘留所里，胡子云靠在墙上，望着窗外的天空。“下雪？重庆怎么会下雪呢？”他嘟嘟囔囔地说，缩了缩脖子，往冻僵的手上连哈了几口气，“重庆有多少年没有下雪了呢？”

在北碚区蔡家镇，重点实验室的大门外，简于宸目不转睛地盯着天空，任由雪花往自己的脸上落，往脖子里钻。“真美呀。”他自言自语道。

在北碚区澄江镇，纷纷扬扬的雪飘落在嘉陵江上，钟扬对眼前的景色视若无睹。他脑子里盘绕着一个个深黑色的问题。这是一种抽离现实、精神高度集中的思考状态。

在渝中区一条老街上，只穿着黑色夹克的魏泽生快步疾行，在雪地上留下两行深深的脚印。这银白的世界，让他深感不安，就像是出了洞的老鼠一般。他从口袋里掏出墨镜戴上，这才从容起来。

在茫茫大山深处的楠竹坪，大雪早就封了山。彭孃孃坐在烤火盆旁边，几根燃烧的木头给她带来了最真切的温暖。“真是冷死了个人了，”她想，“好多年没有下过这样大的雪了。”

在普安乡派出所，姚景珩端上茶杯，喝了一小口，暖意从胃里往外冒。“这个下雪天儿，不出事就不出事，一出事就是大事。”他不无紧张地想，“恐龙会回来吗？”

在云阳县普安乡佛手村，村委书记刘满平正在招呼联防队员，去清扫村公路上的积雪。“要是公路封了，外面的车进不来，村里边的出不去，问题就大了。”刘书记说。

雪后的重庆云阳恐龙国家地质公园也是银装素裹，分外妖娆。

高高低低的各色建筑，错落有致地排列在七曜山上，磨刀溪畔，像是自然生长出来的一般。雪花覆盖在游客中心上，覆盖在恐龙之桥和国际恐龙化石研学中心上，覆盖在恐龙溪漂浮乐园、侏罗纪探险谷和侏罗纪商业街上，也覆盖在恐龙化石遗迹馆那些球形建筑上，形成了一道道美丽的曲线，让人不禁惊叹于大自然的鬼斧神工。

曹世尧在办公室里来回踱步。大功率暖风机呼呼地工作着，把整个办公室吹得宛如热烘烘的夏天。年纪渐大，他的身体似乎失去了对寒冷的抵抗能力，也可以说是失去制造热量的能力。只要是身体的某个部位，手或者脚，也包括脸，开始感觉到冷，这冷很快就会如瘟疫一般蔓延到全身，从肌肉到骨头全部疼起来。路过窗户，望着外边无边无际的雪，曹世尧自言自语道："我讨厌冬天，尤其是重庆的冬天。"这时，他看见黎乃菡走出项目部，向远处走去。

这个时候，重庆云阳恐龙国家地质公园里边还没有游客，只有十几个工作人员在清扫道路上的积雪。黎乃菡走走停停，出了重庆云阳恐龙国家地质公园的一个侧门。外边是一座小山，有一个不大不小的植物园，是她个人的爱好与杰作。

大雪覆盖下，植物园别有一番风味。

她看见植物园的一角塌了。这雪真够大的，她想着，走到坍塌之处，从雪堆里扯出一丛蕨类植物的叶子。这蕨类生长的位置很奇怪，好像长在了它不该长的地方。她把叶子放到眼前，近距离观察。忽然黎乃菡心中狂跳：这是锥叶蕨啊！

她一抬眼，透过植物园坍塌的围墙，看见外面不远处有一片树丛，锥叶蕨组成的树丛。

黎乃菡从缺口钻出去，三步并作两步，来到锥叶蕨丛林附近，伸手去捏着锥叶蕨叶片。它捏上去就和看上去的一样坚硬，叶缘的锯齿也叫人望而生畏。是的，这就是锥叶蕨，她挖过它的化石，也曾无数次把它画到她的古植物志上。但这是活的……活的。

锥叶蕨丛林后边似乎有什么东西。她下定了决心，低下头，尽可能佝偻着身子，一只手抬起在前探路，艰难地穿进锥叶蕨丛林。下一秒，她钻了出去，眼前赫然出现了一条山谷，令她大吃一惊。

平坦的谷底生长着近百棵的银杏树，一棵挨着一棵，密密麻麻。黄透了的叶子是那么诱人。

"义马银杏。"黎乃菡自言自语道。

这一片古老的银杏林中，还有很多黎乃菡叫不出名字的银杏。

在银杏林的边缘，散布着一些与棕榈颇为相似的植物。它们有着像石柱一般笔直粗壮的主干，仿佛被某种鳞片紧密覆盖，始终保持笔直，直到达到三四米的高度时，才如开花一般生出数十根纤细、弯曲如弓的小枝。在小枝的两边，按照某种规律生长着大型的羽状叶片。这种植物的整体形象给人以僵硬的印象，甚至连叶片也是如此，仿佛是由生铁铸造而成。

那是苏铁类植物。现生苏铁类植物种类不多。在侏罗纪的时候，苏铁是个包含数百个成员的庞大家族。眼下，黎乃菡只能勉强分辨出三种：耳羽叶、毛羽叶和焦羽叶。

再往山顶望去，森林的最高层，是一棵棵挺拔的、直冲云霄的大树。这些大树既不是松树，也不是柏树。它们更加高大，更加粗壮，生命力更加强劲。它们是木本蕨类，是目之所及，这一整个山谷、一整片森林的绝对王者。

黎乃菡不由得叹息。

蕨类植物并不都是些低矮的家伙，实际上，中生代的木本蕨类可以长到几十米高，比现在的松树和柏树还要高。可惜木本蕨类早就灭绝了，只有桫椤一根独苗存活下来。

行走在这神秘的山谷里，黎乃菡心中满是欢喜。

谈论生机勃勃的大自然时，人们想到的往往是动物，而漏掉了植物。在古生物界，更是如此。比如恐龙——因其庞大的体形与突然的灭绝而令人印象深刻——占据了大部分的篇幅与视野，至于同时代的植物，最多作为植食恐龙的食物或者是肉食恐龙的藏身之所出现，仿佛是可有可无的东西。黎乃菡却不这样认为。她总是饱蘸深情地说：“植物才是最重要的。”

今天在这里见到的任何一种“活化石”都足以让黎乃菡在古生物研究史上留名，但一次性见到这么多……多得让黎乃菡都觉得荒谬。更荒谬的是，她清楚地记得，昨天甭说这些侏罗纪植物，就连这条山谷也是没有的。“是我穿越了吗？还是说……”

这条山谷和这些侏罗纪植物的突然出现意味着什么？

恍惚间，她发现了一件本该早就发现的事情。

这条山谷里没有雪。

她转身，一路快跑，逃也似的，远离那些苏铁、桫椤、银杏和蕨类植物。仓皇间跌了一跤，她没有管，爬起来继续跑，跑向锥叶蕨组成的丛林。她就是从那里钻进来的。此刻，那丛林更像是一堵深绿色的长墙，要将她封锁在这诡异至极的侏罗纪山谷里。

锥叶蕨似乎比先前更加坚硬，枝叶刮在手上和脸上，就像刀在割。但她不管不顾，不要命地冲过锥叶蕨丛林的缝隙，然后一头栽倒在深深的雪堆里。

黎乃菡返身坐起来，喘着粗气，看看锥叶蕨丛林后边隐约可见的侏罗纪山谷，又环顾四周，看到白雪覆盖下的植物园和重庆云阳恐龙国家地质公园。还没有来得及庆幸死里逃生，一种冰冷的感觉抓住了她全身的神经。

她想到了一种令人胆寒的可能。

45

魏泽生在天星洞系的垌坝洞探险。外面白雪皑皑，洞里漆黑一片，只有头灯射出的光柱在黑暗中来回扫动，仿佛有生命一般。

在这个黑暗的世界中，暗流涌动，怪石丛生，构成了一幅幅神秘莫测的画面。玲珑剔透的石花[1]生长在石头上，而石瀑则像凝固的流水，给人一种既静又动的感觉。

他沉浸于眼前的美景，感受着洞内神秘而宁静的气氛。

垌坝洞与气坑洞相邻，而且有通道连接，虽名气不及气坑洞，但其美丽与神秘却毫不逊色。

---

① 一种方解石结晶。

在人们的普遍认知中，黑暗与洞穴常被视为恐怖与禁忌。多数人对洞穴的深度与幽暗怀有恐惧，将其视为难以踏足之地。然而对于魏泽生而言，这些幽深的洞穴却是他的探险乐园。

魏泽生老家在福建龙岩，也是一个多山的地方。探洞原本只是他的业余爱好，周末的时候玩一玩。一次跟随俱乐部到重庆武隆的二王洞、三王洞探洞之后，被这边洞穴之多、之美、之神秘深深吸引，干脆搬到重庆住，将业余爱好发展成了自己的职业。他曾经对重庆本地的朋友说：“你们爱重庆，是因为你们出生在重庆，而我爱重庆，是我自己的选择。”

他觉得他是属于洞穴的。每一次离开洞穴他都想立刻返回，而地面生活仿佛成了某种可有可无的累赘。之所以继续在地面生活，不过是因为地面生活是他继续洞穴探险的保障。

独自探洞是洞穴探险的大忌，一旦出事，没有任何救援，而作为重庆洞穴探险队副队长的魏泽生，每年都会违反几次在课堂上“千叮咛、万嘱咐”的事情，独自探洞。这次到垌坝洞他就是一个人。

进了洞口，他先到名为“终结者水塘”的岔洞去转了一圈。上次来这里的时候，他看见了一些堪称恐怖的事情。但这次，“终结者水塘”没有什么异常。他心情复杂地离开，回到主洞，沿着“黑墙暗流段”继续往下。

前辈们给洞穴各段取的名字都极有意思，有的写实，有的写意，还有的光是听名字就令人浮想联翩。

“黑墙暗流”段，魏泽生一边揣摩这个名字，一边在狭窄的缝隙间爬行。好几个地方，他需要脱掉身上的装备，人先手脚并用钻过去，再用绳子把装备一点点拉过来。有时装备会被岩洞卡住，要花好多时间才能得到装备。

下一站叫“采石场”，是个相对空阔的地方。

魏泽生直起身子，用头灯扫了一圈，然后关掉了头灯，让黑暗将自己完全吞没。这一刻，四周万籁俱寂，只有水滴偶尔滴下的空灵声音。他完全沉浸在伸手不见五指的“绝对黑暗”中，放下肉眼的束缚，用感知触摸周围的世界。他感受到洞穴岩壁的粗糙、水滴落地的清脆、潮湿泥土的气息，甚至能感受到生命的流动。

他体验到了与大自然同频共振的美妙。

良久，他打开了头灯，继续前行，拐过一个弯，看见了先前在“终结者水塘”没有看到的场景。

在“采石场”的岩壁上，赫然出现了一组 6 头剑龙类恐龙。大部分身体嵌在岩壁里，少部分肢体露在外面。还没有死透，露在外边的脑袋、脚爪、尾巴还在痛苦地颤抖。其中一头的眼睛欲闭未闭，看着魏泽生，奄奄一息的感觉。

光柱扫动中，整个景象仿佛血肉铸就的活雕塑，有种难以言表的诡异与恐怖。

这样惊悚的场景，魏泽生是第二次看见。上一次是 11 月 17 日，他带队探洞，在垌坝洞的“终结者水塘”看到过。当时他独自在前，检查锚点和索具，以便后来的队员进来。看见了岩壁里的恐龙后，他并没有告诉同行的队员，只是说坏了一个锚点，取消到“终结者水塘”的冒险，回主洞，前往垌坝洞的最深处“肝糖大厅”。后来，武隆联合科考队到武隆考察时，杨耐问起，他也没有说实话，只道自己什么异常生物都没有看见。

魏泽生坐到恐龙附近，看着那些活雕塑。上一次在“终结者水塘”，他眼睁睁地看着那些岩壁里的恐龙消失，留下一个新鲜的空洞，让他心疼不已。不是心疼恐龙，而是心疼垌坝洞遭到了破坏。他之所以隐瞒看见恐龙的事情，一个重要的原因是他认为一旦外界知道了恐龙的存在，势必会有大量的人来到这里，势必会对垌坝洞造成不可估量的破坏。

既然恐龙已经消失了，那就没有必要说出去。

说出来也没人信。

现在，暴雪过后，重庆各个地方再次出现恐龙。想起杨耐说过的那个时空投放实验理论，说表格里就差武隆县天星乡的，说恐龙一定会再来，魏泽生坐不住了，带上装备，独自来到垌坝洞。

然后就看到了眼前的一幕。

他看着它们，心情极为复杂。

46

杨耐从沙坪坝科学谷出发，抵达向芸希所在的位置时，已经是两个小时以后的事情了。他先是打车到虎峰山山脚，再步行上山，一路火急火燎，开着步行导航，又给向芸希打了五六个电话，听她描述，总算找到了那个人迹罕至的山谷。

“你一个人？”杨耐见到向芸希，劈头就问。

“霞姐和我在一起。”向芸希非常认真地给杨耐解释自己不是一个人待在雪后的虎峰山上等他，“她刚接了个电话，说是家里有事，先回去了。”事实上，何晓霞一个小时前就已经离开了。不晓得为什么，她不想让杨耐晓得她在雪地里独自等了他一个小时。

向芸希将杨耐引到土坑旁。杨耐绕着土坑转了一圈，又跳进坑里，仔细察看了恐龙蛋壳，里边残存的蛋液已经冻住了。在来的路上，他已经反复看了向芸希发来的照片和录像，初步判断这是一种鹤形龙。从现场看，又听了向芸希的描述，他修正了自己的判断：这是一种原始的似鸟龙下目恐龙，可能跟辽宁省北票市挖掘到的鹤形龙存在一定的亲缘关系。

“说不定它是鹤形龙的远祖。”杨耐说。他从土坑里跳出来，嘴里冒着白气。

“冷吗？”向芸希忽然问。

杨耐微微一怔，习惯性地想给出否定的回答，但到底架不住心底的感动，老老实实地回答：“冷。”

“接下来干什么？”

其实有很多事情可以做。在来的路上，杨耐就在网上搜到了十多起恐龙目击报告。地点分散在重庆各个区县，种类上其实早就超出了恐龙的范畴。在潼南区的一个小镇上，两头肉食恐龙咬死了人，整个过程被拍摄下来，引起了线上线下的轰动。杨耐之所以往虎峰山跑，可不就是因为这边是离他最近的异常古生物目击地点……

就在这时，附近传来树枝折断与积雪滑落的声音。

两头普安云阳龙出现在那边山谷中间。它们从松林中挤出来，一摇一晃，背脊左右扭动着。

向芸希赶紧拉着杨耐躲到先前和霞姐一起躲的灌木丛后边。

它俩是前头探路的。在确认四周没有危险之后，个头更高的那头发出一种类似布谷鸟叫的声音，不算大声，但能传很远的那种。随即，松林深处传来回应，4 头普安云阳龙从树丛中探出了脑袋。

杨耐轻声道："这是一个恐龙家庭，至少包括了三代。你看那头，最强壮的那头，多半是这个家族的族长。那个头最小的，是下一代。倒数第二头，步履缓慢的，是上一辈……噢，天啦！"

在山谷中间，较为平坦的地方，3 头普安云阳龙用脚爪将雪拨开，露出下面的沙地。5 头普安云阳龙在沙地上围成了一个圈，警惕地四处张望。它们围着的那头普安云阳龙伏低了身子，扬起尾巴，姿势与平常有很大的不同。族长的大脑袋一会儿朝外，一会儿朝里，关切与焦虑之意很是明显。

向芸希问："它在干什么？"

杨耐回答："下蛋。"

但不久，杨耐就知道自己错了，而且错得离谱。

只见那头雌性普安云阳龙使劲儿伏低了身子，尽可能地靠近地面，尾巴高高竖起，泄殖腔颤抖着打开，从里边出来的，却不是长椭圆形的蛋，而是一个湿漉漉的小脑袋。

紧接着，那头小恐龙从妈妈的泄殖腔挤了出来。一到沙地上，它就睁开了眼睛，扎手扎脚地站起来。第一次失败了，第三次才成功。它至少有半米高，体表密布姜黄色的绒毛，还附着了大量黏稠的黏液。它脚步踉跄，不过已能大口大口地呼吸新鲜的空气。

向芸希回望杨耐，眼睛里明明白白闪着一个问题：恐龙不该是下蛋吗？怎么是胎生，跟哺乳动物一样？

杨耐凑到她耳朵边，用最低的声音说："卵胎生[①]。"

说话间，恐龙妈妈生下了第二只恐龙宝宝。"还是双胞胎呢。"向芸希感叹说。

然而，接下来发生的一幕让两个人都惊呆了。

恐龙族长挪了一下位置，恐龙妈妈抬起身子，走到那个空当。6 头普安云阳龙为两头刚出生的恐龙宝宝提供了最为有效的保护。哪怕是更为高大与凶猛的上游永川龙，也不敢向这种状态的普安云阳龙家族发起进攻吧。

先出生的那头恐龙幼崽抖抖后背的绒毛，抖落残留的黏液。它双腿直立起来，骤然发力，猛地冲向后出生的那一头。对于老大突如其来的进攻，老二似乎早有准备，也不躲避，咧开嘴，挺直了身子，跟冲来的老大撞在了一起。它们前肢对前肢、嘴对嘴地撕咬起来。

杨耐不由得皱眉。互相撕咬是肉食动物独有的一种社会行为，这种撕咬并不是真的撕咬，而是为了获得群体统治权、交配权或者领地而相互撕咬，所以叫社会性撕咬。一般而言，社会性撕咬都是点到为止，强者胜出，弱者服输，不会出现你死我活的结果。然而，瞧这两只刚出生的恐龙幼崽撕咬那架势，那是不死不罢休啊。

幼崽们并没有多少格斗技巧。它们所凭借的，全是肉食恐龙的本能。老大咬伤了老二的前肢，又咬住了老二的脖子，可因为力量不够，被老二挣脱出来，尾巴还让老二的脚爪踢伤。受了伤的老二狂躁起来，猛攻猛打，

---

① 卵胎生虽然少见，但也不是没有。鱼类、节肢动物、软体动物中，都有卵胎生的。蝮蛇、海蛇、胎生蜥、铜石龙蜥等爬行动物均为卵胎生。与恐龙同时期的爬行动物中，鱼龙目、蛇颈龙目、上龙目，以及有鳞目沧龙科，也都是卵胎生的。卵生的第一阶段是在母体里孕育卵，长大为蛋；第二阶段是把蛋生下来，胚胎依靠蛋里边的营养物质长大到一定程度再破壳而出。所谓卵胎生，其实是把第二阶段发生的地方，从体外改为体内。在胎生里，胚胎是通过脐带从母体那里获得营养，并排泄废物，而卵胎生，胚胎不会与母亲交换物质。这是卵胎生与胎生不一样的地方。普安云阳龙是卵胎生为小说虚构。

一时之间，竟占了上风。

“它们在干吗？”向芸希小声问，“打这么凶，父母也不管管？”

杨耐没有回答，目光灼灼，扫视了围观的6头成年普安云阳龙。它们是那两只幼崽的爸爸妈妈与哥哥姐姐，但它们无动于衷地看着，看着两只幼崽在沙地上以命相搏。

又是几次效果有限的冲锋，两只幼崽互相伤害着，老大也好，老二也罢，身上都新添了好几道伤口。红色的鲜血滴落，触目惊心。在这个过程中，它们的狩猎潜能被进一步激发出来。它们不再盲目地急于进攻，而是开始防守与进攻相结合。原地踏步，转圈，观察，寻找最佳的进攻机会。一次不成，又来一次。如此重复了四五次。就在杨耐以为这场鏖战还将持续很久时，这个恐龙家族的族长忽然发出了一个类似地质锤敲打在页岩上的声音，场上的局势骤变。

老大发疯似的冲向老二，老二这次没有硬碰硬，而是闪身避开了老大的正面冲击，待老大扑空的瞬间，从后方咬向了老大的脖子。这一嘴又准又狠，咬了就不放。牙齿深深地嵌进了皮肉之下。老大感到疼痛，全力甩动，但已经来不及了。老二已把整个身体压到老大身上，在将它压倒在地的同时，避开了老大前爪的反击。

结局已定。

老大做了最后几下挣扎，四肢和尾巴在空气中无助地虚蹬几下。老二耐心地咬着它的脖子，直到确定它真的死了，这才松口。

“发生了什么？”向芸希拽住了杨耐的衣领，逼问道。

“松手。”

“为什么？”向芸希继续追问，期待无所不知的博士能给她一个合理的解释。

她的眼睛亮得让杨耐心慌，他还是从她眼中读出了她心中的疑问：普安云阳龙生两只恐龙宝宝，又让两只恐龙宝宝相互厮杀，死一个，留一个，为什么会这样？也太残忍了吧。

看着老二开始享用它出生后的第一餐，杨耐没有任何解释可以说出口。

47

杨耐对恐龙是有真感情的。这种感情是建立在他对恐龙的了解的基础之上的。在他眼里，恐龙不是什么怪兽，不管那些影视作品如何渲染恐龙的可怕，巨口之下，无人生还，他都知道，真实的恐龙不是那个样子的，哪怕是大型肉食恐龙，也不是那个样子的[①]。恐龙只是另一种动物，样子跟我们不同，生活方式跟我们不一样而已。

但现在，普安云阳龙幼崽互相残杀的现象摆在眼前，他却解释不了，这让他异常痛苦。一定有一个合理的解释。他对自己说。

茫然中他想起一个老师讲卵胎生时举的一个例子，因为过于极端，而让所有人印象深刻。

沙虎鲨学名后鳍锥齿鲨，体长 2—3 米。母沙虎鲨能一次性孕育 8—10 卵，这些卵直接在子宫里孵化成幼体。小沙虎鲨有锋利的牙齿，一从卵里钻出来就向周围的兄弟姐妹发起进攻，咬死并吃掉它们。最后，子宫里基本上只剩下一条或最多两条最壮实、最凶猛、最强悍的沙虎鲨。沙虎鲨出生时体长 1 米，已经是训练有素的掠食者了。

在人类看来，沙虎鲨的繁殖方式过于血腥且残忍，似乎可以在道德高地上予以批评。然而自然不在乎人类的道德、伦理与法律。因为，除了沙虎鲨，幼鲨会在子宫里自相残杀的，还有大白鲨和护士鲨。有科学家认为已经

① 在影视作品中，霸王龙的咆哮场景令人印象深刻，人们往往认为这样的咆哮才能配得上它霸主的身份。但实际上，霸王龙的舌骨短小，肌肉连接简单，活动范围有限，无法像蜥蜴那样把舌头伸出口腔之外。而且绝大多数恐龙并没有“喉”这个器官，因此它们根本就无法仰天，更无法咆哮。古生物学家猜测，霸王龙可能像现代短吻鳄一样，只能发出低沉的声音，如“咕咕咕”或“嗡嗡嗡”。通过分析霸王龙的内耳结构，古生物学家发现霸王龙对低频声音极为敏感，推测它们平时可能通过低频声波甚至次声波进行交流。

灭绝的巨齿鲨也有这样的现象[①]。

现在需要加上普安云阳龙了吗？杨耐想。

总体上讲，子宫内互食的行为降低了整个种群的出生率，不利于种群的发展与扩张。但是鲨鱼是顶级掠食者，数量本来就不需要太多，比起天敌来，它们更多的是需要与同类竞争，因此子宫内互食这种极端的同类竞争方式没有被演化淘汰掉，而是被保留下来。

那么是否可以倒推，普安云阳龙是当时的顶级掠食者？沙虎鲨幼崽在子宫内互食，相对隐蔽，而普安云阳龙幼崽则把生死搏杀的战场搬到了光天化日之下而已。

这种繁殖策略只能出现在极为严苛的自然环境下。因为环境严苛，没有足够多的食物，父母无法同时抚育两个幼崽。如果同时抚育两个幼崽，只会造成两个幼崽都很孱弱，经不起任何风浪，两个幼崽同时死亡的可能性极高。而活一个，死一个，则能保证剩下的那个更强壮、更聪明，确保优势基因的延续。这就是在我们看来匪夷所思的繁殖策略能够出现并延续下来的原因。

回顾历史，新田沟组地层见证了四川盆地由潮湿向干旱转变的整个过程，到沙溪庙组地层时期，这一片区域已经是热带荒漠了。1000 万年的时间里，环境的剧烈变化使当时的所有生物都遭遇了严峻的考验。也许普安云阳龙正是因为演化出体外同类互杀的生存策略，这才度过了那段特别艰难的岁月。

族长发出噗噗的鼻息声，似乎在庆祝家族新添了一位战士。它们相互推搡着，普安云阳龙家族离开这条白雪覆盖的山谷，消失在山的那边。

---

① 比起谴责鲨鱼，科学家们更愿意思考鲨鱼为什么会演化出这种匪夷所思的行为来。其中一个理论是这样解释的：最初可能某个基因点位突变，导致某只小鲨鱼产生了子宫内互食行为，这种行为使它获得了比兄弟姐妹更多的营养，于是一出生就比兄弟姐妹更大更凶猛，获得了更高的生存机会。随即这个突变的基因点位就获得了更多的传播机会，而发育得慢或者没有进攻倾向的兄弟姐妹都被吃掉了，一进一退之间，子宫内互食的现象最终在种群之中发散并固定下来。

望着普安云阳龙消失的方向，杨耐久久回不过神来。

“在想什么？”向芸希问。

“没想什么。”杨耐习惯性否定，觉得不该把心里话说出来，然后又觉得不合适，因为对方是向芸希，于是又望着向芸希，道：“体外同类互杀，它们这样的行为叫体外同类互杀。”

就在这时，他越过向芸希的脸看见那边白雪覆盖的山顶之上，清冷的没有多少云朵的天空之上，悬停着某种暗灰色的庞然大物。

罕见的六棱柱形状，好像是某种巨大的矿物结晶拼接在一起。

没有常规的气动布局设计。

它是怎么飞起来的？

杨耐的脑袋嗡嗡的。

然而，的的确确，那是一艘山一般大的内部隐隐有五彩斑斓的闪电在流动的飞船。

杨耐往前疾行两步，想要看得更真切一些，脚下一滑，就顺着满是积雪的又陡又滑的山坡往下滚落。

第四章　红桃皇后

演化，这是一个不确定性交织、挑战重重的过程，在广阔的宇宙中，生物界持续进行着适应、演化和成长。在不断变化的环境中，为了延续生命，生物必须勇敢地应对各种挑战，通过试错的方式积累经验、汲取教训。无论是庞大的恐龙，还是小巧的昆虫，或者是我们人类，都在这个过程中不懈地寻求生存之道。尽管生物的演化历程充满了无数未知，但令人惊叹的是，它们都是在无明确路径指引、遵循两三条基本原则的情况下完成的。

——摘自《演化论演化着》

48

在熙熙攘攘的街道中，人们行色匆匆，每个人都忙碌在自己的世界里。你快步走出红土地地铁站——或者是黄泥塝地铁站，或者是鲤鱼池地铁站——正想穿过大街，去那边的写字楼上班。这是你每天都做的事情。说这事儿你闭着眼睛也能做完，毫不夸张，因为过于熟悉。

你的肉体已经在上班路上，而你的灵魂还在家里的床上躺着不肯起来。

忽然，一道身影吸引了你的目光。你停下脚步，怔怔地看着前方，仿佛时间在这一刻静止了。你看到了什么？一头恐龙，一头真正的恐龙，它就站在你的面前，你不敢相信自己的眼睛。

这头恐龙高大威猛，身躯壮硕，仿佛是一座山。皮肤厚实且布满了鳞片，每一片都像是经过岁月打磨的盾牌。当你注视着它那双深邃的眼睛时，你发现那里闪烁着独特的光芒，仿佛藏着一个古老而神秘的世界。

你从未想过会在这样的场合下与一头恐龙相遇。上一次看见恐龙的时候，不是在书本的图片上，就是在某部电影里。那么，这头恐龙是从哪里来的？它为什么会出现在这里？它与你又会有怎样的故事？

事实上，在城市里见到野生动物是一件稀罕事。想一想，你上次见到野生动物是什么时候呢？野生的，不是关在动物园里的，或者在进行马戏表演的。绝大多数人会说，是鸟儿。它们成群结队地在城市上空飞过，呼啦呼啦，有时落到街边的行道树上，有时落在城市公园的风景树上。然后，会有人提到蚊子、蟑螂、白蚁、苍蝇和老鼠。这哥儿几个带来的不是欣喜，而是恐慌，人人都恨不能立刻把它们全部处死，仿佛把它们全部处死了，这个世界的一切烦恼和苦难就都消弭无踪了。

你是否想过，你会在上班的路上看到一头恐龙？

此时此刻，你看着它——它也看着你——内心充满了好奇与敬畏。你在想：拨打 110，还是拨打 119，抑或是 120？同时，你也知道，这是一次难得的机会，甚至可能是你这辈子唯一的机会——近距离地观察和研究恐龙这种传说中的神奇生物。

你拿出手机，准备记录下这令人难忘的一刻。就和这个时代的大多数人一样，你想告诉朋友们，告诉全世界，你看到了什么。但当你摁下拍摄键后再抬头，那头不知道是什么物种的恐龙已经消失在人潮中，只留下你独自站在那里，心中充满了无尽的遐想和期待。

今天是要继续上班，还是去追踪那头恐龙呢？

你有勇气给领导或者老板打电话，说你在上班路上遇到了一头恐龙，你想请假，暂时脱离日复一日的工作，去重庆各处，像天真的孩子一样，去寻找、观察和研究恐龙吗？

这样的故事如今每时每刻都在重庆的各个地方上演，从人迹罕至的山野到分散居住的乡村再到人口密集的城市，无不如此。渝东南 2 区 4 县、渝东北 3 区 8 县、渝西 8 区和主城 9 区，重庆 38 个区县，8 万平方千米，都有以恐龙为代表的古生物随机出现。

恐龙们正以前所未有的方式深入地影响 3200 万重庆人的日常生活。

你正在地铁上昏昏欲睡，突然劳氏灵龙就出现了；你正在放学路上数黄葛树有多少棵，突然李氏蜀龙就出现了；你正在篮球场上挥汗如雨，突然建设气龙就出现了；你正在网吧里与朋友彻夜鏖战，突然川东虚骨龙就出现了；你打开窗户透透气，突然巴山酋龙就出现了；你在草坪上晒冬天难得一见的太阳，突然董氏大山铺龙就出现了；你在热气腾腾的温泉里泡得身心舒畅，突然盐都龙就出现了……

在你爬山的时候，在你河边钓鱼的时候，在你公园散步的时候，在你安然入睡的时候……突然恐龙就出现了。

这些恐龙的出现都很突然。不同的目击者使用了不同的比喻。对于陌生的东西，我们都习惯于用熟悉的东西去比喻。目击者用眼睛看，也用手机拍摄下各种各样的恐龙，每个人都成了这段历史的记录者与见证者。

遍布大街小巷、24 小时工作的监控探头也拍摄下数不清的恐龙出现的镜头。

有时它们直接出现在地面，通常是 6 头一组。最初是同一物种为一组，然后开始出现组合，这种恐龙跟那种恐龙混合在一起。在恐龙出现之前，那儿的空气没有明显的光影变化。恐龙即将出现的时候，最多空气有一点儿波动，宛如将小石子丢进平静的湖面引起的涟漪。旋即恐龙就出现了。整个过程非常普通，普通得就像你推开家门走出去散步，根本不像影视作品里表现的那样充满了炫目而繁复的光影变化。

研究者反复观看恐龙出现的画面：空气被一只无形的手搅动，推开，它们出现，从模糊的影像转化为有血有肉的实体，只需要 0.01 秒。

它们有时出现在人迹罕至的荒郊野岭，于是看见它们的就是野猪、山羊、猴子和鸟儿；有时出现在人口密集的农村和城市，于是看见它们的是智人，也就又发生了一起恐龙目击事件。

多数时候，它们会出现在距离地面一定高度的位置，再摔下来。有的皮糙肉厚，毫发无损，摔到地上爬起来咕咕几声就跑开了；有的距离地面太高，摔伤了，哼哼唧唧，无法行走，在原地等死；有的出现在云层里，又没有翅膀可以飞，于是直接就摔成肉饼，死得非常难看。

天上下过雨，下过雪，下过冰雹，下过陨石，然而下恐龙，还真是有史以来第一回。

接下来，恐龙们出现在更多的地方。

带来恐慌，也带来混乱与伤亡。

49

老话说，下雪的时候不冷，化雪的时候才是真冷。这话说得太准确了。曹世尧觉得这句话真的非常有道理。年纪越大，他越觉得老话有理。要不是有理，这些老话怎么会百年千年地流传下来呢？

此刻，曹世尧站在侏罗纪山谷的入口处，锥叶蕨丛林的边上，看着前方远远近近茂盛的侏罗纪植物，又把目光移向银杏树林里，正用一支铅笔往一本全新的《古植物图鉴》上绘制古植物素描的黎乃菡。一笔一画，看上去很简单，一经组合，就焕发出惊人的表现力，根、茎、叶子和果实都惟妙惟肖，而且有一种难以言说的美感。

“机会难得。”黎乃菡说，“必须赶在它们消失之前，把它们画下来。”

“你认为它们会消失吗？就像前两次？”

“不知道，可能会，也可能不会。”黎乃菡说，“从我发现它，到现在已经过了24小时，早超过了前两次的存在时间。不管怎样，先画下来再说。就像简于宸说的那样，这是一次难得的修正古生物复原错误的机会。我必须抓住。过去我们还原古生物形态好比盲人摸象，很多时候靠猜测和想象，只能以拼图的方式重建史前地球生态面貌——现在活生生的侏罗纪森林就摆在眼前，我能不研究吗？这几株看起来一样，其实是有区别的，分别是华丽拟刺葵、狭叶拟刺葵和鄂尔多斯拟刺葵。实际上，这山谷里的大部分植物我都不认识，有的只能大致判断它的种类，有的甚至连种类都判断不了。”

曹世尧再一次望向那片陌生的森林：“动物这边也是这样的。”

“一条侏罗纪山谷，这意味着什么？”黎乃菡说，“一个很简单的事实，恐龙不可能独自生活。”

黎乃菡指出，在恐龙时代，植食恐龙的主食来源依赖于裸子植物和蕨类植物。然而，现在世界上最繁茂的被子植物是在恐龙灭绝后才崭露头角的新生种类。由于植食恐龙的消化系统和嘴巴结构是依据裸子植物和蕨类植物的特征进行演化的，它们对于被子植物的咀嚼和消化能力相对较弱。若植食恐龙尝试摄取被子植物，可能会出现难以吞咽、消化不良、中毒等状况，甚至可能对其生存构成威胁。

所以当植食恐龙被发射到现代，面对广泛存在的被子植物，它们很可能会被活活饿死。至于那些现在还活着的植物，银杏、桫椤、苏铁，其实跟它们在侏罗纪的老祖宗们比起来，已经有很大的不同了。植食恐龙吃它们，能不能吃？吃了会不会消化不良？都是问题。而且植食恐龙的食量普遍很大，现有的适合它们吃的植物能不能满足它们食量上的需要？

还有肉食恐龙，问题也是一样的。同样是肉，侏罗纪的动物肉跟现代的动物肉一样吗？假如结构一样，那化学成分呢？微生物的种类与数量呢？

曹世尧踌躇着：“所以，你的结论是……”

“他们不但把肉食恐龙发射过来，也把植食恐龙发射过来，还把食腐恐龙发射过来，以及这些植物。他们在组建食物链，属于那个年代的食物链，以便让它们在这个陌生的世界里生存下来。”

“你相信杨耐那个说法？”

“昨天，我走进这条山谷后，惊慌失措，心脏猛跳，奔跑中还跌倒了。

前所未有的失态，而我平时是多么稳重啊。原因是什么呢？后来我想明白了，原因不只是激动，还要加上空气中的二氧化碳超过了正常值。当然，现在空气中的二氧化碳已经正常了，我们能站在这里正常聊天就是证据。24小时的时间，足够山谷里的空气与外边的空气充分混合。”

“连空气也是……”

“连空气也是被打包发射过来的。”黎乃菡说，“同样的一件事，出现一次，可能是错误；出现两次，可能是意外；出现三次，那就有规律可循了……时至今日，你还相信你那个古生物来自‘失落的世界’的说法？”

“我反思过了，为什么我会执着于‘失落的世界’，很可能是因为我十一二岁的时候读到了一本叫《失落的世界》的小说。真的，我年纪越长，越觉得青少年时期读过的书、看过的电影和听过的歌，对我的影响越大。”曹世尧沉默片刻，又说，“中科院古脊椎所已经组织了阵容庞大的20人研究团队前往重庆，党委书记董克强亲自带队。”

中国科学院古脊椎动物与古人类研究所是中国古生物学方面的最高研究机构，他们的到来势必会影响整个重庆的局势。

“我有一个预感，这一次，这些古生物来了就不会走了。”黎乃菡说，“我还有一个预感，董书记他们来，能发挥的作用并不大。事情一定会进一步恶化。”

“也许吧。杨耐呢？”

“他在璧山住院。”

“住院？”

“他受伤了，你不知道吗？”

“现在知道了。”曹世尧说，“我想把杨耐介绍给董书记。”

50

虽然古生物学家在新闻上反复说了，来的不只是恐龙，还有翼龙、蛇颈龙、西蜀鳄、蛇颈龟等古动物，还有苏铁、银杏、桫椤等古植物……但老百姓还是习惯于用恐龙之名来称呼它们，并且关注点自始至终都在恐龙身上。

在白居寺长江大桥下面，有不知名的巨型陆生恐龙出现在长江里，几经挣扎，到底还是被淹死了。

在渝中区白象居，一条蛇颈龙出现在层层叠叠的楼顶上，一时半会儿死不了，非常痛苦。

在璧山国际机场，一条10米长的朐忍渝州龙出现在飞机的航道上，跟正在起飞的飞机撞了个满怀，差一点儿就造成机毁人亡的大事故。

在有20条匝道的黄桷湾立交桥，有蜥脚亚目恐龙从天而降，当场摔死，在工作人员处理完毕前，造成了长达6小时的大堵车。

在万州区分水镇楠竹坪，几条土狗变得异常狂躁，叫个不停，循着土狗们的指引，彭嬢嬢发现了一头四川巨棘龙倒在竹林边，已经死去多时。

在重庆自然资源科普馆，一条迷路的四川龙来到刘家峡黄河巨龙的骨架下方，对着这个熟悉而陌生的怪物吠叫不止。

在渝北区龙头寺“地下之城”老火锅店，厨师打开食品间，看见一头长头狭鼻翼龙被困在里边，翅膀受了伤，无法挣脱。

在沙坪坝区，赵培钦紧张地看着对面的玻璃屋顶上，两头4米长的建设气龙正在小心翼翼地攀爬。

在荣昌区东湖湿地公园，偷偷钓鱼的人发现一条大鱼上钩了，钓竿一下子被折断，那个水下的庞然大物露出黝黑的背脊，后来证实是璧山上龙。

这些古生物的照片、视频和目击者的陈述出现在网络上，也出现在主流媒体上，引来全中国及全世界的关注。重庆恐龙事件受关注的程度迅速超过明星八卦、股市分析、心灵鸡汤等传统焦点，一跃成为全球第一新闻。

老百姓对重庆恐龙事件的评价都停留在“哇，这恐龙好大！”“好吓人。”“这是什么恐龙？”“这也是恐龙吗？”“这恐龙满口獠牙会不会吃人？”的水平。“我说你娃儿是‘狗撵摩托——不懂科学’，你还不信！”也有目击者冲死去的恐龙用重庆话说，“你看嘛，陆生恐龙，跑长江里头去，不是送死是啥子嘛。”

古生物学家不一样。

自己研究了一辈子的东西，一夜之间从冷冰冰的化石变成了血肉丰满的生命，惊讶与欣喜不言而喻。

除恐龙之外，在水里发现了鳞齿鱼、狼鳍鱼和中鲚鱼。空中新增了翼龙目蛙嘴龙科的三种翼龙：蛙颌翼龙、树翼龙和热河翼龙。昆虫方面出现了蟑螂类、蜻蜓类、甲虫类，还有树虱类、蛀虫类、蝇类和蛴螬类。少有人关注的瓣鳃类软体动物和介形类节肢动物也有3起报道。

还有人在涪陵区重庆武陵山国家森林公园里发现了疑似叉骨祖翼兽、双钵翔齿兽或者阿霍氏树贼兽的踪迹。这是3种原始的哺乳类动物——按照系统发育分类法，它们跟哺乳动物有共同的祖先，属于合弓纲贼兽目——体重在几十到两百多克之间，在颈部、前后肢和尾椎之间有皮膜，据推测可在林间做短距离的滑翔，主要以植物的枝叶为食，也能吃昆虫。

剩下的90%都不认识，都没有化石记录，连名字都没有，更不要说有深入的研究了。

也有物理学家试图找出恐龙出现的规律，找来找去，怎么都找不到。恐龙的出现似乎是随机的，没有任何规律可言。因此，一项恐龙出现的假说引起了大家的重视。这个假说叫作“时空缝隙”，它把不同的时空比作不同河流，偶尔河流与河流之间会出现缝隙，于是这条河流的水会短时间内流到那条河里。缝隙的出现与消失是随机的，所以恐龙的出现也是随机的。那恐龙什么时候不会再出现呢？答，时空缝隙自己关闭的时候。时空缝隙是双向的还是单向的？答，不知道，可能是双向的，也可能是单向的。

对于这个假说，有人觉得完美，有人觉得非常扯淡，等于什么都没有解释。随着事态的发展，这个假说很快被遗弃，再也没有人提起。

51

在梦中，杨耐尝试说话，却发现喉咙干涩，无法发出声音。他嘴角溢出的“烟”在空气中形成了一股股雾气。这就是所谓的“吞云吐雾”，形象地描绘出了这种情境。然而他开始思考，这雾气是否是大地所吐出。

他意识到自己在做梦，梦中他背着书包走在上学的盘山公路上。

有时候，杨耐独自漫步，享受着孤独带来的宁静。而有时候，他会与小伙伴们一同行走，一边聊天一边嬉笑，那是以后难以重温的快乐时光。

在这条公路上，货车是常见的交通工具。每辆货车都装有大喇叭和闪亮的大灯，这些灯光在雾气中显得格外明亮。有些货车的大喇叭经过改装，换成了轮船用的汽笛。这种汽笛的声音在完全看不见它的时候，就能清晰地听见它在山坳与山腰之间来回响动。在朦胧的雾气中，杨耐甚至误以为是一艘航空母舰从滚滚雾气中驶来。

随后，杨耐看到两条雪白的光柱刺破雾气的阻碍，听到货车轮胎与地面摩擦发出的轰鸣声。这些声音和光芒让他停下脚步，站在原地静静等待。那辆货车如同巨大的上游永川龙一般破雾而出，呼啸着，扯着长长的汽笛，从他身边轰隆轰隆碾过……

然而，正当他即将陷入深深的恐惧时，他的眼睛突然睁开。视线正好落在向芸希关切的目光上，那双明亮的眼睛仿佛温暖的阳光驱散了他心中的恐惧和疑虑。他的心在这一刻变得安宁，仿佛所有的困扰和恐惧都消失了。

杨耐看看四周，判断出这儿是医院：“这是哪里？”

“璧山区人民医院。”

“我昏迷了多久？”

“两天。”

“外面现在是什么情况？”

“化雪了，特别冷。”

“我是问恐龙。”

“到处都是。”

“人类已经灭绝啦？”

“没有，没那么严重。”向芸希想了想，说，“人类还没有灭绝，就是现在到处都是恐龙，没有一千，也有八百。你那么喜欢恐龙……哦，医生来了。”

主治医生给杨耐检查了肩膀上的伤口，询问了他的情况，告诉他问题不大，注意休息，很快可以出院。

等医生离开，杨耐从向芸希手里拿回手机。“没摔坏，我还把你手机的电充满了。”向芸希说。杨耐点头称谢，随即开始处理在他昏迷的这段时间里错过的各种信息。与恐龙有关的占了大多数。其中魏泽生的留言让他反复看了两遍。魏泽生说，12 月 17 日他在垌坝洞第二次看见了恐龙，11 月 17 日是第一次。在杨耐问起时，他没说实话，深表歉意。

这样的话，网格地图的最后一块填上了。“我是正确的。”杨耐想，虽然有点儿晚，但终究还是证实了。然而……他又感到一阵迷惘，似乎有什么东西跳进他的脑子里，大肆搅动了一番。

他傻愣愣地盯着前面的虚空，一言不发。

向芸希关切地问：“你怎么啦？”

“你看见了吗？”

“看见什么啦？”

“飞船，六棱柱形状的，悬浮在半空，内部有五彩斑斓的闪电。”

“没有。你滑下山坡，晕死过去，要不是我把你背下山，你早冻死在雪地了。”

杨耐迟疑了很久，才吐出两个字：“是嘛。”

“我觉得你太紧张了。”向芸希说，“想不通的时候不要去硬想，做点儿自己喜欢的事情，放松一下，说不定就能找到突破的方向。像我，就喜欢摩托车。高兴的时候骑，心情郁闷的时候更要骑。在平坦开阔的公路上骑，也在没有路的田间地头骑。实在找不到事情做了，我会把摩托车拆成零件，一件件摆开，再把它们组装成一架完整的摩托车。”

杨耐回过神来：“对了，你救了我，我要谢谢你。”

这话怎么听怎么别扭。向芸希说：“想感谢我的救命之恩呀，简单，讲个笑话来听。”

杨耐想了想，讲道：“一位恐龙专家到大山里边去找化石，找化石最简单有效的方式就是去问当地的村民。这位恐龙专家担心村民不晓得高深而艰涩的专业术语，于是用了一堆在他看来是通俗易懂的话进行了一番啰里啰唆的描述。然后，那个村民用看恐龙的眼神看着他，问道：‘你说的是某某龙吧？我们这儿多得很！’”

讲到“多得很”时，杨耐难得地展颜一笑。向芸希却板着一张脸，不笑反问：“哪里好笑？一点儿也不好笑嘛。”这把杨耐弄得很尴尬，笑也不是，不笑也不是。看着杨耐那别扭的样子，向芸希扑哧一声笑出声来，笑得前仰后合，如同劲急的山风中摇曳生姿的野菊。

杨耐看得呆了，看到向芸希注意到自己的凝视，又急忙把目光移到别处。“还记得吗，上次离开楠竹坪的时候，你主动把电话号码留给了彭孃孃？”等向芸希笑完，杨耐说，“我没有留。我故意的。当时我就在猜，假如楠竹坪有事，彭孃孃会不会打电话给你，而你会不会打电话给我。”

“你怎么猜的？”

“我猜对了。”说这话的时候，杨耐脸上露出了堪称狡黠的笑容。

莽莽群山之上的小小楠竹坪，是重庆微不足道的一个地方。他和向芸希会到那里，完全不在计划之列。离开之后，也不会有任何往来，彼此都成为对方的过客。在即将离开楠竹坪的时候，杨耐去找彭孃孃，却看见向芸希把自己的手机号码留给了彭孃孃，并再三叮嘱她有什么事给自己打电话。他站在原地，没有上前说自己的手机号码。一方面，他感动于向芸希的善良和热情；另一方面，他存了一个念头，不给彭孃孃留手机号码，等于给向芸希和自己的继续交往留一个机会。这小小的算计，如今得逞，令他竟有几分欣喜。

52

简于宸根本睡不着觉。因为他捉住了一只耀龙。

最近时间紧、任务重，简于宸就住在重点实验室的值班宿舍里。在别人下班回家后，他还能忙碌一阵子。大家都笑他是单身贵族，一人吃饱，全家不饿，所以才敢这么干。

暴雪的第三天傍晚，在回宿舍的路上，简于宸听见桑树丛里传来一阵轻微的鸟叫声，探头去看，在一片绿色的枝叶间发现一只色彩斑斓的鸟——有鸽子那样大，但明显不是鸽子。极乐鸟？不对，才不是什么鸟，那是耀龙，属于兽脚亚目擅攀鸟龙科的小型恐龙。不久前，他才制作过耀龙的复原模型。

耀龙特征非常明显：在它的尾巴尖上，长了 4 根 15 厘米长的带状羽毛；它的前肢和身体一样，覆盖着短短的丝状绒羽，颜色极为丰富，看上去宛如毛茸茸的肥皂泡；它的中指长得出奇，科学家推测它用中指从树洞里掏虫子来吃。

桑树上的这只耀龙没有因为简于宸的靠近而飞走。它身上有羽毛，但并没有翅膀，更不会飞。这身羽毛更多地起保暖的作用。然而眼下正是重庆一年到头最冷的时候，今年又下了百年不遇的暴雪，温度之低，也是创了历史纪录。简于宸看见它浑身僵直，小小的脚爪钩在桑树枝上，瑟瑟发抖，显然是冻坏了。于是，简于宸大着胆子，将这只漂亮的耀龙从桑树上取下来，小心翼翼地带回了宿舍。

打开空调，宿舍比外边温暖多了。那只耀龙渐渐恢复了生气。在此期间，简于宸仔细观察了它，又在电脑上找到之前做的耀龙复原模型，仔细对比，发现除少部分细节外，大部分复原跟真实情况是一致的。比如，它的脑袋短而高，颌部前段长着长且前倾的牙齿。而细节不同可以解读为个体差异。由此可知，他的复原工作做得相当成功。他打心底里感到高兴。

简于宸本科就读于四川美术学院动画系，一度立志要制作属于自己的动画大电影。后来，他发现自己对古生物复原更感兴趣，于是报考了 208 地质队与川美合办的研究生班，然后投到重点实验室主任孙永河门下继续深造。

说实话，简于宸对孙主任的印象并不好，这位以“豪爽”闻名的重庆人跟细腻、敏感的简于宸完全是两个世界的人，方方面面都不对付。不说别的，仅在喝酒这件事上，酒量极差的简于宸就头疼不已。要不是遇到副院长黎乃菡，他很可能已经放弃继续学习了。

有一次，简于宸无意中看到黎乃菡那本《古植物图鉴》，惊为天人。他想离开孙主任投入黎院长门下，却被黎乃菡一句话拒绝了。“你想给我找麻烦吗？”她说。饶是如此，简于宸还是经常往黎乃菡那里跑，跟她讨论古生物复原的问题，讨论艺术与科学如何取舍、如何平衡、如何实现完美地融合。而黎院长并没有拒绝，甚至很高兴他的到来。

黎院长虽然钟爱的是古植物，但她对古动物的复原也有很深的造诣。什么叫触类旁通，简于宸在黎院长身上深刻地理解了这个词语。

黎院长指出，古生物复原实质上是对古生物学研究的一种全面展示。它旨在将那些复杂、晦涩且不易被大众理解的学术研究对象和研究成果，以更直观、完整的方式呈现出来。因此，尽管古生物复原的过程、手法和结果具有一定的艺术性，但这种艺术性必须以科学性为前提。比如，器官相关律①。

他们讨论过一组讽刺古生物复原是瞎想的漫画。漫画里，前一幅是现生动物的骨架，后一幅是根据骨架臆造出来的生物，自然，跟我们已知的该动物形象差距甚远，比如，蓝鲸就被“复原”为巨型蝌蚪的样子。孙主任对这组漫画不是嗤之以鼻，而是表现出浓厚的兴趣，觉得它的荒谬程度还不够，要是根据蓝鲸的骨架“复原”出河马来，那才是高手中的高手。黎院长则告诉简于宸，考虑到蓝鲸头部上下活动的需要，我们可以合理推

① 在古生物学研究中，器官相关律是一项至关重要的定律。该定律指出，生物体作为一个整体结构，其各个组成部分的结构和相关机能是紧密相连的。当某一部位发生变化时，其他部位也会相应地发生改变。这一原理为我们在化石保存状况不佳的情况下，对研究对象进行整体评估、复原，以及推测其生态习性提供了重要的依据。通过深入理解器官相关律，我们能够更准确地揭示古生物的生活习性和演化历程。

测，它拥有一组强健的肌肉，从头骨枕部连接到其脊椎上。因此鲸不可能呈现出蝌蚪状的形态。

简于宸受益匪浅。他打心眼儿里觉得，他从黎院长——后来也跟着同事一起喊菡姐——那里学到的东西，比他在孙主任那里学到的不知道多多少。

他觉得，受益最多的地方，还在于他终于敢跟人说他的理想了。

“菡姐，知道《流星·蝴蝶·剑》吗？”

“我知道，一个叫古龙的作家写的一本武侠小说，很久以前流行过。”

“确实是很久以前——当然没法跟恐龙比——流行过，在我出生之前流行过，然后被大多数人遗忘了。我看到它的时候，大潮早已经过去。但我依然被它深深震撼。”

当时，简于宸站起身，声情并茂地背诵起《流星·蝴蝶·剑》的名句：

蝴蝶的生命是脆弱的，甚至比鲜艳的花还脆弱。

可是它永远活在春天里。

它美丽，它自由，它飞翔。

它的生命虽短促却芬芳。

念完最后一句，简于宸变得异常安静。

“我懂你的意思。”黎乃菡说，“你不是剑客，你是画家。你没有剑，但你有画笔。”

“时代的大潮来了又去，而我总想在我生活的时代抓住并拥有一些可以称之为永恒的东西。而绘画是我通向永恒的道路。是的，我知道，在这个叵测的变幻无穷的世界，追求永恒是一件多么荒谬的事情。然而这是我自己的选择。从小到大，我能做的选择不多，绘画是我为数不多的选择。”简于宸自言自语道，“绘画不只是颜料与白纸的对话，而是凝固的一小段时空，意图把原本是刹那的美，拉长到几十年几百年乃至于永恒，直到时空的尽头。我知道这是痴心妄想，我比谁都知道，但我忍不住这样去想，这样去做。”

黎乃菡若有所想：“化石就是这样一种凝固的美，古生物复原，就是把这种凝固的美从化石中释放出来。”

“这就是我选择古生物复原的原因。”简于宸回答。

现在，看着纸箱里那只宛如从他的画里走出来的耀龙，那么美，那么真实，他心满意足。不过眼见着那只耀龙开始扎手扎脚地爬起来，同时观察着这个陌生的世界，简于宸开始琢磨下一个问题：该拿什么来喂这只明显饿坏了的耀龙呢？

53

霞姐下了夜班后来璧山人民医院看望杨耐，还送了一包特别甜的砂糖柑。见到杨耐她第一句话就是“你崽儿艳福不浅……”，吓得向芸希赶紧把她拖开。在走廊上，望着雾气缭绕中的建筑，向芸希感谢霞姐给自己代班，让自己有时间这两天一直在医院里。“其实啥子都没有做。”她说。霞姐收敛了笑容：“你做了什么，得让他知道。跟我说没用。”

向芸希不想讨论这个问题，主动转换话题：“霞姐，你不是说，出现恐龙就回泸州老家吗？”

“回不了。”

“怎么？”

“我离了。离婚。下暴雪、见到恐龙的那天。”

向芸希也就晓得霞姐最近张口法律长、闭口法律短的原因了。下暴雪那天，她们在虎峰山上遭遇鹤形龙之后，霞姐接了电话，匆匆离开，就是因为这件事。“重庆下暴雪，泸州可没有。”说来也不可思议，恐龙成了这件事的催化剂；没有恐龙，事情可能还会拖上一两年。“恐龙让我晓得，生命太脆弱了。不该在细枝末节上浪费。”霞姐问道，“你说我该不该感谢恐龙？”向芸希无意识地摇了摇头，重重地叹息道：“幸福就这么难吗？”

霞姐说：“看到我离婚你就觉得婚姻很可怕吗？离婚就不幸福吗？我幸福你就幸福，我不幸福你就不幸福吗？不是的，我是我，你是你，我的遭遇是我的，不是你的。你的幸福，要靠你去追求，而我，离婚也不是终点，而是新的起点，我还年轻呢。”

向芸希明白霞姐的意思。

道理她都懂。然而……

杨耐躺在病床上，因为霞姐那句话而陷入了沉思。

他的爸爸和妈妈在北碚区的一个山区小学教书，杨耐也是在大山里出生并长大的。后来，山区小学撤并，爸爸、妈妈先是到镇上教，再往后又到北碚城区里教，小杨耐也跟着从山里到乡下再到城里。

爸爸是刻板印象里的重庆男人，烧得一手好菜，不怎么喜欢说话，因为要说的话都让妈妈说了。妈妈呢，是个追赶新潮的人。对年轻人喜欢的东西，她非常感兴趣。不夸张地说，不是她在追赶新潮，而是新潮在追赶她。很多时候，是她引领着整个社区中老年妇女界的新潮。甚至，她就是新潮本身。

作为小学老师，妈妈有一句名言：孩子优秀，是为国家培养的，要做好献给国家的准备；孩子不优秀，就留在身边，照顾家里人，柴米油盐，不也挺好嘛。

杨耐已经27岁了。对杨耐的婚事，爸爸有些着急，妈妈却很开明。“不急，急什么嘛。孩子还小呢，还没有耍够，心性也还没有定。急急忙忙结婚有什么好的。”妈妈这样说，“幺儿，等我退休了，有大把的时间帮你带孩子，到那时再生孩子不迟。”

杨耐也不傻，妈妈只是换了一种方式提醒他，该结婚了，该生孩子了。就像爸爸说过的那样，人生大事，早晚都得完成。

道理他都懂。然而……

向芸希走进病房，脸上明明白白写着沮丧。杨耐也不知道说什么好，问一句“走呢？”，向芸希答一句“嗯，走了”，病房陷入了前所未有的尴尬。

“要不，还是说恐龙吧。”杨耐试探性地问。正如向芸希所说，紧张的时候做自己擅长的事情能缓解紧张，尴尬的时候同样如此。“就在刚才，一件我先前没有想通的事情，想通了。”不等向芸希回答，他自顾自地往下说，“知道趋同演化吗？在演化过程中，为了适应相似的环境，不同的物种呈现出表型上的高度相似。这样的例子很多，不胜枚举。”

“趋同演化就是自然界的模仿秀，我们生物老师讲过。”

“这样理解也不是不可以，虽然不是那么准确。算了，不纠结了。举例说明：翼龙、鸟类、蝙蝠，它们都是征服了天空的脊椎动物。显而易见，它们都有翅膀，只是在细节上，有很多的不同。”

向芸希拖了一把凳子，坐到杨耐身边：“我知道，鸟儿的翅膀有羽毛，蝙蝠没有，翼龙……也没有吧？”

“翼龙和蝙蝠一样，用翼膜飞行，不过具体结构不一样，翼龙是用加长的无名指支撑翼膜形成翅膀来飞行。”说这话的时候，杨耐用右手的拇指和食指拎起左手的无名指，做了一个把无名指扯长的动作，“而蝙蝠的翅膀是由胳膊、五指和大腿之间连接的翼膜形成的。”他展开双臂，上下挥动，极力模仿蝙蝠飞翔的样子，“然而，这些细节上大不相同的翅膀，却实现了几乎相同的功能，那就是飞行。同样的道理，恐龙中的一种或几种，在特定的历史条件下演化出智慧来，也不是什么难以想象的事情。”

“也就是说，它们——还是说他们？——的脑袋在细节上会与我们有很大的不同，但能实现几乎相同的功能。”

“对。”杨耐点头。

在某一个特定的历史时期，环境青睐于智慧这种性状，没有智慧的被淘汰了，剩下的都是有智慧的。于是，有智慧的某种恐龙得到大自然的奖励，种群得以延续，与智慧有关的基因突变得以保存，并开始累积，开始扬弃，开始升级，开始迭代。直到有一天，文化从这个比别的族群更加聪明的恐龙族群中涌现出来。同智慧一样，文化不会一蹴而就，肯定会有一个长达数百万年的积累过程。在这个过程中，智慧与文化就像一辆马车的两个轮子，或者像是鸟儿的两只翅膀，相辅相成，彼此协作，共同演化，呈现出螺旋上升的景象，最后突破某个临界值，恐龙文明于劳亚大陆[①]诞生了。

杨耐兴奋地说："不对，不能叫恐龙文明。恐龙是一个泛称，包含了恐龙总目之下为数众多的物种，而人类文明并没有被叫作灵长总目文明。我怀疑演化出智慧的恐龙是云阳龙，不过不是我们见过的普安云阳龙，而是它的一支近亲，就像黑猩猩与人类。普安云阳龙被有智慧的近亲驯化了，作为它们的帮手。初期是猎狗那样的存在，后来也被作为实验品。航天发展起步的时候，狗和黑猩猩比人类航天员早发射上天。是的，就是这样——"

杨耐默默计算了一下时间："我想叫它新田沟文明。"

向芸希努力理解着杨耐的意思："你说的这些，跟当初胡子云说的史前文明，好像是一回事？"

"真不是。你好好想想，他说的史前文明，跟我说的新田沟文明，是不是有很大的不同？"

"是，确实不一样。你的……更科学。"向芸希猛然醒悟，"你的意思是新田沟文明把这些恐龙从侏罗纪发射过来的？"

"我就是这样想的。"杨耐不由得叹息道，眼前闪过在虎峰山雪地里的惊鸿一瞥，那悬停在半空中的六棱柱形状的飞船，"然而越是非常的结论，越需要非常的证据。证据呢？曹院肯定会这么问我，而我，目前只有一些模模糊糊的推理。能给我找纸和笔吗？我想把刚才说的记下来。"

---

① 在侏罗纪之前的三叠纪，地球上的陆地基本上是连在一起的，被称为泛大陆或盘古超大陆。在三叠纪末期，盘古超大陆开始裂解，发生了三叠纪大灭绝事件，随后进入侏罗纪。在侏罗纪早期，盘古超大陆分成了两大块，北方的叫劳亚大陆，南方的则被称为冈瓦纳大陆。两块大陆在整个侏罗纪处于互相角力、变动不息的状态。进入白垩纪后，劳亚大陆逐渐分裂成北美洲大陆和欧亚大陆，而冈瓦纳大陆也逐渐分裂成南美洲、非洲、大洋洲、南极洲等大陆，逐渐接近我们今天所熟悉的海陆分布。

向芸希去找护士要纸和笔。笔有了，却没有合适的纸，后来向芸希灵机一动，给了杨耐几张打印纸。前面是检查结果，后面是空白的，还能写。杨耐接过纸和笔，立刻在纸上奋笔疾书。“谢谢。”他写着写着，忽然抬头极其严肃地说。向芸希本想怼一句“谢我什么！”，但见杨耐埋着头，聚精会神地在写着，也就不再说话。

杨耐没能写完，妈妈打来电话，火急火燎地说：“你爸爸被一只黑不溜秋的有毒恐龙咬伤啦！你赶紧回来。”

54

根据《中华人民共和国治安管理处罚法》，胡子云因为造谣被判拘留10天。走出北碚区拘留所的时候，他看见外边的雪已经化得差不多了，残存的一点儿雪比自己的白发还要稀少，不由自主地唱起了一首老歌：

岁月无声地偷啊偷，
偷偷染白了少年头。
跌跌撞撞半生已过，
多少遗憾心中留。
人生这一杯酒啊，
只要一喝就上头。

胡子云被捕的时候，将面包车交给一个朋友保管。那个朋友半开玩笑说，以为他出不来了，差点儿把车卖掉——要不是车太破，没有人愿意买。他说这车跟着他走南闯北，跑了10多万千米，有时当车用，有时当床用，没有功劳也有苦劳，没有苦劳也有疲劳，卖掉，还真有点儿舍不得。他请朋友吃了一顿火锅，觥筹交错间，朋友问他接下来打算做什么。胡子云回答：“老胡这辈子当过官，下过海，打过工，临老了搞起视频直播来。大半辈子都在外地漂泊，去过喀纳斯，也去过七连屿，去过嘉峪关，也去过哈尔滨看冰灯。现在还坐过牢，人生也算圆满了。哈哈。”

至于接下来要做什么，他并没有回答。

自恐龙事件发生以来，在外漂泊了二十多年的胡子云终于找到返回重庆的契机。遗憾的是，他至今尚未目睹过恐龙的身影，更没有亲自拍下一张恐龙的照片或者一秒钟的恐龙画面。一个多月来，无论哪里传出有关恐龙的消息，他都会毫不犹豫地赶往现场，不过往往抵达时，恐龙早已消失无踪。有一次，有人声称捕获了活恐龙，他兴奋地赶往现场进行直播宣传，结果被观众指出那其实是一只极其普通的暹罗鳄，场面一度十分尴尬。饶是胡子云脸皮厚，也想找个地缝钻进去。而别的视频博主，有的仅仅是因为拍摄到了雾气中的合川马门溪龙的脖子，说是与《山海经》的某某怪兽有九分相似，原来《山海经》都是真的，就实现了订阅数与收入的倍增。这次，他因散布虚假信息而被拘留10天，别的视频博主却没有，胡子云只能归结于自己的运气差。当然，面对警察胡子云承认错误很快，但他在心中却难免有所腹诽。

出来之后，他再登录视频网站，却被系统告知，他用了10年的账号已经被封，重新注册也不可以。他试着注册别的视频网站，结果还是一样。换言之，他被全网封杀。“你们这么干，合法吗？”他向视频网站所属公司投诉，得到的是千篇一律的回答：依据有关法律，不予注册。有任何问题，请向客服咨询。

很多人瞧不起视频直播，以为那不过是哗众取宠，妄图以虚头巴脑的东西博取一次成名成家的机会；另一些人则非常羡慕视频直播，认为只是对着镜头说说话、唱唱歌、跳跳舞，就能获得高昂的收入。身在其中的胡子云对两种观点都不认可——视频直播从来都不是简单的事情，至于收入嘛，也比很多人预想的低。确实有搞视频直播的人发了大财，然而那只是少数中的少数，多数视频博主都如胡子云这般，千辛万苦，赚了几个稀饭钱而已。

但现在，账号被封，连赚稀饭钱的机会都没有了。

没办法，胡子云只好坐上那辆破烂不堪的面包车。关门的时候，因为用力过猛，一块漆掉落到地上。好多天前，他开车出车库的时候，一不小心撞在护栏上，车门上的那块漆就处于将掉未掉的状态。现在终于掉了，也算是去了他的一块心病。他在方向盘后边发了一阵呆，思考接下来要做什么的问题。

没有答案。

他如同被重重迷雾包裹，往任何一个方向看，都看不到未来。

他发动面包车，漫无目的地开。忙忙碌碌大半辈子，有时非常通泰，觉得自己什么都看透了；有时也迷惘，不知道自己这几十年里到底忙了些啥子。现在就是处于迷惘的阶段。开着开着，他发现自己上了绕城高速。

上都上了，那就回璧山吧。

璧山是胡子云的老家。女儿去世，与老婆离婚后，他离开璧山，踏上全国流浪之旅，转眼已是二十多年。他在导航的指引下，下了绕城高速，又开了一段时间，即进入璧山城区的范围。

璧山早已经不是他记忆中的样子。丘陵被推平，山沟被填平，丛林和庄稼被一幢幢高楼大厦取代，在冬日的雾气氤氲中，宛如沉默而神秘的森林。

东林寺还在，寺庙旁边那棵他小时候爬上爬下的黄葛树还在。胡子云把面包车停好，去看东林寺。来寺庙的人络绎不绝，不时响起鞭炮声，空气中也弥漫着燃烧香烛纸钱溢出的气味。钟声、鼓声、木鱼声，也和他小时候一模一样。

胡子云真心觉得自己一下子回到了从前，如果不是路过的人嘴里时不时地蹦出某某龙的名字来。在一切都在发生剧变的年代，有一个不变的，似乎就能成为某种精神上的依托。然而在蒲团上跪下祈求平安的时候，胡子云又不禁想：恐龙归佛祖管吗？

一边许愿一边质疑，让他自己都觉得荒谬，绝顶的荒谬。

交了香火钱，胡子云信步走出东林寺。有几个游客在黄葛树下聊天，说因为闹恐龙，人心惶惶，东林寺的香火比以前旺盛了许多。

一侧矗立着一个显示屏，跟东林寺的总体氛围格格不入。胡子云好奇地走过去，发现那是一台解梦机。屏幕上说，扫码支付后即可解梦。胡子云来了兴致，给钱，然后恶作剧般输入了“梦见璧山上龙”。他本来以为系统会显示无法回答，《周公解梦》里不可能有这个，谁知道伴随着打字声，出来了满屏幕的字：

梦见璧山上龙，按周易五行分析，吉祥色彩是红色，幸运数字是1，桃花位在西南方向，财位在正西方向，开运食物是猕猴桃。

梦见璧山上龙的宜忌：

『宜』宜电话会议，宜午饭少吃，宜午睡。

『忌』忌加班，忌扶老奶奶过马路，忌制订出行计划。

在屏幕下方，出现了新的选项：

不同的人梦见璧山上龙会有不同的结果。做生意的人、怀孕的人、恋爱中的人、本命年的人，你是哪一种？欲知详情，请扫码支付。

胡子云不禁哑然失笑。这种伎俩他见得多了，老套得都可以进博物馆了。要是他换别的恐龙，答案也大致是这些。同样的事情，他自己也干过。然而，为什么还是自觉自愿地给钱了呢？

转过头，胡子云看见了一个熟人。向芸希。在她身边还有一个年长的人。“你为什么要造我的谣？”向芸希也看见了胡子云，劈头就问，毫不客气。

“你怎么也在璧山？”

“我问你为什么要造谣。”

胡子云双手摊开：“你以为我愿意造谣吗？”

他啰里啰唆地讲道：“为了追赶时代的步伐，你知道我付出了多少努力吗？然而现实却是残酷的，我无法追上。随着岁月的流逝，我发现自己的身体逐渐衰老，眼睛不再敏锐，耳朵也不再灵敏。更让我沮丧的是，我的头脑似乎也变得不那么灵活了。曾经，读书对我来说是一件不算难的事情。只需看三五几遍就能将内容牢牢记住，现在却完全不行了。即使我反复阅读十遍八遍，仍然可能记不住其中的内容。即使是短短的三五句话，明明已经背得滚瓜烂熟，但当我站在镜头前时，紧张的情绪会让一切努力化为泡影，我可能会忘记所有背过的内容。这种无奈的感觉让我又沮丧又绝望。”

向芸希再一次质问：“我问你为什么要造谣，你答的什么？说那么多，有几个字是认识到自己错了，想向我道歉的？”

“我已经坐过牢了。”胡子云说。见向芸希依旧是不依不饶的样子，于是无可奈何地说：“你需要我道歉，我就道歉嘛。对不起，我不该造你的谣。可那也不算谣言，都是你说过的话。”

向芸希怒目圆睁，看那样子，恨不得一拳将胡子云打进土里去。

55

什么恐龙有毒？杨耐想不明白。

中国鸟龙一度被认为是第一种被证实能够分泌毒液的恐龙，但后续研究否认了这个结论。至于会向猎物眼睛喷射毒液的双棘龙，更是电影团队的创造性发挥，根本没影儿的事。不过，这也不能完全排除存在有毒恐龙的可能性。

一路堵车。有说前面发现了恐龙，也有说是别的原因。总之，花费了比平时多两倍的时间，杨耐赶回了北碚的家里。妈妈看见他，先是一阵欣喜，看见他肩膀受了伤，又是一阵夸张的惊叹。“我没事儿。”杨耐急切地问，“爸爸呢？”

老杨从里屋出来，见到儿子，赶紧把刚削好的苹果递给他。杨耐接过苹果没有啃，追问老杨的伤情。老杨把衣袖掀开，伤口包扎得好好的。杨耐又问他受伤的过程。老杨怕儿子担心，轻描淡写地说：“没得啥子。”又道，“回都回来了，住几天再走。”妈妈也在一旁附和。

老杨向来不爱说话，更喜欢用行动来表达他的情感。现在外边闹恐龙，局势越来越紧张，父母也都希望有子女陪伴在身边。所以杨耐也就同意了，以受伤为由，打电话向曹院请 3 天病假。

曹院只批准了 1 天。

研究院里这段时间忙得飞起，杨耐也理解，转头又问老杨受伤的过程。这一回老杨如同竹筒倒豆子，一股脑儿地全说出来了，还去里屋拿出收藏好的那头恐龙咬他时咬掉的两颗牙齿。杨耐又询问他被咬伤后的感受，是什么原因让他觉得这头恐龙有毒。根据老杨的描述，杨耐推测咬伤老杨的可能是一种泥潭龙①。

这是一种故事性特别强的小型兽脚亚目恐龙。杨耐给老杨讲了泥潭龙名字的来历，讲了它的手指，重点讲了它匪夷所思的牙齿②。“从牙齿判断，咬伤你的，大概是一头不到 1 岁的小泥潭龙。”杨耐说。

“太奇怪了。”老杨发出这样的惊叹，“化石在新疆发现的？”

杨耐回答：“别看现在重庆跟新疆隔得挺远的，但在泥潭龙生活的中侏罗世，两个地方挨得挺近的，以至于今天在新疆挖到的恐龙化石跟在川渝

---

① 泥潭龙的化石发现于新疆准噶尔盆地五彩湾地区，由徐星命名，因为化石发现于由蜥脚亚目恐龙踩踏形成的泥潭中。当时在一连串的泥潭里，发现了 6 个年龄阶段的 19 个个体的化石。研究表明，成年泥潭龙体长不足 1.7 米，体重约 20 千克。前肢短小，后肢修长，善于奔跑。前肢有 4 根手指，第 5 指完全消失，第 1 指高度退化，说明在向鸟类演化的过程中，恐龙的第 2、3、4 指演化为鸟类的 3 根手指。

② 泥潭龙有一种堪称奇妙的特性，刚出壳时体长不过 30 厘米，但嘴里有 42 颗牙齿，长到半岁，牙齿就只剩下 34 颗了，再到 1 岁，口中的牙齿一颗也不剩下。为什么泥潭龙的牙齿会越长越少呢？泥潭龙牙齿丢失的同时，会逐渐长出角质喙，胃石的数量和体积也不断增加，证明泥潭龙的食性发生了转移。也就是说，泥潭龙小时候吃肉，长大了就改吃各种植物。

地区挖到的恐龙化石有很高的相似性与关联性。”

泥潭龙在吞咽食物的时候，它们和所有肉食恐龙一样，会分泌大量的唾液来润滑。正是这些唾液使得老杨被咬后，伤口附近产生了强烈的灼伤感，于是老杨就怀疑自己中毒了。

老杨不由得感叹：“听幺儿这么一解释，我一点儿也不怕了。还不是你妈，着急忙慌地给你打电话，人家医生也检查过了，就是皮外伤，简单包扎，再吃几颗消炎药就好了。根本用不着幺儿千里迢迢赶回来。”

妈妈在一旁不乐意了：“你两爷子吹牛，不要带上我。怎么，幺儿回来你不高兴啊？不高兴让幺儿赶紧走。他们院长不是说了嘛，现在院里正缺人了。”

老杨也不回话，只是一味地笑。

很典型的老杨似的笑。

老杨待人热诚，这个毋庸置疑，只是表达方式略显拘谨，有时表现为行事坚决，甚至被视为强硬。然而，需经过一段时间的相处，方能领略他内心深处真挚的热情，这份热情隐藏在坚定与刚毅背后。

吃完晚饭，妈妈换上舞蹈服，出门跳广场舞。“两天没跳了，浑身都不舒服，关节都要生锈了。”她说。老杨问：“不怕恐龙把你拖走？”妈妈噼里啪啦地说：“有什么好怕的。要拖也是先拖你。你肉比我多，吃你一个，抵我三个。走了，幺儿。跟爸爸好好摆龙门阵，明天还得照常上班呢。”

“你妈呀，就这点儿爱好。刮风下雨要去，就是下恐龙也要去。不过也好，有事儿做，有个念想，还锻炼了身体——起码比打麻将要好。”老杨一边说一边打开电视看新闻，这是他多年的习惯。

杨耐在厨房里做清洁，听见电视里一位领导正在就眼前的恐龙危机发表讲话。

“……不要说我们没有做好准备这样的话。灾难从来不按我们的意愿发生或者不发生。在此之前，谁能想到成千上万的恐龙会像冰雹一样从天上掉落下来？从小到大，我们每一个人都经历了很多事情。这些事，让我们困惑，让我们迷惘，让我们痛苦，也让我们成长。我们重庆，我们国家，也都是这样……”

杨耐一边洗碗一边问：“谁在发言？”

“重庆恐龙危机应急指挥部总指挥，分管安全的副市长。”

噢，升级了。11 月 6 日恐龙第一次出现时，由重庆市自然资源管理局牵头，组织了一个调查小组。可惜因为所有的恐龙消失无踪，调查无从展开。11 月 17 日第二次恐龙事件发生后，武隆联合科考队就是该小组组织的活动。然而也没有什么实质性的新进展。现在，恐龙及其他古生物源源不断地从虚空中出现，事情愈发严重，调查小组已经力不从心，升级为重庆恐龙危机应急指挥部也是顺理成章的事情。

“讲得不错。”老杨如此评价。

“……你可以认为，在此之前的所有事情，都是在为这场灾难做准备。洪水没有打倒我们，地震没有打倒我们，山火没有打倒我们，疫情没有打倒我们，日本的狂轰滥炸①没有打倒我们，这些从天而降的恐龙也不能……”

“妈妈先前说明天正常上班？”

“是啊。好多家长打电话来问，明天星期一，要不要上学。学校已经接到上级通知，一切照常。老师照常上班，学生照常上学。”老杨说，“前提是做好安全工作。也不能说恐龙来了，就不上班不上学啦。”

总指挥讲完，主持人介绍下一位受访者，是来自中科院古脊椎所的董克强书记，现在兼任指挥部首席科学顾问。

主持人问：“市民现在都很关心一个问题，这些恐龙都是从哪儿来的？”

董书记说：“其一，出现的这些古生物都集中在侏罗纪，更准确地说，是集中在侏罗纪中期，1.747 亿年前到 1.615 亿年前之间。其二，这些古生

---

① 据不完全统计，自 1938 年年底开始至 1943 年 8 月的这 5 年时间里，日机空袭重庆共达 218 次，出动飞机 9513 架次，投弹 21593 枚，炸死市民 11889 人、炸伤 14100 人，炸毁房屋 3 万多幢，30 所大中学校曾被轰炸。面对日军狂轰滥炸，重庆不曾屈服，反而越发坚强。

物的化石都曾经在重庆及四川发现。众所周知，在地理上重庆与四川山水相连，是一个体系的，在侏罗纪中期也是如此，当然，那个时候连海陆格局都跟现在大相径庭。由此不难得出一个结论：现在出现的这些古生物来自侏罗纪中期的重庆地区。”

之前曹院让杨耐跟董书记联系，他把写新田沟文明的那篇半成品论文发给了董书记，不过至今没有得到回应，也是奇怪。他把碗洗完，又擦洗完厨房，这才拿出手机给董书记的专职秘书打电话。

李秘书没有接电话。

电视传来董书记的讲话：“……我再补充一点，黔江恐龙化石群是我国西南地区唯一的白垩纪恐龙化石集中产地，但此次恐龙事件中，没有出现一头黔江或者白垩纪的恐龙。一头都没有。”

“这是不是意味着……”主持人又问了一个不着边际的问题。

在拨打即将结束时，李秘书接了电话。

“你还好意思问。”他的语气又冷又硬，好像凄厉的寒风，“把论文写在检查单子的后边显得你勤奋也就罢了，那抄袭又是怎么回事？”

“什么？”杨耐小心地回问了两个字。

“你和孙永河的论文，除了你的结论是新田沟文明，而孙永河的结论是沙溪庙文明，你们俩的论文一模一样。不是抄袭是什么！”

李秘书挂掉了电话。那啪的一声宛如晴天霹雳，将杨耐轰入万劫不复的深渊。

56

说没有任何人为恐龙的大规模到来做好准备是不对的，至少重庆市消防救援总队及其下属机构，数以千计的消防队员是做好了准备的。

当各地发现恐龙及其他侏罗纪生物的报警电话打来时，消防队员们没有慌乱，没有退缩，而是凭借着丰富的实战经验，迅速制订了周密的抓捕计划。他们携带专业的设备，火速赶往事发地点，与恐龙展开了一场别开生面的较量。

一开始，消防队捕捉恐龙的工作确实做得不够出色。不但没有成功地捕捉到恐龙，还导致了不少队员受伤。他们意识到，这是因为方法不对，装备也不合适。

消防队员们逐渐掌握了对付中小型恐龙的技巧。如何使用套索，如何使用诱饵，如何使用电击枪和灭火器进行驱赶。在付出了血和泪甚至是生命的代价之后，这些问题都逐渐有了越来越具体的答案。

当然，最难对付的无疑是那些动辄几十米长、几十吨重的大型蜥脚亚目恐龙和大型兽脚亚目恐龙。

与此同时，恐龙从天而降事件的发生越来越频繁，报警声此起彼伏。它们白天出现，晚上也出现，在城市里出现，在乡野里也出现，搞得各地的消防队疲于奔命。

怎么办？消防队员们不断实践、思考，并向各类专家咨询。

由重庆市地矿局208地质队地质遗迹保护研究院牵头，古生物学家们齐聚一堂，在极短的时间里共同编写了《古生物应急辨识知识手册》。消防队员是知识手册的第一批读者，为应对越来越多的恐龙而招募的志愿者是第二批读者，第三批手册则发放到了各个街道和社区的基层干部手里。按照知识手册里的介绍，消防队员不再盲目地全员出动，而是根据目击者的报告，分辨出恐龙的种类及危险程度，再决定去多少队员，是立即出发，还是可以先把别处的恐龙处理了再去。

然后，他们接到一个建议，使用次声波发生器对付恐龙可能有奇效。抱着试一试的心态，他们做了试验，结果出人意料地成功。于是消防总队向长望集团紧急采购了一批次声波发生器。长望集团是老牌军工企业，这次临危受命，加班加点地完成了次声波发射器的研发与生产。次声波发射器很快被配发到每一个区县的消防队。也是咄咄怪事，在次声波面前，那些恐龙，不管是吃肉的，还是吃素的，不管多大多重，哪怕是上游永川龙这种大型肉食恐龙，一律陷入某种瘫痪状态。

最初消防队是把抓住的恐龙往研究机构送，数量本就不多、规模也不够大的研究机构很快就“龙满为患”，装不下了。于是又往动物园送，又往动物福利机构送，又往志愿者组织送，实在找不到地方送，又临时圈了一两座山来养着……有时，一些危险程度低的植食恐龙也就直接被驱赶到野外，听之任之了。

就这样，针对不同种类的恐龙，他们在不同的地方采取不同的策略和工具。这些方法在一个地方得到验证后，他们及时总结经验，与其他中队分享，然后将《古生物应急辨识知识手册》扩充为《古生物应急辨识及应对知识手册》，使全重庆市的消防队员都掌握了识别和应对恐龙的方法。

就像消防救援总队政委说的那样：“咱们是一个整体，可不兴单打独斗那一套。有咱们在，一头霸王龙在城里横冲直撞、无人阻止的场景绝对不会发生在重庆。十头、百头都不行。”

57

“网上有人说，恐龙就像青蛙，只能看见动的东西，看不见静止的，所以看到恐龙，原地站着不动就行。”霞姐说，“也不知道是不是真的。”

“假的，莫信。”向芸希说，“好多年前就证明了不对。”

“我看到好多人都在传。”

“网上的消息，真真假假，要会自己分辨。”

“还有这条视频，都传疯了。”

视频里，一个七八岁的小女孩，梳着马尾，从屋里抱出来一只母鸡。只见她抓住母鸡的翅膀，将它固定在地上，又握住鸡的脖子，把鸡头戳向地面，再从鸡的喙开始向正前方延伸画了一条直线，神奇的事情发生了！小女孩手中的鸡不再动弹，浑身僵硬如石头。旁白说，这只母鸡被小女孩催眠了。

紧接着的画面是一条水池边的鳄鱼，这回催眠者是一个胡子拉碴的中年人。他靠近鳄鱼后，迅速将那条 1 米长的鳄鱼掀了个肚子朝天，然后蹲下，用手抚摸鳄鱼的肚子，片刻后鳄鱼不再挣扎，而是在青天白日里睡起了大觉。旁白说，虽然令人难以置信，但这些都是真的。

然后画面中出现的是鲨鱼。潜水员将鲨鱼翻了个身，肚皮朝上，它立刻失去了意识，陷入昏迷状态。七八张鲨鱼翻身的画面剪辑在一起，以证实恐怖的鲨鱼能轻易被催眠，其中依稀闪过大白鲨的影子。旁白激情澎湃地说，鸡是恐龙的直系后裔，鸡会被催眠，恐龙也会；鳄鱼和恐龙同属于爬行动物，鳄鱼会被催眠，恐龙也会；鲨鱼跟恐龙有共同的祖先，鲨鱼会被催眠，恐龙也会。

“是真的吗？”霞姐有些拿不准，想了想，说，“我觉得是真的。以前我养过猫，揪住猫的后颈皮，它就会变得特别乖巧。道理是不是一样？”

“我也不知道。”

“问你的博士吧，他什么都知道。”

“干吗什么事都问他，我自己不会搜啊？”向芸希没好气地说。她在网上用“催眠、动物”作为关键词搜索了一番，搜到的信息包括刚才那条视频，有很多人询问是真是假，也有很多热心的网友回答。她挑选了几个正规网站的回答来看——博士说过，信源很重要，找错了地方永远找不到正确的答案。看过 10 多个链接后，内容开始重复，于是她把查到的资料加上自己的思考分享给霞姐。

母鸡、鳄鱼和鲨鱼被催眠的画面是真的，但旁白不对。正确的说法是强直静止，在遇到巨大威胁时，动物会进入明显的暂时性瘫痪，是一种本能的防御行为。在鸭子、兔子、蝗虫、蜥蜴等动物的身上都发现过这样的现象。所谓的催眠，就是唤起了动物的这种本能。

“猫那个还不一样。”向芸希解释说，在野外，猫妈妈会叼着猫咪的后颈将它们转移到安全的地方。于是猫咪逐渐形成了一种特殊的神经反射——在后颈被揪住时就变得老实。

“连可怕的鲨鱼都能对付[①]，照这么说，用同样的方法，是不是可以对付恐龙，让它们也进入那个强直静止状态？”

“不好说。没有见到说恐龙也有强直静止的报道。”向芸希慎重地说，“而且，小恐龙还能被掀翻，大恐龙……谁能掀翻10多米长的上游永川龙，然后去摸它的肚皮啊？再说了，面对十几米高、满嘴尖牙利齿的大型肉食恐龙，我们不发生强直静止，瘫痪过去，还能撒开脚板跑，就已经是烧高香了。”

她忽然想起，在万州区分水镇的群山里，普安云阳龙发起进攻前的次声波攻击，让大它们好多倍的普贤峨眉龙匍匐在地，几乎是任由普安云阳龙宰割，后来普安云阳龙用同样的方式对付楠竹坪的土狗和村民。脑子里像被铁棍搅拌的感觉她记忆犹新，甚至想起来就头疼不已。那是不是就是一种强直静止状态？

“也不晓得是哪些人在网上散布这些谣言，他们不知道要是看的人信了，遇到恐龙就去催眠，会有多么可怕的后果吗？”霞姐愤愤不平地说，“还是要相信科学。”

这话让向芸希想起了妈妈。妈妈也喜欢说“还是要相信科学”，虽然她所做的事、所说的话经常不科学，甚至是反科学。霞姐经常让向芸希想起妈妈。霞姐的热情，霞姐的霸道，那种无微不至的关怀，那种不容置疑的权威，都让她想起妈妈。

比如，霞姐总是把她认为好的东西推荐给向芸希。如果向芸希对霞姐推荐的东西不感兴趣，霞姐会毫不掩饰地表达自己的不满和抱怨，有时甚至会生气。这让向芸希感到不小的压力。

霞姐的热情和霸道并不是没有原因的。在正式离婚后，她得到了某种解脱，给向芸希讲述了她更多的故事。她对向芸希说，自己经历过很多挫折和困难，因此她深知人生的不易。她希望向芸希别重蹈她的覆辙，过上

① 当鲨鱼被翻过来、肚皮朝天时，为了避免恐慌，它的脑部会分泌名为“血清素”的神经递质来使自己安静。结果过量的“血清素”让鲨鱼神志恍惚，失去意识，进入强直静止状态。几乎所有的鲨鱼都会这样，回到正常状态后又会很快清醒。据报道，虎鲸猎杀大白鲨，会选择从侧面或者下部突然袭击，拱翻大白鲨，使其进入强直静止状态，进而轻松地大快朵颐。

更加美好的生活。哪怕是恐龙来袭的今天，都应如此。

“霞姐等等，待会儿再说，我先打个电话。”

向芸希给重庆市消防总队打电话，建议他们用次声波对付恐龙。接听员告诉她，之前已经有人建议过了，是一位博士，次声波发生器的使用正在研究中，如果有效，会大规模推广，即便如此，还是对她的建议表示感谢。

博士？会是谁呢？那个家伙吗？

向芸希来不及细想，就被霞姐连拖带拽到东林寺。和妈妈一样，霞姐说着“还是要相信科学”，一点儿也不妨碍她烧香拜佛。噢！淳朴的实用主义。杨耐一定会这样感叹。

这便是向芸希会在东林寺遇到胡子云的原因。

当然，向芸希来这儿也有自己的原因。

一方面，她已经注册成了官方小程序“不明生物图鉴”的志愿者，同意把目击到的不明生物第一时间上传到程序里，随后就把手机里存着的普安云阳龙、普贤峨眉龙、鹤形龙等的照片和视频一股脑地上传，供后台程序和有关专家分析和记录。既然要目击，待在屋里可不行，得到处跑。霞姐问她为什么这么积极。向芸希说：“我爸爸妈妈是这次恐龙事件的第一批受害者，我没法儿帮他们报仇，咬死他们的那条恐龙已经死掉了。我不希望同样的事情发生在别人身上。”

另一方面，她也心情烦躁。在医院的时候，刚刚还有说有笑，下一秒杨耐就变了脸，吵着闹着出了院，还严词拒绝了她同行的建议。一会儿冷，一会儿热，她实在搞不明白那个家伙为什么会这样。霞姐知道了，便跳着脚骂：这个重庆崽儿点儿都不耿直，爱便爱，不爱就不爱，扭扭捏捏算啥子嘛。

“我这么牵挂他，又算啥子呢？”

58

指挥部上线了一个叫“不明生物图鉴”的官方小程序。该程序内置已知的古生物资料，图文并茂，除了名字等基本资料，还有如何应对的方法。该程序支持拍照上传，发现不明生物，拍照上传到小程序就可以查询它的有关资料；如果资料库里没有该不明生物的资料，就会有专业人士与拍照者联系，进一步了解，确认不明生物的种类与属性，然后加入资料库中。

有100万人涌入“不明生物图鉴”，注册成为志愿者。该小程序的资料库迅速积累到数万条，经由西部（重庆）科学城先进数据中心的处理，剔除错误和重复信息，删繁就简，条分缕析，再整合为网络版的《古生物应急辨识及应对知识手册》，成为如今最大的群体“网络族”的最爱。

新发现的不明生物太多，以至于取名字成为一种困难，专业人员绞尽脑汁也想不出新的名字来。于是“不明生物图鉴”很快开发出一个新功能，允许使用者给不明生物取名字。对一些热门的不明生物进行投票，选出网友心目中最中意的名字。这一度成为一种网络风潮，好多人乐此不疲，视为青史留名的捷径。向芸希的工友们相互说：“汪伦一辈子啥子都没有做，请李白喝了一顿酒，又唱了一首歌，就永远留在了历史上；我这辈子啥子都没有做，能不能在历史上留下名字，全靠这次给恐龙取名字。”他们所取之名自然是五花八门，从最认真的，到最胡搞的，应有尽有，给这段恐慌的日子增添了不少乐趣。

在如何吃恐龙的问题，理论上分成了鸡鸭派和鳄鱼派。鸡鸭派的核心观点是，鸡鸭就是恐龙，鸡鸭怎么蒸炒烧煮，恐龙就怎么蒸炒烧煮。鳄鱼派则认为，恐龙还是与鸡鸭有所不同的，更像鳄鱼，鳄鱼怎么焖炖煎烤，恐龙就怎么焖炖煎烤。自然，支持人数最多的是火锅派。我管你是鸡鸭、鳄鱼，抑或是恐龙，来了通通下到火锅里一煮一涮一蘸一口吞。“牛油锅中滚，恐龙站不稳”成了最新的火锅广告语。

理论还没有分出胜负，行动派已经开始行动。很难考证是谁第一个吃了恐龙肉，说自己是第一个吃恐龙肉的人不计其数。有的偷偷吃，神神秘秘的；有的大张旗鼓地吃，生怕别人不知道自己吃的是恐龙肉。至于做法，则是八仙过海——各显神通。“不要被重庆火锅限制了你的想象。在重庆，江湖菜有多少种做法，恐龙就有多少种做法。泡椒恐龙、火爆恐龙、盐煎恐龙、水煮恐龙、尖椒恐龙、仔姜恐龙。大把撒海椒[①]，大瓢加花椒，麻、辣、鲜、香，风格狂野，味道超爽！”像这样的话不知道是谁最早说出来的，但一经提出，就广受欢迎，在网络上经过多次加工，并反复流传。

大师兄土灶老火锅肯定是第一批公开售卖恐龙火锅的店铺之一。孙永河通过他的关系搞到了500千克马门溪龙的肉。这头20米长的马门溪龙冻死在了嘉陵江边。孙永河根据他的研究，对肉进行了分门别类的处理，然后私下里召唤三亲六戚过来吃。一开始大家吃得还很谨慎，心欠欠的[②]，吃过之后，发现美味异常，而且有种莫名的“我吃了恐龙肉”的自豪感。一时之间，大师兄土灶老火锅的生意火爆得仿佛上了天。

重庆恐龙危机应急指挥部下发通告，因为存在未知的危险，禁止食用恐龙肉，可是没有起多大的作用。直到有传闻，某人吃恐龙肉感染上了侏罗纪病毒，差点儿死掉，吃恐龙肉的风潮才为之一停，而对侏罗纪病毒的恐惧则重新占据了舆论的顶端。

其论证过程是这样的：这些恐龙是从侏罗纪过来的，身上携带着侏罗纪的病毒。我们的免疫系统从来没有见过这些病毒，因此这些1.6亿年前的病毒能够畅通无阻地进入我们的身体，并大肆破坏。我们毫无抵抗能力，没有任何药物可以医治，一旦感染侏罗纪病毒，除了死没有别的结局。

那些先前吃恐龙肉的人被痛骂。吃过恐龙肉的也不堪忍受，与对方展开对骂。从现实到网络，从网络到现实，骂战无处不在。骂人的与被骂的，把“智人的劣根性”都骂出来了。有一句脏话翻来覆去，如同和尚念经一般重复几百次的；也有花样翻新，变着法儿多个角度骂人的；也有引经据典，曲里拐弯，需要解释两三遍才能明白这句话为什么也是骂人的。

---

① 重庆方言，指辣椒。

② 重庆方言，表示一个人因为没有得到想要的东西而心里不舒服。

杨耐再一次见识了重庆人的脏话之多。作为土生土长的重庆人，要挑他最不喜欢重庆人的哪一方面，那一定是重庆人的脏话。然而，除了把耳朵堵上，还有什么办法可以听不到那么多脏话呢？他叹息着，走向重点实验室。

不久，指挥部发布了消息，说前文提到的那个人并非感染病毒住院，他感染的是沙门氏菌，而沙门氏菌是一种很常见的细菌。DNA 检测结果显示他感染的沙门氏菌是现代的，不是侏罗纪的。换句话说，就是这个人在制作恐龙肉的时候没有把手洗干净，结果自己感染了细菌。于是，理性的声音又冒了出来。

“目前没有任何证据表明恐龙可以把病毒传染给人类。”传染病学家在接受电视台的采访时如是说。最大的原因在于，恐龙与人类的差距实在太大了。病毒是很脆弱的，不具备独立生存能力，必须依附在活细胞上才能生存扩增，而恐龙跟人的体内环境差异大，同一种病毒很难同时适应两者。

恐龙把细菌传染给人的可能性要大得多。但相比之下，恐龙能传播给人的细菌也比其他哺乳类动物传播给人的要少得多，像鼠疫耶尔森菌、炭疽芽孢杆菌、布鲁氏菌这些致死率极高的烈性病菌，都和恐龙扯不上什么关系。要预防细菌感染——比如沙门氏菌——很简单，接触了恐龙，把手彻底洗干净就可以。

“其实更应该担心寄生虫。绝大多数野生动物（不仅是恐龙）都或多或少携带一些寄生虫，有些能感染人类，有些不能。食用未经充分煮熟的任何野生动物，都有可能导致寄生虫感染。”传染病学家最后总结道。

电视机前的孙永河对谭月如说：“你看，我就说没有问题吧。放心，我说能吃就能吃。”谭月如此前可没少说孙永河太冒失了，这个时候她赌气似的回答：“是是是，大师兄说得都对。”孙永河乐滋滋地说：“还是那句话，只要你把肉烧得足够熟，什么病毒、什么细菌、什么寄生虫都能吃，都是一些蛋白质而已。”

因此，经过一圈儿折腾，事情又仿佛回到了起点。有人又开始吃恐龙肉，有人则坚决不吃。每个人都有自己的理由。两者都视对方为不可救药的“哈宝儿”[①]。

59

杨耐只在家里待了半天就离开了。

他不敢睡觉，一睡觉就会进入噩梦，一而再、再而三地回到那条云遮雾绕的盘山公路。

那辆车——或者是上游永川龙——带着风，带着电，瞬间消失在他的视线里，然后它会再次钻进雾里，迅速淡去，好像被浓雾吞没一般。只剩下嘹亮的汽笛声在不知深浅的山岭间飘荡，那种声音在空气中回荡，仿佛在讲述着一段未知的故事。

浓雾渐渐消散，黑暗的面纱也渐渐褪去。杨耐努力地想要睁开眼睛，但他的眼睑异常沉重，仿佛被锁住一般。他感到呼吸异常沉重，胸口闷得几乎无法呼吸，仿佛有一辆货车正在他的胸腔上碾压而过，或者是一头20多吨重的马门溪龙正在他身上踩踏。

虚空中传来一个熟悉声音：“一定要分出正确与错误来吗？”

“一定要。”

“他甚至不是抄的你的！”

“不是抄我的，那也是抄。”

那声音忽然变成了极为陌生的汽笛声。

在这种极度的痛苦和惊悚中，杨耐突然意识到刚才在梦中听到的汽笛声并非梦境的一部分，而是他自己的呼吸声。这个发现令他恐惧不安。

他不敢再睡，也不敢告诉爸爸妈妈，怕他们担心，只是说院里有突发情况需要他处理，于是离开家，去往同在北碚区的重点实验室。

---

① 重庆方言，傻瓜的意思。

汽车飞驰，离重点实验室越来越近，他才意识到，离开家的主要原因不是被指责抄袭而产生的沮丧与愤怒，也不是被同样的噩梦如怨灵一般反复纠缠，而是因为向芸希说过“紧张的时候做自己擅长的事情能缓解紧张”，沮丧与愤怒的时候也当如此。

此时此刻，她在干什么呢？

天空阴云密布，迎面冷风刺骨。离开温暖的空调房后，被冷风这么一吹，遍体生寒，每一块骨头都以颤抖来回应，但由此被噩梦反反复复折腾成糨糊的脑子反而在瞬间清醒起来。

重点实验室空荡荡的，只有简于宸一个人。

“他们呢？”

“都有事。”

“听说你捉了一只漂亮的耀龙？”

“巧了，我刚把它从宿舍带过来。”

纸箱放在一堆皮劳克附近，打开的时候，杨耐看见里边铺了一层保暖用的棉絮。那只小小的耀龙蜷缩在棉絮里，脑袋埋在前肢下面，乍一看，跟睡着的乌鸦或者鸽子一模一样。

简于宸伸手捅了一下，耀龙没有动弹。

“死了？”

“刚刚还好好的。”简于宸拿起耀龙的脑袋，看见它的眼睛已经完全闭上了，“唉，没办法。几天了，它也不吃东西，就喝了一点儿水。天气还这么冷，我已经尽量给它保暖了。”

不知道是暴雪带来了恐龙，还是恐龙带来了暴雪，抑或是两者同时抵达了重庆。然而结果都是一样的，一大批恐龙还没来得及在新世界舒展舒展筋骨，就被活活冻死在了暴雪之中。

暴雪后的两天时间里，指挥部收集到至少 500 具恐龙尸体。大部分是冻死的，也有因为肺气肿与肾衰竭而死的。那两天的温度都在 0 摄氏度以下。雪化之后，天气稍微转暖，室外温度不超过 5 摄氏度，现在依然是重庆一年之中最冷的时候。

“你说，它们过来的时候是什么季节？”

“不管是什么季节，温度肯定比我们这边高。这个毋庸置疑。”

“就像 1941 年冬，德军远征苏联首都莫斯科，遇到了暴雪的阻击一样，它们是在错误的时间，错误的地点，向错误的目标发起了错误的进攻。”

“作为中温动物，它们还不怎么适应我们的环境。红桃皇后[①]原理正在发挥作用。”

“也没什么好嘲笑的。温度高几度，或者低几度，你也会热得嗷嗷叫，或者冷得哇哇叫。”简于宸默默看了一阵子死去的耀龙。对于美的逝去，他有一种超越常人的忧伤。

“嗯，变温、中温与恒温[②]，其实不同的生存策略，好处不同，代价不同罢了。”杨耐转而问道，“‘老佛’呢？”

“说起‘老佛’，你先看看这个。”简于宸说着，去办公桌上拿了一张打印纸，“‘老佛’的地质年代鉴定结果。用的是铀铅同位素定年法。”

杨耐拿过打印纸，看到上边的数字，1.615 亿年，不由得惊叹：“这不可能。”

在锅圈岩的溶洞里，第一次见到“老佛”的时候，杨耐使用便携式离子探针检测过。当时测定“老佛”生活在 1.7 亿年前，与新田沟组地层（1.747 亿年前到 1.683 亿年前）的年代相一致，跟杨耐推测它是一种新田沟

---

① 在《艾丽丝漫游奇境记》里，“红桃皇后”告诉艾丽丝，她必须竭尽全力奔跑以便留在原地。是的，演化就是这样一个动态平衡的过程。所有的生物都必须飞快地演化，以便留在自己原有的生态位。现在，恐龙离开了它们的生态位，因为不适应而大量死去，是再正常不过的事情了。

② 羊膜动物包括合弓纲（哺乳类及其祖先）和蜥形纲（鸟类、爬行类等），其中有变温动物，也有恒温动物。从石炭纪末期，合弓纲就出现了恒温的骨骼生长模式。蜥形纲以变温为主，只有主龙类（以及少数鳞龙类）演化出内温性，大部分恐龙及陆鳄是中温动物，后期一些小型驰龙科恐龙和鸟类才变为恒温。现阶段，鸟类体温能达到 40—42 摄氏度，而哺乳类体温在 36—39 摄氏度。变温动物受环境的影响比较大，适合生存的地域也受到限制，但好处是对食物的需求比较少，吃一顿可以管很久；恒温动物正好反过来，为了维持恒定的体温，不得不长时间地大量进食。

组生物也是相一致的。然而是铀铅同位素定年法的测定结果却晚了 850 万年，这就使得“老佛”生活的年代从新田沟一下子来到了沙溪庙（1.683 亿年前到 1.615 亿年前）末期。为什么会这样？即便说离子探针[1]有误差，但是这误差也太大了吧。要如何解释这一现象？难道“老佛”活了 850 万年？

“铀铅同位素定年法测定的结果应该没有问题。”

“你师傅知道吗？”

“他呀，在火锅店的时间多过在重点实验室。”简于宸撇撇嘴，不满地说。

“他知道吗？”

“昨晚结果一出来，我就打电话告诉他了。”

“他怎么说？”

“他什么都没有说。”

杨耐的脑袋呼呼地运转起来。

沉积岩一层层地叠加在一起，就像蛋糕。最古老的地层在最下面，越往上越年轻。然而，在漫长的岁月里，地层可能倾斜或折叠，并将较老的地层推到较新的地层上面，就像一本古老而斑驳的书，脱了页后又被小马虎重新装订在一起。地层也会被雨雪冲走，在岩石记录中留下缺口。火山活动会将岩浆注入已经存在的地层，使得地层的年龄鉴定起来异常混乱……

然而这是“老佛”两次测定结果差异巨大的真正原因吗？

说话间，简于宸已经把杨耐带到“老佛”的跟前。

“‘老佛’活了多少年？”

---

① 离子探针的好处是能够在很短的时间里鉴定化石的所属地质年代，缺点是检测结果不够精确，受客观条件的影响，有时失误率挺高的。而铀铅同位素定年法的准确度最高，距今 100 万年前到 45 亿年前的范围都能测，固定精确度大约是测定范围的 0.1%—1%。不足之处是测一次需要 1 到 2 个月才能出结果，同时化石中铀和铅的含量较高时才能测。

“根据骨头上的生长停滞线[①]，推测‘老佛’变成化石的时候至少150岁。”

“噢，叫他‘老佛’还真是名副其实啊。”

“菡姐曾经告诉我，生物学与数学关系密切[②]。生物学涉及大量数学问题，而数学研究也受到生物知识的启发。那么古生物——植物也好，动物也罢——也应该符合数学规律。”简于宸说，“在做古生物复原的时候，也应该把数学规律考虑进去。有没有觉得‘老佛’跟你上次见到的不一样？在电脑的帮助下，我用了反应扩散方程[③]重新设计了‘老佛’的姿势。”

杨耐专注地看着。

“老佛”从头到尾，全长3.5米，大脑袋偏向一侧，好像在歪着脑袋专注地看着什么。它的眼眶里空空如也，在杨耐的想象里却仿佛有一双灵动的大眼珠子滚过来滚过去。嘴里的牙齿非常瞩目，像数十把锋利的匕首，上下交错着生长，任谁看了都知道这位属于吃肉的掠食者。两只前爪，一只靠前，手指完全展开；一只向后，手指都收拢着。三根手指的末端都有长长的爪子，中间那根尤为突出。杨耐想象着这爪子在手机上划拉的样子，估计手机屏幕得是金刚石做的才扛得住。

杨耐又跑到“老佛”的尾巴后边去看。它坚硬的尾巴偏向另一侧，与脑袋歪着的方向相反。这是一个奔跑的姿势。它的两只脚也是一前一后，粗壮的腿骨说明它生前很擅长奔跑。脚上也是三趾，末端的爪子已经萎缩。

---

① 恐龙的骨头每年会有生长停滞线，就像树的年轮一样。说明恐龙是终生生长的，这也是它们能长得特别巨大的原因之一。这些生长停滞线可能会因为环境的变化而停止或继续生长。相比之下，大多数哺乳动物的骨骼在发育成熟后，周围会形成密集的生长停滞线，这是停止生长的标志。

② 这方面的例子很多。向日葵花盘上的籽粒和植物叶子符合对数螺线和黄金分割定律；植物的叶和花瓣图案与笛卡尔叶线、玫瑰形线高度契合；蜜蜂建造的蜂巢呈正六边形，使用相同材料可获得最大面积，储存更多蜂蜜。

③ 1952年，阿兰·图灵提出的反应扩散方程表明，两种化学物质（激活剂和抑制剂）通过不同的扩散速率和反应强度，可自组织形成条纹、斑点等稳定斑图，这些斑图类型取决于参数（如扩散系数、反应速率）的调整。根据该理论模型，若动物身体和尾巴的形态尺寸或扩散条件不同（如尾巴较细长、扩散受限），可能分别形成条纹和斑点。在实际观察中，哺乳动物（如猫科、马科）的斑图多为全身统一模式，未见“条纹身体+斑点尾巴”的组合。

这是为什么呢？

仔细看，“老佛”的脖子比别的普安云阳龙也要更细一些。

整个“老佛”的骨架经过简于宸的巧手复原，活灵活现，似乎下一秒就能低下脑袋，伏平身子，迈动两条大长腿，迅捷无比地冲出重点实验室，冲向外面的花花世界。

杨耐看看“老佛”，又看看附近别的恐龙骨架，忽然觉得头疼，仿佛次声波袭来。“不，它不是这个姿势。”杨耐说，“它应该是坐着，坐在一把特殊的、不是为人类设计的椅子上。”

“什么？”

“航天员穿上臃肿的航天服后，活动非常困难，在地面训练休息的时候，需要挂在气浮悬吊装置上。你见过吗？‘老佛’就是挂在这样的装置上。”

“什么意思？”

“他是有智慧的恐龙。”

60

黎乃菡很早就关注到一条新闻。

金佛山德隆镇杨家沟那3000多棵古银杏正在遭受前所未有的威胁，威胁来自植食恐龙。一天早上，杨家沟的村民醒来，发现两头马门溪龙正在啃食路边的古银杏。惊讶之余，他们陷入了矛盾之中：“野生恐龙正在吃国家一级保护野生植物。我该不该阻止？我该保护谁？大家告诉我。”这个问题很难回答。现在，聚集到杨家沟啃食古银杏的恐龙多达十几头，包括5头马门溪龙、3头峨眉龙，还有不知名的甲龙和剑龙。

像这样的场景，同时出现在了重庆的好几个地方，涉及开州区开州大道、南岸区南滨路、黔江区濯水古镇等，都是银杏的集中种植地。

保护谁？恐龙还是银杏？这个问题令黎乃菡陷入深思。

这个问题她不是第一次遇见。

她是研究古植物学的，学术成就自不必说。真正令她成名的，是乌海植物化石群[①]保卫战。

乌海植物化石群位于内蒙古自治区乌海市乌达煤田之中，自发现之后就存在挖掘煤矿与保护化石的矛盾。黎乃菡坚定地站在保护化石这边，采取了一系列行之有效的方法，终于迫使当地政府让步，将乌海植物化石群在被破坏殆尽之前保护了起来。

但这一次，情况又有很大的不同，涉及侏罗纪恐龙。

恐龙首先遭到了寒冷的打击，大量冻死。

“重庆的冬天，是真冷。”

“北方的冷是干冷，属于物理攻击；重庆的冷是湿冷，属于魔法攻击。”

“恐龙们在一个错误的时间入侵重庆，被重庆的冬天打败了。”

“重庆的冬天，教恐龙重新做人，不对，是做龙，恐龙的龙。”

“以后说重庆冬天有多冷，说把恐龙都冷死了就行了。”

像这样的对话，发生在重庆的每一个地方。

然后，是食物的问题。

正如黎乃菡所预见的那样，我们现在这个时代，遍地是被子植物，但地质历史上，被子植物要等到白垩纪陆地植物革命才会大规模出现，并迅速取代前任霸主——裸子植物。这些来自侏罗纪的植食恐龙根本没有见过、没有吃过被子植物，包括绿茵茵的草，它们体内的消化酶根本没有办法消化被子植物的茎或者叶。它们习惯吃的裸子植物和蕨类植物，在我们这个时代无论是种类还是数量都只是少数，而且经过了1.6亿年的演化，这些植物跟它们的祖先相比已经有了很大的改变。因此，即使能吃到松柏、桫椤、银杏这些活化石，植食恐龙们也普遍地消化不良，拉肚子甚至肠胃中毒，

① 又称为“植物庞贝城”，全球五大植物化石群之一，是被火山灰封存的3亿年前的远古森林。在其中先后发现松纲、楔叶纲、真蕨纲、种子蕨纲、苏铁纲、科达纲等七大门类植物化石。化石标本质地精美，远古森林的群落结构保存完整，是用于研究石炭纪至二叠纪过渡期陆地植物的分类、群落生态特征和揭示植物与环境协同演化的珍稀资源。

也是经常发生的事情。

至于肉食恐龙，其境况也好不到哪里去。在人口聚集的地方，它们很难讨到便宜。那些看似娇弱的直立猿有着数不尽的招数来对付它们，还会从很远的地方射来杀伤力极大的“石子”。在一个地方待久了，很容易陷入重重包围之中。在远离人口聚集的地方，肉食恐龙活得更久一些。不过，本地的动物，既难吃又难以捕捉到。中小型肉食恐龙还行，对大型肉食恐龙来说，一头野猪或是一只山羊仅仅够塞牙缝。所以它们很快盯上了同样来自侏罗纪的大型植食恐龙。

“我们收到了好几起大型肉食恐龙追捕大型植食恐龙的报告。”董克强说，“是的，恐龙最大的敌人还是恐龙自己。至于大家喜闻乐见的大型肉食恐龙之间的内战，迄今为止，一次都没有见到。我觉得吧，有事儿没事儿打一架，是人类对大型肉食恐龙的某种偏执型幻想。”

这样的网络会议，每天都要定时召开。大多是汇报当前情况，交流新的想法，布置下一阶段的任务。参加者有包括指挥部几位领导在内的核心成员，也有很多临时加入的。黎乃菡注意到，曹世尧参加了网络会议，可从来没有发言。而杨耐从来没有出现过。曹世尧不是说向董书记推荐了杨耐吗？

在指挥部开视频会议之外，黎乃菡的主要工作是继续研究重庆云阳恐龙国家地质公园的侏罗纪山谷。从出现到现在，已经过去 7 天了，那条 500 米长的侏罗纪山谷好好的还在，没有像上一次和上上一次那样消失。她和几位古植物学家一起为侏罗纪山谷里的所有植物都做了文字和图像记录，然后给那些侏罗纪植物制作了标本，根茎叶果，一样都不少，还给整条山谷做了数字扫描与建模，在电脑里也有了侏罗纪山谷的备份，这样，即使它消失了，这帮古植物学家也能继续研究……然而，雪化了，侏罗纪山谷并没有跟着消失；起雾了，侏罗纪山谷没有消失在雾里。有时候，黎乃菡觉得它在嘲笑自己：“我就是不消失，气死你。你能把我怎么样？”

也不是完全没有变化。

先是一些鸟儿搬了进去，在松树和杉树上安了家，然后是一些小型啮齿动物开始在蕨类植物下面活动。

一开始看见侏罗纪山谷，黎乃菡觉得它就像群山的一道伤疤，与周围的一切都格格不入。现在看，也许是看久了的缘故，它竟和周围融为一体，不那么显眼，甚至有种它本来就属于这里的感觉。

植物都是默默的，平心静气，黎乃菡这样想，不像恐龙那样，嚣张跋扈，把所有的目光都吸引了去，然后遭到了重点打击。

网络会议的主要议题渐渐转变为传染病。

“在我们担心随着恐龙们而来的侏罗纪病毒或者细菌的同时，我们这个时代的病毒和细菌对恐龙造成了不小的伤害。但最大的伤害来自曲霉属真菌感染引起的曲霉病[①]。”传染病学家侃侃而谈，“在我们统计到的340例病死恐龙中，曲霉病占了64%，排名第一。一个合理的解释是这样的：恐龙用遍布全身的气囊系统进行双重呼吸，效率极高，但它们的肺部不如哺乳类的完善，因此很容易被曲霉菌感染，进而感染整个气囊系统。

“曲霉菌之外，导致恐龙意外死亡的病原体，金黄色葡萄球菌和致命性钩状螺旋体分别排名第二和第三。可以说，在抵抗侏罗纪恐龙入侵的战役中，微生物的功劳超过人类。我手下的一名专家预见，等冬天过去，春天来临，候鸟归来[②]，假如恐龙那个时候还没有全部死光的话，数百万只候鸟带回来的禽流感或者别的传染病，会对恐龙们的生存造成极大的威胁。”

董书记说：“冻死一批，病死一批，抓捕和击毙一批。现在活着的恐龙

---

① 曲霉病是由包括烟曲霉、黄曲霉、黑曲霉、土曲霉等在内的曲霉属真菌感染所引起的一组疾病的总称。曲霉属真菌广泛存在于自然界当中，其孢子隐藏在土壤和尘埃当中，是主要的传染源。曲霉病可以侵犯到肺组织、皮肤、鼻窦及其他器官，导致组织的浸润性病变，疾病进展以后可以导致坏死、化脓或者是肉芽肿的形成，进而引发败血症，死亡率极高。

② 据重庆观鸟会的监测，每年春季，仅在中心城区上空，就有35种、超过5万只猛禽飞过。在全国范围内，重庆猛禽的数量和种类均名列前茅，因此重庆又被称为“鹰飞之城”。

还有多少？”

“从 12 月 15 日开始，到今天 12 月 27 日，重庆市范围内一共统计到 22000 余头恐龙。”消防总队政委回答，“现在还有 3568 头恐龙在四处活动。”

“数字准确吗？”

“准确。都在我们的监控之下。”

消防总队政委这样说的底气，是自恐龙事件爆发以来，包括消防总队在内的各个部门全力以赴，通力合作，将各种资源整合在一起，实现了对所有已知恐龙的实时监控。轨道上有高分卫星，半空中有浮空气球，低空有无人机群，地面有监控探头，还有数以百万计的志愿者，以及每一个愿意把拍到的恐龙上传到资料库的手机使用者。

“人员伤亡情况呢？”

“目前统计到，全市有 39 人直接死于恐龙袭击，其中消防队员 2 人。因恐龙袭击直接受伤的，包括引发车祸等间接受伤的，全市有 1269 人。死者和伤者均得到了妥善处置。我们还观察到，最近两天没有新的恐龙出现。”

“这么说，我们可以安心地庆祝元旦了吧？”有人问。

解放碑和市内各大商圈，每年元旦都会举行上百万人参加的跨新年活动。如今距离元旦越来越近，商家们已经在摩拳擦掌，准备大干一番。但恐龙的威胁又是实实在在的，倘若这边正在举行活动，空中突然掉下来一头恐龙，由此造成的踩踏事故后果将极其严重。总指挥思忖片刻后说：“目前还没有到庆祝胜利的时候。”

黎乃菡向主持人申请发言，得到批准后她对全体与会者说道：“局势得到控制，是好事。那现在是不是该考虑保护恐龙，还有一起发射过来的古植物？”

“把恐龙像熊猫那样保护起来？”

“对。”黎乃菡斩钉截铁地说，“比如，在金佛山建立恐龙自然保护区，那里本来就有一大群恐龙。”

“现在就考虑保护恐龙，会不会为时过早？”

“并不早。”黎乃菡解释道，恐龙在6500万年前就已经从地球的生态系统中消失了。如今的恐龙是不折不扣的外来入侵物种，无论是对恐龙还是现在的生态系统，都是一个严峻的考验。保护与研究并重，对今后一段时间的可持续发展好处极大。

61

釜中熬百味，沉浮一箸间。

锅中小乾坤，人间大悲欢。

这四句诗挂在大师兄土灶老火锅正厅最显眼的地方，每一位进来的顾客第一眼看到的就是它。对此，孙永河很满意。诗和字都是他请文艺界的朋友写的。

孙永河站在正厅，整理了一下领带。今天重庆电视台跟他约了采访，按主持人的要求，他很刻意地收拾打扮了一番。有多少年没有打领带了呢？他不记得了。但这不重要，重要的是，他将在重庆电视台的黄金时段惊艳亮相，讲述他的故事。

自重庆恐龙事件发生以来，古生物学家受到了前所未有的重视。炙手可热，已经不足以形容他们受欢迎的程度。他们被请到各种节目和论坛，分享他们的经历、见闻与知识。他们的一言一行都被媒体详细记录，并投放给电视、电脑与手机前面的观众。

在此之前，古生物学家的地位其实非常尴尬。

一方面，大众对古生物有着浓厚的兴趣。不过这个大众，指的是孩子，指的是学生，指的是青少年。仿佛人一成年，就不该对恐龙啊菊石啊三叶虫啊感兴趣。要是成年了还对古生物感兴趣，总觉得是哪里不正常。另一方面，又有很多人认为古生物没啥用，都已经灭绝，只留下一些坚硬冰冷的化石，研不研究都那样，了不了解都那样；研究是浪费国家的钱，了解是浪费自己的时间——有这个空闲不如去“血战到底”[①]。自然，有这种想法的大多数是成年人。

所以，感谢恐龙吧。

老板娘谭月如过来帮他整理肩膀上衣服的褶皱：“少喝两杯，你尿酸那么高。痛风发作的时候，疼得下不了床，赌咒发誓要戒酒；痛风一消停，马上开始喝酒，什么誓言都抛在脑后。我说你到底图个撇子（图什么）？”

“尿酸高又不是我的错，是老祖宗的错。往远了说，可以追溯到石炭纪，合弓纲刚从羊膜动物里分化出来那会儿[②]；往近了说，可以追溯到2200万年前，人科动物的基因突变事件[③]。”孙永河一边整理领带，一边卖弄知识，“再说了，尿酸高也不全是坏事情。尿酸可以帮助维持血压，并有一定的神经刺激作用和免疫相关调节作用，在一定程度上使人更适合直立行走、反应更敏捷、免疫力更强，而且大脑更聪明。你看，我这么聪明，会不会就有尿酸的功劳在里边呢？”

“下一次痛风发作的时候你不要喊疼。”谭月如说。

“凡事都有代价的嘛。”孙永河说，“疼肯定是要疼的。以前我在野外挖化石，铁锹、锤子，还有刀片，就是我挖化石的工具。我就用这个锤子和铁锹，把化石挖出一块来，然后用刀片一点一点慢慢地剥、细细地劈。一整天要干七八个小时，不也腰酸背疼的嘛。”

“就你道理多。”

---

① 麻将的一种打法，用来代指打麻将。

② 怎么处理在新陈代谢过程中必然产生的含氮废物，蜥形纲和合弓纲采取了不同的策略。蜥形纲是以尿酸的形式排出，尿酸为结晶，不溶于水，只需少量水即可排出体外。因此蜥形纲比合弓纲更适应干燥炎热的生活环境。而合弓纲则是以尿素的形式排出含氮废物。尿素易溶于水，需要大量的水才能将其排出体外。这意味着合弓纲动物在湿润环境下更具有生存优势。

③ 哺乳类通常靠尿酸氧化酶将血中的尿酸转化为5–羟基异尿酸，该物质与过氧化物反应形成尿囊素，可进一步转化为尿囊酸、乙醛酸、尿素等，有效地排出体外。然而，约2200万年前，人科动物的祖先发生了“尿酸氧化酶基因突变为假基因”的事件，不再能将尿酸代谢为尿囊素，尿酸浓度变得比过去高3—10倍。这使人科动物比其他哺乳类更容易患痛风。

“杨耐还说尿酸具有抗氧化、防衰老的作用呢。”孙永河以手作梳，拨了拨额前所剩无几的头发，“对了，杨耐的爸爸被什么有毒的恐龙咬了，你抽空过去看看。一个队的小师弟，照顾一下。”

“脑子糊涂啦，好几天前你就说过了，礼物早就送过去了。”

“是嘛。”孙永河转而说道，“恐龙出没，让大圣和小圣待在家里，别到处跑。”

“两兄弟一直想出去抓一条恐龙回家当宠物养着，说出去可比养猫养狗威风多了。”

“也不是不可以。回头我来想办法。”

孙永河今天心情特别好。他说这话的时候，仿佛已经看到大圣和小圣抱着某种小恐龙欢天喜地的样子。作为宠物，恐龙里倒是有不少的候选种类。此外，中华大眼翼龙①很有当宠物的潜质，陆氏神兽、宋氏仙兽、金氏树贼兽②也是非常棒的候选对象。小孩子嘛，很容易满足的，比大人容易满足多了。这么一想，孙永河有些许的意兴阑珊。不过，要是能在恐龙美食之外，再开辟一条恐龙宠物的生意路线，岂不是妙哉美哉？

总算是捯饬好了，看看手机，时间也到了。孙永河下了楼，电视台的车已经在等着他了。昨晚主持人和他联系时，他就透露会在节目中爆一个前所未有的猛料。他注意到恐龙危机的新闻正在减少，甚至身边议论恐龙的人也在减少。这场危机正在过去，再不抓住机会，他孙永河将永远籍籍无名，永远没有改变命运的机会。

感谢恐龙赐给了他这个机会。

董克强对他的论文不理不睬，他决定亲自出马。

---

① 属于翼龙目蛙嘴龙科。体长约 18 厘米，翼展约 50 厘米，个头比鸽子小，青蛙一样又扁又宽的嘴巴里长着又小又尖的牙齿。整体看上去就像是一只青蛙长出了蝙蝠一样的皮膜双翼，两翼上还有 3 个小爪子。同时身上还有一层短毛，看上去毛茸茸的，非常可爱。

② 三者均为生活在侏罗纪的小型哺乳动物，分类学上属于贼兽目。它们普遍娇小，体重为 40—300 克，在树上生活，有长而可以缠卷的尾巴，脚上具有与鸭嘴兽类似的毒刺。齿冠具有多个齿尖，主要吃昆虫和裸子植物的茎叶与果实。

“不要太学术了。”采访前，主持人叮嘱道。

“明白。尽量通俗易懂。”

“不要过于紧张。”

“不紧张。”

“话题我们事先已经沟通了，尽量不要跑题。”

“不会。”

“要注意时间。”

“我接受过采访，知道采访是怎么一回事。”

12 月 30 日下午 3 点，孙永河拎着一个文件袋随主持人走进直播间。

主持人开场后，孙永河接过话头，开始侃侃而谈。他谈到了第一次解剖合川马门溪龙，谈到了当时的激动，谈到了所有标本消失后的震惊与绝望。话锋一转，他谈到了在解剖合川马门溪龙时的惊人发现。他发现合川马门溪龙体内埋藏着 3 枚芯片。“不一定是芯片，但当时看到它，我能想到的东西就只有芯片。”他说，“一共 3 枚，比我的手掌还大一些。一枚在合川马门溪龙脑子里，两枚在它的背脊上，一左一右。后来，这 3 枚芯片也消失了，跟其他标本一起消失了。所以，我不敢说，我担心一说出去大家都说我是骗子，是疯子。”

这答案明显超出了事先安排的话题。主持人也不含糊，很配合地问道：“那你现在怎么敢说出来呢？”

孙永河说：“因为前几天，我再一次得到了解剖马门溪龙的机会。这头马门溪龙冻死在了嘉陵江边。在它体内，我再次发现了 3 枚手掌大的芯片，和上次发现的一模一样。”

“能展示给观众看吗？我想观众和我一样好奇，到底是什么东西能让鼎鼎大名的恐龙专家如此激动。”

孙永河打开文件袋，将 3 个亮晶晶的东西一一拿出来。主持人发出一声惊叹，电视机前的观众也跟着瞪大了眼睛。

不久，一则最早由重庆电视台播放的新闻在各种媒体上疯狂传播。所有新闻标题都用最大号的字体写着：震惊！著名恐龙专家孙永河证实，侏罗纪存在恐龙人，沙溪庙文明穿越亿年时空，正在入侵我们的城市与现在！

62

“通知，通知，前往济南的旅客请注意，我们很抱歉地通知您，您所乘坐的 TU6245 次航班因为不可抗力而延迟起飞，新的起飞时间请关注航班信息……”

12 月 31 日傍晚，简于宸坐在璧山国际机场 T2 航站楼的候机厅里，听着广播里反反复复播放着航班延迟的通知。在此之前，去往北京、深圳、海口等地的航班都延迟起飞了。他还抱着一丝侥幸心理，觉得去济南的航班能够按时起飞，然而事实给了他一记响亮的耳光。

周围的乘客们开始变得焦躁不安，他们来回走动、大声喧哗，有些人甚至开始争执。

第三波恐龙来袭，成百上千头恐龙还有别的侏罗纪古生物在重庆肆虐，令简于宸远在山东济南的父母非常不安，多次打电话来催促，要他回家。“万一局势进一步恶化，所有航班断掉，你可怎么办？”他思虑再三，终于同意，向曹院请了事假，又买了机票，准时赶到了机场。

不承想，都到璧山国际机场了，却遇上了航班延误。

本来，恐龙事件爆发以来，航班延误是家常便饭，不过这一次……

几个人在旁边大声讨论孙永河昨天爆的猛料：

“有智慧的恐龙，你们能想象吗？”

“也不奇怪。早就有人说过了嘛。当时还说人家是谣言。”

“现在‘恐龙博士’也出来这样说，不给人家平反吗？”

“有智慧的恐龙是不是不能吃呢？”

“我没有想过这个问题。”

“没智慧的恐龙我们吃起来毫无压力，跟吃猪牛羊没什么两样。但有了智慧，好像就有很大的不同。”

“吃起来……至少心里边会不舒服吧？”

简于宸又瞄了一眼5米之外一片通红的电子公告屏，意识到所有的航班都延误了。一定发生了什么事，他想，而且是大事。像这种大规模航班延误，要么是因为天气突变，要么是因为系统故障，要么是因为……

“看，你们看，那是什么？”一个男人歇斯底里地尖叫起来。

简于宸站起身，透过人群的缝隙，透过巨大的全透明玻璃舷窗，看见前方飞机跑道突然裂开了一道口子。起初只有一道，很快出现了第二道，第三道，多到数不清。这些口子形状像闪电，动起来也像闪电，一边移动，一边迅速扩大。遇到别的闪电，它们就中间合并为裂缝，而两侧翻卷并隆起如同峭壁。

仿佛地底下潜伏着什么庞大的怪物，正用它不计其数的触手四处游走，伺机突破大地对它的封印。

“是地震吗？”有人喊道。

简于宸轻轻地摇了摇头。不是地震，也不是火山喷发。那么，究竟是什么呢？难道大地生了冻疮？这个想法在他脑海中一闪而过，很快被丢弃。

他蹲下身子，仔细观察那条裂缝。它们似乎有生命一般，不断地延伸、扩大。形成的沟壑深达2米，宽达5米，而且还在持续地延伸和扩大。

更令人惊恐的是，一些沟壑已经扩展到了客机下方。那些客机先是被突然隆起的地面往上抬起，机身一震，侧翻进了沟壑之中。

在不远处，连接航站楼与客机的廊桥下方也出现了巨大的沟壑。那座廊桥在失去了支撑后，挣扎了一下，最终还是承受不住自身的重量，倾倒在高低不平、宛如工地的停机坪上。

简于宸心中一阵紧张，他知道这种情况非常危险。如果沟壑继续扩大，可能会造成更多的飞机倾倒，甚至可能影响到航站楼的安全。

“是火山爆发！”又有一名乘客大喊。

这话引发了一阵恐慌，然后有人发现，一道裂缝冲着他们所在的候机厅而来，气势汹汹，锐不可当。“快跑呀！”乘客们出于本能，如同没头苍蝇一般乱窜。

只有简于宸留在原地，眼睁睁地看着那道裂缝越来越宽，越来越深，在他眼里，那裂缝竟有一种异样的美。

然后，那裂缝将航站楼吞没，将璧山国际机场吞没，连同周边区域吞没。在短短的两分钟内，一股脑地吞没，并向地下坍塌，最终形成了一个直径约 2 千米的天坑。

突然一道赤红色的光从坑中射出，直冲云霄。

同样的事情，发生在武隆县天星乡，发生在黔江区城东街道。大地陷落成巨大的天坑，赤红色的光柱射出，直上直下，仿佛没有它的支撑，天空就会坍塌下来。

一个小时后，万州区分水镇，云阳县龙角镇，巫溪县柏杨街道，都出现了同样尺度的天坑和光柱。

仿佛重庆地下沉睡着一头远古巨龙。

睡梦中，它甩了甩尾巴，渝西地区连同主城九区都感受到了强烈的震动，伸了伸僵直的腿，整个渝东南的群山都晃悠起来，再一睁眼，一抬头，渝东北的广大地区都感受到了，颤抖不已。

紧接着，巨龙打了个长长的呵欠，又耸了几下脊梁。它准备掀开土壤和岩石构成的厚实的被子，回到地面，回到空气里。这是它长久以来的愿望，渴望重新感受阳光，体会呼吸新鲜空气的滋味。

于是，巨龙缓缓地从地底深处升起，它的身躯庞大而壮观，鳞片闪烁着黑色金属的光泽。它的双眼炯炯有神，透露出一股霸主的威严与力量。当它挺直硕大无朋的身子、露出锋利的爪子时，整个重庆乃至整个世界都为之震撼。

第五章　双形

生命，这宇宙间最绚烂的现象，美丽而伟大，坚韧而崇高。无论生物体的大小、美丑、长短，都是自然界中不可或缺的一部分，都值得我们去赞美、去珍视。它们以各自独特的方式，展现出生命的韧性和毅力，为这个世界留下了深深的印记。即使生命短暂如昙花一现，其瞬间的美丽也能让人永生难忘。每一份生命都承载着无可替代的价值与意义。高山、森林、溪流，乃至微小的生物，都在以其独特的方式，诠释着生命的壮丽与伟大。让我们共同珍惜并赞美这宇宙间最美丽的奇迹——生命。

——摘自《演化论演化着》

63

你是一个土生土长的重庆人，可能住在璧山，可能住在黔江，也可能住在武隆。

事发突然，情况紧急。中国人民解放军西部战区第 77 集团军奉命包围 6 个天坑，并在天坑附近设立军事隔离区，禁止老百姓靠近。数十辆坦克和装甲车在地面上隆隆驶过，武装直升机频繁地起飞和降落。

你看着这一切，既新奇，又惴惴不安。

在解放军出动之前，不少人已经到天坑边去看过了，你也在其中。旅游的时候，你见过天坑[①]，很明显，这个天坑跟自然形成的不一样，它的边缘异常平滑，垂直向下，就像有个顶天立地的巨人用硕大无朋的金属管子在地球上戳了一个深不可测的洞。有多深，不知道；有多大，不知道。丢一块石头下去，从来没有听到石头掉落到底部的声音。

原先那些土地、岩石、高山、森林、峡谷、河流、建筑、道路，都被天坑所取代。它们去了哪里？你想着，不知道答案。

尤其是住在那里的人，他们去了哪里？现在怎么样呢？他们的亲戚朋友，担心着他们。你不认识他们，也牵挂着他们。

你听说，天坑占据了黔江区城东街道的大部分，有数十栋高楼的一半或者 2/3 都被天坑吞噬了，剩下的残骸摇摇欲坠。从废墟中仓皇逃出的人们回望自己破败的家园，发现它并没有倒下，而是靠在了赤红色的光柱上，如风中的蜡烛一般苟延残喘。其中有好几家人，事发时在不同的房间，有妻子跟着房间消失的，也有丈夫消失而妻子和孩子留下的。留下的人，无不以泪洗面，不知道这灾难为何会降临，不知道亲人遭遇了什么，更不知道接下来会发生什么。

光柱是远比天坑更为瞩目的存在。

即使被部队隔离，在很远很远的地方，只要睁开眼，你就能看见它。它顶天立地，它气宇轩昂，它英姿勃发。有一点很奇怪，就是它的亮度。在远处看，它是这样亮；到近处看，它还是这样亮。它的亮度并不随着距

---

① 天坑，地质学上叫作岩溶漏斗地貌，直径从几米到几百米不等，深度从几米到几百米不等，有圆锥形，有漏斗形，坑底通常有与地下河相连的出水或入水口。天坑的形成包括冲蚀型和塌陷型两种方式，都与地下河水对碳酸盐岩的不断侵蚀有关。重庆的渝东南和渝东北地区，天坑是常见的地形地貌。云阳龙缸地质公园，就是围绕一个深 335 米的天坑建成的。其深度，中国第三，世界第五。奉节的小寨天坑深 666.2 米，则是世界第一。重庆武隆的后坪乡天坑群与天生三桥天坑群都是世界级的。2005 年，“Tiankeng” 成为国际性术语。稀少、险峻、奇特、恢宏、壮丽等词语经常用来形容天坑。

离的改变而改变。它白天是这样亮着，晚上也这样亮着。站在天坑边，往下看，深不见底；抬头看，仰之弥高。

曾经有胆大的，将手掌伸进光柱里，他说刹那间他浑身的寒毛都竖起来了，赶紧把手收回来。再问感受，他说看上去是光，摸上去不是，更像是某种动物的皮毛。

这光柱到底是什么？你不知道。

关于天坑光柱，各种流言在现实和网络上迅速传开。你不知道哪些是真的，哪些是假的。

你看新闻，有关机构，包括科研院所、大学学院、科技公司等，在指挥部的领导下，迅速组建 6 个科研小组，使用最先进的仪器，调动一切资源，对天坑和光柱进行全面、深入、细致的研究。

新闻里还说，每一个天坑里均有人员失踪，其中黔江区城东街道和巫溪县柏杨街道因为是城区，失踪人数最多。其次是璧山国际机场，该机场在璧山城区以南 30 千米处，介于丁家街道与正兴镇之间。连机场带附近的区域，全部消失在天坑里。剩下的 3 个天坑，地处偏僻，失踪人口较少。初步统计，失踪人口超过 42 万人，并且不排除进一步增加的可能性。

你很疑惑，这些数据似乎说明了很多问题，又似乎什么都没有说明。

那天坑和光柱，跟恐龙有什么必然的联系吗？你想不明白，跟之前那个姓孙的科学家所说的沙溪庙文明又有什么联系？

64

“什么？大师兄失踪呢？他回了云阳？”杨耐接到老板娘的这个电话时，不敢相信自己的耳朵。他脑子里自动地把这事儿跟天坑出现联系在了一起。云阳县龙角镇是天坑出现之地，就在距离重庆云阳恐龙国家地质公园不到 40 千米的地方。站在重庆云阳恐龙国家地质公园的任何一个地方，都能看到那道冲天而起的赤红色光柱。他已经在研究院群里见到还在重庆云阳恐龙国家地质公园的同事发来的照片和视频了。

“没有，大师兄没有回云阳。昨天晚上，他出去跟朋友喝酒，到现在都没有回家。问那个朋友，说把他送上了车。现在谁都不知道他在哪里，大家都在帮忙找。”老板娘着急地说，“帮我问问你的朋友，有没有见到老孙。”

随后杨耐打了几个电话，都说最近没有见到大师兄，都问他：大师兄说的都是真的吗？说得有鼻子有眼的。杨耐点开电脑里的视频，再一次看了大师兄去年 12 月 30 日的访谈。看得出，大师兄精心准备过，而主持人的惊讶不是装的，短暂的惊慌说明她事先并不知道大师兄要的是什么。

紧接着是铺天盖地的二次传播。有把大师兄捧上天的，说他是古往今来第一人；也有把大师兄踩下地的，把他骂得一文不值——评价都非常极端。有的把沙溪庙文明直接替换为“恐龙人”，并且把恐龙人跟人类历史上的那些未解之谜联系起来，说这是恐龙人干的，那是恐龙人干的，甚至连人类的出现也是恐龙人的杰作。

杨耐不禁想大师兄看到这些议论与评价会有怎样的想法。要是这些议论与评价是冲我来的，我恐怕一分钟都撑不过去，当场崩溃给所有人看。大师兄会吗？多半不会。他会应付自如。而且，赢得关注不就是他追求的吗？

不久，杨耐得到了一个令人震惊的消息。大师兄孙永河死了。尸体和轿车一起被打捞上来。元旦节晚上，他喝完第一场酒，在赶往第二场的途中，连人带车冲进了冰冷的嘉陵江。

更多的消息从各处传来。第二场酒局的主人是先前资助重庆云阳恐龙国家地质公园项目部的老板，他请喝酒，大师兄必须去。在大师兄出事的时候，那个老板已经醉到断片，几乎不记得自己请过大师兄。次日老板娘来找，他先是否认的，直到查找了电话记录，然后动用了卫星定位，终于确认了轿车所在的位置。

杨耐不禁惆怅。

关于大师兄有许多传说。学生报考他的专业时，有个在外人看来奇怪甚至过分的要求：男生喝四杯白酒，女生喝两杯白酒，再进行考试。有同事向孙永河求证，大师兄嗤之以鼻，道："哪有四杯？夸张了，夸张了。"又解释道，"我要求的是两杯。男生女生，都是两杯，男女平等嘛。"在别人那混合了惊叹与嘲笑的惊呼声里，有人提出疑问，大师兄自己能喝，没有问题，然而要求学生……孙永河是这样解释的："挖化石的，要经常出野外。一出就是十天半个月。野外不比城里，深山老林，大漠戈壁，周围几十里地，除了挖掘组的，没别的人。没别的人，但有狼，以及别的动物。大晚上的，不喝酒干啥？聊学术吗？不喝酒，睡不着啊。"这话貌似有几分道理，听的人频频点头，也有不服气的，反驳说这不过是大师兄给自己找了个喝酒的理由。孙永河也不以为忤，有时笑笑说"还是你懂我"就算结束，有时则会进一步解释："在野外，往往会有突发事件，一旦发生，就要立刻解决。喝了酒就成了烂泥、不能做事的人，显然不适合这样的野外发掘工作。"

大师兄的酒量杨耐是见识过的。他也曾和大师兄一起在酒酣耳热之际，一起高歌《古生物之歌》：

我们有火焰般的热情，
战胜了一切疲劳和寒冷。
背起了我们的行装，
攀上了层层的山峰，
我们满怀无限的希望，
为祖国寻找出富饶的矿藏。

有时杨耐觉得大师兄很爽快，大块吃肉，大碗喝酒，有时又觉得他很虚伪，言行不一，甚至自私自利。但唱校歌的时候，他是无比真诚的吧？如今大师兄骤然离世，死于酒，而不是正在发生的恐龙之灾，也算是死得其所吧。然而，凡人皆死于所爱，诸神也不例外。杨耐脑子里忽然冒出这样一句话来。那么我呢？会死于恐龙之口吗？

杨耐打车，赶往北碚殡仪馆。

65

“恐龙蛋，要不要？开胃健脾，养血益肾。恐龙蛋，要不要？培元固本，延年益寿。恐龙蛋，要不要？”胡子云在璧山大成广场转悠，每靠近一个人就这样低声售卖。广场的人比往日要少，三五成群，或坐或站，都在议论恐龙和突然出现的天坑。

只需微微抬头，就能看到南边那道冲天的光柱。

有人说它像是大神摁向大地的红色钉子，也有人说它像连通天地的金色宝塔，还有人说它像孙悟空的如意金箍棒，把天空顶住了，再发展下去，会把天捅一个窟窿。

总算有一个微胖的孃孃对胡子云的叫卖表示出一定的兴趣。胡子云把她带到大成广场停车场，给她看面包车上的那一篮子用红布遮着的恐龙蛋。

一共 4 颗，每颗都有 3 个拳头大。胖孃孃捧起其中一颗，对着头顶上的灯光仔细瞄了一阵，然后得出结论：“假的，你这是假的。”

“真的。不哄你。我在虎峰山和金剑山中间那条山沟沟里捡的。要不是我跑得快，早就遭那条凶神恶煞一样的恐龙咬死了。”

“你捡了别个的蛋，不找你拼命才怪。”胖孃孃半信半疑地说，“怕是鸡蛋哟。”

“不得是鸡蛋，有这么大的鸡蛋吗？假一赔十。”

“是哦，再大的鸡蛋也没得这么大。好多钱一个？”

胡子云报了一个价，胖孃孃简单地还了一个价，然后成交。胡子云收了钱，胖孃孃将篮子和恐龙蛋一块儿拿走了。胡子云开着面包车，出了停车场，去往南街。停车后，他随便找了一家还开着的面店，大喊一声：“老板，二两豌杂，宽面，多麻。”

马上，老板的声音从厨房钻了出来。

不久，一碗豌杂端到了胡子云面前。这是他的午饭。

重庆火锅不能一天三顿都吃，小面却可以。

与重庆火锅相比，胡子云更惦记小面。对他来说，那才是家乡的味道。在外漂泊了这么多年，吃过各地的美食，不计其数。尽管经常在直播中对着镜头说这美食如何如何，但他自己心里很清楚，那只是说给直播间的观众听的。真正的美食，还得是眼前这碗家乡制造的豌杂面。

胡子云吃了两口，感慨一番，又跟老板摆起了龙门阵。他是个闲不住的人，有一张闲不住的嘴。

“附近几家店都关着。”

“闹恐龙嘛。”

“你怎么开着？不怕吗？”

“怎么不怕？但怕有用嘛。未必然恐龙来了，我们就不吃饭了嘛。人总要吃的。不开店，你上哪儿吃去？你不来吃，我又上哪儿要钱去交水电房租？”

“天坑光柱呢？也不怕？”

“有解放军呢，飞机、大炮、火箭车，守得严严实实的。”

说着说着，不可避免地说到了恐龙身上，说到神秘的天坑，说到制造这一场场灾难的幕后黑手。胡子云谈性更浓，放下筷子，跟老板认认真真地说：“什么沙溪庙文明？这不跟我说的史前文明一样嘛。还说我造谣，造个屁的谣。还拘留我 10 天，我要上诉，我要申请国家赔偿，我要那些人一个个排着队向我道歉。跪下，磕头，我不同意就不准起来。”

正说得唾沫星子四溅，店门外传来一声怒吼：“哪个卖的恐龙蛋？”然后一个黑铁塔般的壮汉冲了进来。壮汉指着胡子云的鼻子问：“你卖的？”

“我卖的。”胡子云颤巍巍地说。看见先前买恐龙蛋的胖嬢嬢，一脸怒气地跟在壮汉身后。

“你个老骗子，胆大包天，”胖孃孃说，“敢吃我的麻麻鱼[1]。”

壮汉照着胡子云的脑门就是一巴掌，几乎把他打晕：“你这是恐龙蛋吗？是恐龙蛋吗？”

面店老板在一旁说：“莫打人，要打出去打。”

胖孃孃凶神恶煞地说：“再嚷嚷连你一起打，幺儿，下手要有轻重，莫一下子打死了。”

壮汉叉着腰，对胡子云说：“莫说我讹你。恐龙蛋的蛋壳是软的[2]，你拿个鸵鸟的硬壳蛋来冒充恐龙蛋，不学无术，还卖给我妈，自找死路。”

“赶紧，假一赔十，你说的，你个老骗子。”

胡子云打又打不过，骂又骂不过，没有别的办法，只好照着先前的价格，10倍赔给了胖孃孃。壮汉还不依不饶，放了一堆狠话，这才离开。胡子云也是无可奈何。

“还吃吗？”面店老板问。

胡子云瞅了一眼那碗只吃了几筷子的豌杂面，毫无食欲，于是摇了摇头，趺趺撞撞地离开了面店。

南街上没什么人，空荡荡的，恍如末世。

“就是有人又啷个[3]嘛？与我又有啷个关系嘛？”

站在斑马线上，迷惘的胡子云于浓浓的雾气中望见远处的电视塔，一些曲曲折折的往事浮上他的心头。

电视塔所在的地方以前叫皂角坡，是胡子云小时候爬上爬下，熟悉得不能再熟悉的地方。在胡子云离开璧山去流浪时，电视塔在皂角坡坡顶刚

---

① 重庆方言，意思是竟然敢骗我。

② 自然界中的蛋分为三种，硬壳蛋、软壳蛋和革质蛋。硬壳蛋如鸡蛋、鸭蛋，软壳蛋如蜥蜴蛋、蛇蛋，革质蛋的软硬程度在硬壳蛋和软壳蛋之间，一些乌龟蛋，如拟鳄龟和火焰龟，就有典型的革质蛋。关于恐龙蛋是哪一种，目前三种说法都有，还没有定论，很可能在不同时期、不同种类的恐龙蛋壳有不同的硬度。小说中这样写，是剧情需要。壮汉和胡子云一样，都是道听途说，再选取自己需要的那一部分来用。

③ 啷个，重庆方言，指什么、怎么，一般表示疑问。

刚开始建设。他听人说，这个电视塔建好后，就能从卫星上直接接收信号，在电视机上能看到二三十个频道，想看哪个看哪个，哪像现在，只能看一两个频道，还满是雪花。胡子云一度以为那是某种注定的未来。然而这次等他回来，却惊讶地发现，108 米高的电视塔并未修完，只有一个主体框架在。因为电视塔主体框架搭建完成时，主城那边的闭路电视线就翻过了重重大山，直接到了璧山，不用电视塔也能达成看二三十个频道而且没有雪花的目的。电视塔还没有修完，就已经过时，然后废弃了好些年，成为某种耻辱的标志。后来，在新一届政府的主导下，围绕电视塔，投资数千万，修建了一个面积不小的公园，电视塔摇身一变，变成了公园的标志性建筑，远远近近都能看得一清二楚。

胡子云看着它，想到自己，不由得唏嘘。诸多感慨涌上心头，胡子云不由得哼唱起了一首老歌：

碎银几两催人老，
心仍少。
皱纹悄然上眉中，
浮生醉酒回梦里。
青春人依旧。
只叹时光太匆匆。

这时，一个身影出现在对面的人行道上，走得那样急切，走得那样青春飞扬。她头上戴着志愿者的帽子，仿佛戴着璀璨的皇冠。

胡子云眼睛骤然一花，心中骤然一紧：如果丹丹没有死，应该比向芸希还要大几岁。

更多的往事浮上心头。

“爸爸，你不要再说了，好不好？”丹丹在说完这句话后，转身跑过公路，匆忙中被一辆货车撞了个满怀，不治身亡。

那一年，丹丹 10 岁。

当时，丹丹执意要买一张某个小明星的照片，而胡子云觉得那照片毫无价值，于是刻意否定了丹丹的提议。不但如此，他还条分缕析地进行了否认，罗列出一二三四五六七条理由来证明小明星的照片不值得买，论证了丹丹买小明星照片的不合理性。

丹丹烦躁地喊："爸爸，你不要再说了，好不好？"

然后就跑开了。

一直跑到了汽车的车头上。

胡子云痛苦地回忆着，回忆里的每一句话、每一帧画面都像是一把把利剑，深深刺痛了他的心。"我完全陷入了自己的言语之中，一直在不断地说、不停地说，仿佛无法停止。没有恐龙，我们一样会伤害自己的亲人。"他自言自语道，"我完全没有意识到，我应该停下来，问问丹丹是否愿意听我说。"

如果当时能停下来，问问丹丹的想法，或许这场悲剧连同自己后半生的流浪就可以避免？

66

杨耐赶到北碚殡仪馆的时候，那里已经是人山人海了。

大师兄孙永河生性豪爽，结交了五湖四海的朋友，这个时候他们都来了。他们中有大师兄的同事、朋友、邻居，甚至还有一些陌生人。每个人都带来了自己对孙永河的回忆和感慨，这些回忆和感慨汇聚成一股强大的暖流，温暖着在场的每一个人。

大厅正中央，孙永河的遗体躺在鲜花丛中，安详而宁静。杨耐强忍悲痛，走到遗体前，深深地鞠了一躬。

随后杨耐站在灵堂，站在大师兄的遗像前，聆听着每一个人的发言。他们说着恐龙，也说着大师兄。从他们的话里，他看到了大师兄生前的热忱和无私，也看到了人们对大师兄的敬爱和怀念。这让他感觉陌生，仿佛他们说的是另外一个人，也让他深感安慰，并且对大师兄的离世有了更为深刻的理解。

杨耐想象着，寒夜里，在屈曲盘绕的公路上，疾驰的轿车是如何失去了控制，是如何冲破护栏暂时地飞了起来，又是如何划着一条优美的弧线落到嘉陵江的波涛里——在那一刻，大师兄会是怎样的表情，他心里又是怎样的想法？

戴着黑纱的老板娘过来，把杨耐拉到一旁，说："大师兄一直觉得对不起你，你是他最好的师弟。他说他抢了你的化石来做研究，而你全不在意。一块化石常常能改变一个古生物学家一生的命运。他自私地只顾了自己。"

说到这里，谭月如的眼泪扑簌簌地淌了下来。

杨耐只能简单地请老板娘节哀，他并不擅长安慰人。要是那个人在这里就好了。他忍不住这样想。

擦干眼泪，老板娘又说："整理老孙的东西时，我发现了这个。可能对你的研究有帮助。我不懂这些。"

那是一个老式笔记本，杨耐接过，看见大师兄在笔记本上用签字笔写了很多文字。他一页一页地翻，多为研究心得和奇思妙想，不是什么正儿八经的论文。他快速翻找着，很快凭借"沙溪庙文明"这个关键词找到了他要找的内容：

就个体而言，沙溪庙龙的体力、爆发力与持久力不都不算特别优秀，不过也不算特别糟糕，而沙溪庙龙最大的优势无疑在"大脑"上。正是这"大脑"，使沙溪庙龙的祖先发明出无数的工具来改善自己的生活处境。这些工具中，对沙溪庙龙摆脱蒙昧最终步入文明起着至关重要作用的发明有两样：其一，是语言；其二是文字。语言实现了个体之间的及时交流，为突破个体体能的极限，实现家族与部落，以至于联盟与国家这样的大规模团队合作打下了坚实的基础，进而使沙溪庙龙的需求超越基本的生存需求，开始往精神层面发展，文明得以诞生；文字则使个体的智慧能突破时间与空间的限制，在更大的时空范围传播，在个体之外，在家族与部落之外，在联盟与国家之外，沙溪庙文明以看不见与看得见的两种形式保存着、传播着、延续着，并时时处处更新着……

这是大师兄对沙溪庙文明起源的描述，看上去和人类的演化史有九分像，但杨耐也不得不承认，在一连串的猜测与想象中，必然包含了比例不低的真实成分。说到底，大师兄毕竟还是科班出身，基本功还是有的。

杨耐接着往下翻，在最后一页他看到了这样一段话：

有诸多谜团围绕在“老佛”身上。我越研究“老佛”，越觉得不可思议。他化石的完整性远远超过一般水平，密度也是如此。他的姿态也与一般的化石不一样，就仿佛成为化石之后，他没有挪动过。这显然是不可能的事情。为什么会这样，我反复思量，最后得出了一个不可思议的结论。“老佛”的化石不是自然形成的，而是刻意制造的。

我不知道“老佛”是自愿的，还是被处以这样的酷刑，但结果是一样的。在他死后，他的尸体被处理，所有的软组织被剔除得干干净净，然后骨架被放进某种转化装置。就是在这种装置里，“老佛”的骨架被转化为化石。同样的过程，在自然界需要数千万年才能完成，在那个装置里只需要几天，甚至更短。他们对化石的方方面面一定有深入的研究，而同样的装置我们至今还没有发明出来。

变成化石的“老佛”被放置到某种特制的棺材里，再沉入岩石深处。此后，不管沧海如何桑田，不管桑田如何沧海，他都在那里，静静等待，直到我们找到他。那个时候，特制棺材消失了，而他的化石还在，基本上保持了下葬时的原样。

这是令人震撼的想法，不管是“老佛”，还是大师兄……

同时，这也是“老佛”化石年代鉴定误差达到850万年的原因吧？离子探针的结果是1.7亿年前，而铀铅同位素定年法的结果是1.615亿年……

“你是杨耐吗？”说话的是一个皮肤偏黑的年轻人。

杨耐沉浸在自己的想象之中，不想理会他。但那人不屈不挠：“我是钟扬，自动化研究所的，是孙永河的表弟。大师兄把水晶球交给我研究。”

杨耐听简于宸说过这事儿，急忙问：“有结果了吗？”

“黑曜石毫无办法。”然后，钟扬把手指尽力张开，举过头顶，仔细观察：“人，为什么会一只手长5根手指，而不是别的数字？”

这个问题真是问对人了。杨耐说，泥盆纪的时候，肉鳍鱼开始了登陆大业，有的成功，有的失败。成功登陆的，演化成了两栖的螈类。化石记录中，这些螈类有不同数量的手指，四五根，七八根，十几根，都有。后来，发生了泥盆纪大灭绝，只有五趾类群存活下来，并且留下了后代。后世的陆地脊椎动物都是五趾类群的后裔。

“这并非因为5指的生存能力更强，它只是运气好，属于偶然被保留下来的性状。”杨耐说，“我们的手指也可能不是5根而是别的数字。当然，不管现在五指螈后裔的手指是怎样的，都是在5指的基础上修修补补。”

“可惜。”钟扬发出重重的叹息，也不知道他在可惜什么。

旋即钟扬问了杨耐一个问题：“恐龙有几根手指？”杨耐回答：不同种类的恐龙，手指数是不一样的①。最初的恐龙有5根手指，后来随着时间的推移，在不同环境中，为了应对不同的生活方式而发生了巨大的变化。“最夸张的是临河爪龙，只有1根长到夸张的手指。”杨耐解释说，“这是一种鹦鹉一样大的小型恐龙，猜测它那一根手指是用来挖掘蚁穴的，就像是食蚁兽的舌头。”

“我是问‘老佛’。”

① 原蜥脚亚目恐龙有5根手指，棘龙科恐龙和异特龙超科恐龙都有3根手指。原角鼻龙科恐龙、斑龙科和角鼻龙科有3根手指，阿贝力龙科有4根手指，大名鼎鼎的暴龙科有2根手指。

"'老佛'是云阳龙属的，3 根手指。干吗问这个？"

"3 根手指，3 根手指，3 根手指。"钟扬神经质地重复着，"为什么十进制是人类最常见的进制？"

"有一个说法是这样的，"杨耐怀疑钟扬是知道答案的，凑巧杨耐也知道答案，因为这个答案跟演化有关，"人的左右手加起来是 10 根手指，可以用来辅助数数。"

"所以我怀疑，'老佛'用的是六进制。"

"六进制？"

重庆自动化研究所副研究员钟扬介绍道，六进制不像二进制或十进制那样常见，但它在计算机科学和信息技术领域，如内存地址、颜色代码、字符编码等领域，具有特定的用途和优势。在这些领域中，对六进制数的理解和运用至关重要。"其实也不难理解，一只手也能表示六进制。从拇指开始，1、2、3、4、5，握紧拳头表示 0。"他边说边比画，"这或许能成为解开水晶球之谜的一把钥匙。"

杨耐兴奋起来："啊，期待研究结果早日出来。"

67

杨耐离开北碚殡仪馆后到了中国西部科学院[①]旧址。古脊椎所董克强书记约他在那里见面。

董书记说："这是你那篇论文，这是孙永河的。你对比一下，就知道为什么当初我会判定你们之中有谁抄袭了。"

---

① 中国西部科学院，由爱国实业家卢作孚于 1930 年 9 月创建的中国第一所民办科学院。1941 年 1 月 5 日，中国第一具装架恐龙化石"许氏禄丰龙"在这里由杨钟健组装完成，并对外公开展览。许氏禄丰龙被称为中国第一龙，而杨钟健被称为"中国恐龙之父"。该化石原本在云南省禄丰县沙湾东山坡出土，彼时日本人正对东南亚用兵，杨钟健担心波及，于是千里迢迢，跋山涉水，历尽艰辛将化石运到了重庆。中国恐龙研究一开始就与战争、动荡等联系在一起。

杨耐接过，快速浏览，看了一半，已是胸中有数。大师兄的这篇论文比自己的那篇更为细致，证据更充分，逻辑更严密，结论也就更可信。反观自己那篇，写得过于匆忙，以至于洋溢在字里行间的激情，是它最大的亮点。“我刚刚拿到孙永河的工作笔记，里边记载了他从一点点证据到一丝丝灵感，集腋成裘、聚沙成塔，最后汇总，完成这篇质量极高的论文的全过程。”杨耐对董书记说，“不得不承认，大师兄——我们都叫他大师兄——为人粗犷，论文却写得如李商隐笔下的诗一般，深婉绵密、典丽精工，着实让人吃惊。”

“这评价真高呀。”董书记说，“确信他没有抄袭你的？”

董书记的言外之意再明白不过了，孙永河没有抄袭你杨耐，那就是你杨耐抄袭孙永河。

“没有。大师兄没有抄袭我。”杨耐正色道，“在恐龙第二次出现之后，我和他讨论过于灵教授提出的发射理论。这个发射理论研究院里的人都知道，也不是什么秘密。实际上，当时我们每一个人都在猜是谁把这些恐龙发射过来的，他们的目的到底是什么。大师兄的这篇论文，是对前一个问题的回答。他回答是沙溪庙文明把这些恐龙发射过来的。”

“那么你呢？”

“董书记，您找我谈话，肯定调查过我，知道我在读中国古生物大学时干过什么。”

“知道。”董书记说，“你把你的导师举报了，你举报他抄袭。”

“不只是抄袭，”杨耐说，“他还篡改实验数据、伪造实验图片、贿赂编审人员。”

“举报导师抄袭这事儿，需要莫大的勇气啊。而且，他和你的关系不一般。”

“我讨厌抄袭，甚至可以说，深恶痛绝。”杨耐忽略掉董书记后面那句话的暗示，进而主动说道，“我也没有抄袭。大师兄的工作笔记，我昨天才拿到；大师兄的这篇论文，我今天才第一次看到。对这件事的解释是，当研究某个课题的条件成熟时，会有很多人同时进行研究，然后机缘巧合下，同时取得突破，也不是不可能的。典型的例子是达尔文与华莱士，在完全独立的情况下，分别发现了演化论。尽管普通人只知道达尔文，但研究演化论的都知道，在演化论的源头，有两位祖师爷。”

“你这个解释我接受。”董书记露出一个欣慰的笑容，似乎早已知道杨耐会有一个合理的解释，“孙永河手里的那 3 块芯片，指挥部已经安排人去研究了。我们手里边有两具马门溪龙的尸体，解剖正在进行。金佛山临时保护区那边也关照过了，特别注意那几头马门溪龙。”

“普安云阳龙呢？”

“普安云阳龙是个麻烦事。你提到过，普安云阳龙有被驯化的痕迹，还会用次声波攻击猎物，不过我们清理现有恐龙的时候，发现没有一头普安云阳龙。”

“他们回收了它们。”

“新田沟，还是沙溪庙？”

“我暂时不知道。”杨耐又补充道，“这是我接下来要解决的问题。”

“要解决的问题还有很多啊。”

“不怕，一个一个地解决。”

董书记赞许地点点头：“杨耐，你很注重细节，严谨、理性、认真，这些品质在很多情况下都是值得称赞的。然而，过分关注细节可能会导致你忽视全局。在面对大量信息时，你要学会筛选，找出影响全局的关键因素。要保持开放的心态，学会灵活调整自己的思维方式，尝试从不同的角度去看待和分析问题。”

杨耐诚恳而简单地回答：“谢谢董书记。”

董书记又问：“对眼下正在发生的事情，要怎么解决？你是研究演化论的，请从演化的角度来看待和分析。”

杨耐没有思考过这个问题。

董书记从容不迫地说：“我们的直系祖先，从非洲大陆启程，踏上漫长的迁徙之旅，用双脚走遍世界，用双手征服困难。他们依赖的不是野蛮兽性，而是深深的社会性，这种社会性是他们将不同的人组织成一个整体，共同应对挑战的能力。从狩猎采集社会到农业、工业、信息社会，人类社会不断发展。祖先们以智慧和勇气创造奇迹，背后是强大的社会性支撑。”

董书记接着说：“接下来你有什么打算？”

“我申请去天坑光柱研究组，那是人龙战争最前线。”

“你也相信这是战争？”

杨耐点头：“从一开始我就在琢磨，为什么偏偏是重庆？为什么偏偏是重庆——而不是别的城市——受到攻击？他们跟重庆有仇吗？将所有出现过恐龙的地方在地图上标记出来，很容易就发现，大部分地点在重庆行政区以内，但有少部分位于四川和湖北境内。还有紧邻重庆的云南和贵州，数量少，不等于没有，只是被重庆的热度给遮蔽了。也就是说，恐龙们攻击的不是重庆，而是重庆所在的区域。

“那重庆有什么东西，能吸引恐龙文明不惜跨越 1.615 亿年的时光来入侵？”

“暂时不知道，需要研究。”

“6 个研究组，你想去哪个？”

“璧山国际机场。”

“好，你去吧。”董书记说，“想要战胜敌人，从了解敌人开始。留给我们的时间很可能不多。”

68

向芸希给佛手村书记刘满平打电话，询问老家的情况。刘书记告诉她，全村的佛手柑已经采摘完了，今年产量非常好，亩产超过 4000 千克，单个佛手柑最重的有 2.5 千克。对外销售上，因为闹恐龙，出了一些小问题。不过现在都已经解决了，全部卖掉了。

“龙角镇现在什么情况？”

“不知道啊，你叔叔的老家也在天坑里边。解放军围着，来了好多坦克和飞机，也没什么好怕的。相信解放军，相信人民的军队。”

叔叔是那个她一直不肯叫他爸爸的人，现在回想起来，她似乎连他叫什么名字都不知道呢。原来他是龙角镇人啊。

刘书记嘱咐向芸希注意安全，就挂了电话。这次他没有叫向芸希回去，大概是觉得，现在这个样子，在哪儿都一样危险吧。

挂了电话，向芸希看着空荡荡的房间，一些曲曲折折的往事浮上心头。

妈妈小时候家里很穷，所以她养成了一种特别节省的习惯。无论多少钱，她都精明得很，总是想办法花得恰到好处。即使后来家里因为种佛手柑条件好了，她这个习惯还是没变。爸爸经常嘲笑她小气，但她不为所动。她还是坚持自己的生活方式，做任何事情都会想着省钱。不管是购物、做饭，还是日常琐事，她都会尽量找到最省钱、最实用、最便宜的方法。直到爸爸因为车祸去世，妈妈的用钱之道才发生了改变——跳到了节省的反面，非常奢侈。买什么都图多，买猪肉要买大半边，买苹果要买一麻袋，也不管自己能不能吃完。用村民的话讲，“就好像家里的钱多得用不完”。幸而奢侈这事儿因为家庭收入减少而变得不可持续。那之后妈妈在无比节省与无比奢侈之间反复横跳，没个定准。

妈妈对向芸希的爱也是如此。有时对向芸希极好，说是心肝宝贝也不夸张；有时对向芸希极坏，坏到执意要向芸希无条件地听从她的安排，从来不管向芸希有什么样的想法。

坚持要读云阳职高，还要读摩托车维修专业，算是向芸希的一种反抗。有一次周末回家，向芸希告诉妈妈班上有个小男生向她表白了，妈妈勃然大怒，怒斥向芸希不要脸，要向芸希“多长点儿脑壳，不要别人说个啷个就是啷个，去上些锅巴当，到时候甩都甩不脱”。道理是没有错，但妈妈那种语气……向芸希很难不往别处想，其实她对那个爱抽烟的小男生没什么好感。她讨厌烟味。爸爸活着的时候，最大的毛病就是抽烟，一根接着一根地抽，身上的烟味总是如影随形。

要是妈妈知道杨耐，她又会怎么说？

“我追求一种简单的生活。”杨耐曾经对她说，“我喜欢把复杂的事情简单化，用最直接的方式去分析问题，去解决问题。”

然而这世界对她来说，还是太复杂了。

当她下定决心，排除万难，总算逃离了云阳那莽莽群山，来到这个全然陌生的小城打拼，却还是逃不开七曜山对她千丝万缕的影响。

在春和景明小区，每一个人都是租户，每一个人都是过客。他们不认识她，她也不认识他们。就算认识，又能怎么样呢？

霞姐已经走了。

走之前和她大吵了一架。

吵架的起因是霞姐认为向芸希欺骗了她，向芸希没有承认自己就是那个发现沙溪庙文明“遗迹”的人。“如果不是你发现了那个‘老佛’，恐龙就不会出现。”何晓霞斩钉截铁地说。向芸希承认自己欺骗了霞姐，没有告诉她实情，但不承认自己该为这场恐龙危机负责。双方都在愤怒中，言辞越来越激烈，吵得不可开交，最后以霞姐摔门而出结束。次日，霞姐回来，带走了她的所有东西，回泸州老家了。

现在回想起来，恐龙来了，让所有人都郁积了恐惧，而天坑光柱的出现及数万人的消失，则把这恐惧堆叠到最高处，再以愤怒的形式坍塌下来。压垮了霞姐，也压垮了向芸希。

此刻，房间里只有向芸希一人。

霞姐可以回泸州，她可以回云阳吗？

她不害怕黑暗。小时候在锅圈岩下的溶洞里，她甚至很享受四周一片漆黑所带来的宁静。

只是她害怕孤独。

尤其是现在这种情况。

这间房子并不大，但现在显得特别空荡。她觉得这间房子就像是一棵参天大树的一根不起眼的枝条上的一个小小鸟窝。而她也只是这鸟窝的寄居者，一条毛毛虫那样的存在。鸟窝不属于她，枝条不属于她，参天大树更不属于她。

她上了床，双臂抱在胸前，整个身体缩成一团。

孤独从四面八方涌来，将她深深地掩埋。

向芸希一骨碌爬起来，拿出手机拨打："在干吗呢？博士，过来吃烧烤？远？开个时空门过来！"

69

"翼龙，这名字可能会让你觉得它是恐龙家族的一员，但其实啊，翼龙并不是在天空中翱翔的恐龙哦！翼龙和恐龙共同的蜥形纲祖先出现在三叠纪卡尼期[①]。可是在演化的道路上，它们开始各走各的路，逐渐发展出了自己独特的特色和生存方式。翼龙飞上了天空，成为天空的霸主，而恐龙则在地面上大展拳脚，成为陆地的王者，还有鱼龙，也在侏罗纪下了水，成为最早重返海洋并征服海洋的蜥形纲动物！所以，下次别再把翼龙当成恐龙，也别把鱼龙当成恐龙，它们可是各有各的精彩呢！"

杨耐看了看手里的这张宣传单，习惯性地皱了皱眉。此刻，他站在璧山大成广场，一个头戴志愿者帽子的男生把这张宣传单塞给了他。广场上有十来个志愿者正在向路过的人们发宣传单。他瞅见附近有一组垃圾桶，走过去，4 个智能垃圾桶中的一个识别出他的意图，自动打开盖子，准备接受宣传单……忽然听见一个声音喊了一声"博士"，猛然抬头，觑见那个

---

① 在三叠纪早期，2.34 亿年前到 2.32 亿年前之间，地球上发生了一场全球性降水事件，被称为卡尼期洪积事件。这场持续 200 万年的大雨对地球的地质、气候和生物产生了深远的影响。研究表明，卡尼期洪积事件导致了至少 50% 的生物灭绝，蜥臀目、鸟臀目、翼龙目、鱼龙目等蜥形纲动物在卡尼期洪积事件后迅速多样化，并在较短的时间内扩散到全世界，占据了陆地、海洋、天空的生态位，成为整个中生代当之无愧的统治者。

人，嘴里弹出一个词来：“啊，好久不见。”

“你是要把那个扔掉吗？”向芸希歪着脑袋，看向杨耐，调皮的表情有些意味深长。

她头上也戴着志愿者的帽子。原来是到大成广场发宣传单的，难怪在知道杨耐要来璧山的时候，约他在这儿见面。

“不是，”杨耐把宣传单收了回来，尴尬地说，“这宣传方式，太古老了，有谁会喜欢啊？”

“一开始我也是这样想的，但我很快发现，老一辈人的人很喜欢。毕竟他们不像我们这样，对网络和手机无比熟悉。”

“关键是，唉，错误太多。”

“在你这种专业人士看来，哪儿不是错误啊？”

“前面在讲翼龙和恐龙，后边突然间就加入了鱼龙……”

“又不是我写的，我只是负责发。跟我说这些有什么用？”向芸希生气地说，“难道我长了一张喜欢受教育的脸？”

“不是……我不是这个意思。”杨耐后知后觉地发现，向芸希是真生气了，可他还是有些恍惚，不知道向芸希为什么生气。是因为我说错什么了吗？

“你不是这个意思，那你是什么意思？”

杨耐想说：“我关注恐龙，只是因为我喜欢；我努力学习，只是因为我想知道的恐龙一切，恐龙的一切都那么有趣，而不是因为它有用；我研究恐龙，只是因为我想发掘恐龙那些还不为人知的秘密，关于恐龙，我们知道得还太少太少。”

然而他说不出口。

事实上，杨耐是一个充满好奇心的人。他对于未知的事物总是充满了浓厚的兴趣，恐龙只是其中之一。一旦发现某个知识点是他所不了解的，他的好奇心就会被激发，促使他去深入了解和学习这个知识，直到完全掌握。一旦杨耐掌握了某个知识，他的喜悦之情就像一个小孩子经过千辛万苦终于得到了他心爱的玩具一样。这种喜悦不仅仅是因为他掌握了新的知识，更是因为他在探索的过程中感受到了成长的快乐。这种快乐是任何别的事物都无法替代的，这是属于知识的独特魅力。

然而他不知道该怎样才能准确传达出自己的心声：“我给你讲这些，是因为我喜欢，是因为这些知识本身就是有趣的，是因为我想把我的快乐分享给你，是因为我希望你也跟着快乐，是因为在分享知识的时候我是快乐的，是因为……”

一时之间如同舌头打结，嗫嚅着一句话也说不出口。

“能不能说点儿别的？”还是向芸希退了一步。

“你不上班吗？”

“今天这场宣传活动，就是厂里组织的。”

“难怪你们的衣服都是一样的。”

“看见了吗，那光柱，好多人说那是时空门，也不知道里边会钻出什么来。大家都很害怕。我们都有认识的人在天坑光柱出现的时候消失了。老板说，大难临头，我们总得做点儿啥子吧。”

那道赤红色的光柱在楼宇之上，近得仿佛伸手就可以摸到。天空阴郁，那光柱是唯一的亮色。“简于宸也是失踪者之一。”杨耐伸长脖子，眼睛在光柱和向芸希之间切换，“我来，就是研究它的。”

“你还有多少时间？”

“一个小时。一个小时后要去集合。”

“够。我饿了。”

这个时间点，吃午饭嫌晚，吃晚饭嫌早，杨耐还是乖乖地跟着向芸希，进了附近的一家“云阳鲜面”。“不如云阳的正宗，不过总归比没有好。”向芸希点了两碗，“在云阳的时候，我就想请你吃面，可一直没有机会，现在补上。”

“我请。”杨耐拿出手机，支付了费用。向芸希也没有阻止，仿佛这是天经地义的事情。

“霞姐走了，恐龙没把她吓走，天坑光柱一出现，她马上回泸州了。”

在老板煮面的时候，向芸希说，“临走，她还说我骗了她，说我是那个带来这场灾祸的人，气得我早饭、午饭都没有吃。”

“不是，你不是。”这回杨耐知道向芸希生气的原因，也意识到事情的严重性了，“我能猜出霞姐会说些什么话，也知道她为什么这么说。她和很多人一样，被眼前的灾祸吓住了，迫切地需要找一个具体的原因来解释这一切。而你，就是她找到的替罪羊。不是，你不是。至少你自己不要这么认为。即便你是发现‘老佛’的那一个人，这场灾祸也跟你没有关系。”

杨耐继续说：“你没有做错什么。并不是你做错了什么，这场灾祸就会发生。即便你事事谨慎，尽可能地做到了完美，可该发生的灾祸仍然会如期而至。这个世界充满了不确定性，生活中总会有一些无法预料的变数。灭绝恐龙的那颗小行星难道是因为恐龙做错了什么才从天而降的吗？”

“你可真会安慰人。”向芸希瞄了杨耐一眼，感叹道。

这时，老板把云阳鲜面端上来了。热气腾腾，在这个寒气逼人的冬日，显得格外诱人。向芸希埋头吃面。她确实饿了。早饭和午饭的时候没什么胃口，索性就不吃了。但现在，她格外想吃。

杨耐吃了两筷子，说：“对不起啊。”

“对不起什么？”

“我不该说你们的宣传没用。刚才我仔细想了一下，你们这种宣传自有其价值。还记得普安派出所的姚所长吗？刚开始的时候，说普安云阳龙都非常别扭。现在呢，我相信他和很多人一样，不但对各种恐龙的名字了如指掌，对于恐龙的分类与生活习性，以及同一时期的动植物的资料，乃至新田沟、沙溪庙这样的地质术语，等等，也是张嘴就来。”

“对头。你看我，现在都成半个恐龙专家了。当然，没法和你比。”

“在宣传上，你所起的作用比我大得多。”

“真的吗？”

“真的，我不会撒谎。”

这个冬天的恐龙事件，对于恐龙知识的全民普及起到了不可思议的促进作用。那些关于恐龙的冷僻知识，几乎是一夜之间在重庆市民中流传开来。他们一遍又一遍地念叨合川马门溪龙、上游永川龙、磨刀溪三峡龙、普贤峨眉龙、普安云阳龙、元始巴山龙等恐龙的名字，仿佛是它们的好朋友。他们面红耳赤地与人争辩上游永川龙到底能不能打赢霸王龙，唾沫四溅地跟人讨论合川马门溪龙的脖子为什么那么长，洋洋得意地分析元始巴山龙背上的骨刺是防御的利器，还是发情时炫耀的装饰。

"是嘛。那么我该骄傲了哟。"

"虽然也有不少错漏之处。"

"你这种人，身边的朋友一定不多吧？"

"不是很少，实事求是地说，几乎没有。在得罪人这件事上，研究院里我说自己是第二，没有人敢说自己是第一。"杨耐说，"这是你第二次说这句话。"

"我说的话你都记得？"

"不是全部。"

"你抽烟吗？"

"你见过我抽烟吗？"

"人前人后都不抽？"

"不抽。怎么啦？"

"没什么，随便问问。"

70

今天的指挥部科学顾问网络会议上，子午工程科学谷实验室主任赵培钦报告了一个发现：子午卫星先是检测到3个地磁异常扰动，半个小时后，对应的地方出现了天坑光柱。一个小时后，同样的事情再次发生。而且天坑出现的同时，地磁异常扰动突然间消失了。因此强烈怀疑地磁异常扰动与天坑的出现有某种联系。

董书记照例做了总结发言，随后会议结束。

黎乃菡起身，走到窗边，去看远处悬在茫茫群山之上的赤红色天坑光柱。这里距离龙角镇的天坑光柱甚远，在黎乃菡眼里，它更像是一个居心叵测的眼睛。

龙角镇在普安乡的隔壁。出现天坑的地方，位于龙角镇附近的磨刀溪上，正好将磨刀溪截断。这磨刀溪也从重庆云阳恐龙国家地质公园中间穿过。照说天坑低得那么明显，流进天坑是理所当然的事情，然而光柱阻挡了磨刀溪的流进。黎乃菡看过现场的视频，受到光柱的阻挡，磨刀溪从天坑的右侧开辟了新的河道，有时贴着光柱流，有时流向地势较低的地区，最后兜兜转转，还是流进了下游的河道。

那光柱看上去有形无质，怎么能挡住河水？黎乃菡想不明白。

侏罗纪山谷和里边的侏罗纪植物也还在，一点儿也没有要消失的迹象。最初黎乃菡还叫人拉了警戒线，不准游客进去，现在嘛，早就有人进去又出来过了。在他们眼里，那条山谷跟别的山谷并没有什么不同。植物，再怎么古怪，也不如恐龙来得耀眼。

这时，电话铃声响起。

是重庆云阳恐龙国家地质公园管委会主任打来的。曹院请了病假，现在院里的大小事宜都归她管。她感到疲惫，却不得不强撑着去做。主任打电话的目的是询问将重庆云阳恐龙国家地质公园改造成恐龙自然保护区的可能性。

项目部跟园方只是合作关系，在园方管理方面，只有建议权，没有多少决定权。就算园方决定，立刻把所有的展品收进仓库里，把所有的场馆都用来饲养那些活生生的恐龙，黎乃菡副院长能做的事情也不多。

刚开始黎乃菡给出了否定的回答，原因是恐龙随时会像以前那样消失在空气里，到时候重庆云阳恐龙国家地质公园的损失可就大了。她知道管委会为什么会这样想，因为自恐龙危机爆发以来，重庆云阳恐龙国家地质公园的游客数量降到了历史最低点，而支出则一点儿也没有减少。入不敷出，作为重庆云阳恐龙国家地质公园的直接管理者，管委会非常着急。对此，黎乃菡是了解的，也不怪他们在恐龙危机还没有解除的时候，就着急忙慌地想要改换经营方向。

毕竟，就像世界上没有哪两片叶子是一样的，不同的人所看重的事情也是不一样的。早在 11 月初，恐龙第一次出现的时候，某保险公司紧急推出意外恐龙伤害险，如果证实是被恐龙咬伤或咬死，将获得巨额赔偿。怎么评价这个事情呢？黎乃菡只能说，大家都在很努力地活着，包括保险员，也包括古生物学家们。

现实里出现了真正的恐龙，为恐龙的研究提供了一个全面的更新资料库的机会。与此同时，真正的恐龙又让那些化石失去了所有的魅力。叶公好龙的故事普遍发生在了那些古生物爱好者身上。

简于宸曾经向黎乃菡描述过他对化石的感受："化石，这些已矿化的生物遗骸，以其美丽而独特的形态，在重点实验室被巧妙地转化为工艺品。当我轻轻抚摸这些化石上精致复杂的纹路时，不禁会想象这些远古的生物，生前是如何波澜壮阔，死后又是如何跌宕起伏。这些地质历史的见证者，以其近乎永恒的存在，向我诉说着生命演化超越任何神话与史诗的壮丽。"

如今，简于宸失去了联系，很可能已经死掉了，跟消失在 6 个天坑光柱里的数十万人一样。向简于宸远在济南的家人通报这件事的时候，黎乃菡听见他的妈妈哽咽得如同 3 岁的孩子。

所以，当管委会主任坚持他的意见时，黎乃菡同意了，不过同时提出，不用改造公园场馆，以 500 米长的侏罗纪山谷为中心，圈几座山来，建立恐龙自然保护区的新建议。

管委会主任对这个建议非常满意。

刚挂了管委会主任的电话，又一个电话打进来，这次是杨耐。

杨耐告诉菡姐，他在去璧山国际机场天坑光柱的车上，翻看大师兄留下的工作笔记。"有很多精妙的想法。"他说，"我向来不喜欢大师兄，因此连他说的话也不喜欢。现在看了他的工作笔记，我才知道是我浅薄了。大师兄的专业能力是毋庸置疑的，最为关键的是，他有很多超出常规、出人意料的想法。”

“肯承认错误，是进步的表现。”

“错了就是错了，承认错误很难吗？”

“对你来说，承认错误很容易。对有些人来说，承认错误比登天还难。”

杨耐留给黎乃菡的第一印象并不好，甚至可以说非常糟糕。

当时，会议室屏幕上正在放哥斯拉的片段，副院长黎乃菡信口说道：“我女儿最喜欢奥特曼了，也不知道奥特曼能不能打赢这种大怪兽。”杨耐路过，本来不关他什么事，他却主动接过话头说：“怪兽是怪兽，怪物是怪物，不能混为一谈。基本的专业知识要有。哺乳类才能被称为兽，即便放松标准，属于合弓纲的，也能叫兽，但这个玩意儿，造型明显是蜥形纲那边的，怎么能称之为怪兽呢？”

这种吹毛求疵外加恶意显摆，差点儿让以好脾气著称的黎乃菡当场翻脸。不过，后来接触多了，黎乃菡发现杨耐对谁都这样，谁的错都敢纠，并没有主观恶意，她就释然了。“你这么个凡事都要弄清楚是非黑白的性格，迟早惹出事端来。”她经常对杨耐这样说，“要学会宽容，容得下别人的错误。不要把生活中的每一件事情都当成必须考满分的考试，考 99 分就说自己考差了。在这一点上，你要向孙永河学。”

杨耐毫不客气地反问：“学他什么？酗酒，还是上班摸鱼？”

“对事情的真实性有着强烈的追求，这本身没有问题。但我觉得，你的方式可以更温柔一点儿，不要像现在这么刚。”黎乃菡说，“刚者易折，你可明白？”

那个时候的杨耐并不明白，现在的杨耐明白了吗？

杨耐在电话那头说：“经常把演化比喻成一棵树，画出来也是一棵树，但树跟树是不一样的。菡姐是研究植物的，对这一点的认识肯定比我深刻。传统的生命树图是桃树，不但主干分明，枝枝杈杈也格外分明，好像彼此之间一旦分离，就再也没有关系。事实上并非如此。大师兄在工作笔记里说，生命树图应该画成黄葛树的样子，主干并不泾渭分明，经常旁逸斜出，枝枝杈杈也经常混杂在一起，难以辨识，就连它的根，也是屈曲盘绕，仿佛深入无机的混沌之中。大师兄说，桃树图胜在简洁，黄葛树图则能更为全面地展现出生物演化的多样性和复杂性。作为一种更理想的生物学图像，黄葛树图能帮助我们更好地把握生物演化的本质，拓宽我们的认知边界。我觉得大师兄说得太对了。我天天看到黄葛树，但从来没有把黄葛树跟演化图联系起来。

"这下知道我为什么叫你向大师兄学习了吧。"

"菡姐教育得对。"

菡姐这个叫法也是孙永河开的头。最早杨耐只肯叫她黎院长，现在菡姐长、菡姐短的叫，也是一种拉近关系、融入集体的具体表现。黎乃菡自己也更喜欢别人叫她菡姐而不是称她以职务。院长可以有很多个，而菡姐，就只有她一个。

杨耐在电话那头继续絮叨，分享的欲望溢于言表："大师兄对黄葛树根的描述简直绝了。黄葛树已经够高大了，然而它的根比树干要发达2—3倍[①]……我跟植物学家说这些干吗，班门弄斧。我觉得黄葛树复杂的根系甚至暗示了生命的起源不是一种形式，而是多种，只是在后来的协同演化中，相互交织，彼此缠绕，让后世的研究者难以捋清生命的起点。菡姐，我想在大师兄的工作笔记后边接着写，以后有机会整理成一本书。书的名字已经想好了，就叫《演化论演化着》。"

"名字不错。"黎乃菡赞道，"不过，做事要搞清楚轻重缓急。现在最重要的事情是什么，不用我多说吧。"

---

① 黄葛树的根有许许多多的须根和分根，既可以深入地下，又可以像藤蔓植物一样，吸附、缠绕着岩石或者别的树，茁壮生长。还有几十厘米长的气生根，悬吊在空中，能吸收潮湿空气中的水分。黄葛树的根适应能力极强，根从圆形长成扁平形，自然地形是什么形状，它就会长成什么形状。当两棵黄葛树的树根相遇时，它们会合并成一根较粗的根。当许多黄葛树的根连在一起时，它们的样子就会变得极为复杂。

“明白。”杨耐回答得甚是干脆，“董书记说，留给我们的时间可能不多了。”

71

解放军的营地建在一个名叫佛耳岩的地方。77集团军某合成旅合成九营围绕直径约2千米的天坑光柱拉起了数十千米长的铁丝网。铁丝网之外，是各种坦克、步兵战车、榴弹炮、迫击炮、火箭炮等武器组成的梯次防御阵地。杨耐不是军事迷，看不出那些武器的具体型号来，只觉得它们看起来就很威风。

接待杨耐的，是一个叫阮祥州的勤务兵。他白白净净的，圆圆的脸庞如同满月。阮祥州很健谈，同行了短短的一段路，杨耐就知道了他的很多事情。贵州六盘水人，今年20岁，当兵一年半。

路上遇到一个黑瘦黑瘦的人。阮祥州给杨耐介绍，这是合成九营的首席参谋韩潇。韩潇说要去“无人装备连”检查，旋即快步离开，动作迅猛，好像到哪里都处于奔跑的状态。

看着韩潇远去的背影，阮祥州说：“真像猎豹。可你知道大家都叫他什么？肥猫。”

“肥猫？也没有见他有多肥啊。”

“肥猫是他以前的外号。”阮祥州说，“入伍第一年，韩潇就减掉了36斤，不但不肥了，还带领全班，勇夺军区全能比赛第一名，成了实实在在的兵王——肥猫这个外号却保留下来了。现在，他不仅是营里的首席参谋，还兼着无人装备连连长一职。”

阮祥州带杨耐去营部见合成九营营长黄耀东，他说营长知道来了一个“恐龙博士”，点名要见他。黄耀东皮肤黝黑，说话铿锵有力，一举一动都像会动的钢铁。见到杨耐，未及寒暄，他劈头就问：“天坑光柱是怎么一回事？会从里边冲出什么怪兽来吗？”杨耐也有话直说：“这是我来这边研究的问题。要是知道答案我就不会来了。”营长对杨耐的回答并不满意，挥挥手让阮祥州带杨耐去科研营地报到。

“营长这两天都没有休息好，”离开营部，阮祥州对杨耐说，“他担心那里边冲出什么怪兽来。”

杨耐忍住了辨析怪兽与怪物的冲动：“你不担心吗？”

“我不担心。我担心它不出来。”阮祥州捏了捏手中的 QBZ-192 型 5.8 毫米短突击步枪。

“也许不是怪物，而是星际战舰呢？”

“也不怕。我们这儿是最前线，”阮祥州自信满满地说，“在远处，你看不到的地方，还有兄弟部队——空军、火箭军、太空部队——在监控这里，并随时提供远程火力支持。”

科研营地距离合成九营营部不远，由一系列高高低低的临时板房组成。杨耐抵达科研营地时，并不意外地发现，每一个人都在忙碌。然后，他很快发现，自己不仅是最后一个到科研营地报到的，而且是科研营地里唯一的古生物学家。

阮祥州把杨耐介绍给科研营地的负责人，重庆大学物理学院院长马俊飞。这位老教授脑袋顶上全秃了，听说杨耐是研究恐龙的就问他，恐龙的牙齿是不是终生生长的？杨耐说是，但它们并不是像啮齿类那样一直往上长，而是旧牙坏了，自然脱落，然后长出新牙来。老教授感慨了一句，说如果人类也有这种本领，那就好了。杨耐这才注意到他的牙齿破损得厉害，却不知道为什么没有去修补。

“需要我做什么？”

“不需要。”

“大家都在忙。”

“忙也是瞎忙。忙起来，才不会被人骂没用。”

杨耐想不到德高望重的老教授会说出这样的话来。

“恐龙从天而降，古生物学家疯了一半。”马教授指着那道一头接天一头接地的光柱，“天坑光柱一出场，所有的物理学家都疯了。”

杨耐默然。

后来才知道，在曹院提出“失落的世界”假说的会议上，另外一位发言的科学家就是马俊飞。他是研究圈量子理论的。他不喜欢别人叫他马院，他说总觉得是在骂他，所以宁愿大家都叫他老马。

“我们也不是现在才开始注意到，而是 11 月 5 日，在恐龙第一次登场就注意到恐龙出现的方式是物理的。它们是穿越而来。”老马如是说，“然而恐龙太过瞩目，太过耀眼，从上到下，都把这当成了古生物问题，实际上呢，这是一个物理学问题。”

经高分卫星从太空的观测结合地面的现场观测，6 个天坑，大小基本一致：直径约 2 千米（精确测定为 1865 米，看上去怪怪的。实际上，1865 是十进制的写法，若换算为六进制则写作 12345，后边的单位未知），深度未知。赤红色的光——有科学家猜测是我们还不知道的某种神秘物质——充盈其中，并延伸到天上约 8 千米（实测为 7645 米）处。天坑的底端是什么情况还不得而知，因为所有进入光柱之中，试图一窥究竟的探测器全部失联，无一例外。太空中卫星的观察也无法进入内部。光柱的顶端则一看就知道，它高高地耸立在云层之上，顶端平滑得就像被利刃切过一样，没有一丁点儿褶皱。

这就是目前对天坑光柱的全部了解。

除此之外，用“不知道”三个字就可以全部概括。

物理学家相信：一切都是物理。但现在，6 根天坑光柱明明白白摆在面前，物理学家却做不出合理的解释，不疯才怪。

杨耐去旁听理论物理学小组的讨论。小组的每一个成员都试图说服组员相信自己是正确的。老马说：“非比寻常的现象，也是非比寻常的机会，困顿已久的理论物理能否突破，在此一举。所以你看，冷静的是少数，多数都可以用微醺来形容，有几个甚至可以描述为癫狂。”

“在微观尺度上，每个物理过程都遵循着自己的节奏，独立于邻近的其他过程。”

“时间机器内部对任何在时间轴上移动的物体进行精确地复制，包括它的量子细节，这并不违反不可克隆原理。相反，根据现在的情况，是关于封闭类时曲线的理论需要改进。”这段话是老马说的。

“不只存在一个虫洞行为，可能存在更多的虫洞，在未来和过去间建立了许多通道。”

“存在额外的空间维度是弦理论最关键的一项推论。”

“弦理论的核心问题就是，什么是弦理论？答案每年都不一样。”

“黑洞历来都是检验理论极限的试验场。”

“在这种理论中，四维时空是由三角形——或者说三角形组成的四面体——的最小单元组成的，那些指向相同时间方向的三角形会以因果关系连接在一起，最终就能形成一个稳定的宇宙结构。”

杨耐毕竟是读过大学的，对物理学也不是完全的一无所知。然而这些学者随时会说一堆不明所以的缩写，经常掺杂各种复杂的公式，有的喜欢使用自以为通俗实际上更为复杂的比喻，有的喜欢自己窜改词语意思而不加以说明，有的甚至热衷于自己发明新的词语，因此他们所讲的话，杨耐有时能听懂，有时听着听着就糊涂了，不明白他们表达的到底是什么意思。

所谓隔行如隔山。

古生物学与理论物理学之间，岂止是隔了一座山，简直是隔了千山万水啊！

杨耐开始明白向芸希听自己讲恐龙的感受了，也就明白向芸希为何要向他炫耀她的摩托车知识了。杨耐想象着，要是自己这个时候跑过去对那帮理论物理学家大谈特谈“肱骨沿其长度方向强烈向外侧弯曲，闭孔突位于坐骨骨干中部”，他们会是什么感受呢？是不是当场懵掉，认定自己被恐龙吓傻呢？

“空间不再存在于基础理论之中，引力场的量子不在空间之中。同样，时间也不存在于基础理论之中，引力场的量子不在时间之内演化，时间只计算它们的相互作用。空间和时间，是量子引力场中的涌现。”一个年轻的理论物理学家说。她穿着白皙的薄款羽绒服，戴着一副大边框的墨镜，齐肩的秀发则绑上了五色丝线，扎成了数十根彩色小辫，显得非常时尚又神秘。

“那是我的博士生，叫于灵。”老马对杨耐说。

杨耐大吃一惊。发射实验假说就是于灵提出的，他一直以为于灵是德高望重的老教授，没想到她如此年轻，如此时尚，如此富有活力。“我是她的第二任博导，要不是因为恐龙危机，她早已经跑去别处，找第三任博导了。”老马如是说，“面对天坑光柱，当所有的理论物理学家都手足无措时，于灵很可能是能挽回理论物理学家颜面的那个人。”

72

经老马介绍，杨耐认识于灵后，向于灵道歉，说不该猜测她的年龄和性别。于灵眨动着大眼睛，说：“你不是第一个猜错的，却是第一个来道歉的。看在你这么真诚的分儿上，我就原谅你了。”

杨耐做事认真，一板一眼，而于灵性格跳脱，说起话来总是二不挂五的样子，他很不习惯。在知道次声波的事情后，老马极力邀请他到研讨会上讲讲。杨耐有些受宠若惊，反倒是于灵一句话点穿了实质：“听谁闲扯不是闲扯啊。”

“当初消防队向社会征集应对恐龙的办法，我提供了一个办法，用次声波发生器。”杨耐并不习惯当众讲话，一开始显得紧张而拘谨，说起话来结结巴巴的，“为什么次声波发生器有用呢？是因为次声波会对恐龙造成伤害吗？对，也不完全对。次声波肯定会对恐龙造成一定程度上的伤害，但相信大家也都看到了，对次声波的恐惧不是出现在一两种恐龙身上。只要一出现次声波，几乎所有的恐龙都会进入强直静止状态，即使是上游永川龙这样的大型肉食恐龙也不例外。为什么？”

抛出这个问题后，杨耐发现台下的物理学家们的注意力都集中到自己身上来了。感谢向芸希，是她提供了强直静止状态这个术语。“我猜，有谁用次声波作为武器，长时间、大规模地猎杀过它们，它们对次声波的恐惧是印刻在基因里的。”他接着讲，进入他熟悉的领域，仿佛台下就坐着向芸希一个人，于是越讲越流畅，“是谁呢？新田沟文明。在文明涌现初期，新田沟文明就大量驯化普安云阳龙，给它们装上了次声波发生器，将它们作为自己的猎狗。是的，我曾经与普安云阳龙正面遭遇，发现它们有被驯化的行为，我看见过它们用次声波攻击普贤峨眉龙，并且两次被它们用次声波攻击，同时被它们攻击的，还有楠竹坪的数十位村民。被次声波攻击非常难受，我真的不想再经历了。”

“这么说，他们会使用次声波武器？”台下有人问。

“很有可能。”杨耐回答，注意到那人是一名少校。身材颀长，眼神尤为犀利。

“我们会做好准备的。”少校说，“你继续。”

后来才知道，这名少校是合成九营指导员覃郎。阮祥州介绍说，覃郎入伍的时候是练狙击的，曾经参加了军区举办的猎人集训，但后来因受到伤病的困扰，退出集训，兜兜转转，最终走向了行政岗位，成了一名优秀的指导员。

那边有科学家问杨耐，“你所说的新田沟文明会是什么样的呢？”

“有各种可能。最不可能的，就是与我们一模一样。”杨耐说，“举个例子，由于脑袋大的缘故，人类婴儿出生后，要和妈妈一起接受一定时间的照顾[①]。这便是家庭的生物学起源，而家庭是所有社会组织的起点与最基本的单位。我们的社会性，深深地根植于我们的动物性。那么，新田沟文明

---

① 我们的聪明与大脑袋密切相关。而直立行走，让人类的骨盆变窄，这使得大脑袋的胎儿难以出生。按照体型，人类应在母体怀孕 18 个月左右胎儿才能发育完全。折中方案是胎儿在脑袋还不那么大的时候就出生，等出生之后，脑袋再长大。新的问题是，按照体型，人类应在母体怀孕 18 个月左右胎儿才能发育完全，只怀孕 10 个月就出生的婴儿几乎都是没有生活自理能力的早产儿，出生之后要 1 年以上，婴儿才有基本的生活自理能力。演化不是线性的，而是牵一发而动全身。

也是建立在家庭之上吗？我想，他们即使有家庭，他们的家庭应该和我们的有很大的不同。以此类推，建立在家庭基础之上的家族、氏族、部落、联盟、国家等也会有很大的不同。他们的社会性也会深深地根植于他们的动物性。”

这次分享，为杨耐在科研营地里赢得了一定的名气，握手的时候大家都说他讲得非常有趣。

次日，在杨耐的要求下，他穿上橘黄色的防护服，由一队战士护卫，和一组科研人员去近距离考察天坑光柱。

他们越过铁丝网，沿着空荡荡的合璧津高速公路一直走。公路的尽头就是天坑光柱。实际上是高速公路被天坑光柱生生截断了。

这赤红色的光柱，远处看和近处看，亮度是一样的。

站在天坑边，往里边看，至少能看到 5 米远，再远就被淹没在一片浓稠如汤汁的赤红色里。杨耐看到天坑里边极其光滑。往下看，天坑深不见底，令他想起曹院那个“失落的世界”；往上看，光柱仰之弥高，仿佛孙悟空的如意金箍棒杵向无穷的天空。

要是从合璧津高速公路的断口跳进天坑光柱，会发生什么样的事情？

这里杨耐赶飞机的时候来过。璧山国际机场是重庆继江北国际机场之后的第二座大型国际机场，一大片全新的建筑，还有好几条地铁和高速公路通向这里。任何时候来，都是一片繁忙景象。但现在，机场连同周边的山丘、河流、农田、池塘、住宅等通通消失在大坑光柱里了——或者说被天坑光柱取代了。

其中有简于宸，那个爱美的小师弟。

他们是已经在天坑光柱里化作了齑粉，还是像有些理论物理学家猜测的那样，去了另一个时空？事情发生的时候，他们是怎样的感受？如果我跳进天坑里，会发生什么样的事情？接下来，又会发生怎样的事情？留给我们的时间还有多少？

所有问题的答案都是“不知道”。

站在天坑光柱跟前，真切地感受它的庄严、神秘与巍峨，杨耐突然变得无比恐慌。他一向严谨、冷静、理智，即使在楠竹坪与两头普安云阳龙对峙时他也不曾失去控制，然而现在，恐慌像瘟疫一样从他的心脏蔓延到四肢百骸，令他浑身战栗。

他们使用了最新式的物探测试、三维激光扫描、无人机航测等，对天坑光柱进行了科考，结果和以前一样，没有什么结果。无人机飞进光柱后，传回了几秒画面，就失去了联系。

这次考察结束，杨耐做了一个决定，向指挥部申请成立新田沟文明研究小组。这事儿早就该做了。“董书记说要用社会性战胜眼前的灾祸，我却还想着单打独斗，真是不应该啊。”他如此反思。

老是幻想一个人拯救世界大概是一种心理上的疾病吧。

指挥部倒是很爽快地同意了，不过合成九营黄耀东营长提了反对意见，说是搞学术研究不能耽搁正事。他说的正事是与恐龙的战争。杨耐就不明白了，研究新田沟文明怎么就不是正事啦？辩论无果后，杨耐只好妥协。他新拉了一个聊天群，盘点了一下人选，把合适的都拉了进来。菡姐不但自己进来了，还拉了几个朋友进来。曹院没有回话，听说从暴雪后他就病得严重。杨耐想了想，大着胆子跟董书记说了，董书记说他太忙，让李秘书加了聊天群，有什么重要的结论，随时向他汇报。

马院长和他那个扎彩色小辫的女博士生于灵一起进来了。于灵一进聊天群就说，群里的专家都来自四方八面，八竿子打不着那种，要不这小组就叫“风马牛不相及”吧[①]。

---

① 经过数百年的发展，现代科学的研究已经进入了一个全新的阶段。一方面很多学科变得越来越艰深，要到小数点后边很多位去寻找答案，另一方面跨学科、多学科融合而有新的发现已成为越来越普遍的现象。因此，单打独斗的模式被淘汰了，取而代之的是研究小组模式。一个研究小组少则两三人，多则五六人、七八人，以本学科为主，也兼容有关学科。这样的研究小组是很松散的组织。组成研究小组的纽带往往是兴趣，有时是某一个具体的项目，而当项目结束或者无甚进展，抑或是兴趣转移，就会有小组成员退出，新的成员加入，也有可能整个小组忽然间就解散了，无疾而终。

赵培钦赵主任的加入，还不算意外，真让杨耐感到意外的，是在一个熟人的熟人的熟人的邀请下，“洞穴专家”魏泽生也加入进来。

“你以为只有你一个人在想方设法拯救重庆吗？不是的，”面对杨耐的疑惑，魏泽生坐在武隆县天星乡的一座山上，望着不远处的取代了气坑洞和垌坝洞的天坑光柱，说，“大家都在努力。重庆不是你的，也不是我的，是我们大家的。当你视若珍宝的东西却在瞬间被破坏殆尽，你就会明白我的感受。”

早就进来的钟扬很兴奋：“让我们一起愉快地聊恐龙人吧。”

73

杨耐其实是反对“恐龙人”这种说法的。

50年前，有一个叫戴尔·罗素的加拿大古生物学家提出了“恐龙人假说”，而杨耐曾经跟孙永河争论过这个话题。

有一次，孙永河在跟人讲罗素的假说，讲得眉飞色舞，仿佛那已经是不可辩驳的真理。杨耐听见了，毫不客气地指出：戴尔·罗素认为伤齿龙是最聪明的恐龙，但那是1982年的事情，假说的基础已经过时了。后续研究表明，伤齿龙的脑袋既不像罗素认为的那样大，也不像罗素认为的那样聪明。“最糟糕的是，罗素认为伤齿龙演化为智慧恐龙，形体会变得与智人高度近似，连恐龙标志性的尾巴都消失了，这未免过于拟人。”杨耐尖刻地说，“我小时候就看过重庆自然博物馆里的恐龙人模型，看上去就像是一个人穿了一身廉价的皮套，假得不行。”

孙永河不和他正面争执，而是说：“小师弟，这是一个有趣的假说，而且惊世骇俗，不是吗？”

“有趣，”一如既往，杨耐坚持了自己的观点，“但不是真的。”

“我喜欢惊世骇俗。”大师兄说。

时至今日，回望过去，杨耐提出新田沟文明，孙永河提出沙溪庙文明，很难说没有受到戴尔·罗素那个假说的影响。

即便如此，杨耐依然不认可恐龙人这种说法。

“我不喜欢称他们为恐龙人。”在“风马牛不相及”小组讨论的时候，杨耐强忍着没有在这个词语上纠结，毕竟大家分散在好几个地方，各有各的忙，能同时在聊天群聚齐的时间并不多，每一分每一秒都很宝贵。然后，在聊天群的正式讨论结束之后，杨耐给向芸希打电话，还是忍不住把自己的想法宣之于口：“在我看来，将它们简单地称为恐龙人并不恰当。这个说法暗含了我们将智慧生物视为与我们人类相似的生物，具有类似的形态、社会结构和思维方式。然而这种观念实际上是一种令人困惑又深入人心的误解。地球生物的多样性已经向我们展示了生命可以在各种环境中茁壮成长。我们不能将他们简化为具有人类特征的恐龙。它们完全可能拥有与人类截然不同的形态。”

“比如？”向芸希在几十千米之外的春和景明小区里说。她刚刚结束一天的工作，在夜幕下，疲惫地回到一个人住的出租屋。

“比如手。手对我们人的重要性不用我多强调了吧，重要到我们想象的智慧生物都有这样一双灵巧至极的手。然而，大自然中没有手的动物比比皆是，它们一样活得很好。”

“没有手，那用什么来操纵机器？”

“它们会保留更为标准的兽脚亚目的身体和长尾巴——可以用尾巴。云阳龙属于坚尾龙类[①]，有一条相对较短而且不够灵活的尾巴。如果云阳龙属的一种，发生了基因突变，这条尾巴变长了，变得非常灵活了，灵活到能用它干一切我们的手能干的事情……”

“尾巴变灵活，这个我能想象。人原先有尾巴，后来基因突变，尾巴消

---

① 在兽脚亚目之中，离现代鸟类较近，而离角鼻龙较远的所有物种都被定义为坚尾龙类。坚尾龙类从股骨到尾巴的肌肉相对较短，尾巴后段不够灵活，不会明显地左右摇摆，好处是奔跑时改变方向更加容易。许多著名的恐龙属于坚尾龙类，包括：始祖鸟、跃龙、窃蛋龙、棘龙、暴龙、伶盗龙，以及所有现代鸟类。

失了。好多猴子都有灵活到不可思议的尾巴。但一想到它们用尾巴尖儿在手机上戳来戳去，我就觉得好笑。”说到这里，向芸希笑出了声。

“为什么他们一定会使用手机这样的工具呢？他们会发明适合用他们的尾巴进行操作的通信工具。”

“我想象不出来，他们发明的手机会是什么样子。不用手操作就不能叫手机，照你一贯的说法，该叫尾机。哈哈，尾机。他们的尾巴尖儿会分叉吗？”

“也不一定是尾巴。这只是我的一个猜测。也可能是嘴。”

“我见过鹦鹉表演，全程用嘴，啄、叼、推、挡、撕，确实非常灵活。”

“也可能是鼻子。”

“大象那种吗？”

“还可能是舌头。”

“食蚁兽或者啄木鸟那种？又长，又灵活，还有黏性，闪电般地吐出，笃笃笃，声音有了，画面感也有了。那他们使用的手机该叫舌机。”

现在和向芸希讨论智慧恐龙，杨耐毫无心理负担，并乐在其中。董书记让他继续思考新田沟与沙溪庙的事情，跟向芸希讨论智慧恐龙，很有“奉旨填词”的意思。

跟向芸希聊天的好处在于可以肆无忌惮，怎么聊都可以。开心，畅快。起初杨耐还不明白为什么，后来想起妈妈说过的一个词，叫“教学相长”，于是打电话问。妈妈告诉杨耐：“教，最大的好处在于你需要自己把全部的知识吃透，然后才能讲得清楚明白。很多时候，你以为已经把某个知识吃透了，讲起来才发现不是那么回事，然后再去读相关论文，这才真正明白。而且啊，教，既是对知识体系的梳理与整合，也可能启发新的想法。”听到妈妈这样说，杨耐不由得笑出声来。妈妈很警觉地问：“是哪家的女孩子呀？”杨耐赶紧回答：“哪有女孩子？想多了想多了。”

挂了电话，杨耐陷入了情绪复杂的沉思。

向芸希不知道，当她寻找杨耐一起去鉴定佛手村锅圈岩下的恐龙化石时，杨耐正处在人生中最艰难的时期。

自从举报博士生导师抄袭之后，杨耐面临着极其巨大的压力。来自各方的指责和非议如同潮水般涌来，让他无处躲避。更让他痛心的是，就连他深爱的女友也因此离他而去。杨耐内心充满了痛苦和自我怀疑，他开始质疑自己的动机和行为，陷入了极度的精神危机之中。

在那段漫长的日子里，杨耐感觉自己仿佛置身于一个深不可测的黑洞，无助和迷茫让他感到前所未有的恐惧。他开始怀疑自己曾经坚信的信念，对这个世界的灰色地带感到无所适从。他在这个黑洞中挣扎了整整两年，内心充满了压抑和绝望。

他感觉自己就像一个苹果，外表还很光鲜，内里全都朽坏了。

然而，就在他几乎要放弃的时候，向芸希改变了他的人生。她在佛手村锅圈岩下发现了“老佛”，找到杨耐来鉴定，使他发现了值得自己一生去探索的事业。向芸希无心的举动，对于杨耐来说，却是最真实的拯救。

杨耐开始重新审视自己的人生。他明白了争辩那些细枝末节，独自一人去新疆挖化石，任由胡子疯长，等等，都是精神危机的具体表现。

他感激她，也珍惜她，不过他们的关系能否更进一步，他还需要时间去思考，去体验，去决断。

至少，目前跟向芸希聊天是愉快的。

时间通常是向芸希下班后，很短，但真的很愉快。

当然，聊天的缺点是过于零星与琐碎，回头记录到大师兄留下的工作笔记本的时候，还得进一步整理、加工与扩充。比如，今天晚些时候他就在大师兄留下的工作笔记上写道：

人类的思维方式深受语言、文化、教育、环境等因素的影响。它们的思维方式可能与我们大相径庭，也可能存在某种我们难以知晓的共通之处。要想深入了解它们，我们需要抛开对人类思维的成见，以开放的心态去探索。而恐龙人的说法限制了我们对它们的认知。要想真正了解新田沟文明，我们需要摒弃对人类中心主义的执着，以谦逊和开放的态度去面对它们的独特性。只有这样，我们才能逐步揭开新田沟文明的神秘面纱。

74

前年秋天，黄耀东在非洲吉布提执行维和任务，遭遇恐怖分子的袭击。那枚单管发射的火箭弹从正面击中了他驾驶的东风“猛士”轻型突击车。黄耀东好不容易从猛士底下爬出来，立刻又被一枚狙击子弹击中前胸。幸而得到了战友的及时增援，他才从这场针对性极强的伏击中活下来。

“防弹背心的质量是真好，狙击子弹都没有打穿。”在军医为黄耀东紧急救治时，同一个连队的战友拿过防弹背心，仔细掂量了一番。那是黄耀东在半昏迷状态下听到的最后一句话。

后来，黄耀东在医院里养好了伤，结束了维和任务，去年年初回到国内，回归西部战区第77集团军某合成旅的建制，升了上校，紧接着就被任命为新型智能化合成九营营长。旅长专门找他谈话，告诉他这个合成九营是一个实验性质的，目的是在原有的山地合成营的基础上，把更多的无人装备引入部队之中，成为部队战斗力的倍增器。“你长期扎根基层，熟悉一线部队的每一个环节，还有一定的实战经验，是合成九营营长的最佳人选。”旅长如是说。面对首长的信任，黄耀东还能说什么？唯有敬礼，回以“保证完成任务”。

忙碌了整整14个月，合成九营边组建边训练，在训练中发现问题，在解决问题中进行下一步训练。今年9、10两个月，合成九营接连参加了两次实战演习，获得了全胜的战绩。对此，旅长表示非常满意。就在这时，恐龙危机爆发。战士们都嗷嗷叫着要去打恐龙。旅长下令，做好战斗准备，但不得擅自出击，目前的情况，消防和武警就可以搞定。于是黄耀东和兄弟部队一样，一边计划去西藏的冬季集训，一边密切关注恐龙的动向，思考“如果打恐龙要怎么打”的问题。

12 月 31 日，天坑光柱出现，42 万人神秘消失，举国震惊。黄耀东收到了等待已久的命令，第一时间组织合成九营驻扎到璧山区丁家街道佛耳岩。驻扎前，黄耀东和指导员覃郎、首席参谋韩潇一起去看过现场的地形地貌了，将佛耳岩确定为最佳驻地是三人的共识。这里地势较高，是这一大片丘陵地带中最高的地方，以前能俯瞰璧山国际机场全貌，现在则能遥望天坑光柱及周边地区的大部分景观。

此次行动，是合成九营组建以来的第一次实战，意义重大。

不管敌人以什么样的方式进攻，他们都有对应的方式进行防御和反击。黄耀东有极大的信心能够战胜一切来犯之敌。

合成九营包括三个装甲步兵连，两个坦克连，一个炮兵连，一个作战支援连，一个后勤保障连，一个无人装备连，总兵力 800 人。同时数十辆 15 式轻型坦克与山猫全地形突击车是正面进攻的铁拳，数十门 PLC–171 车载 122 毫米榴弹炮、PHZ89 式轻型 40 管 122 毫米自行火箭炮与 PCP001 型 82 毫米车载速射迫击炮等火炮则能提供各种规模的火力打击、覆盖与支援，而无人装备连是合成九营所独有的，无人战车、机器狗、无人机、机器牦牛等，能为整个营提供多项服务，自己也可攻可守，独当一面。

这些是他信心的来源。

然而天坑光柱里会冲出什么来，目前还完全是个未知数。

如果说，对之前从天而降的恐龙还有一定程度的了解，那么天坑光柱一出，一切都变得未知。

未知代表着危险。

越大的未知代表着越大的危险。

黄耀东去旁听过科研营地的科学家讨论，后来时间不够，就安排阮祥州去听，再把听到的内容记录下来，抽空讲给他听。对于侏罗纪存在一个智慧恐龙的文明，黄耀东并非完全不能接受，科学家们开的那些超越常识的脑洞，他也觉得有趣并且是非常认可的。

然而，作为军人，他觉得科学家们太在意自己的学术研究而忽视眼下最重要的事情，那就是恐龙人会如何进攻。

马院长说过，在人类对于如何穿越时空还一无所知，连纸上谈兵都算不上的时候，恐龙人就能突破1.6亿年的时空壁垒，把数以千计的恐龙发射过来，那得对宇宙最底层的奥秘洞悉到何种程度啊！

那它们的武器又将先进到何种程度？

难道我们又将遭遇“璧山空战”①？

在接到旅部发来的驻防璧山的命令时，黄耀东有几分错愕。因为他知道璧山，是通过小时候学历史学到的璧山空战知道的。

历史老师说，这是日本零式战机第一次实战，它速度快，航程远，机动性高，火力凶猛，总体性能位列当时的世界前列。反观中国空军，数量上虽然占有34∶13的绝对优势，可惜都是些从苏联购买的10年前的老式战机，以至于打出了6∶1的战损比。“简直是奇耻大辱。”当时，历史老师义愤填膺，几欲落泪。

绝对不要让同样的事情再次发生。当时小耀东就暗自这样想。后来黄耀东长大了，参军了，对璧山空战有了进一步认识，知道仅仅将璧山空战惨败的原因归结于武器不行是不对的。情报失误，指挥不当，后方扯皮，贪腐成风，都是惨败的原因。没想到，多年以后自己会率领部队，来到历史的发生地。而且是在智慧恐龙入侵的关键时刻。

望向阴云密布的天空时，黄耀东忍不住想当年47架战斗机在云层间上下翻飞的情景。它们追逐、盘旋、拉升、俯冲，在声声呐喊中开火，或是凌空爆炸，或是冒出滚滚浓烟向着大地坠落……绝对不要让同样的事情再

---

① 又称“九一三空战”。1940年9月13日上午，日军轰炸重庆，中国空军起飞25架伊-15和9架伊-16总计34架战斗机迎战，中午12点在重庆市璧山上空遭遇13架日本零式战机的伏击。激战持续了不到20分钟，中国空军飞机全毁13架，损伤11架，阵亡10人（杨梦青、黄栋权、刘英役、余拔峰、康宝忠、雷庭枝、曹飞、张鸿藻、司徒坚、何觉民），伤9人。根据日方资料，仅4架零式战机受伤。此次空战之后，中国空军在一段时间内基本丧失了与日本空军正面大规模空战的能力，只能采取避战保存实力的策略，直到后来新型战机的补充和作战力量的重新积蓄。

次发生。黄耀东又一次这样想。

然而他心里难免有些惴惴不安。

听“恐龙博士”杨耐的描述，那些恐龙人是肉食恐龙演化来的，其战斗力比人类只高不低。“可以讲，我们对它们的了解建立在想象的基础之上。不说全部，至少是大部分。我没有说错吧。”黄耀东对着众位科学家说，“但当务之急还是这一场仗要如何打才能打赢？”

不过科学家们对此的兴趣似乎不大。

“保家卫国，我们用枪，你们用脑子。”黄耀东继续说，“用枪也要用脑子，用脑子也能用枪——当然，你们的枪跟我们的不一样。我手里的这把枪本身就是你们用脑子设计并制造出来的。但现在，敌人在哪里不知道，使用什么武器不知道，用什么进攻不知道，你们还一门心思搞学术研究！”

于灵反驳道：“恐龙们也没有表现出强烈的侵略意图啊。是，它们伤了很多人，甚至杀死了一些人，但那是它们生命的本能！你觉得它们是来入侵，是你的思维在作怪，看谁都像是敌人。说不定人家只是过来旅游。”

黄耀东启发道：“像上次杨耐博士说的声波武器就很有用嘛。”

“是啊，声波武器一出，把所有人的骨骼全部震成碎片，大家通通变成软体动物。”于灵模仿了某种软体动物——可能是章鱼，也可能是乌贼——的动作，扭来扭去，煞是“好看”。

黄耀东注意到于灵经常是为了反驳而反驳，说出的话不一定是她的真实想法。他拿古灵精怪又牙尖嘴利的于灵没有办法，只能干着急，但又没啥实际用处，因此急上加急。

还是杨耐老实，见黄营长着急，就对他说，上次在分水镇出现恐龙的时候，临近区域内出现了大面积的网络瘫痪。“连卫星信号都没有。”杨耐强调，“如果所有的无线信号都断掉，部队要如何在这种情况下作战？”“这确实是一个值得注意的地方。”黄耀东对杨耐表示感谢，继而又说，“不过，之前的演习涉及类似的科目，我有信心在与上级失去联系的情况下继续作战。”

回到营部，黄耀东见到指导员覃郎，劈头就问，如果无线通信全部中断，有什么方式可以保证与上级的联系？“我说的是最极端的那种情况。”覃郎想了想，说：“鸽子，我听说火箭军，还有一些边远地区的部队，养着鸽子。”“我们能申请吗？”黄耀东说，“能的话赶紧申请去。”旁边阮祥州说：“营长，我会骑自行车。”黄耀东回过味儿来，对自己的勤务兵，说：“好啊，这本事好。营部有自行车吗？没有的话赶紧买一辆备用。”

黄耀东记得在军校里读书的时候，一位教官说过：“我们这一代人，生活在和平年代里太久了，已经忘了战争是什么样的。老百姓对战争的印象，不是出自新闻，就是出自影视。他们对解放军的认知甚至还停留在‘小米加步枪’的革命年代。老百姓可以这样认为，但我们是军人，军人不能这样认为。作为军人，应该以‘战争明天就会全面爆发，今天晚上就会有敌人摸到你的炕头上、割下你的脑袋当球踢’的高标准来严格要求自己。”

黄耀东觉得这位教官说得很对，归纳起来就一句话，“宁可备而不战，不可战而不备”。这位教官说的备战对象是人，而这次来入侵的肯定不是“人”。那么，在现在这种情况下，要做到什么程度才算是高标准、严要求？主动进攻算吗？

黄耀东看着横亘在天地之间的赤红色光柱，越发地觉得它很邪恶。在光柱的照耀下，围着它的那一圈梯次防御阵地，就像一件孤单的防弹背心。当初性能可靠的防弹背心在狙击枪下救了他一命，现在，合成九营能否挡住智慧恐龙的进攻，拯救全重庆乃至全世界呢？

75

杨耐向老马请了假，离开佛耳岩的科研营地，去 20 千米外的璧山，跟向芸希一起吃烧烤。

电话聊天再多，也无法取代面对面交流。

春和景明小区附近有夜市一条街，在半山坳里，工业园区各个工厂的工人们下夜班之后都喜欢到这里来吃夜宵。小面、烧烤、串串香、麻辣烫、夜啤酒，确实不精致，胜在分量够、种类多、味道浓。吃着夜宵，聊一聊天，是工人们一天之中难得的闲暇时光。

“他们会用火吗？”就着烧烤的微弱火光，向芸希忽然问。

“他们……”杨耐旋即明白向芸希说的是什么，然后意识到自己还没有给“他们”取名字呢。取个什么名字好呢？“肯定会。”他一边翻转火盆上的肉片，一边说，“火是人类掌握的一种能源，对人类文明的重要性怎么强调都不为过。我们这么聪明，能说话，有丰富的表情，等等，都与火有关。”

“别的我能理解，但表情是怎么一回事呢？”

杨耐解释说，人类学会了用火，吃上了熟食，能量利用率提高，就供得起大脑这个高耗能器官，而且熟食容易咀嚼，就不需要尖利的牙齿来撕咬生肉。大师兄说“老佛”的牙齿有从同型齿分化成异型齿的迹象，现在想来，应该是长时间吃熟食的结果。同时，咀嚼肌也因此缩小为面部小肌肉群，给表情的发展做好了准备。

“人的表情非常复杂，喜怒哀乐爱恶惧，变化多端，就是面部小肌肉群在尽心尽力地表演。然而，恐龙没有这样的小肌肉群，面无表情应该是它们的常态。每次见到影视剧里，刻意表现恐龙表情丰富，我都替恐龙觉得尴尬。”

“但它们的嗓子真好。上一次虎峰山上遇到的鹤形龙，那声音之丰富，我现在都记忆犹新。恐龙人说话，也会这样吗？”

“恐龙在地球上存在了 1.7 亿年之久，有不同的演化支，每个演化支都可能有不同的发声方式。有一种恐龙会发出长号一般的声音[①]，它们吵个架，就是一场盛大的交响音乐会。想想就觉得好玩。而另外一些恐龙，像长脖子的马门溪龙，则可能像长颈鹿一样，鸣管退化，不会发出声音。至于新

① 通过扫描化石结构，科学家发现生活在白垩纪晚期的副栉龙，头上有棒状头冠。该头冠内部并非实心，而是与鼻子相连，并布满了中空的管道。这些管道结构复杂，且在不同种类、年龄和个体中存在差异。科学家使用计算机模拟出副栉龙的头冠结构，并制作出等比例模型，成功还原了其叫声，听起来像长号般悠长。此外，鸭嘴龙家族中的栉龙类也拥有类似的空腔头冠。

田沟文明，用鸣管来发声的可能性是很大的。其表现力，肯定在人类之上。还有他们的眼睛。”

“我在网上查到过，说恐龙是四色视觉，我们是三色视觉。它们看到的世界比我们看到的丰富得多、斑斓得多。在它们眼里，我们是可怜的色盲[①]。”

“三色视觉比两色视觉能多分辨 100 万种色调，你家的猫和狗就是两色视觉。四色视觉比三色视觉多分辨 900 万种色调。作为恐龙的直系后裔，现生鸟类普遍是四色视觉。因此，野鸡这种鸟的颜色比所有哺乳类的体色加起来还多。甚至部分鸟类能看见紫外线，为五色视觉，有人估计，这样的鸟能分辨 100 亿种色调。”

“100 亿！那是怎样一种状态？远远超出我们的想象了吧？具体到恐龙人呢？”

“四色视觉的可能性最大。”

“想一想，竟然有些自卑。”

他们有时也聊聊别的，比如小时候怎么玩。杨耐说他 9 岁之前是在一个山村小学里度过的，什么都玩。虽然说性格偏内向，但捣蛋的事情一件都没有少干。向芸希问他，有没有玩过扮演老师的游戏。杨耐不假思索地回答：“肯定扮演过啊。我爸爸妈妈是老师，只要玩上课游戏，100% 是我扮演老师。”向芸希笑道：“难怪这么喜欢教育人，原来从小就这样。”杨耐正色道：“你不喜欢我讲恐龙吗？”向芸希说：“不，我喜欢。我喜欢听你讲恐龙，好有趣。”杨耐说：“真的？”向芸希回答：“真的。”杨耐说：“你也跟我讲讲你小时候的事吧，不能只是我一个人讲。”

---

① 从硬骨鱼到两栖动物再到羊膜动物，眼睛里都有用来识别红、绿、蓝、紫外四种颜色的视锥细胞，为四色视觉。中生代时，合弓纲长期生活在夜间和地下，丢失了对紫外和绿的识别能力，成为两色视觉。后来，鳍足类和鲸豚类等只剩一种视锥细胞，它们只能看到黑白。而人类的灵长目祖先在 3000 万年前，可能是基于分辨果实颜色的需要，重新拥有了对绿色的识别能力，成为三色视觉。现有人群中，有少部分人基因突变为四色视觉，也有人会基因突变为不同类型的色盲。

“风马牛不相及”小组群的讨论是另外一幅场景。

多数时间是聚焦于新田沟文明或者沙溪庙文明，有时也会跑偏，去谈论跟当前主要任务关系不大的话题。比如说，什么是文明？我们如何判断恐龙是文明的？

“何谓文明，是一个族群超越生存之外所做的全部事情。举个例子，不吃饭，我们会死；不听音乐，我们不会死。吃饭是生存，听音乐是为高质量地生存，是文化，是精神需求，是一个人的文明与一个族群的文明。同样的，简单地吃，为了吃而吃，不是文明。把饭菜做得花样百出，就是文明；在吃饭的时候，有各种礼仪，各种规范，就是文明。”黎乃菡在聊天群里这样说。

“按照这个定义，研究化石就是非常典型的文明行为了。不研究化石不会死。把化石研究透了，也就能死得个明明白白。”

“物理也是。不研究物理不会死，研究不透也会死。”于灵再一次展示了她的古灵精怪，“但我有一个疑问。他们那边会不会也在讨论我们？讨论我们是不是有智慧、是不是有文明？我们有智慧和文明，这是我们自己给自己下的结论，恐龙们会认可吗？说不定是我们的一厢情愿罢了。智慧只有我们这一种吗？文明只有我们这一种吗？”

于灵的思维极其跳跃，上一句跟下一句完全不搭界也是常有的事情，并且她肆无忌惮，什么话都敢说出来。

“从趋同演化的角度来推测恐龙也会演化出智慧，这没有问题，但不要忘了，趋同是殊途同归，并不是从外到里完全相同。”黎乃菡说。

“是，是我考虑不周。翼龙、鸟类、蝙蝠都飞上了天，然而它们的翅膀是不一样的。”杨耐说，“趋同演化可以说明智慧是可以反复演化出来的，但即使是智慧，也可能使用完全不同的解决方案。”

“这是不是暗示假如恐龙真有智慧，我们跟它们之间也是无法交流的？就像我们跟章鱼一样？即使能交流，内容也是非常有限的？”于灵把这个问题抛给了钟扬，但刚刚还发言的钟扬没有回话，不知道什么时候他已经下线了。

杨耐把“风马牛不相及”的讨论也分享给向芸希听。

“你们科学家就是这样做研究的啊？靠猜？”在烧烤店里，向芸希说，“感觉跟我们工人之间闲聊也没有什么两样啊。”

杨耐说，看上去一样，实际上不一样。科学是一种不断发展和进步的过程，科学家们通过不断地探索和发现来逐步揭示自然界的真相。在这个过程中，推测和猜想起着非常重要的作用，它们为科学研究提供了新的思路和方向，也为人类认识世界带来了新的突破和进展……

这时旁边一桌的一个女孩子站起来，冲杨耐说：“听你跟你女朋友叽叽歪歪一晚上了，天上说到地上，好像很懂的样子啊。”

向芸希说：“他是研究恐龙的博士。”

“噢！‘恐龙博士’，稀有动物啊！”那女孩子明显喝了很多酒，“屁用没有。恐龙来了，满大街跑；天坑光柱出现了，死了那么多人。你还在这里陪女朋友悠闲地吃烧烤！你有什么资格？你不配！”

跟她一起的姐妹也跟着起哄：“恐龙，老子听到就烦！‘恐龙博士’又是什么东西？”

向芸希急了，急得面红耳赤，张嘴辩解，对方三四张嘴立刻围攻上来。别看她们一个比一个穿得漂亮，说起脏话来，一个比一个厉害。眼见着向芸希要吃亏，情急之下，杨耐站到了向芸希与那几人之间，就像在楠竹坪时他站到了向芸希与普安云阳龙之间一样。向芸希绕过杨耐的阻挡，冲向对方，又被杨耐拉住了手，拽了回来。

老板出场劝架，也无效。附近正在执勤的交巡警听到动静，过来查看，双方才各回各的桌子，继续吃喝。夜市之前是没有交巡警的，天坑光柱出现后，大家都很紧张，打架斗殴的多了，于是警方加大了巡逻的范围和力度。

“下次不准拉我。”向芸希气鼓鼓地说。

杨耐给她倒了一杯啤酒：“她又没有说错。”

“哪里没有说错？”

“我确实没有发挥多大的作用。”

“不是这句。”

“那是哪句？”

向芸希一仰脖子，把那杯啤酒全喝光了，又把杯子重重地搁到桌子上：“我是为这个生气的吗？我生气的是，她说我是你的女朋友！”

“我该跳起来反驳吗？”

这话真是把向芸希噎住了：“有时候觉得你真聪明，有时候又觉得你真傻。”她说，“你到底是真傻，还是假傻呀？”

杨耐默默地又给向芸希倒了一杯啤酒，然后端上自己那杯，放到嘴边，先慢后快，将它一饮而尽。

这天回到营地，杨耐看着不远处的天坑光柱，久久不能入睡。睡不着就起来工作。脑子出奇地清醒，一种莫名的兴奋支撑着他。他翻看了恐龙事件发生以来的所有记录，然后发现了一件当时没有注意到的事情。

杨耐把这个发现分享到“风马牛不相及”聊天群里：“11 月初，侏罗纪生物其实是分两批出现和消失的。11 月 5 日是第一批，从出现到消失，约 6 个小时；11 月 6 日是第二批，是在第一批消失后 3 个小时出现的，同样是在 6 个小时后消失的。”

于灵回话：“这说明什么？是同一个实验做了两次吗？”

老马回话：“还有一种可能，不同的实验者分别做了一次实验。”

很明显，睡不着的人不止杨耐一个。

凌晨两点半，有多少孤独的灵魂在网络上游荡？

稍后，赵主任也发言了：“天坑光柱也是分两次出现的，璧山国际机场、武隆县天星乡、黔江区城东街道是第一批，万州区分水镇、云阳县龙角镇、巫溪县柏杨街道是第二批，两批相距一个小时。而且，不知道大家注意到没有，第一批天坑光柱所在地，连起来是基本上一条直线，第二批同样如此。为什么？”

一个念头突然跳进了杨耐的心底，也可能不是跳进，而是一直在那里潜藏着，现在跳了出来：“有没有一种可能，我是对的，大师兄也是对的？在中侏罗世，新田沟与沙溪庙，同时存在？他们是同一个文明的两大分支？他们共同的名字叫佛手云阳龙？”

76

杨耐一边在聊天群说，一边往《演化论演化着》里边写：

云阳龙以卵胎生的方式生下两只龙宝宝，两只龙宝宝立刻决一死战。胜者活，败者死，成为胜者的口粮。这叫作体外同类互杀，一种环境极端恶劣时演化出的特殊的适应性行为。

后来云阳龙的一支，我命名为佛手云阳龙，跟普安云阳龙是表亲，就像我们与黑猩猩的关系，演化出智慧，进入文明时代，科技的提升——我相信他们的科技路线跟我们有很大的不同——使他们的生存得到了极大的保证。别说同时养活两个宝宝，就是建立跨越高山和大海的帝国都不再是问题。

佛手云阳龙演化出一种好战的文明，一方面确实是生存的需要，另一方面可能是因为他们是肉食恐龙演化来的。

在战斗的烈火中，佛手云阳龙既经历了辉煌的成就，也尝尽了毁灭的痛苦。他们与外敌激战，与内忧缠斗，仿佛置身在无尽的风暴中，唯有自己才是那坚实的避风港。

在一场场残酷的战斗中，他们展现出超凡的勇气和智慧，征服了一个又一个敌国和领地。在他们征战的最高峰，他们甚至可能建立起横跨劳亚大陆的庞大帝国。我称之为新田沟帝国。从北极的冰原到南方的大海，从东方的黎明到西方的黄昏，所有的土地和海洋都在新田沟帝国的尖牙利齿之下颤抖。

然而，胜利的光环和权力的诱惑却让他们逐渐迷失了自我。贪婪、傲慢和暴虐在他们心中滋生，原本坚不可摧的新田沟帝国开始出现裂痕。

所有裂痕中最大的那个，便是繁殖。

繁殖是所有生命的本能，而且是最基本的那一个。卵胎生加体外同类互杀，保证了佛手云阳龙下一代的质量，但带来的问题是替代率不足，恐龙数量增长缓慢。所以，在早期他们大量驯养各种恐龙，包括自己的近亲普安云阳龙，来帮助自己做事；进入文明的高段，他们会制造大量的机器，包括“龙工智能”，来保护和扩展自己的领域。

然后，很自然地，一种新思想出现了：既然在科技的加持下，我们已经能同时养活两只龙宝宝，为什么还要他们互相残杀？这样的想法，一旦出现就不可遏止。即使被保守势力暂时压制，甚至肉体消灭，但“星星之火，可以燎原”。这种想法，在佛手云阳龙的历史上一定反复出现过。从现实层面上讲，同时养活两只龙宝宝有太多的好处。

征服劳亚大陆需要恐龙，建设和巩固对劳亚大陆的统治，更需要恐龙。根据冒险家传回的消息，在劳亚大陆以南，在新特提斯洋的另一边，有一块比劳亚大陆大得多的大陆，唤作冈瓦纳大陆。那么大一块地方，等着新田沟帝国去征服，需要更多的恐龙。

但是体外同类互杀是一个长达百万年的习惯，刻写在基因代码的最底层，并外化为千万年的传统文化，因此极难改变。

于是佛手云阳龙分作了两大派系：一派主张坚守祖宗之法不可变，要将体外同类互杀进行到底；一派主张时代变了，祖宗之法也需要跟着变。后者称前者为不知变通的活化石，前者称后者为不知道天高地厚的小崽儿，争论不休。

从理论之争，到门派之争，到政见之争，再到不同政治势力之争，从口头之争，到尖牙相加，到肉体消灭，到诛九族十族二十族。血雨腥风中，新田沟帝国自上而下，被生生地一分为二，老的是坚守传统的新田沟帝国，新的是主张革除传统陋习的沙溪庙王朝。

“在研究的时候，大师兄注意到了合川马门溪龙，而合川马门溪龙属于沙溪庙组，于是把那时候的文明命名为沙溪庙。而我则关注到了普安云阳龙，普安云阳龙属于新田沟组，所以我把那时候的文明叫作新田沟。”杨耐在“风马牛不相及”聊天群里说，“我们都忽视了两者同时存在的可能性。”

“或者说，新田沟与沙溪庙是同一根藤结出的两个大瓜。”于灵俏皮地回答。

“有一点需要强调。”杨耐补充道，“人类的社会制度、文化和习俗千差万别，显而易见，佛手云阳龙的社会制度、文化和习俗会与我们完全不同。所以，我所称的帝国也好，王朝也好，都是为了表述方便而借用的，并不能与晚期智人的组织架构完全画等号。”

钟扬：“你说的很可能是真的。”

杨耐：“你那边对水晶球的研究有进展了吗？”

钟扬：“所里成立了攻坚队，中科院也派了人过来指导。现在看来，距离成功已经不远了。目前我能透露的是佛手云阳龙把重庆这块土地称作千牙之城。‘老佛’说，千牙之城是世界第一大城。它的诞生，犹如一颗璀璨的明珠闪耀在历史长河中。自它以后，无论何处出现的城市，都在不同程度上对其进行了抄袭、借鉴、模仿和致敬。不过，在‘老佛’生活的时候，千牙之城已经分裂成了南千牙与北千牙，初步推测，两者是敌对状态。与你说的新田沟帝国与沙溪庙王朝惊人的一致。”

于灵：“千牙之城，非常期待啊。想和新田沟帝国或者沙溪庙王朝谈判，全靠你的黑曜石。不然的话，佛手云阳龙——这名字真拗口，就不能取个简单点的——打过来，我想投降也不知道怎么投啊？”

77

黑沉沉的夜笼罩着云阳县普安乡佛手村。四周一片寂静，风吹过佛手树的声音清晰可闻，偶尔有一两声短促的狗叫，暂时打破乡村的安谧。

刘满平年纪大了，睡眠浅，现在又有一堆事情要忙，更睡不着了。老伴儿心疼他，念叨了他几句。他一着急，干脆穿衣起床不睡了。看了看时间，12点过3分。“我出门转转。你继续睡。”他丢下一句话，拿了手机出门。身后传来老伴儿的嘀咕声：“去去去，你这一闹腾，害得我也睡不着了。”

只需微微抬头，就能望见远处龙角镇天坑光柱。

他家地势低，被前面的大山一挡，只能看到龙角镇那冲天的光柱与云层相接的顶端。

但这已经足够让他心生畏惧。

这辈子风风雨雨几十年，刘满平见过很多，经历过很多，恐龙也没有使他畏惧，天坑光柱却办到了。他也想过为什么：恐龙也是一种动物，最多大点儿，但至少看得见、摸得着，事实证明，也杀得死；但天坑光柱……就那么杵着，不声不响，发出耀眼的红色光芒。老话说，咬人的狗不叫。这天坑光柱就像咬人的狗，一出场，就吞没了龙角镇7000多人。其中好些刘满平都认识，有的还是他在部队里的战友……

刘满平不愿继续想，掐断了这个念头，沿着手机照亮的路继续走，走向佛手村村民服务中心。

这条路他不知道走了多少回，熟悉得就像自己的手指。他相信不开手机灯光，摸也能摸到那里。

远远地，已经能看到服务中心值班室的灯了。

这时，手机响起来，是普安派出所姚所长打来的。“刘书记吗？”姚所长在手机那头说，“赶紧组织村民撤离。情况紧急，你们只有半个小时！”

“是恐龙，还是……”

“子午工程预测，半个小时后佛手村将出现天坑光柱！”

最担心的事情总归还是不可避免地发生了。刘满平的脑子出现了两三秒的空白，下意识地看了看时间，12点15分。30分钟，要撤走224户569人，其中83位是行动不便的老人。“稳住，不要慌。”他对自己说，“按照预案来，一定可以的。”

恐龙危机爆发后，他按照上级的要求，参考之前的材料，制订了佛手村恐龙防范预案，其中详细描述了在哪些情况下，要做哪些事情。天坑光柱出现后，他又在前面那个预案的基础上，跟村委会委员一起，进行了更为详细的计划。现在是预案中最极端的情况，即天坑光柱出现在佛手村。

他快步跑向佛手村村民服务中心，还没进门，他就冲今晚值班的村委会委员大喊："打开广播系统，紧急撤离！紧急撤离！"

"正在打开，我收到通知了。"

稍后，广播里响起刘满平带着浓重方言味儿的声音："佛手村全体村民请注意，我是村委书记刘满平。接到上级通知，天坑光柱将在半个小时后出现在我们村。请所有村委会委员和联防队员，按照应急预案第 7 条执行，务必在半个小时内，将全体村民一个不剩地撤离到重庆云阳恐龙国家地质公园。请所有村民配合。"

这声音回荡在佛手村的山坳与山岭间，回荡在佛手村的每一个院落中，也回荡在佛手村每一部开着的手机里。

整个佛手村顿时前所未有地忙碌起来。

夜色笼罩下的重庆云阳恐龙国家地质公园也喧嚣起来。黎乃菡接到了园区管委会的电话，说佛手村村民会紧急撤离到这里来。她赶紧把研究院的人都叫起来帮忙。

在重庆云阳恐龙国家地质公园大门前，第一批撤离的村民乘坐的货车已经到了。

姚所长迎上去问："刘书记呢？"

有村民回答："在后边指挥了。"

姚所长看看时间，已经是 12 点 38 分。他的心情更加焦灼。

"坐满一车就走，坐满一车就走。"

在佛手村村民服务中心外边的公路上，最后一批村民已经上了货车。只要这批村民撤走，今晚的撤离行动就圆满结束。

刘满平嗓子都快冒烟了，身子也佝偻起来。岁月不饶人啊。年轻的时候，两天两夜急行军也没有大问题。现在嘛，膝盖和腰一起咯吱咯吱地抗议。

一组全部撤离。

二组全部撤离。

三组全部撤离。

四组……

“四组还差一个人！”

“差谁？”

刘书记突然想起少了谁，他的老伴儿，那个陪了他一辈子的人。她不在撤离的人里。下一秒，他意识到问题出在哪里了。睡不着的时候老伴儿会吃有助于睡眠的药，他离开家后，老伴儿很可能吃了，所以村子里这么闹，她也没有醒。一念至此，他撇开三辆货车上的村民就跑。

“刘书记，你去哪儿？”

“回家，我老伴儿还在家里睡着。你们先走。”

他跑得很快，只给村民留下一个模糊的背影。

好像起雾了。

沿着那条水泥路，刘书记跑进了雾里。

村民感慨：这雾来得也太猛烈了。

它就像从地底下涌出来的牛奶一样，眨眼之间就将远远近近的山坳与山岭，以及所有的院落全部吞没。

雾里隐隐约约有些彩色的光线在闪烁。

下一秒，有眼尖的村民声嘶力竭地喊：“旋涡！”

在他的叫喊声里，那笼罩着整个佛手村的浓稠得如同牛奶的雾以逆时针的方向旋转起来，彩色的光线在其中闪电一般忽闪忽闪。从空中俯瞰，这旋涡犹如连绵的七曜山睁开了一只诡异的巨眼。

三辆货车发动起来。

两辆车突突着，在村民的大喊大叫中逃开了。

一辆车太过慌张，撞到路边的树上。这一车不幸的村民在惊慌中目睹了此后发生的一幕。

那旋涡状巨眼蓦地睁开，精光四射，旋即浓雾散去，出现在他们眼里的，是一个波光粼粼的大湖。

偌大一个佛手村，所有的山坳与山岭，所有的农田与坡地，所有的道路与院落，他们生活了数十年的家园……全部淹没在了大得近乎无边无际的湖里。

第六章　赌棍的灭亡

在生物演化过程中，新物种的产生是多种物种之间相互依赖与共生的产物。这种相互依赖有助于提高适应性和生存能力，使物种在竞争中寻找到生存空间，并演化出独特特征。然而，人们往往过分关注竞争，而忽略相互依赖与合作，这导致了对生物多样性的保护，以及生态系统稳定性的理解存在偏差。事实上，只有充分认识到共生关系在演化过程中的重要性，才能更好地保护生态环境，实现人与自然的和谐共生，从而使地球生命更加繁荣。

——摘自《演化论演化着》

78

佛手村村民能得救，子午工程立下了汗马功劳。

“温柔的巨人”赵培钦老家在辽宁省大连市，从中国科学院大学毕业后就参与了子午工程的建设与运作。“圆环阵太阳射电成像望远镜”[①] 只是其中

① 该项目是子午工程的重要组成部分，位于四川省甘孜州，由 313 部直径 6 米的抛物面天线均匀地分布在直径为 1 千米的圆环上，被当地居民称为“千眼天珠”。它是目前全球规模最大的综合孔径射电望远镜，不但能监测太阳的各种爆发活动，还能监测太阳风暴进入行星际的过程。

之一。他见证了子午工程从无到有的全过程，而子午工程也贯穿了他工作的全时段。

赵培钦经常对记者说：“我和子午工程，属于互相成就。”事后仔细想想，这个说法也不全对。于是在下一次采访的时候，他把这句话修改为：“是子午工程成就了我，而没有我，子午工程照样能成，毕竟每年毕业的大学生那么多。”

子午工程前 3 期已经按计划完成，如今第 4 期——也就是星际子午圈——刚刚开始。这个时候，赵培钦已经从青涩的大学生成长为子午工程科学谷实验室主任，代价之一是满头青丝全部掉光，成了现在亮如灯泡的光头模样。

“星际子午圈由 12 颗子午圈卫星组成，每 6 个小时对地球空间进行一次扫描成像。相当于把地球空间变成三维信息网格。”赵培钦曾经多次向记者解释，“在理想状态下，我们可以得到各个点上所有的空间环境信息。如果扫描成像过程中发现哪个地方可能有异常，子午圈卫星可以转移到异常地区上空，对关键区域进行深度采样，探测空间天气事件是如何爆发的。”

赵培钦说的是星际子午圈的完成形态。迄今为止，子午圈卫星才发射了两颗，离完成形态还早。而子午工程科学谷实验室实际上是星际子午圈位于重庆的地面基站，汇总来自各个渠道的空间环境信息，综合分析并对地质灾害做出种种预测。

这次恐龙危机，起初跟子午工程是没有关系的。直到恐龙第二次出现时，一颗子午卫星发现了武隆县天星乡的地磁异常扰动。可惜经过武隆联合科考队半个月的调查，把天星乡的地下洞穴摸了个遍，也没有什么令人眼前一亮的发现，科考队也只好两手空空地打道回府。

赵培钦安慰科考队员说：“这子午工程，就像是保险。派不上用场，国家投资了几百个亿，心疼；派上了用场，又意味着有大灾大难发生，更心疼。”

稍后，重庆暴雪，赵培钦亲眼见到了建设气龙在科学谷的玻璃屋顶上攀爬。越来越多的恐龙从天而降，一时之间，人心惶惶。他却不能做更多的事情，着急得如同一头困兽。

在他的申请下，两颗子午圈卫星中的一颗移动到重庆上方，24 小时盯着。他有一个强烈的预感，发生过的事情还会再一次发生。

果然，12 月 31 日，子午圈卫星先后检测到两组共 6 次地磁异常扰动，后来出现地磁异常扰动的地方都出现了天坑光柱。赵主任在指挥部网络会议上报告了这一发现，并且解释说："地磁扰动很常见，主要原因是太阳，其次是地球本身。但这一次，子午圈卫星检测到地磁异常扰动的时候，太阳没有发生变化，地球也本身没有发生变化。新的问题出现了，干扰源在哪里？能干扰到地磁场，其能量必定大得惊人，而且是定向的精准干扰，这个技术非比寻常。"

接下来，重庆范围的地磁安静了一段时间。1 月 8 日晚上 11 点 56 分，子午工程科学谷实验室的警报器响起。赵培钦被值班的工作人员唤醒。子午圈卫星又一次发现了地磁异常扰动，其波形跟前几次发现的高度一致。赵培钦没有犹豫，立刻把这个情况报告给了指挥部。

赵培钦希望这一次的预警时间足够长，长到足够把所有遇险者都救出来。

事实证明，赵培钦的决定是正确的。云阳县普安乡佛手村只有 11 人没能及时撤出，消失在那个突然之间出现的大湖里。这是一个巨大的胜利。指挥部来函，对子午工程科学谷实验室进行表彰。赵培钦说："要表彰就表彰设计并建造子午工程的所有科学家与技术人员吧。没有他们的聪明、辛勤与前瞻，就没有子午工程。"紧接着，赵培钦又说，"那星际子午圈的进度是不是可以加快？现在就两颗子午圈卫星，根本不够用啊！如果可以加速，我愿意再掉一次头发。"

赵培钦的意思是，佛手云阳龙的入侵才刚刚开始，谁知道接下来还会发生什么。

79

“《易经》那可是‘群经之首，大道之源’，最古老最深邃的经典，是华夏五千年智慧与文化的结晶。可是，我的朋友，你知道《易经》为什么叫《易经》吗？”

璧南河畔，黄葛树下，胡子云对着匆匆的路人说。多数人都不搭理他，只有少数人露出感兴趣的神情，往他手里的卦书瞄了瞄。他抓紧时间推销刚从网络上学到的知识：“东汉许慎写的《说文解字》里说：易，蜥易、蝘蜓、守宫也。也就是说，《易经》的‘易’，其实是蜥蜴的蜴。蜥蜴这种东西，不但颜色随时随地变化，还会蜕皮，返老还童，还会冬眠，死而复生。恐龙，本意是恐怖的蜥蜴，《易经》，顾名思义，就是恐龙人传下来的经书。”

听到这里，有人已经嗤之以鼻，甩下一句“豁别个”[①]，转身就走，也有人半信半疑，神情在“这个说法好新奇好有意思”与“你是不是觉得我很好骗”之间切换。后者正是胡子云争取的对象。

“你没有听错，《易经》其实是恐龙人写的‘卜筮’之书。卜筮是对未来进行预测，而《易经》便是总结这些预测规律的书，真正泽被苍生的皇皇巨著。”胡子云滔滔不绝地引用着别人的话，毫不脸红，同时一个劲儿地添油加醋，“老胡这辈子也没有干别的事情，研究了几十年的《易经》，也没有多大收获。最近火绝了多少年的恐龙人突然现世，其中必定隐藏着巨大的秘密。天坑光柱出现的时候，我突然福至心灵，就像任督二脉被一下子打通了那样。原来看不懂的词语，现在看得懂了；原来不理解的卦象，现在能理解了。等到云阳那边，大山变成大湖，活人变成鱼鳖——这些恐龙人都明明白白写在《易经》里。易，上日下月，正是天地变化之道也。朋友，别急着走啊，给你算一卦，算前世，算今生，算来世——不准不要钱。”

这一套话术下来，能迷惑不少人。也有人当着他的面说：要相信科学，

① 重庆方言，意思是你骗谁啊。

不要相信这些歪门邪道。老胡道："科学家晓得啥子嘛。科学的尽头是玄学，易经是玄学之老祖宗。科学吭哧吭哧爬上山顶，玄学已经在山顶上等着呢。"

引用这句话的时候，老胡格外神采飞扬，仿佛他就是那个站在山顶等待科学爬上来的世外高人。

总之，这套东拼西凑来的胡说八道也挺能迷惑人的。胡子云说得河翻水涨固然是原因，然而最重要的原因肯定是如今恐龙危机日益严重，人人心中惶恐，不知道灾难明天会不会降临到自己头上。在惶恐中，向五迷三道的玄学求助就成了一部分人的选择。

所以，一天下来，胡子云也还有一些说多不多说少不少的收入。可惜这种情况已经是几天前的事情了。由于昨晚佛手村变佛手湖的事情惊爆了世界，今天大街变得寂静。很多人在讨论要不要逃离，有的人已经付之于行动。一些关于世界末日的可怕流言在各种社交媒体上反复传播，每传播一遍，吓人程度增加一分。

胡子云蹲坐街边，望着空无一人的璧南河两岸，不由得长叹一声。

自从网络直播账号被全平台封杀之后，他兜兜转转干了很多种工作。卖恐龙蛋，给人算命，不过是其中最简单的两种。"人嘛，总得要吃饭。虾有虾路，螃铠[①]有螃铠道，我老胡自有老胡的生活之道。"他自信满满地一次又一次对别人说，"世界末日，首富死得，我死不得？再说了，如果世界末日只能有一个人活下来，老胡相信，那一定是中国人。"

不过眼下，胡子云需要考虑的是午饭的问题，而不是世界末日。要是再没有收入，今天中午就只能饿肚子。皇天不负有心人，不久来了一个中年男人。他对"恐龙人写的蜴经"不感兴趣，只想知道去哪儿最安全。"拖家带口的，不离开不行，离开又不知道去哪里。"他的迷惘很有代表性。胡子云走南闯北，去过很多地方，又从中年人的话里套出他在陕西西安有亲戚，于是把西安的安全性夸上了天，说服中年男人的同时，顺利地拿到了

---

① 重庆方言，意思是螃蟹。

自己今明两天的饭钱。

“你呢？”临走，中年男人问。

“我？”

“你会去哪里？”

胡子云没有想过这个问题，愣怔了片刻，说：“我在外漂泊半生，如今落叶归根，哪儿都不想去了。就是死，也要死在重庆，死在璧山。”

待中年男人离开，胡子云收了卦摊，去找还开着的馆子。他没吃早饭，肚子咕咕叫了好几个小时。他穿行在空空荡荡的街上，有一首旋律在他脑子里出现并回荡。他张开干涩的嘴，情不自禁地把那首深深印刻在灵魂深处的老歌唱了出来：

百般滋味皆入口，
烂醉红尘才方休。
人生这一杯酒啊，
醉在其中怎看透。
我且干了你随意，
人间一遭已足够。

路边一家老麻抄手还开着，胡子云踱步进去，点了一碗中麻。在抄手端上来之前，他先给老板吹嘘了一番自己与麻的往事。“年轻的时候敢吃特麻，嘴巴和舌头遭麻得直跳，话都说不出来。现在人老了，只敢吃中麻。微麻太没有感觉了，不行。中麻，中麻刚刚好。”等抄手端上桌，几个抄手一下肚，麻麻的感觉从嘴传递到全身，整个人都神清气爽起来，他又开始大吹特吹那 6 根天坑光柱是压制重庆的镇魂钉与锁魂塔，如果不及时拆除，那这辈子都不要想翻身。他说着说着，越来越激动，把筷子往桌子上一拍，嚷道：“就那帮科学家屁用没有。研究来研究去，啥子都没有研究出来。”老板也是见多识广，这时也忍不住道：“说归说，骂归骂，筷子没得错。莫拿筷子撒气。”胡子云欲言又止，拿起筷子继续吃。这回是把碗里的抄手连同汤都吃完、喝完才罢休。

离开老麻抄手店，胡子云走到面包车停的地方，上车，启动，又茫然起来，不知道要去哪里。他盲目地开着，破烂的面包车犹如一只无头苍蝇，在弯弯绕绕的迷宫里彳亍。这城市很小，又似乎很大。这是他的家乡，他出生并长大的地方；又陌生得像是他乡，那些河、那些桥、那些街街巷巷，早已不是他记忆中的模样。

鬼使神差一般，胡子云开到了春和景明小区大门前。“老胡又来看你女儿呀。”门卫很热情。胡子云递了烟给他。两人一边抽一边天南地北地闲聊。胡子云把那 6 根天坑光柱是压制重庆的镇魂钉与锁魂塔，以及《易经》是“恐怖的蜥蜴人”所写的预言书，以及科学家都是些想象力极其匮乏的废物等说法又反反复复说了好几遍。两个小时后，烟已经见底，向芸希出现了，胡子云犹如得救一般，撇下门卫，跑了过去。

向芸希穿着“青山工业”的工装，疲倦又沮丧，看见胡子云，就道：“走开，我不是你女儿，我也没有你这样的爸爸。”

“不，不是。你是你，你不是我女儿，我也没有把你当女儿。”胡子云忙不迭地说，“我也不是在弥补当年的过失。我来，不是为了你，而是为了我自己。”

“你不要再说了。想帮助我是吧？”向芸希厉声道，“那你倒是告诉我，我该不该回云阳？该不该在这个时候回佛手村？”

80

你说，从来就没有什么土生土长的重庆人。

不信？往上数三代，最多四代，就会发现，任何一个重庆人的祖上都来自重庆以外的地方。这是因为自古以来，重庆就是一座移民城市。最早在重庆这块土地上生活的巴人，起源于楚地文化圈，后迁入重庆。湖广填四川就不重复说了，那是明末清初的事情。同样的事情，从巴国到清朝期间发生过多次。在近代，仅仅是 20 世纪，就有抗战时期的下江人流亡和中华人民共和国成立后大三线建设两次大规模人口迁入。

你又说，神奇的是，尽管居民更迭了多次，从 DNA 到方言，从服饰到饮食再到民居，都替换了好几回，有些东西却匪夷所思地传承了下来，从远古直到现如今。比如，勇敢。

说“勇敢”的时候，你的眼睛闪着光。

在重庆，人们习惯将小孩子亲切地称为“小崽儿”，而对于那些好勇斗狠的年轻人，也会用“崽儿”这个词来形容。这种特殊的用法有着悠久的历史，可以追溯到春秋时期。

在那个时期，巴人以白虎为图腾，并将小老虎称为“小崽儿”。随着时间的推移，“小崽儿”也被用来称呼小孩子，希望他们能够像小老虎那样，从小就拥有一颗勇敢的心，不畏艰难，勇往直前。至于血气方刚、不安于现状、敢想敢干的年轻人，则去掉“小”字，称之为“崽儿”。

你坐在磁器口的黄葛树下，也可能站在通远门的城墙上，也可能走在因为是冬季枯水期而比往日更加清澈碧绿的长江边，推了推脏兮兮的眼镜，正南齐北[①] 地说，你表面上是一个学者，实际上也是一个典型的重庆崽儿，骨子里的那种。

你问，知道钓鱼城保卫战吗？你不由自主地激动起来，唾沫子飞溅。你早就迫不及待，想要讲钓鱼城保卫战了。

《神雕侠侣》里边，被神雕大侠杨过在襄阳城下打死的蒙哥汗，实际上是小说时间的多年以后死于重庆合川钓鱼城下。说这话的时候，你的眉头微微皱起。因为每次讲钓鱼城保卫战，要从一本情节虚构的武侠小说讲起，令你有些不舒服。但没办法，谁叫《神雕侠侣》的影响大呢。

1258 年 2 月，蒙哥汗率 4 万主力自六盘山攻入四川，依托此前蒙古对

---

① 重庆方言，一本正经的意思。

川北的控制迅速推进攻势。至1259年2月，其锐不可当之势才被合川钓鱼城所阻。

你说，钓鱼城坐落于合川钓鱼山上，其山突兀险峻，高百余丈。山下嘉陵江、渠江、涪江三江汇流，南、北、西三面环水，地势十分险要。从1243年开始，主战派的余玠入蜀主政，在四川的主要江河沿岸及交通要道上，选择险峻的山隘筑城结寨，耗费十余年时间，建成了完整的战略防御体系。钓鱼城只是其中之一。

然而当蒙古大军奔袭而来，真正发挥作用的只有钓鱼城。为什么？你问，手指重重敲在桌子上，随后自问自答：因为人。

钓鱼城南宋主将叫王坚，副将叫张珏，两人均为主战派。钓鱼城守军在他们俩的协力指挥下，击退了蒙军一次又一次的进攻。

蒙哥汗率军入蜀以来，所经沿途各山城寨堡，多因南宋守将投降而轻易得手。在钓鱼城下受阻，令蒙哥汗大失颜面，不顾屯兵坚城之下乃是兵家大忌，势要攻下钓鱼城。

这一仗，从1259年的2月一直打到7月。

1259年7月，蒙军自钓鱼城撤退，行至金剑山温汤峡——现在的重庆北温泉——停下。8月11日，蒙哥汗逝世。有史料认为他死于进攻钓鱼城时所受的伤。也有史料记载他死于痢疾或者霍乱。不管具体原因是什么，钓鱼城是蒙哥的殒命之地，而蒙哥的死加速了蒙古帝国的战略收缩与内部分裂，并对其历史进程和世界历史产生了深远影响。

坚守钓鱼城的主将——王坚和张珏，在名将如云的中国战争史中几乎默默无闻，然而这丝毫不能抹杀他们坚守钓鱼城而创造出的世界性奇迹。他们的功绩回响在历史的天空里。他们以自己的方式改变了历史的进程。

王坚是河南人，张珏是陕西人，但他们率领的钓鱼城守军，都是勇敢的重庆崽儿。

重庆崽儿啥子没有见过，你说，恐龙又有啥子好怕的嘛。

这样说的时候，你内心深处甚至充满了兴奋，觉得从天而降的恐龙太小，太少，不够刺激。

1942 年的时候，美国汉学家费正清第一次见到重庆，感慨道：“此地并不适合人类居住，因为没有平坦的陆地。人们简直成了力图找到安身之地的山羊。”你说，不知道他看到今时今日的重庆，又该有怎样的感慨。

你说，在重庆这片土地上，古老的文化底蕴深厚犹如一股神秘的力量潜藏在重庆人的血脉之中。在日常生活中，这些古老的传统或许不易察觉，但到了关键时刻，它们就像暗流涌动的泉水，瞬间喷涌出来，展现出重庆人的独特风貌。

你说，平日里你们有的低调谦逊，有的风趣幽默，有的脚踏实地，也有的整天飞叉叉、神戳戳的。然而，当有需要的时候，你们就会迅速凝聚起来，团结一心，展现出一种顽强拼搏的精神。

外敌入侵也好，山火肆虐也好，恐龙来袭也好，重庆人绝对不会坐视不管，也绝对不会坐以待毙。

在这种时候，你们有一个共同的名字——“重庆崽儿”。这个名字不仅代表着你们共同的出身，更体现了你们不屈不挠、敢于担当的性格。这是一个充满荣誉和自豪感的称呼，令你们在关键时刻挺身而出，为家乡、进而为国家贡献出自己的力量。

你说，不管发生什么，出现再多恐龙，与恐龙的这场战争时间再长、再艰难，你——以及所有的重庆人——不会放弃。你，你们会一直战斗下去。

直到重庆重新恢复它的生机和活力。

直到这座建在恐龙脊背上的城市再次充满鲜花和欢笑。

81

向芸希在微信上问道：“如果佛手云阳龙文明真的存在过，那为什么它们灭绝了，却一点儿痕迹都没有留下？”

杨耐回答：“稍等。”

不久——在向芸希看来是过了很久——杨耐发来一段话：“我们换个角度来思考。如果今天人类突然灭绝，两万年后外星人来到地球进行考古研究，他们是否能发现我们曾经存在过的痕迹呢？”

向芸希立刻回答：“会吧。城市还在吧？都说城市是文明的象征。”

杨耐写道：“人一走，自然就会回来。没有人维护的城市，很快就会变成废墟。最多200年，所有的大楼都会坍塌。”

“金字塔呢？长城呢？核电站呢？”

“再宏伟的人工建筑也扛不住自然的伟力。风吹雨打先不说，仅仅是频繁的地震就能够摧毁一切。1万年后，有外星人来地球考古，也许还能找到一些蛛丝马迹，证明这儿曾经存在过一种古文明。要是外星人1亿年后才来，人类在地球留下的痕迹早已经消失殆尽，他们很可能什么都发现不了，然后在那儿感叹：几十亿年的时间里，怎么就没有演化出一种智慧生物来？”

向芸希坐到沙发上，专心地跟杨耐聊天：“化石呢？外星人会挖到人类的化石吧？对了，你说过，化石的形成是很困难的。不一定能形成化石，形成了化石不一定能保存下来，保存下来不一定能被发现，被发现了不一定能得到正确的研究。真麻烦啊。”

“在地质历史中，各个代、纪的划分，都与某一特定灭绝事件有关。除了广为人知的5次大灭绝[①]，还有数十次中等规模的和数百次小规模的灭绝事件。从长远来看，这些大大小小的灭绝事件是生物演化的必然过程，推动着生物种群的更迭和演化。”

杨耐坐在科研营地的一角，看着远处阮祥州跟马俊飞教授说着什么。

---

① 化石记录表明，自从6亿年前多细胞生物在地球上诞生以来，物种大灭绝现象已经发生过5次。第1次发生在距今4.4亿年前的奥陶纪末期，大约有85%的物种灭绝；在距今约3.65亿年前的泥盆纪后期，发生了第2次，海洋生物遭到重创；发生在距今约2.51亿年前二叠纪末期的第3次，是地球史上最严重的一次，有96%的物种都灭绝；第4次发生在大约2亿年前的三叠纪末期，80%的爬行动物灭绝了；第5次发生在6600万年前的白垩纪末期，统治地球达1.6亿年的恐龙灭绝了。

“倘若把物种比作赌棍，把它们在地球上的生活比作一场牌局。在牌桌上，物种必须保持持续的竞争态势，不得有丝毫的松懈。一旦物种选择停歇，迎接该物种的命运就只有一个——”他发了一段语音，“——退出牌局，失去所有，并且再也无法重返牌局。”

“也就是遭灭绝了。”向芸希微微叹息一声。

杨耐用尽可能平和的语气说：“关于物种灭绝的原因，科学家们提出了种种假想进行解释。比如小行星撞击、暗色岩事件、全球气候变暖、冰河纪突然降临。只要条件合适，草这种不起眼的植物也能成为顶级杀手，灭绝数种动物①。实际上还有一种现象，叫背景灭绝，没有天灾，没有人祸，照样会有物种悄无声息地灭绝。归纳起来，就5个字：灭绝是常态。”

“智慧生物，比如说咱们智人，会例外吗？”

“这个事情吧，很难说。”

杨耐分析道，在漫长岁月中，成功生存下来的动物几乎都出现了特化。这些特化，是动物在特定的环境条件下，通过适应和演化，形成了独特的生存策略和身体结构，从而在激烈的生存竞争中脱颖而出。

人类是新生代出现的特化动物之一。能对握的双手是一种特化，直立行走是一种特化，大得异乎寻常的脑袋更是一种特化。人类不仅仅在生理结构上进行了特化，更在文化、科技、社会组织等方面展现出了卓越的特化能力。

特化可以使动物更加适应特定的环境条件，提高其生存和繁衍的成功率。然而过度依赖特定的环境条件也可能导致动物在环境发生变化时，由于过于特化而无法转作其他用途，进而面临巨大的生存危机。

杨耐指着自己的脑袋说：“我们的大脑就是这样一个特化的器官。大脑

---

① 草是禾本科植物的统称，大约于6500万年前出现。3400万年前，全球气温暴跌，冰原扩大，海平面下降，森林萎缩，而特别适应这种干冷环境的草繁盛起来。草的生命力顽强，叶片坚韧，表面富含二氧化硅晶体，内部纤维极其粗糙，有的还有致命的生物碱。当时的一众植食动物无法适应，吃不了，吃了不能消化，甚至会中毒，于是纷纷灭绝，史称“始新世－渐新世灭绝事件”。

是我们的生存之道，也可能是将来我们灭绝的原因。”

“要特化，又不能过于特化？”

“在用特化适应环境的同时，保持一定的灵活性和多样性，是生物在不断变化的环境中生存和繁衍的关键。”

“不能一条道上走到黑，要多找几条路，总有一条是活路。”

“要灭绝的话，也不能在一棵歪脖树上吊死，得多找几棵树。总有一棵能吊死。”

“笑死我了。哈哈。原来你也会讲笑话啊。”

在璧山国际机场的天坑光柱下，杨耐嘴角上扬，面部随之做出了笑的表情，却没有笑的声音发出。“一起吃个烧烤吧。”他在微信上以不容拒绝的语气对向芸希说，“我马上打车过来。”

82

夜市里几乎没有什么人。杨耐瞅瞅阴郁的天空，离天黑还有一段时间，但这显然不是夜市没人的主要原因。他俩找了一家还开着的烧烤店，坐下。

“你点，想吃什么点什么。”杨耐说完，靠在椅背上，神色中的疲倦掩饰不住。向芸希也不跟他客气，这样那样点了一堆，然后对杨耐说：“瞧你那样子，几天几夜没睡觉呢？”

杨耐没有回答这个问题，而是起身，主动去搬了一件啤酒来，又主动开了一瓶，递给了向芸希，又给自己开了一瓶。

“怎么，想把我喝醉啊？”

杨耐郑重地说：“向芸希。”

向芸希微微一怔，意识到一件很重要的事情要发生。

一直以来，即使在面对面交流的时候，杨耐很少直接称呼向芸希的名字，而向芸希也同样避免直接称呼杨耐。当杨耐讲话时，向芸希能够明确辨认出他是在对自己说话，反之亦然。这种无须言明、心照不宣的默契，使得双方均感到无比舒适。

不过现在杨耐很严肃地叫了她全名……

“我们认识多久呢？”

“两个多月吧。”

“见过多少面？”

“没有数过。”

“我数过。有一件事，我必须告诉你。”

“这么严肃……”

“我有一个女朋友。”

向芸希立刻瞪了眼：“跟我说这个干什么？”

“听我把话说完。我现在没有喝酒，说的不是酒话。”杨耐认真地说，“我有一个女朋友，是曾经有，两年前我们分手了。我今年 27 岁，如果我告诉你我过去的感情生活是一片空白，肯定是骗你。我不想骗你，也不想让你觉得我骗了你。我希望你能明白这一点。”

“明白。你接着说，说你的前女友。”

“我和前女友分手，是因为我干了一件她无法接受的事情。在中国古生物大学读博的时候，我无意中发现我的博士生导师发表的几篇论文存在严重的抄袭。”

“你举报了？”

“对。事先我跟他说过，要他主动站出来承认抄袭，可惜他没那个勇气，甚至为自己的错误极力辩护。接下来我又发现他有篡改实验数据、科研图片造假、操纵同行评议等学术不端行为。我只能举报。”

“这样的人不配当教授。”

“当时事情闹得很大，前前后后折腾了两个月，在我筋疲力尽的时候，调查结果出来了，他被停职、解聘。本来在那之前，他已经为冲刺中国古生物大学副校长的位置做好了一切准备。而我，毁掉了这一切。”

“你做得太对了。这种人，要我说，品行败坏，该去坐牢。”

杨耐没有回答，虚空中传来一个曾经很熟悉，现在很陌生的声音：

“一定要分出正确与错误来吗？”

“一定要。”

“他甚至不是抄的你的！”

“不是抄的我的，那也是抄。”

她甩开他的手，头也不回地离开，扔下他一个人在路灯下徘徊。

那是两年前的事情了。

“你那个前女友就因为这个和你分手？”

“我的那个博士生导师，是她爸爸。”

向芸希吃了一惊：“就算这样，他抄袭也是不对的啊。”

杨耐诚恳地说：“谢谢。”

向芸希不解：“谢什么？”

“向芸希，我需要确定一件事。”杨耐看着向芸希，“我需要确定：我对你的感情，是你救过我，而产生了感激之情？还是因为经历过生死，有共同的记忆，而产生的依赖之情？抑或是眼下正值恐龙危机，因为恐慌而渴望有人陪伴、有人关心而产生的求欢之情？还是别的什么感情？”

向芸希大着胆子问：“现在确定了吗？”

“确定了。”

向芸希差点儿原地跳了起来：“你是不是有病啊？就顾着你自己的感受，不管我的死活是吧？有什么是不能说出来，我们一起扛的？要一个人憋着？”

杨耐说：“一个字，愿不愿意？”

“愿……”向芸希说完，又皱起了眉。明明是她在等着杨耐向她表白，怎么忽然间变成了她向杨耐表白？“不对，愿是一个字，愿意是两个字，不愿意是三个字……你什么意思？”

“一个字。”

向芸希恍然大悟：“你太坏啦！”

她一拳擂在杨耐肩膀上："都世界末日了，还磨磨叽叽的。说，你今天必须说，说清楚。"

杨耐做了一个疼痛至极的夸张表情，像个游戏中的孩子，那么纯真，那么无邪。"世界末日也要先吃烧烤。"杨耐说着，起身给服务员腾位置，让他把火盆放到了桌子中间。火盆里是烧得通红的木炭，立刻给这个寒冷的冬日增添了无限的暖意。两人分工合作，将穿着各种食材的竹签子摆放到火盆上方烤起来。

在等待烧烤熟的时候，两人喝了两杯啤酒，聊天的氛围更浓了。向芸希聊了工厂里的情况，聊了工人们的想法，聊了各种流言蜚语，聊了老百姓的恐慌与迷惑；杨耐聊了营地里科学家的反应，特别提到了黄耀东，还有马俊飞和于灵。聊着聊着，烧烤熟了，就一边吃一边喝一边聊。两人不约而同地察觉，在这个动荡的时候，他们俩还能在一起简单地吃、喝、聊，其实是一件非常奢侈而幸福的事情。

"我有一件烦心事。"向芸希说，"想问你，我该怎么办。"

"你在犹豫，要不要回云阳，要不要回佛手村。"杨耐说，"我的建议是：回，回去看看。那毕竟是你出生并长大的地方。哪怕是天翻地覆，也不能改变这一点。"

"对。"向芸希点头。

"我也有一件事要告诉你。"杨耐说，"黄营长组织了对天坑光柱的考察队。我报名了。我们将穿上三防服，进入天坑光柱去进行科学考察。这肯定是一趟非常危险的考察，我不想骗你，说没有什么危险、非常安全之类的谎话。危险，非常危险，很可能有去无回。"

"但你还是要去。"向芸希说，没有疑问，只有肯定。

"对。"杨耐说，"这是我的责任。"

"我也有我的责任。"向芸希说。

此后的时间变得特别快。他们吃的时候，时间从竹签子上飞过；他们喝的时候，时间从泛着泡沫的酒杯上飞过；他们聊天的时候，时间从他们开开合合的唇边飞过。他们多么希望时间能过得慢一点儿，再慢一点儿啊，要是能停住在这一刻那该多好啊！

可惜时间是最无情的。

分别的时刻终究无法避免地来临。在那个熟悉的路口，他们分别走向南方和北方，背道而驰。夜色逐渐深沉，如同浓墨般笼罩了整个世界。淅淅沥沥的冬雨不知道何时开始无声地洒落。

他们的身影在黑暗中越走越远，直至消失在彼此的视线之外。

然而，心中那份不舍与思念让他们不约而同地放慢了脚步，回头望去。内心的渴望战胜了理智的束缚，他们像疯了一般地向对方奔跑而去，不顾一切地将彼此拥入怀中。

在那个湿冷刺骨的冬夜里，他们紧紧地拥抱在一起。仿佛两块坚硬的岩石，在经历了无数风雨之后，终于在这个时刻突破理性的重重障碍，彼此交融。

杨耐在向芸希耳边轻声呢喃：“我爱你。”向芸希热切地回应道：“我也爱你，爱你。”

在这个特殊的时刻，他们心中的爱意如同火焰般燃烧，将一切寒冷与黑暗驱散。他们的心跳声在寂静的夜晚回荡，与细雨飘落的声音交织在一起。

这一刻，他们仿佛拥有了彼此，进而拥有了整个世界。

83

百忙之中，黄耀东挤出时间去听科研营地的讨论。指导员覃郎跟首席参谋韩潇也经常去。黄耀东也在那里遇见过几次副营长罗茂坤。“合成化需要的不是专才，而是复合型人才。”黄耀东经常对营级干部这样说，“意思是，要当万金油，什么都要懂。不懂的，也要努力去学。”

这晚的演讲者是来自重庆自动化研究所的钟扬副研究员。

“人们总以为翻译是一件很容易的事情，今天把资料交给你，明天就能把翻译好的结果交出来。”钟扬在大屏幕上说，身后是他在重庆自动化研究所的办公室，凌乱无比，“事实绝非如此。我拿到水晶球的时候，连它使用的是什么存储方式都不知道……”

钟扬拉拉杂杂讲完 DNA 存储技术与北京的一所理工大学研发团队的故事。这种演讲风格黄耀东不是很喜欢，钟扬总是想把事情的前因后果讲得一清二楚，而黄耀东想听的是最后的结果。于是他一边听，一边做着自己的事情。

“……起初，黑曜石对 1 万亿 GB 字节的原始数字信息的翻译也是一筹莫展，直到我猜测佛手云阳龙是六进制才开始取得突破。他们主要使用六进制，也使用三进制。在一些特殊情况下，还有三十六进制。由此，进制成为破译水晶球资料的第一把钥匙。

“接下来，我们又找到了第二把钥匙，那就是星空。通过电脑模拟，推演出侏罗纪中期的星体——包括太阳和月亮——在天上的运行和分布，再到水晶球存储的资料里找对应的描述。由此建立起最基础的语料库。如此一步步抽丝剥茧，终于让我们得以一窥佛手云阳龙的秘密。”

听到此话，黄耀东和所有的听众一样，把全部注意力都集中到了钟扬身上。

“到目前为止，我们解读出了一部分文字。”钟扬说着，起身在他凌乱至极的办公室一角翻找。就在大家都以为他要找很久的时候，他已经拿到了他要找的东西：几张绘满表格的纸。虽然办公室看起来凌乱，但钟扬应该知道他要找的东西在哪里。“我们发现，那个时候一年不是 365 天，而是 385 天，佛手云阳龙的一年是 6 个月，每一个月是 64 天，剩下那天是节日，标记为时间的起点。理论上讲，他们对年的定义，与我们应该是相同的，都是地球围绕太阳一圈所用的时间。显而易见，他们会在这个特殊的日子举行隆重的庆祝活动，就像我们过年一样。”

“我不想知道这些。”黄耀东痛苦地想。他试图想象成千上万的恐龙人聚在高大的一眼望不到顶的金字塔下，伴随着响彻天地的钟声，开始从5到0地倒计时……这画面太过怪异，黄耀东不禁摇了摇头，将它们驱赶出自己的脑子。恐龙过年如何，不过年又如何？都无助于我们战胜他们。他们是来入侵的，好不好！科学家们，清醒点儿！

“……但时、分、秒的定义不一样。他们的一天，按照我们的定义，是1395分。但他们有他们的定义，具体怎么定义的，我们还不得而知。一个猜测，可能与月亮有关。”钟扬不知道黄耀东的想法，自顾自地往下讲，“他们把一天分为36份，对应我们的时；每小时再均分为36份，对应我们的分；每分钟再均分为36份，对应我们的秒。因此，一天对他们来说，有36小时，1296分，46656秒，当然这是用十进制表述的，换算成……”

黄耀东唤来阮祥州，低声吩咐他去询问三防服的情况。阮祥州回答，已经在来的路上了，他这就出去等着，到了马上报告给营长。黄耀东的心这才稍稍宽了一下。

“……在侏罗纪中期，重庆这一区域存在一个超级城市。佛手云阳龙称它为千牙之城。‘老佛’这样写道：

“在千牙之城里，佛手云阳龙创造了举世瞩目的文明成果。哲学、科技、艺术等领域的发展都达到了前所未有的高度。这里的文化交流频繁，各种思想在此碰撞出璀璨的火花。

“遍布劳亚大陆的城市，无一不源于千牙之城。它们学习千牙之城的布局，模仿其建筑风格，传承其文化传统。这些城市在保留千牙之城精髓的同时，也融入了当地特色，形成了各自独特的风貌。这样做的目的是向千牙之城致以最崇高的敬意。

“千牙之城永不褪色，永远熠熠生辉。”

钟扬最后说：“不得不承认，‘老佛’还有几分诗意。”

“还有别的吗？武器呢？”黄耀东问，“他们用什么武器？怎么作战？他们军队采用什么编制？”

“我们只提取了水晶球10%的原始数据信息，黑曜石也只翻译了这部分的 70%。”钟扬说，“在已经翻译的部分显示，他们的战争确实非常频繁。有一些原始武器的描写，不过更先进或者说更现代的武器，目前还没有看到。”

“这极其重要。”黄耀东语重心长地说，恨不得把这句话刻到对方的脑门上，“知道他们用什么样的武器、以什么样的方式作战，对我们战胜他们极其重要。”

“明白。”钟扬简单地回答，然后结束了他的演讲。

天黑的时候，三防服送到了。在黄耀东到达之前，副营长罗茂坤已经把 20 套三防服清点完毕。刚到佛耳岩时，黄耀东就打过进天坑光柱里一探究竟的念头。他制订了方案，向上级打了报告，强烈要求亲自下去。方案几经修改，旅部终于在佛手村变成佛手湖后批复同意。

穿着迷彩服进入天坑光柱无异于送死。保险起见，进入天坑光柱，航天服自然是首选，但价格过于昂贵，而且数量上肯定满足不了需要。在黄耀东的方案里，三防服——防核武器、化学武器、生物武器——显然是眼下这种情况最理想的选择。

“时间紧迫，我们有一晚上的时间学习三防服的使用。”黄耀东说，“明天一早就行动。”

长得像黑旋风的罗茂坤行事作风也有几分像黑旋风，他说他要替代营长进天坑光柱，营长不能冒险，但被黄耀东严词拒绝。他命令“肥猫”韩潇精心挑选的 9 名战士早就准备好了，科学家那边却姗姗来迟，最后点名时发现少了一个，杨耐不在。

老马说：“见他女朋友去了。”

黄耀东忍不住骂了一句：“这都火烧眉毛了，还跑出去谈恋爱！”

“他请假了。”

“他请假你就同意？”

“是啊，谁没有年轻过？”

于灵在一旁补刀：“再说了，你们的工作就是为了保证普通人过上正常的生活。对吧？”

“对呀，”老马立刻跟上，“怎么不见你过正常的生活？”

“哎呀，忙于从混沌中寻找秩序，哪有时间？”

黄耀东以为于灵说的“从混沌中寻找秩序”指的是理论物理。谁知老马在一旁毫不客气地揭示真相：于灵说的是搓麻将。黄耀东不知如何评价。于灵则翻着白眼说：“你不觉得科学家没有私生活是一件很可怕的事情吗？”

这师徒俩一唱一和，配合得还真是绝。

黄耀东按捺住怒火，道：“不管他，我们先练习。”

幸好，杨耐在天亮之前赶回了营地，并且以最快的速度学会了穿三防服，以及在穿着三防服的情况下进行工作。

天亮了。黄耀东让战士和科学家们列队，再一次强调这次进入天坑光柱探险的注意事项。这时，旅部的最新命令来了：“终止行动，立刻终止行动。”

作为一名军人，黄耀东不习惯问为什么，但这一次没有忍住，直接向旅长发问：“为什么？”

“昨晚，一支由部队和科学家组成的联合科考队进入武隆县天星乡的天坑光柱，全军覆没。”合成旅旅长语气铿锵，不容置疑，“在没有新的命令下达之前，不要轻举妄动。”

黄耀东眼里闪过一丝犹疑。

随后，黄耀东敬了一个标准的军礼，回道：“坚决服从命令！”

84

高铁列车在轨道上风驰电掣。

重庆北站、复盛站、长寿北站、长寿湖站、垫江站、梁平南站、万州北站……一个个站点被抛在了身后，离云阳站越来越近了，向芸希的心情越来越复杂，也越来越沉重。

到了云阳县，向芸希先去找龙哥。龙波把那辆红色摩托车还给了她。

“根本卖不掉。”他开玩笑说，随后意识到现在不是开玩笑的时候，又正色道，“主要是我觉得，你还会回来，还用得上。”

向芸希换上那一身以红色为基调的骑行套装，又给摩托车加满了油，骑上它，往普安乡佛手村驶去。

还在普龙路上，距离佛手村至少还有 5 千米的地方，向芸希就被解放军的哨卡拦住了。向芸希解释说，她是佛手村的人。领头的军人很遗憾地告诉她，没有特别许可证，谁也不能进。他指给向芸希一个地方，说那里可以远远地看到全貌。

那是一座地势很高的山。向芸希把摩托车停在公路边，沿着长长的陡坡，气喘吁吁地爬到山顶。前方正对着一条长长的峡谷，左右都是雾气之中层层叠叠往斜上方延伸的山。一抬眼，向芸希就看见大峡谷的尽头是一片白茫茫的湖水。

那个位置……她的心脏宛如被怪物的利爪骤然抓住那般疼痛无比——那是佛手村的位置啊！

那山，围绕湖的那一圈山，是那样熟悉！

那湖，从来没有见过的湖，是那样陌生！

她伫立良久，直到劲急的山风将她吹得遍体生寒，每一个细胞都像冻结了一般。她勉强拖着僵硬的身子，一步一步走下山坡，上了摩托车，好几次才启动，于漫天的阴云之下，驶向重庆云阳恐龙国家地质公园。

一路之上，一些往事次第浮上心头。不分时间，不按先后。并不完整，都是片段。有的她经常想起，有的她以为已经遗忘，有的连她自己都不曾记得发生过。

与妈妈的争吵。

“嘢，妖不到台[①]。会修摩托咯。”

锅圈岩下无忧无虑地玩耍。

---

① 重庆方言，了不起的意思，带着调侃的意味。

佛手柑异样的气味，令人窒息。

“读什么职高！”这一声怒斥犹如晴天霹雳。

爸爸的摩托车在山间小路上颠簸。

“这是你爸爸一辈子的功劳。”妈妈指着新造的房子如是说。

妈妈抱怨道：“一天到晚逗哓得跟我踩左踩右[①]。”

妈妈和叔叔的坟前燃起的纸钱与噼噼啪啪的鞭炮。

每一帧画面、每一个声音都与佛手村有关。

而这一切，都与佛手村所有的房子、所有的道路、所有的田地一起沉入那白茫茫的湖水之下。

眼泪不知不觉自眼角滑落。她不得不拼命眨动眼睛，将眼泪挤走，以免影响到自己的驾驶。

重庆云阳恐龙国家地质公园到了。大门紧闭。向芸希向门卫说明了情况，凑巧普安派出所姚所长也要进去，证实了她的身份后，两人一同进入。

佛手村的村民被分别安置在重庆云阳恐龙国家地质公园的恐龙化石遗迹馆和国际恐龙化石研学中心。临时帐篷已经搭好，就在那些恐龙骨架和游乐设施的下方。向芸希在其中游走，跟不同的人打招呼。见到向芸希，他们都格外热情，格外亲切。有的拉住向芸希的手，询问她的情况；有的感慨佛手村在一夜之间变成了佛手湖，世事难料；有的追忆刘满平书记，要不是他，这些人都得在水底喂恐龙。

“几百人突然间没了家，恐龙公园解决了睡觉的问题，但吃喝呢？”姚所长说，“幸好周边的几个村子，老君村、回龙村、郎家村、三台村、丰河村、回营村、马安社区等，听说了这边的困难，都主动把吃的、喝的捐献出来，解了燃眉之急。”

“感谢他们。”向芸希真诚地说。

“你很难相信，还是这些村民，一个月前，在谣言的驱动下，来到恐龙

① 重庆方言，意思是不听安排、对着干。

公园，把项目部砸了个稀巴烂。”

“我相信。我生活在他们当中，我知道他们干得出这样的事情来。”

这次姚所长从云阳县开会回来，带回了一个好消息。佛手村的这几百村民不可能长期住在恐龙公园里。县里边提供了两套解决方案供大家选择。方案一，是搬到以前安置恐龙公园拆迁户的小区，距离近；方案二，是搬到县城名叫亮水坪小区的公租房，距离远。两套方案各有优缺点，就看村民们自己的权衡了。

两套方案都有支持者。有的说，去县城，今后就在县城发展；有的说，去那么远干什么，祭祀先人都不方便。

黄昏时分，在重庆云阳恐龙国家地质公园避难的佛手村村民，在广场上支起了几口大锅，又从附近的山里，拖来了很多木柴，用打火机点燃了，煮起稀饭来。贡献了打火机的村民洋洋得意地说：“你看，抽烟还是有好处的，身上随时备有打火机。”另外的村民嘲笑他：“要不把你的烟也贡献一下？”那人连忙说：“哪行啊，我各人[①]还要抽呢。”一个老年村民对正在忙碌的向芸希说：“小向真勤快。”向芸希还没来得及回答，旁边已经有人抢道：“又想人家当你的儿媳妇呢。”向芸希大着胆子说：“我有男朋友了。”听见的村民们都架秧子起哄，问她是谁。“哎呀，你们都见过的。”她说，并没有几分扭捏。有人猜出并且大声喊出了杨耐的名字。于是，她大大方方地承认了：“是他，就是他。”在这个阴冷潮湿的冬日黄昏，大锅下方的木柴噼里啪啦地响着，火光照得她的脸红红的，而她的心比脸更红，更滚烫。

在人群中，向芸希看到了黎乃菡，就过去打招呼。

黎乃菡面露惊喜，问：“哟，向芸希，好久不见。什么时候回来的？”

“刚刚。”

她打量着向芸希的骑行套装：“你很喜欢摩托车？”

“是啊，喜欢，特别喜欢。”

---

① 重庆方言，自己的意思。

“骑摩托车是什么感觉？”

向芸希说：“自由，我感觉到自由。”

黎乃菡点头道：“做自己想做的事情，不做自己不想要做的事情，承担起自己所有行动所造成的后果，这就是真正的自由。”

“杨耐一直说，从菡姐那里学到很多东西。”

“哈。听说你和杨耐在谈恋爱？”

“那个人啊又磨叽又傲慢又爱教育人，自以为是又啰里啰唆，不会说话情商又低，谁会喜欢他？”

“真的吗？”

向芸希哈哈大笑，爽朗至极，转而说道：“我想去看看化石长城，可以陪我一起去吗？”

向芸希再一次站到化石长城跟前。在经历了这么多事情以后，化石长城表现出惊人的稳固性，整体上并无太大的变化。

向芸希看着那些镶嵌在岩壁里的骨头，问：“为什么恐龙化石会集中在这个地方？有没有这样一种可能——这堵恐龙化石长城不是自然形成的？”

“尽管说。”黎乃菡鼓励道。

“这里在侏罗纪时期，是一个大型祭坛，形成这些化石的恐龙曾是佛手云阳龙用以祭祀他们的先人或者神灵的？”

85

听到向芸希在手机里说恐龙化石长城是佛手云阳龙的祭坛时，杨耐发出由衷的惊叹：“很有可能！你怎么会想到这个？”

“你以为世界上就你一个聪明人？！”向芸希的笑声是那样欢快，就像冬天已经过去，迎春花绽开了第一张笑脸。

挂了电话，杨耐在大师兄留下的工作笔记——现在叫《演化论演化着》——上写道：

祭祀是要与神建立起某种联系的，进而祈求神的庇佑。而神是在文明初期用来解释自然是什么样子、为何会如此运转的。

何为智慧？就是不仅要知道自然是什么样子的，是怎样运转的，还要知道自然为什么是这个样子，为什么以这种方式而不是别的方式运转。假如不知道，编也要编一个万能的“神”出来解释。

这是智慧的本能。

佛手云阳龙一定会有他们的神。平时，他们是按年按月按节气进行祭祀。发洪水，要祭祀；地震了，要祭祀；庄稼歉收了，要祭祀；丰收了，更要祭祀。

毋庸置疑，对好战的佛手云阳龙而言，战争之神是最需要祭祀的。

战前要祭祀，战中要祭祀，战后要祭祀。

战争越是频繁，祭祀越是频繁；战争越是浩大，祭祀越是浩大。而佛手云阳龙之间的战争，是如此频繁，又是如此浩大。对战双方，信仰的往往是同一位神，或者是同一位神的不同版本。那么，神会庇佑谁呢？自然是祭祀更为虔诚、仪式更为隆重、牺牲更为丰盈的那一方。

神是贪婪的，无一例外。没有祭祀，没有朝拜，没有祷告，绝对不会施展神力。如果战争与天灾轮番登场呢？祭祀越加频繁，而所需祭品的种类与数量也会越多。

千牙之城乃是佛手云阳龙文明的发源地，是新田沟帝国与沙溪庙王朝共同的都城。在这里，有一座高高在上的祭坛，佛手云阳龙的祭司们把无数的祭品——也就是各种恐龙及同时期的其他动物——宰杀后抛进祭坛下的湖泊、河流或者沼泽，献给天空之神、大地之神、战争之神。百年、千年、万年，累积的恐龙遗骸层层叠叠，不可计数。再往后，天塌地陷，恐龙遗骸被深深地埋进地下深处，经过亿万年的石化，最后以“恐龙化石长城”的形式重见天日。

写完，杨耐又回看了一遍，然后合上《演化论演化着》，看向车窗外。

天上阴云密布，只在云隙有些许的亮光透出。地上也是灰蒙蒙一片，远山近水都藏在厚实的雾气之中。天上地下一片混沌，即分不清早晚，也分不清南北。此刻，他正在去往北碚的车上。

在黄营长宣布进入天坑光柱的科考活动取消，并说进入武隆县天星乡天坑光柱的科考队全军覆没之后，原本忙碌的营地突然变得异常沉默。连一向聒噪的于灵也闭了嘴。随后，官方的正式通报还没有出来，各种小道消息已经流传开来。

进入天星乡天坑光柱的科考队共30人，包括15名科学家，15名解放军战士。他们穿戴了全套防护装备，在洞穴专家魏泽生的指导下，沿着先行抛下的安全绳往下降。光柱里无线电波会失效，所以他们每个人都连了一根光缆在背包上，以有线的方式进行通信。

一开始，还能听见他们的汇报。能见度低，颗粒感极强，防护服出现了明显的静电反应，远处出现了类似闪电的东西，但没有声音。然后，他们就消失了，消失在赤红色的光柱里。

甚至没有尖叫声。

这种没有尖叫的恐怖，其实更为恐怖，说明他们的消失来得极其迅速。

留在地面的科学家回收安全绳和光缆，轻而易举，因为进入光柱的部分全都消失了，留给他们的，只是外边的短短一截。

断头处犹如被无形的火烧过一般。

指挥部下令，严禁任何人贸然进入天坑光柱内部考察。

进入天星乡天坑光柱的科考队员中，杨耐只认识洞穴专家魏泽生。交往不多，更谈不上什么深入交往。依稀记得他对洞穴有种清澈而深切的爱。他的消失，依然让杨耐无比心疼。只要一停下来，脑子就会不断地想：他，他们，在天坑光柱里到底遭遇了什么。在这种情况下，杨耐几乎无法正常思考。于是，他向马俊飞院长请假，离开科研营地，前往北碚区重点实验室。“我去看看‘老佛’，也许能得到点儿启发，会有意料之外的收获。”他对老马说。

回北碚的车上，他先给爸爸妈妈打了电话。老杨叫他安心工作，不要操心家里。妈妈要他注意安全，再忙也要休息。都是些平常至极却又温暖至极的话语。杨耐对他们说，自己要了一个女朋友，等这段时间忙完，就带回家里，跟爸爸妈妈见一见。这个消息可把老两口乐坏了，连珠炮地发问。杨耐笑着回答，见面就晓得了。

等杨耐在暮色中赶到重点实验室，在一堆复原的恐龙骨架下方，首先见到的，不是“老佛”，而是很久不见的院长曹世尧。见到杨耐，曹世尧也吃了一惊，脸上的尴尬溢于言表。

“曹院，您怎么在这儿？听说，您生病呢？”

“老毛病了。天一冷就发作，仿佛对寒冷过敏似的。”曹世尧说。

然后，曹世尧开始拉拉杂杂地说，从孙永河讲到简于宸，从孙永河的两个孩子讲到简于宸的父母。话题一换再换。还讲他年轻时候的梦想，他辉煌无比的过去，讲他……

眼前这个人是他的启蒙老师，没有他，杨耐很可能不会爱上恐龙，那他的人生会是另外一番模样。没有他，杨耐也不会到 208 地质队工作。当初他从中国古生物大学毕业，报考 208 地质队时，遇到的阻力可不小，是曹世尧坚持原则，录取了分数第一的他。

因此，现在杨耐保持着基本的礼貌。

虽然眼前的人早已经不是当年的模样。

“你知道我一直对蜥脚亚目恐龙感兴趣，想揭开它们巨大化的秘密，而马门溪龙是历史上第一种巨型化的蜥脚亚目恐龙。现在我已经知道答案了。”

“是什么？”

“最近我在参与对马门溪龙体内芯片的研究——孙永河发现的那 3 块芯片——发现那芯片既是监控器，能监控马门溪龙的身体状况，并发送出去，又是接收器，能接受外界指令，对马门溪龙的行为进行控制。早先，我们找基因公司鉴定了马门溪龙的 DNA，不无意外地发现它的基因被修改过，有一大段新插入的基因，跟马门溪龙的生长发育高度相关。也就是说，马门溪龙的巨型化不是自然演化而来，而是佛手云阳龙干预的结果，而芯片是佛手云阳龙控制巨型马门溪龙的手段。你说，佛手云阳龙为什么要这么做？”

“为什么？”杨耐很配合。

曹世尧得意地笑着：“佛手云阳龙把马门溪龙巨型化，是把它们当成武器用。成千上万头几十吨的马门溪龙在战场上横冲直撞，场面那个壮观，想想都叫人激动啊！”

“如果是肉食恐龙，比如上游永川龙，画面会更加壮观，也更可怕。”

兜兜转转，曹世尧终于把话题转到此次谈话的要点。

“你的发射实验，很有创意的想法，能解释很多东西。不过，也不只是你这一种说法。自从恐龙危机爆发以来，多少学者、教授、专家都在努力，有数十种假说通过各种渠道报到我这儿来，堆积如山。我一个人看得过来吗？看不过来。我一个人不行，得组织各行各业的专家一起来一个一个地甄别。既害怕因为疏忽而错过正确的答案，又担心在错误的方向浪费了宝贵的时间。我要是电影电视里的主角就好了，一眼就能看出哪一种假说会成为最后的答案，然后带着大家，干掉全部恐龙，从此过上幸福的生活。可惜我不是。生活，要复杂千百倍。”

“不是我的，发射实验假说，最早是由重庆大学的于灵提出的。当时我以为于灵是教授，实际上博士还没有毕业呢。”杨耐纠正了曹世尧的说法，然后就不再说话。他情商再低也听懂了。曹世尧绕来绕去，表达的意思就只有一个：“我确实错了，但是有原因的，我不会向你道歉，而且我也进行了补救，不是吗？”杨耐耸耸肩，无所谓地对着空气笑了笑。菡姐说过，有些人啊让他认错简直比杀了他还难。然而，此时再讨论过去的对与错已经没有意义——至少不比解决眼下的问题更有意义，因此杨耐打断了曹院的大段独白：“‘老佛’在哪里？我想看看它。”

86

“208 地质队第 9 次考察佛手湖现在开始。”黎乃菡对着镜头说。

周雨泉操纵四轴无人机，拍摄众人先后登上两艘小艇。向芸希也在其中。当她知道地质队要去考察佛手湖时，强烈要求参加。“我总得做点儿什么。”她对副院长黎乃菡说，“一定不会添乱。我保证。”黎乃菡略加思索，同意了。她挺喜欢这个山里的妹儿，因为她自己也是从山里面走出来的妹儿。

看着向芸希，就仿佛看到朝气蓬勃的自己。

“我女儿比你大两岁，还在读书。”

“也读的植物学吗？”

“不是，理论物理，她自己选的。”

“重庆妹儿都很有主见。”

重庆妹儿，嘻嘻。黎乃菡会心一笑。

曹世尧跟她发过牢骚，到重庆这么多年了，还是不习惯妹儿这个称呼。在他的认知里，妹儿是对年龄比自己小的女性的爱称。然而在重庆，妹儿是对女性的统称，与女性的年龄无关，跟称呼者的年龄也没有关系。几岁到几十岁了，都通通喊作妹儿。“好像这样她们就能永远保持青春与活力。”曹世尧如是说。黎乃菡没有反驳，只是付之一笑。对于这种与大是大非无关的细枝末节的事情，她可不像杨耐那般锱铢必较。

董克强书记到重庆后不久，找黎乃菡谈话。当时，董书记先是很客气地表示，他是外来者，对重庆本地的情况不熟悉，做什么事都得依靠像黎乃菡这样专业的重庆本地人。又不动声色地批评了杨耐与孙永河的抄袭问题。黎乃菡觉得，说孙永河抄袭，倒有可能，但杨耐……那是万万不可能的。不过，黎乃菡并没有正面反驳董书记的说法，只是在董书记让她讲接下来要怎么做时，黎乃菡回答道：“其实很简单。一个封闭、保守、落后的社会环境会限制人们的思想和行为，使人们难以摆脱传统的束缚，难以成为一个现代化的人。相反，一个开放、包容、自由的社会环境则可以激发人们的创新精神和创造力，使人们敢于尝试、敢于探索、敢于创新。我们需要做的，就是放手让年轻人去想、去做，给他们试错的空间。”

董书记应该是听懂并且同意黎乃菡话里的意思，这才有了后来董书记与杨耐在中国西部科学院旧址的见面。

此刻，黎乃菡坐在一号艇上，向芸希在二号艇。两艘小艇一前一后，划破佛手湖波光粼粼的湖面，向着湖心深处驶去。

周雨泉告诉向芸希，在恐龙公园的边上，有一片新建的恐龙自然保护区。

他说，重庆云阳恐龙国家地质公园管委会取得了云阳县政府的同意，以 500 米长的侏罗纪山谷为核心，圈了附近 5 座山来作为恐龙自然保护区。在很短的时间里，管委会就建好了保护区的围墙电网。在云阳县政府的协调下，渝东北的各级政府将他们捕获的恐龙都往那儿送。他们正为捕获的恐龙太多而苦恼呢。所以，那里很快就成了 30 多种、1000 多头恐龙的汇聚之地。

“真正的侏罗纪公园。”周雨泉说，“等事情结束，肯定会成为热门景点。”

虽是上午，天空依然是阴霾低垂，南边、西边和北边，厚实的铅灰色云层堆积在环湖的山峰之上，仿佛随时会掉落下来，压垮地面的一切。只在东边，云层薄一些，或者说，太阳光更强烈一些，于是一大片阳光如扇子一般洒落到两艘小艇的前方，成为眼前最美的风景。

“那是鳄鱼吗？”向芸希指着远处湖面问。

“西蜀鳄[①]。”周雨泉一边操纵无人机，一边回答，“这里看得更清楚。”

无人机在 20 多米的半空嗡嗡地盘旋，记录着下方的一切。

向芸希凑过去看，在周雨泉面前的显示屏上，粼粼的水面上漂浮着 5 根烂木头一样的东西，那就是西蜀鳄。

“不用怕，它们对我们不感兴趣。”周雨泉说，“都遇见好几回了。对我

---

① 与今天的鳄鱼相比，西蜀鳄长了一个超大的脑袋——脑袋几乎占了身体全长的 1/5。长长的嘴巴里长着两排长而锐利的牙齿，这种牙齿与恐龙的牙齿明显不同，更适合穿刺而不是切割。大脑袋后面是短脖子和宽大的身体，尾巴又长又宽，左右摆动就能推动它在水中前进。但在陆地上，它们只能缓慢爬行，根本没有办法奔跑。西蜀鳄以鱼类和其他水生动物为食，也吃到河边喝水的盐都龙、劳氏灵龙等小型恐龙。

们感兴趣的是璧山上龙。”

“是在璧山发现的吗？”

“是。上龙是蛇颈龙的一种，不过脖子很短，看上去和海豚差不多。别的上龙生活在海里，璧山上龙是极少数生活在淡水里的。”

“我听杨耐说过，这里曾经是海。后来地质变迁，耸起的群山将这里包围成湖，水也由咸水变淡水。原本生活在海里的上龙，不得不适应淡水中的生活。不适应的，都死了。”向芸希看着眼前浩渺的湖面，感慨道，“环境变迁[①]，说变就变，从来不会问生活在其中的生物同不同意。”

“所以我才说子午工程是伟大的，能从虎口里夺食。”周雨泉说，“大部分村民得到预警，都及时撤离了。”

说者无心，向芸希这个听者却有意。她心下一沉，仿佛小时候去采摘佛手柑，被隐藏在叶丛中的刺扎破了手指一般。她深吸一口气，极目远眺，根据现在环湖的山峰来判断此时小艇所处的位置曾经是佛手村的什么地方。刚才上艇的地方在佛手村村民服务中心，从那里出发，有无数曲曲折折、弯弯绕绕的各种小路，可以抵达佛手村任何一户村民的家里。也包括她的家，那栋一楼一底的房子。

她曾在房子前的地坝上，跟猫和狗一起玩耍；曾经在一片蛙鸣声中，推开二楼的窗户，闻到秧苗混合着泥土味儿的沁人心脾的气息；也曾经在熠熠的星光下，眺望剪影一般的远山，畅想山那边到底有什么……

但现在这一切都被万顷碧涛所淹没。

---

① 与物种大灭绝事件相对应，地球灾变也存在一定周期，包括且不限于板块运动、火山喷发、地磁偏转、海洋缺氧，以及海平面变化，甚至小行星撞击，而促成这些周期性灾变的原因不仅来自地球内部，也来自地球外的太空。比如，对于奥陶纪大生物灭绝，古生物学家认为是由全球气候变冷造成的。约 4.4 亿年前的奥陶纪，现在的撒哈拉所在的陆地位于南半球中高纬度区域，当陆地汇集在极点附近时，容易形成厚厚的积冰，奥陶纪正是这种情形。大片的冰川使洋流和大气环流变冷，整个地球的温度下降，冰川锁住了水，海平面也降低了，原先丰富的沿海生物圈被破坏，导致了 85% 的海洋物种灭绝。

水底深处，璧山上龙划拉着鳍状肢，摇动着长长的蜥蜴一般的尖尾巴，在房前屋后悠闲地游动。它的嘴里有着密集而尖利的小牙齿。当它发现附近的鱼群，鳞齿鱼、狼鳍鱼或者中鲚鱼，它骤然加速，向着它们猛扑过去，速度快得惊人……

在一号艇上，黎乃菡半坐在椅子上，身体前倾，一只手紧紧握住前面椅背的一角。风把她的头发吹起，其中的白发清晰可见。这次科考的主要目标在佛手湖东北部。那里湖水比较浅，生长着大量的水生植物。水生植物是生态环境中极为重要的组成部分，可长期以来，对水生植物的研究都没有得到足够的重视。现代尚且如此，对古代的水生植物的研究更是接近空白。如今有这样一个实地考察的机会，黎乃菡怎么会放过？

两艘小艇继续前行。假如不是知道这是凭空出现的佛手湖，眼前所见跟荡舟湖上的旅游没有什么区别。不过黎乃菡知道，这是侏罗纪的湖，他们也不是来旅游的。侏罗纪的湖为什么会出现在这里？假如这真是杨耐所称的佛手云阳龙做的，那佛手云阳龙为什么要这么做？这么做将导致哪些后果？这些问题都迫切需要回答。她有一些想法，虽然还不是很成熟，在和董克强书记讨论过后，那想法变得清晰与系统。或许今晚就可以把它写出来……

“菡姐，右前方湖面发现异常。”二号艇的周雨泉用对讲机报告。

黎乃菡和 3 名研究员齐齐望向周雨泉说的那边。

那边的湖水变得浑浊并泛黄，好像水底有什么东西涌了上来。

“保持距离，”黎乃菡紧张地说，“注意观察。”

两艘小艇一前一后，向着泛黄的区域逼近。

“好像是水底的黄泥巴冲上来了。”向芸希说。

周雨泉拿起了对讲机：“菡姐。”

“讲。”

“我怀疑是泥火山。”

泥火山？黎乃菡谨慎地说：“安全起见，一号艇与二号艇各自掉头，远离那片水域。撤。”

一号艇往左，二号艇往右，犁出的浪花涌向泛黄的水域。

眨眼之间，那泛黄的水域面积已经扩大了几倍。

“泥火山？是喷黄泥巴的火山吗？”向芸希问。

周雨泉说：“侏罗纪的时候，云阳这一带的湖底淤泥里沉积大量甲烷，当条件合适，高温泥浆与有毒气体同时喷出，就像火山喷发一般，会导致恐龙集群死亡，而且这样的事情反复发生，所以这里才会有大量的恐龙化石埋藏堆积[①]。”

二号艇已经调了头，朝着远离泛黄区域的方向疾驰。

一号艇还在拐弯，它的速度稍微慢了一点点。突然，它前方的湖面冒出一个蘑菇状的巨大水泡。这泥黄色的10多米高的水泡将一号艇连同上面的4个人一起吞没。

“菡姐！”周雨泉悲切地冲对讲机喊道。

没有回话。

在二号艇后面，无数泥黄色的水泡此起彼伏，整片水域宛如被煮沸了一般，翻腾着，咆哮着，尽情宣泄着大自然无边又无情的伟力。

87

“老佛”的复原骨架被单独安置在重点实验室的一个房间里。

简于宸失联以前，一直在对“老佛”进行复原。他收集了自11月5日以来，所有出现过的古生物的照片和视频，对其进行了系统性的综合分析。在纠正了不少之前古生物复原过程中的错误与疏漏之后，他又将这些最新

① 云阳恐龙化石长城的围岩为紫红色泥质粉砂岩，其中见大量泥砾及软沉积物变形构造，具稀性泥流沉积特征。化石层上下大量发育以负荷构造、火焰构造、液化砂岩脉等为代表的软沉积物变形构造。化石墙附近发育管状钙质结核，是区内存在大量甲烷并发生运移及排放的证据。有学者依此推测，由古地震触发，含水液化沉积物以泥火山形式溢流喷出，云阳恐龙化石长城则是喷出泥流对恐龙快速埋藏的结果。

的研究结果应用于“老佛”的复原。因此“老佛”成为第一个最接近真实状态的佛手云阳龙化石骨架。

杨耐仰着头看“老佛”，左边看看，右边看看。跟上一次见到“老佛”相比，它有了巨大的变化。

这里有一个模仿航天员用的气浮悬吊装置，“老佛”的骨架被悬挂在那装置垂下的吊篮上。尾巴很轻松地搁在几根铁链之间，非常自然。

其实，“老佛”与别的普安云阳龙最大的不同，刚进房间时杨耐就看见了。“老佛”穿了一件样式古怪的“衣服”。当初发现“老佛”化石时，在它旁边发现了面积极大的剑龙类皮肤化石，简于宸将它还原为“老佛”的衣服。这衣服将“老佛”的胸腔与腹腔包裹起来。

“我是反对的。”曹世尧说，“这根本不科学。简于宸觉得这样很美。我不觉得，既不美，也不科学，我只觉得怪怪的。我还是怀疑佛手云阳龙有所谓的智慧。我无法想象……”

曹世尧的话语跟他的思维固执地在古老的圈子里打转转。

杨耐已经不想和他啰唆，说钟扬打电话要他现在过去，也不等曹院同意，就匆匆离开了重点实验室。

重庆自动化研究所在北碚缙云山主峰的下方，掩映在一大片苍松翠柏之间。杨耐抵达的时候，天已经黑了。钟扬到门口接他。杨耐发现，跟上一次见面相比，钟扬憔悴了很多。而且他整个人处于一种很奇怪的状态。一半很亢奋，好像还能熬上三五天，不成问题；一半很萎靡，愁眉苦脸，弓腰驼背，好像随时会猝死的样子。

“瞧你那样子，多久没有休息呢？”杨耐问。

“我很害怕。”钟扬答非所问，并且语音很怪。

“害怕什么？现如今大家都很害怕。”

“他们都下班了。”

“你的声音？”

“严重的口腔溃疡，”钟扬指向自己的嘴唇，“都肿了，疼得要死要活的。”

杨耐依稀记得爸爸和妈妈都得过口腔溃疡，于是不解地问："看你也就三十出头，怎么会得口腔溃疡呢？"

"谁三十出头？我只是结婚早，不是年龄老。"

"那你……"

"28 岁。得口腔溃疡，是因为没休息好，非常焦虑。"钟扬又说，"你来得正是时候。"

钟扬将杨耐带到研究所二楼他的办公室里，步履蹒跚。那颗水晶球摆在他的办公桌上。他指着桌面上的电脑说："黑曜石，我编写的翻译程序，这回立下大功。是的，就在刚刚，对水晶球的翻译实现了历史性的突破。"

"赶紧告诉我。"杨耐按捺不住激动的情绪。

钟扬以一种极其违反常规的姿势，靠坐到办公桌上，顺手把水晶球捧到了膝盖上。杨耐也靠过去，坐到办公桌上。他们俩一起看向墙上的大屏幕。

画面亮起，响起了黑曜石的声音：

"佛手云阳龙文明至少存续了 1000 万年。'老佛'生活在佛手云阳龙文明的晚期，这个时候，他们遭遇了持续数百年的极端天气。根据'老佛'的描述，这极端天气一半是自然的原因，另一半是佛手云阳龙自己造的孽。总之，结果都是佛手云阳龙的生存受到了前所未有的挑战。"

"画面也出自水晶球吗？"杨耐问。

"对。"钟扬摩挲着水晶球，简单地回答。

黑曜石继续说："天灾频仍，新田沟帝国势力减弱，沙溪庙王朝趁机崛起。新田沟帝国自是不甘心退出历史舞台，拼尽全力维护自己的统治。双方在劳亚大陆的每一个角落都展开激战，血腥与残忍程度一次又一次挑战着佛手云阳龙的伦理与道德极限。双方都倾尽全力想要从地图上抹掉对方的一切痕迹。活下去的那一方才有资格书写历史，假如他们也看重历史的话。除了生，就是死。没有谈判，没有妥协，没有任何的折中方案。屠杀对方的士兵，焚烧对方的典籍，拆毁对方的城市……"

杨耐自言自语道："这就是后世的我们找不到佛手云阳龙文明遗迹的原

因吗？”

钟扬喘着气，没有说话。

“就是在这种不共戴天的对杀中，佛手云阳龙的势力范围一缩再缩，从遍及劳亚大陆，到最后只能蛰伏到最初的起源地：千牙之城。

“新田沟帝国与沙溪庙王朝，依然是谁也不肯放手，谁也不肯退后，谁也不肯妥协。放手就是死，退后就是亡，妥协就是不可饶恕的投降。历时千年的互相杀戮，谁对谁错，谁错得多一点，谁手上的血更多一点，早已经说不清算不明了。

“此时此刻，千牙之城之外已尽数是寸草不生的荒漠。

“千牙之城内，容下了所有现在还存活的佛手云阳龙，却容不下新田沟帝国与沙溪庙王朝。他们各自占据了千牙之城的一半，或是南城、北城，或是东城、西城，暂时达成了某种微妙的均衡。平时高墙壁垒，老死不相往来；一旦往来就是以命相搏，不尸横遍野绝不罢休。

“而气候变化愈加剧烈，生存愈发困难。

“于是，同一个想法在双方阵营里出现、蔓延并牢牢地扎根下来。这个想法是：新田沟与沙溪庙的势力重回千牙之城，这是神的旨意，就好比佛手云阳龙的两个宝宝降生之后的状态；谁胜出，谁将赢得千牙之城，并将从千牙之城出发，再一次征服劳亚大陆，让佛手云阳龙文明再一次伟大。

“就是在这种情况下，以‘老佛’为代表的第三方势力出现了。他们看到了新田沟帝国与沙溪庙王朝鏖战的荒谬性，却无力改变现状，因此他们决定逃跑，逃得远远的，远远地离开眼前无穷无尽的杀戮。

“往哪里逃呢？去海那边的冈瓦纳大陆？离开地球到月亮？甚至飞得更远，去金星，去火星？都没有，他们选择了逃往他们的未来——我们的现在。

“原因可能有两个。第一个原因是间接的，这么多年来，佛手云阳龙忙于互杀，没有抬眼看过星空，因此航天技术始终没有发展起来，想去其他星球也无从下手。第二个原因是直接的，第三方势力中的一个——可能是‘老佛’，也可能不是——悟出了穿越时空的原理，再集结第三方势力将对应的时空隧道建造了出来。”

钟扬勉强说道：“也许是因为去未来比回过去要容易？其中有什么物理学原理，恐怕需要物理学家们来解释了。我反正是解释不清楚的，超出我的知识和能力范畴。”

“水晶球里有相关资料吗？”

“可能有，也可能没有。我不知道。目前翻译出来的内容不足水晶球所存资料的 1/10000。”

他把水晶球单手举起来，放到眼前仔细端详，似乎这样就能把水晶球里的一切看穿。杨耐有些担心水晶球会滑落，跌到地上摔得粉碎，不由得出言提醒：“当心。”钟扬没有回应，只是默默地把水晶球收回到膝盖上。

“他们的计划原本是这一部分佛手云阳龙携带文明的种子去到未来，在新田沟与沙溪庙互相毁灭后，重建佛手云阳龙文明。然而，计划赶不上变化。逃跑者的计划被新田沟帝国发现了。不得已，‘老佛’提前执行了计划。他让他的战友用一种叫作‘超瞬态’的实验装置将他在 10 分钟内转化为化石，并将他连同水晶球一起深深地埋葬。在那之前，他录下了最后的遗言，讲述了佛手云阳龙文明 1000 万年的兴衰。”

画面黯淡下去。

“‘老佛’是佛手云阳龙文明最后的守护者。”钟扬悠悠地说，“这颗水晶球，是佛手云阳龙文明最后的种子，里面有佛手云阳龙文明的全部资料。我很害怕。”

“害怕什么？你到底害怕什么？”杨耐不解地问。

“一个小小的口腔溃疡就把我折磨得死去活来，还说什么人类科技发达？狗屁。”钟扬唾了一口，将水晶球高高举起，再轻轻一松手，只见那水晶球在杨耐发出惊呼之前掉落到地板上，咚的一声，往前滚了小半圈，原地不动。“比你想象的坚固得多，”说这话的时候，又牵动到他口腔溃疡的破烂处，疼得他龇牙咧嘴，“毕竟经历了 1.6 亿年的时光也不曾碎裂。”

杨耐跳下办公桌，去拿地板上的水晶球。

“回家，我已经离家太久了。又是恐龙，又是天坑光柱，又是佛手湖，小慧一个人在家里，不知道多害怕。”钟扬自言自语地说，“自由始至终，我都只是爱幻想的胆小鬼。我没你那种责任感。我只想过好自己的小日子。”

“你在害怕什么？”

“该我做的，我能做的，都已经做完了。我要回家。”

88

杨耐把那本曾经属于大师兄的工作笔记摊开，放到膝盖上，然后开始沉思。

说来不完全是巧合，达尔文也有这样一个棕色牛皮笔记本。在他搭乘“小猎犬”号进行的环球之旅中，初窥演化论的门径后，没有急于发表观点，而是隐居伦敦郊区 21 年，做各种实验来验证自己那离经叛道的想法。这些实验既有真实实验，也有思想实验，以及他自己的生活琐事，都巨细无遗地记录在那个笔记本里。

菡姐也有类似的名叫《古植物图鉴》的笔记本，里边不只有文字，还有菡姐精心绘制的古植物图案，细腻而娟秀，用简于宸的话讲，有一种无法言说的美。如今菡姐在佛手湖考察时遇难，《古植物图鉴》怎么样呢？

“虽然条件恶劣，但是老一辈古生物学者依然能够从中找到乐趣，这种勇于探索的科学精神和坚强的意志品格是支撑我不断前行的力量。”这是菡姐接受记者采访时所说的话，“未来不论有多少难题需要解决，大数据和人工智能等现代科技必将为当代古植物的研究带来更多的想象空间和研究成果。”

向芸希打电话诉说了菡姐遇难时的情形，带着明显的哭腔。“我第一次知道泥火山。”她说，“原来是持续喷发的泥火山制造了恐龙化石长城，不是佛手云阳龙多年的祭祀。”杨耐心疼不已，却不知如何安慰，只好干巴巴地说：一件复杂的事情，原因肯定不止一个。劝她不要过于伤心，眼下还有更重要的事情要做。

“我能做什么？”

“很多啊。”

杨耐一口气说了五六件事，有大有小，目的只有一个：让自己忙起来，以便摆脱目前的心境。接下来他又问了锅圈岩的情况，得到的答复是：“整个佛手村都沉到水底了。”

挂掉向芸希的电话后，杨耐开始在大师兄的工作笔记上写字：

历史上，物种灭绝的原因有很多，佛手云阳龙选择了最惨烈且悲伤的那一种：自我毁灭。

古老而腐朽的新田沟帝国，新鲜而鲁莽的沙溪庙王朝，佛手云阳龙文明结出的两大硕果，彼此仇视，在每一个层面上均展开针锋相对的竞争，鏖战千万年。

新田沟帝国没有战胜沙溪庙王朝，沙溪庙王朝也没有战胜新田沟帝国。他们以为他们能毁灭地球，实际上没有，他们只是毁灭了他们自己。

在资源有限的情况下，最明智的策略是共同拓展生存空间和充实可利用的生存资源。这一理念有助于避免国家之间、物种之间陷入你死我活的竞争局面。但很明显新田沟帝国与沙溪庙王朝不懂得这一点。我猜，可能有部分佛手云阳龙懂，比如“老佛”及“老佛”所属的组织，可惜没能成为他们的共识，进而成为佛手云阳龙文明的生存策略，相反他们把丛林法则发挥到了极致，没能因为有了智慧，就逃过“赌棍的灭亡”，结果还是不可避免地走向无法逆转的结局：文明的毁灭。

89

这次网络会议由董克强书记召集并主持，与会者涵盖了天坑光柱的6个科研小组，还有来自全国各个地方的科学家与工程师。300余人，通过网络，跨越千山万水，汇聚在一起，共同研讨眼下的恐龙危机。

董书记首先对昨天在佛手湖科考过程中遭遇泥火山而牺牲的黎乃菡、王宁、宋鹏飞、侯庆华 4 人表示了沉痛的哀悼。一分钟默哀结束后，董克强请研究院的周雨泉汇报这几天对佛手湖的科考结果。

周雨泉播放了他拍摄的画面，有全貌也有局部的特写，又辅以示意图。周雨泉介绍说，佛手湖整体呈圆形，直径超过 20 千米。剖面图显示，它呈现少见的锅形，锅底最深处有 2 千米。磨刀溪从它的南边流入，北边流出，目前一切正常，没有什么异样。

通过对湖水的抽样分析，主要是检测微生物，可知佛手湖的湖水与当代的任何湖水都不一样。在湖中已经发现各种侏罗纪生物，包括中生鳗、西蜀鳄、璧山上龙、无尾两栖蝌蚪、奇异热河螈、獭形狸尾兽，还有数百种没有化石记录的动物、植物和微生物。

“我们向湖中投放了一批现代鱼，包括鲤鱼、草鱼、鲶鱼和鲫鱼。它们身上绑了微型摄像头。90% 现代鱼在经历了最初的困难之后，都很好地适应了佛手湖中的生活。”周雨泉讲到这里，表示汇报完毕。

“10% 的死亡率，不低啊。”董克强对周雨泉表示感谢，然后说，“几天前，黎乃菡找到我，给我讲了她的一个非常大胆的想法。现在，请我把这个想法讲给大家听。”

听到董书记这么说，线上线下听众们的注意力都集中起来。

“众所周知，生物都是环境的产物，也可以说，生物是环境的囚徒。黎乃菡怀疑，不，黎乃菡认为，佛手云阳龙不是自己要入侵，而是要把他们居住的环境搬过来。黎乃菡的意思是，他们是要把现在的地球，改造成侏罗纪时期的模样。”

此话一出，听懂的都愕然，没听懂的都茫然，会议室里鸦雀无声。

“我知道，这种说法骇人听闻，匪夷所思，然而——”董克强的语速变快了，“——就像我们去火星，而火星与地球环境迥异，并不适合地球人生活。人类想要在火星维持正常的生活是非常困难的事情。想要生活得非常舒适，方案有两个：要么改造自己，要么改造火星。恐龙并不适应现在的环境，我们都已经看到了。所以他们选择了方案二。”

“这是有多狂妄啊！”有与会者感叹。

“在此之前，他们已经做过一次实验了。”董克强按照黎乃菡的思路继续讲，“在12月15日重庆暴雪那天，在重庆云阳恐龙国家地质公园附近的山里，出现了一条500米长的侏罗纪山谷，里面满满当当都是侏罗纪的植物。当时黎乃菡就感到奇怪，为什么会出现一山谷的侏罗纪植物？现在她想明白了，那是一次小规模环境搬迁的实验。佛手村陷落成佛手湖，是他们的第二次环境搬迁实验。黎乃菡相信，经过两次实验，佛手云阳龙已经收集了足够的数据，为后续大规模的环境搬迁做好了充分的准备。”

“这是一种全新的入侵方式吗？”有人问。

“对。”董克强并不避讳。此话一出，线上线下一片哗然。

“侏罗纪的环境是怎样的？”立刻有人追问。

一位古气候学家主动汇报：那时的平均气温比现在高5—10摄氏度，两极地区没有冰川，森林也一直蔓延到两极地区，而且昼夜温差要比今天小一些。大气中含氧量比现在高一些，人类身处其中，会出现不同程度的醉氧现象，但还能正常呼吸。二氧化碳浓度约为0.195%，是现在的5倍。这种浓度的二氧化碳不会立刻致人死命，但是足以导致人体认知和活动能力下降。

有人惊呼：“他们会点燃火山以增加当前空气中的二氧化碳含量吗？”

“很抱歉，大家没有理解我的意思。我再强调一遍，佛手云阳龙把他们生活的环境搬到现在，不光是指空气，而是指他们会把现今重庆的地形地貌整个改造成侏罗纪时期的模样。”董克强展示了一幅面积颇大的地图，说，“这是侏罗纪中期，重庆地区的地形地貌。中间这一大片，叫作巴湖。下面我结合现在的重庆区划进行讲解。

“首先，主城都市区，实际上从涪陵往西，包括渝中区，这一大块儿区域，位于巴湖的湖滨。

“其次，渝东南地区，包括武隆及其周边地区，是以武陵山脉为主的山地。跟今日的山地相比，有相同，也有很大的不同。

“最后，渝东北地区，今天的垫江、石柱、忠县、丰都、梁平、万州等地，都是巴湖最深的地方。然后，巴湖又逐渐变浅，包括今天的开州、云阳、奉节等地，都是湖滨的模样。接下来，地貌再次发生变化，巫山、巫溪、城口等地变成了大巴山脉和巫山山脉，跟今日一样高耸入云。

“需要说明的是，以上描述是基于现有研究，只能说是大体如此。从新田沟时期开始到沙溪庙时期结束，时间长达 1320 万年，其间肯定发生过剧烈变化。在这 1000 多万年的时间里，湖滨变沼泽，沼泽变荒漠，荒漠又变湖滨，都是可能的。”董克强最后说。

不安笼罩着整个会议室。

有人开始小声议论，更多的人加入其中，会议室里闹哄哄的。作为主持人的董克强没有制止。他知道，与会者需要时间来消化刚才听到的消息，而议论是极好的方式。

“所以，假如他们成功了，我眼前的这一切，都会被淹没在巴湖里。这些高楼，这些大厦，这些桥梁，这些车辆，这些人……”

“渝中区、大渡口区、江北区、沙坪坝区、九龙坡区、南岸区、北碚区、渝北区、巴南区……没有一个区跑得掉。”

“佛手村的今天，很可能就是重庆——至少主城都市区和渝东北的一半地区——的明天。”

“涉及 3 万平方千米，2000 万人口……不可想象的巨大灾难。”

“武陵山脉与大巴山脉也不会保持现状，而是会变成侏罗纪时期的模样。”

“所谓天翻地覆，所谓沧海桑田。”

“算少了，重庆有 8 万多平方千米，3200 万人口。真正的大灾难。”

“之前的入侵就已经超出了重庆的范畴，涉及周边的几个省市。佛手云阳龙才不会管什么行政区不行政区呢。”

“我们面对的到底是怎样的敌人啊！”

董克强书记讲："我想强调的是，没有任何证据表明，佛手云阳龙的入侵目标只是重庆。很可能重庆只是他们入侵的第一个地方，一旦入侵成功，他们将把重庆作为桥头堡，向别的城市，向中国乃至整个地球发起全面战争。"

会议室里再一次陷入沉默。

"我来说两句。"说话的是沉默已久的曹世尧，"就提供一个思路，供大家参考。"

从前，有一个科学家，想知道蚂蚁窝的结构，把融化的铝水灌入蚂蚁窝，等铝水完全浸透，再浇上冷水，使其凝固，最后挖掉四周的泥土，一个铝制的蚂蚁窝就呈现在科学家面前。纤毫毕现，简直是一个精雕细琢、美轮美奂的艺术品。曹世尧说："当时我就想，如果蚂蚁有智慧，它们会如何记录这一件事？是偶然发生的天灾，还是某种入侵？它们会不会想到，这只是某个科学家因为一时的好奇而做的实验？它们会不会担心，这样的事情会反复发生，并且会扩大到这一大片蚂蚁丘？"

"曹院的意思是，佛手村变佛手湖只是某个佛手云阳龙科学家一时兴起而做的实验？"

"就目前的情况来说，得不出黎院长那个可怕的结论。我反正得不出。"曹世尧说，"把现在的重庆改造成侏罗纪时期的模样，这得需要多少能量啊？"

"这个问题，"董克强审视了一圈，最后把目光落在了马俊飞的头像上，"马院长有什么要说的？"

"董书记，我想先汇报一个事儿，可以吗？"杨耐抢道。

90

这是非常没有礼貌而且是不懂规矩的行为。董书记没有马上回答。杨耐又补充道："本来该钟扬来讲的。他对水晶球的翻译有了重大进展，但他太忙了，忙得脚不沾地。”

听到这话，董克强书记的脸色才和缓下来：“你讲吧。”

杨耐把黑曜石的翻译结果讲了一遍，从新田沟帝国的分裂，讲到沙溪庙王朝的崛起；从千牙之城的兴盛，讲到第三方势力的计划；从“老佛”的发现，讲到水晶球的秘密。

“后来呢？后来发生了什么？”

“后面的故事‘老佛’没有记录，我只能猜测。”杨耐说。

“不知道是谁先发现的，新田沟帝国还是沙溪庙王朝，其结果都是他们在死局中看到了一线活下去的希望。那希望在他们的未来——我们的现在。总之，新田沟帝国和沙溪庙王朝瓜分了逃跑者的技术和资源，各自建造了一套时空隧道系统，计划着在千牙之城彻底毁灭之前，逃往未来，并再次重建属于佛手云阳龙的世界。

“几乎是前后脚，他们的系统刚一建造好，然后就进行第一次发射实验。因为是两边各自进行的，所以在我们的记录里表现得极为混乱，我们很晚才意识到是两组实验，而不是同一组实验的两次。第二次 11 月 17 日、第三次 12 月 15 日，同样如此。新田沟帝国与沙溪庙王朝所擅长的技术是不一样的，所选择的恐龙也不一样。

“一直以来我就有一个疑惑，尤其是暴雪之后，恐龙大量死亡的时候：佛手云阳龙为什么会选择在冬天进攻重庆？原因可能有两个：第一，他们对我们的现状并不了解；第二，可能有什么事情迫使他们必须在这个时候发起进攻。

“现在我知道这个问题的答案了。这不是一次处心积虑、筹备多年的入侵，而是事到临头、慌不择路的逃跑。”杨耐最后说。

“我来总结一下。”董克强书记说，“根据杨耐与钟扬的共同研究，现在的渝东南与渝东北当时是连成一片的，千牙之城就位于这片群山连绵、湖泊众多的区域。当佛手云阳龙文明分裂后，渝东北的千牙之城是新田沟帝国的首都北千牙，而渝东南的千牙之城则成为沙溪庙王朝的首都南千牙。6

根天坑光柱，璧山国际机场、武隆县天星乡、黔江区城东街道，这一组由新田沟帝国建造；万州区分水镇，云阳县龙角镇，巫溪县柏杨街道，这一组由沙溪庙王朝建造。也就是说，我们面对的是佛手云阳龙文明两大势力的同时入侵。我这样理解，对吗？”

“对。”杨耐回答。

董克强又问：“再然后呢？我是说，地质史上，沙溪庙之后又发生了什么？”

“之后是遂宁组地层。从沙溪庙组地层到遂宁组地层之间没有像小行星撞击那样特别重大的事件发生，前者就那么结束，后者就那么开始，平淡得如同太阳出来就是白天，太阳落山天就黑了一样。然而，加上佛手云阳龙，或许……是佛手云阳龙毁灭自身的同时，结束了沙溪庙。”杨耐感慨道，“至于遂宁组地层，它存续了大概80万—90万年，时间特别短，气候特别干旱，地层里保持下来的化石特别少，比沙溪庙组与新田沟组都少多了。对古生物学家而言，这是一个特别寂寞与无聊的年代。它是中侏罗世的最后一个地层，此后进入晚侏罗世，但那已经是另一个时代的事情了。”

董克强思忖了片刻，然后说：“老马，该你了。”

重庆大学物理学院院长马俊飞走上主席台：“刚才有朋友说，佛手云阳龙狂妄，要把侏罗纪整个搬到现在，要把现在的重庆改造成侏罗纪时期的模样——也许不是狂妄。他们这样做，只是因为他们能办到。我们觉得他们狂妄，是因为我们办不到。这话很得罪人，但这是事实。

“根据杨耐的推测，佛手云阳龙文明存在了1000多万年之久，而我们呢，从森林古猿算起，仅有600万年；从直立人算起，仅有200万年；而从早期智人算起，仅有20万年。他们对宇宙最底层奥秘的探索肯定在我们之上。

“他们为什么能办到？涉及一系列的物理学知识。我和我的学生于灵提出了一组假说，包括穿越时空的方式和所需要的能量，但还没有完成最后的计算，所以暂时不公布。把半成品公布出来，我脸皮薄，办不到。”

线上线下都响起来一阵会意的笑声。

“不过，以下推测是可以公开的。要进行时空穿越，必须知道目的地在时空连续体中的坐标。如果坐标错误，肯定不能把目标正确地发射到指定位置。还记得吗？早期很多恐龙从天上掉下来直接摔死，甚至还有恐龙出现在岩石里，在极度痛苦中死去。这是因为佛手云阳龙进行了错误的发射，或者说，他们掌握的时空坐标出现了偏差。

“毕竟我们与他们隔着 1.6 亿年的时空壁垒，别说海洋和大陆的分布，就是地球在太阳系中的位置、太阳系在银河系中的位置、银河系在可观测宇宙中的位置都不一样了。

“天坑光柱出现之后，我就在琢磨，它到底有什么用。虽然它出现的时候造成了很严重的伤害，但它显然不是一种超级武器。经过反复观察、思考和计算，我得出一个结论：天坑光柱是佛手云阳龙建造的时空灯塔，将我们的时空坐标在时空连续体中标记出来，指引他们越过 1.6 亿年的时空壁垒，准确地把恐龙发射到他们想要到达的时空点。

“所以当务之急是摧毁天坑光柱。打掉这 6 根时空灯塔，佛手云阳龙就成了瞎子和聋子，再也无法向我们这个时空发射东西了。”

91

1 月 15 日晚 7 点 30 分，市委书记发表了对重庆全体市民的电视讲话：

“尊敬的市民们，重庆正在面临一场史无前例的灾难，每一位重庆儿女都深感痛苦。这是一个空前的可怕敌人，来自遥远的侏罗纪中期，他们的社会结构严明，等级森严，生活方式以战斗为主，为战斗而生，以胜利为荣。

“然而，他们攻击的是重庆。自古以来，重庆遭受过无数次灾难。然而重庆从未被这些灾难压垮。过去如此，现在依然如此，未来也不会改变。

“重庆是一座英雄的城市，由 3000 万坚强、乐观、积极进取的重庆人组成。在面对困难和挑战时，我们始终保持着坚定的信念和勇敢的精神。在这片土地上，重庆儿女曾经创造了许多奇迹。我们的前辈用智慧和勇气，书写了一段又一段壮丽的历史篇章。

“现在，恐龙入侵，我们必须也必将成为新的奇迹创造者。因为重庆人民的血脉中流淌着不屈不挠的精神，我们是这座城市最坚强的后盾。如果重庆沦陷，入侵者将从这里出发，去征服中国，征服全世界。到时候，我们所经历的一切苦难，都将在中国与世界重演。

“重庆已然成为保卫人类文明的第一道防线，我们没有退路。是的，各位市民，无论前方的道路多么坎坷崎岖，我们都要勇往直前，永不放弃。我们不是独自在战斗，上级也高度关注重庆的灾情与战况。我们有伟大的中国人民作为后盾。

“在每一个重庆人的努力下，在举国支援下，我们必将击败来自侏罗纪的侵略者，我们的城市将会更加繁荣昌盛，焕发出更加夺目的光芒！战斗仍在继续，重庆人民的力量在不断壮大。我们坚信，只要我们团结一心，共同努力，就一定能够战胜强大的敌人，守护好自己的家园。”

92

在市委书记发表讲话后的半个小时，中国人民解放军西部战区第 77 集团军经中央军委同意，国防部下令，对位于武隆县天星乡、璧山国际机场、黔江区城东街道、万州区分水镇、云阳县龙角镇、巫溪县柏杨街道的 6 个天坑光柱进行 10 分钟的火力覆盖。

攻击任务由炮兵旅完成。

一个炮兵旅下辖 4 个远程火力营和 2 个榴弹炮营，包括 48 门 03A 和 PHL191 两种型号的远程火箭炮，加上 36 门“战神之锤”PLZ–05 型 155 毫米自行榴弹炮，每分钟的火力输出 576 发火箭弹，再加上 360 发重型榴弹，威力不可谓不大。

对于直径约 2 千米的天坑光柱来说，以面杀伤为主的火箭炮和榴弹炮是火力覆盖最为理想的武器。

共有 4 个炮兵旅参与了对天坑光柱的进攻。经过精心计算，192 门火箭炮与 144 门榴弹炮驶入不同的阵地，有的在山坳，有的在河湾，有的在平坝，有的在林间，于 50—80 千米之外，在指定时间里，同时向 6 个目标开火。这是多少年都没有发生过的事情了。开火的瞬间，连大地都震颤起来。

在重庆云阳恐龙国家地质公园里，向芸希和村民们一起收看了市委书记的讲话。有很多小道消息在流传。“解放军终于出手了”这句话所带来的兴奋支撑着他们，然后他们把话题集中到新建的小区，憧憬着即将到来的美好生活。

在武隆县天星乡，村民们站在山岭上，仰望夜空飞过的一排排火箭弹，激动不已。“报仇。”他们彼此说，“解放军这是为 42 万冤魂报仇。”远处群山耸立，从曾经的天星洞穴系统所在地射出的光柱，宛如纠缠不休的噩梦。

在北碚区澄江镇钟扬家里，小慧问：“就要结束了吗？”钟扬回答：“希望如此。”小慧说：“结束吧结束吧，生活早点儿恢复正常。”钟扬微张了嘴，欲言又止，最后吐出了几个字：“一定如你所愿。”

在璧山区丁家街道佛耳岩，黄耀东、覃郎、韩潇和战士们一起，目送一排排火箭弹从他们头顶掠过，一头扎进天坑光柱之中。“什么时候轮到咱们上？”韩潇问。黄耀东没有回答这个问题。

在万州区分水镇楠竹坪，火箭炮曳出长尾，一头扎进天坑光柱里。“打中了，打中了。”有人欢呼。马上有人反驳：“你是来搞笑的吗？那么大一个目标，解放军会打不中？”他们没有继续争论，而是平心静气地等待着火力覆盖的结果。

在科研营房里，杨耐反复摩挲着水晶球，思考“我到底做了些什么？”“要不要把这个消息告诉向芸希？”“钟扬到底在害怕什么？”等诸多问题。离开自动化研究所的时候，钟扬把水晶球连同黑曜石一起给了他。“你是最先发现它的人，我晓得。”钟扬说，“现在物归原主。”杨耐想给出否定的答案，心颤抖着，向芸希 3 个字却说不出口。回北碚的家里短暂盘桓后，就在爸爸和妈妈的殷殷嘱托里，到了璧山区丁家街道佛耳岩合成九营的临时驻地。

在沙坪坝区子午工程科学谷实验室里，灯火通明，天上地下的所有仪器都对准了重庆这一区域。赵培钦主任完全坐不住，端着咖啡杯在技术员的座椅之间不停地来回走动：“看仔细了，千万不要错过任何异常数据。”然后，数据异常就当着赵主任的面出现了。一连串的数据波动，从不同的地方传来，最后由大汗淋漓的技术员在电脑的支持下，汇总成一幅诡异的图案。赵培钦惊讶地看到，图案显示，璧山国际机场、武隆县天星乡、黔江区城东街道这3根天坑光柱的底部不知何时竟有通道连接，而万州区分水镇、云阳县龙角镇、巫溪县柏杨街道的3根天坑光柱同样如此。那两根通道的直径在500米左右，里边流动着超多的能量。这意味着什么？赵培钦端着咖啡杯的手不由得颤抖起来。

后来，不管是当时是睡着的，还是没睡的，都回忆说，突然之间感觉到一种发自脊椎的震动。睡着的没睡着的都抽搐着尖叫起来。

与此同时，街道上、车库里，全部车辆的警报声一起呜咽。

蟑螂从家里的每一个角落爬出，数量多得可怕。

猫浑身的毛挓挲着，宛如一个刺球，从房子的任何一个孔洞往外窜，就像是长了毛的球状闪电。

狗躁动不安，哀鸣着，有的原地打转，有的往床底下躲，有的跑到街上，一头撞上失控的车，脖子折断，痛苦地死去。

冬眠的蛇和青蛙被什么神秘的力量惊醒了，纷纷逃出洞穴，来到旷野之上，等待死亡的降临。

天空中，成群结队的麻雀，还有别的鸟儿混着蝙蝠，呼啦啦从这边飞向那边，宛如不停变化的乌云，就是不肯落到树上歇息片刻。

人们推开窗户，走出家门，看到了今生今世都不会遗忘的一幕奇观。

无数的超级闪电从地面的建筑冲向黑沉沉的天空。

冬天会有闪电已经违反了常识，这闪电还是从地面打向天空，更是做梦都不会想到的事情。

那些闪电起初是一束一束的，从最高的建筑出发，像一条条诡异的白蛇，向着铅云密布的天空蜿蜒而去，只是速度极快。

在渝中区朝天门，这闪电是从355米高的重庆来福士广场T3N楼和T4N楼往天上爬升。在渝中区化龙桥，这闪电是从458米高的重庆陆海国际中心往天上蜿蜒。在渝中区解放碑，这闪电是从339米高的重庆环球金融中心往天上生长……

然后闪电开始分叉，从蛇状变成网状，再变成一棵倒生的黄葛树，树干在深不可测的地下，而又白又亮的树根向着天空肆无忌惮地生长，生长，生长。

位于南岸区南滨路高218米的土豪金双子塔（国际金融大厦与喜来登大酒店）被闪电反复照亮，仿佛两颗金黄色的刺向天空的巨大钉子。

闪电亮起的时候，大地被照亮，恍如诡异的白昼；闪电熄灭的时候，大地沉入黑暗，一切重归寂静。

连汽车的警报也跟着消失。

接下来，更多的“树根”从各种高楼出发，向上，向上，向上，越来越粗，越来越像倒着生长的千年黄葛树，那样遒劲，那样绵密，那样复杂。随后，所有的城市建筑上大都出现了朝着天空生长的“树根”。它们连接、纠缠、盘绕，你不让我，我不让你，规模越来越大，影响范围也越来越宽。

不只是渝中区，也不只是主城都市区，从渝东北到渝东南，从最东边的巫山县到最西边的荣昌区，从南边的秀山县到最北边的城口县，凡是有人居住的地方，都出现了惊心动魄的上行闪电。

还有雷声。

雷声比闪电出现得晚。开始还能分辨，这一声雷是先前那一道闪电的。稍后，沉闷的雷声变得炸裂，变得密集，一声接着一声。不久，雷声就密集得如同战鼓，根本无法分辨这一声跟那一声，只觉得天和地都化作了鼓面，闪电同时敲击着上下两面，而人在鼓面之上，面对自然的伟力，无异于惶恐的蝼蚁。

实际上，这一切发生的速度极快。甚至那闪电，到底是从天空劈向大地，还是从大地劈向天空，如果没有高速摄像机的记录，仅凭肉眼是无法判断的。

再往后，闪电愈加密集，愈加粗壮，不再像千年黄葛树的树根，更像是在云层与大地之间的一面白到极致、亮到极致、炫到极致的巨大屏幕。而雷声也愈加清脆，愈加响亮，愈加使人恐惧。

整个过程持续了 10 分钟。

随后，所有人才意识到，闪电所过之处，一切电器损坏，一切线路烧毁。整个重庆重回无电的黑暗时代。

第七章　死支漫步

生命最为顽强之处，并非在于顺境中的拓展与创新，而在于逆境中的坚定不移。生命之力不受风雨的侵蚀所影响，不畏寒冬的严峻而消逝，更不屈服于黑暗的笼罩。在人生低谷之际，生命更显顽强，犹如石缝中的小草，尽管历经无数次的磨砺，仍能顽强生长，昂首面对每一次的挑战。这正是生命顽强之所在，亦是生命最为珍视的价值所在。

——摘自《演化论演化着》

93

你不是重庆人，住在离重庆很远的地方。可能在东北，也可能在华南，或者是辽阔的新疆。和很多人一样，你喜欢上网。这个时代的人都喜欢上网。你从来没有来过重庆，关于重庆的一切，你都是从网上知道的。你对重庆的兴趣也说不上有多浓厚，只是随着网络热潮的起起伏伏，刷到了不少重庆的消息。

有的让你觉得不可思议，有的让你觉得浪漫至极，有的让你觉得不过如此，还有的，比如重庆话，也不知道为什么就是让你莫名地觉得格外可笑。就像挖掘机，重庆人不叫它挖掘机，也不叫它挖机，而是叫它挖挖机，莫名地就给这种傻大黑粗的钢铁怪兽加上了一层萌萌的纱衣。

这一次，重庆大规模地出现恐龙，让重庆一下子成为全世界——也包括你注意的焦点。

恐龙，那可是恐龙！

试问有谁能抵挡恐龙的魅力！

你在网上看到了关于重庆恐龙的报道，包括文字、视频、图片。目击者的陈述，恐龙专家的深入分析。有官方发布的正式新闻，也有在各个聊天群出没的小道消息。蜂拥而至，铺天盖地，不一而足。

普安云阳龙吃人了，让你揪心。

合川马门溪龙被解剖了，你想：这样也可以？

上游永川龙在大街上横冲直撞，你心跳如雷，庆幸自己不在现场：解放军，解放军在哪里？

恐龙凭空消失了，你和所有人一样，茫然又失落：它们去了哪里？还会回来吗？

分水镇隧道里，普贤峨眉龙用成吨的身体挡住了疾驰的高铁列车，这惊险的一幕让你设想：假如你也在列车上……

重庆暴雪，随之而来的数千头恐龙既在你的意料之内——恐龙肯定会再次出现，又在你的意料之外——数量这么多，而且天气和微生物杀死的恐龙比人类杀死的还多，为什么？

你第一次系统地了解恐龙的知识，知道古生物不都是恐龙。在恐龙时代，还生活着大量的非恐龙生物。得知你正在啃的鸡，其实是恐龙的直系后裔时，你还是狠狠地吃了一惊。

为什么是重庆而不是别的城市出现恐龙？面对恐龙来袭，重庆人都是什么心态？为什么他们看上去都不害怕呢？你开始思考这几个问题，然后在网络上与人争论恐龙肉要怎么做才好吃。一些商家宣称通过“你懂的”渠道弄到了恐龙肉，价格嘛，自然是牛肉与羊肉好几倍。你还在犹豫要不要买一点儿来尝尝鲜时——也可能已经买了，然后发现其实是猪肉或是马肉，甚至是骆驼肉——天坑光柱出现了。

那画面太过震撼。你在网上反复观看那些现场视频，看着那直上直下的赤红色光柱，你想不出合适的比喻。而 42 万重庆人在 6 道天坑光柱出现时消失，这个消息更让你震惊。如果说，之前你关注恐龙凭空出现，在重庆各地肆虐，多少有点儿猎奇的意味，那现在你关注重庆，感同身受的成分增加了不知道多少。

恐龙事件刚出现，谣言就紧跟不放，像风一样，一阵又一阵，没有停过。有的一眼假，你不禁嘀咕：哪个弱智编的？白痴才会相信。有的半真半假，你也付之一笑：想骗 / 唬 / 哄 / 撮 / 豁 / 蒙 / 敲 / 麻 / 诓 / 糊弄 / 忽悠谁呢？有的说得煞有介事，你难以在第一时间判断它是真是假。半信半疑中你看到了对它的辟谣，恍然大悟中你庆幸没有上当。然而接下来又有对辟谣的辟谣，如此反复，以至于你产生了强烈的厌倦感。信点儿谣言又如何？你这样想，新田沟帝国也好，沙溪庙王朝也罢，都是来入侵的，有什么区别吗？

及至佛手村一夜之间变成佛手湖，子午工程提供了半个小时的预警，你一方面为子午工程点赞，一方面开始担心再这么下去重庆会不会全部沉陷到深深的湖底。

你走出你的房子，走在大街上。你想象着大水漫过屋顶的样子。你仿佛看到水草在人行道上摇曳，而汽车们全都陷在淤泥里。一群一群陌生的顶盔掼甲的鱼从这边敞开窗户游出来，向着那边的广场游过去。几头水生爬行动物——幻龙？鱼龙？沧龙？上龙？蛇颈龙？——在它们身后紧追不放……在重庆发生的事情也完全可能发生在你这里。你突然就理解重庆人此时此刻的感受了。

于是又有一个新的说法开始流传，名为佛手云阳龙的文明对重庆的入侵只是开始，一旦他们站稳脚跟，就会以重庆为桥头堡，向着全中国，向着全世界，发起全方位的进攻。你第一次觉得，重庆人在此次恐龙事件中的遭遇与你的关系密切起来。

重庆不再是一个遥远的陌生的地方，而是与你、与全体中国人、与这颗蓝白相间的星球上的所有人明里暗里都有着千丝万缕的难解难分的联系。

你的心态发生了微妙但确凿的变化。你不想只是关注重庆新闻，不想只做一名随着舆论起伏的看客，你想实实在在地为重庆做点儿什么。

就在这时，闪电潮爆发，全重庆大停电，所有来自重庆的消息都停止更新，停留在了大黑暗降临的那一刻。在网络世界的版图上，重庆消失了。重庆消失了吗？你想，我能为重庆做点儿什么？

不只是你，所有关注重庆的人都是这样想的。

做点儿什么吧！

哪怕就一点点！

94

“你个死老头儿，还不回到屋里头。到处跑，不怕恐龙吃了你？”

“怕死有用吗？阎王要人三更死，不会留人到五更。”

胡子云推开房门，听到走廊上聚在亮起的应急灯下的邻居这样说。“我屋头停电了，”胡子云问了一句废话，“你们也停了吗？”

“当然停了。到处都停了。你各人看嘛。”

“雷打得太凶了，电闸自己跳了。”

“电力局那些人，平时就知道收钱。关键时刻还是要发挥作用撒。”

“也不晓得好久会来。我手机快没有电了。”

“有电也没得用，没得信号。电话打不出去，也上不起网。”

听到这话，胡子云和所有人一样，掏出手机来看，显示现在的时间是 9 点 55 分，而且确实如那人所说，手机信号和网络信号都没有。他心中不由得一阵恐慌，不知道又有什么不好的事情会发生。

他原本以为，回到重庆，只需要对着镜头念“暮色苍茫中，看山城重庆，万家灯火，火树银花不夜天啊”就能收获大批粉丝的点赞与打赏，然而就像这几十年一样，现实给了他一记又一记响亮的耳光。自打回到重庆，就没有一件事顺利过。坐牢不说，连直播账号也被封禁，断了他的收入来源，生活变得异常困难。

就在昨天下午，他把破破烂烂的面包车停在公路边，去上厕所。忽然来了一个交警，说他乱停乱放，要罚款。紧接着那交警发现，他那辆开了12年的面包车的行驶里程超过60万千米，达到了强制报废标准，于是他失去了陪着他走南闯北的烂面包车。

你说倒霉不倒霉？

倒霉的时候喝凉水都能呛死。

更可笑的是，他回重庆是为了恐龙，可惜直到现在，他都还没有亲眼见到恐龙，哪怕是一个微不足道的背影。他想不开，不知道命运为什么会这样，又习惯性地自己安慰自己：有啥子想不开的，一百年后，大家都是灰灰。就算是恐龙，凶猛一时，也逃不过这个结局。

一个邻居打了个长长的呵欠，她用手掩着自己的口鼻，说：“回去睡一觉，醒了电多半就来了。”

这想法和呵欠一样会传染，大家的想法在此刻变得高度一致。

胡子云刚转身，一股异味飘过。他的鼻翼警惕地抽动两下。“什么烧起来呢？”他问，“一股煳味。”邻居们也纷纷抽动了鼻翼，四处寻找火源。还是胡子云敏锐，率先透过走廊尽头的小窗，发现外边升起的滚滚浓烟。

第一个冲到小窗边的人探身往外望：“遭俅啦，9楼！9楼烧起来啦！”

胡子云也挤过去，于人缝中看见这栋楼的第9层在夜色中往外冒着浓烟，火舌冒出足有三四米长，眼见着外立面上的一盏景观灯烧了起来。“快跑。”他发出一声惊呼，转身跑向自己租住的那间屋子。

他一边收捡东西，一边盘算：自己在12层，要么往楼上跑，跑到33层楼顶，等待消防队的救援。但现在没有电，没有信号，消防队能不能及时赶到？要么往楼下跑，如果9楼已经被大火封住，那就是不折不扣地送死！

他的东西不多，三下两下已经塞进了登山包里。最后看到搁在柜子里的手持摄像机时，愣怔了片刻。这手持摄像机是他为了直播专门买的，花了他好几万了。当时有粉丝骂他不专业，他一怒之下，斥巨资买的。可以说，这摄像机见证了他直播生涯最辉煌的刹那，也见证了他最落魄的时刻。他伸手抓起摄像机，风一般冲出了租住的房子。

短短几分钟，楼上楼下已经乱作一团，奔跑声、呐喊声、争吵声，不绝于耳。

胡子云穿过人群，去往步梯，往楼下跑。

他决心赌一把。

他赌对了。

楼上楼下，各处的应急灯都亮着绿莹莹的光，还能看见又窄又陡的楼梯。类似的楼梯，在重庆比比皆是，被称作连环夺命梯。现在，人不多，关键是防火门还没有失效，没有看见明火，只有少许烟在楼道里飘动。

他用衣袖掩住口鼻，一个劲儿地沿着步梯往楼下冲。

11 楼、10 楼、9 楼、8 楼……

过了 6 楼，他已经确定自己安全了。于是把满心的恐惧与兴奋化为一声声呐喊："起火啦！往楼下跑！起火啦！往楼下跑！"

在他的带动下，很多还在犹豫的人往楼下跑。

他一口气跑到 1 楼，跑出这栋楼的大门，然后瘫坐到门前的绿化带边。只觉得心跳如爆雷，呼吸似狂风，浑身每一块肌肉都在颤抖，向他诉说自己的老迈与刚刚的劳累。

"里边什么情况？"

胡子云抬头，在黑暗中看见一张年轻的似乎发着光的脸："什么什么情况？"

"我是消防志愿者。"那人说。

"哦哦哦，"胡子云明白过来，喘着粗气说，"9 楼烧起来了。"

"人呢？"

“乱成一锅粥，有人往楼上跑，有人往楼下跑。我运气好，跑下来了。”

说话间，又有几人冲出了大门。

那名消防志愿者仰头望了望已经被浓烟包围的高楼，转身向大门走去。看着他的背影，胡子云一个激灵，一边打开摄像机，一边勉力追了上去。

“你干吗？”

“上去！”

他把摄像机对准了那名消防志愿者的脸：“上边有你的儿子吗？”

“没有。”

“有你的女儿？”

“没有。”

“有你老婆？”

“没有。”

“有你父母？”

“没有。”

“那你还冒险上去？”

“上边有人。他们遇到危险了。不管是谁，我都要上去。”

他继续在人流中逆行。

“你又不是专业的消防员！”

“是不是重庆崽儿？是就上。哪来那么多废话。”

他已经冲进了这栋楼的大门。

胡子云两股战战，无法跟上，从 12 楼一口气冲下来已经耗尽了他全部的体力，只好放下摄像机，回到绿化带边，一屁股重重地坐下，仿佛一坐下就再也不起来。四周依然纷乱，而他的眼泪不由自主地流下来。他已经在这个世界度过了 55 年。生活多次于他以重击，仓皇逃遁之下，他不再相信很多曾经相信的东西。妥协、油滑、自暴自弃。然而眼前的这一幕，唤起了他深藏起来的东西，那深藏在血与骨里的勇敢。

胡子云擦干眼泪，再一次勉力起身，拿着摄像机拍摄，拍摄逃难的人，拍摄冲天的火光，更拍摄那些对家人、朋友、邻居和陌生人施以援手的勇敢者。这是他现在能做的。

哪怕是几句提醒、几句安慰、几句叮嘱、几句关心、几句问候，在这个时候也是挺好的。

镜头移动中，他忽然发现画面中间出现了一个怪异的轮廓。

怪异得不像是这个时空的东西。

他偏头去看，正好看见一头 3 米高的恐龙悄无声息地跨过绿化带冲过来。

普安云阳龙！

他认出它来，但还来不及尖叫，那恐龙咧开的大嘴已经咬住了他的脑袋。

在黑暗降临之前，胡子云忽然意识到这是恐龙事件爆发以来，自己亲眼见到第一头活的恐龙。

不只一头。在它身边，更多的被驯化过的普安云阳龙相继跃出。

在它们身后的空地上，伫立着另一群恐龙。隐隐约约中，胡子云看见这些双足直立的恐龙好像穿着金属铠甲，楼上的火光映照在上面，如闪电一般，游移不定。

在那一群恐龙的身后，无数的高楼大厦都冒出了滚滚浓烟，犹如一把把刚刚点着的火炬。

滚滚浓烟之上，悬停着某种六棱柱形状的庞然大物。

95

惊心动魄的雷暴发生时，佛耳岩营地就停了电。除了少数应急设备，所有与电有关的装置都不起作用了。营地漆黑一片，照亮天地的，是那直上直下的赤红色的天坑光柱。

覃郎赶到营部，告诉营长，闪电烧毁了各种装备的电路板，防雷措施几乎没有发挥作用。“初步统计，90% 的大型装备趴窝了，没法用。”他说，“通信设备也损毁了，跟旅部联系不上。”

本就焦灼的黄耀东更加焦灼。原本还指望这些先进的武器能够抵挡一阵子，假如智慧恐龙现在打来，难道要战士们赤手空拳去迎战？璧山空战的惨剧就将再一次上演。而且雷暴并非自然的产物，明显是智慧恐龙搞的鬼，他们的正式进攻随时可能发生……

从天坑光柱出来的会是全身覆满铠甲、武装到牙齿的恐龙人吗？还是形状难以描述、能发射炮弹炸塌一座山的重型坦克？抑或是数不胜数、边飞边轰炸、快如闪电的机械翼龙吗？

“修，赶紧修。”黄耀东如同被逼到绝路的野兽一般吼道。

“老黄，你可得稳住。”覃郎握了握黄耀东的手。

组建合成九营时，黄耀东任营长，覃郎任指导员。一个雷厉风行，执行能力强，一个性格沉稳，心思非常缜密，他们被旅长称为“黄金搭档”。此后经过各种事项的磨合，两人确实实现了旅长所说的默契。

黄耀东冷静下来，感激地望向覃郎。“通知各个连队，立即展开全面的排查。”黄耀东这样下令，“小毛病自己修，大毛病报后勤保障连。务必在最短的时间里，修复受损的装备，恢复合成九营的战斗力。同时，派出小分队，外出侦察与警戒。”

这边的维修工作还没有取得多少进展，那边区政府已经派人过来求救，说璧山城区四处着火，还有神秘的武装恐龙出没。黄耀东回望天坑光柱，咬咬牙，跟指导员覃郎商议之后，决定由覃郎跟副指导员聂建磊及参谋组带 1 个炮连和 2 个坦克连留守，主要是协助后勤保障连抢修，通信设备与重型火力优先，自己与副营长罗茂坤、首席参谋韩潇带着 3 个装甲步兵连和 1 个无人装备连的战士，于茫茫黑夜中徒步前往 20 千米外的璧山城区救援。

说来奇怪，无人装备连的设备完好率最高。韩潇猜测，这可能跟无人装备大多采用最新型的固态电池有关。

等合成九营的战士们跑到时，璧山城区已是一片火海。每一栋房子都在熊熊燃烧，冲天的火光将这座小城照得宛如白昼，也将他们的心灼得疼痛难忍。

“解放军！解放军来啦！”摇曳的火光中，遇险的群众发出这样的欢呼，仿佛解放军一来，所有灾难就会自行消散。

黄耀东命令立刻展开救援。无人装备在其中扮演了极为重要的角色。同时，很多人参与这场与死神竞赛的救援，有专业的消防和武警，有各个单位和社区组织的团体，也有群众自发参与的。他们不是独自在救援。

96

1月16日早晨，天将亮未亮，停掉的电还没有来。恐龙公园还在一片朦胧之中。看着图标显示手机只剩20%的电，向芸希产生了前所未有的电量恐慌。没有电话信号，也没有网络信号，这手机成了墙上挂的门帘——摆设。当然，也不完全是摆设，还能拍照，还能当电筒，还能当手表……要是没了电，那就真的啥子都不是了。向芸希叹息着关掉了手机，然后抬眼望向东边的天空。

昏黑的群山之上，大朵大朵的乌云遮蔽了大部分天空，天光只从乌云之间的缝隙隐隐透出，如同某种隐隐约约的希望。

杨耐有一个习惯性动作——也许他自己都不知道——就是有事儿没事儿歪着脑袋看天。这个姿势特别像天鹅。

此时他是不是正在远处这样做？

想到这里，如迎春花一般甜蜜的笑容泛上她的脸庞。

那个家伙——

向芸希曾经和霞姐讨论过，爱一个人有什么表现。霞姐说，不该想他的时候想他。当时向芸希并不明白这句话的意思。但此刻，她却明白了。眼下恐龙危机进一步扩大，从昨晚的雷暴到后来的大停电，她有一堆杂事要做，正是不该纠结自己的小情小爱之时，偏偏在这个时候，她最为想他。

有时候向芸希会回想，自己是在什么时候爱上杨耐的。是楠竹坪上他挡在自己与普安云阳龙之间，那么勇敢？还是他叽叽喳喳讲化石的形成是多么困难，如此博学？抑或是当孙永河说“老佛”是她伪造的时候他的据理力争与一心维护，见不得弱者受欺负？几经思索，她把时间确定在从楠竹坪到分水镇的路上。

群山峻峭，如同巍峨的巨人屹立在地平线上。公路蜿蜒曲折地穿越这些山脉，像一条灵动的蛇在山间舞动。

一条清澈的小溪从山顶缓缓流淌而下，水声欢快地回荡在山谷之间。它一路欢歌，伴随着微风的拂动，跳跃着，仿佛是大自然的乐章。当小溪来到公路边时，它突然跌落了两三米的斜坡，形成了一个壮观的水帘。随后，它从公路下方的涵洞中流往更下方的山谷，继续它的生命之旅。

杨耐走到涵洞上方，背对着跌落如小型瀑布的小溪，宛如黄葛树一般稳稳地站定。他的目光注视着向芸希，似乎有无尽的故事要讲述。他抬起手臂，向左一指：“这边的地层是新田沟。”他的声音充满了自豪和坚定，然后他又指向另一个方向：“这边是沙溪庙组。”他的声音里透露出神秘和探索的渴望。

刹那间，向芸希觉得，每一寸土地都蕴含着丰富的信息，而杨耐正是这片土地的守护者。他的额头上覆盖着一层微小的汗珠，如同清晨的露珠。冬日的阳光透过稀疏的云层照射在他的额头上，令他的额头犹如涂上一层有着金属光泽的漆。在那个瞬间，风仿佛停止了呼吸，鸟儿也不再歌唱，整个世界都静立不动，甚至连时间也忘记了流逝。向芸希只觉得自己的心脏在有力地搏动，每一次跳动都像是在告诉她，这个世界正在发生一些她无法理解的变化。

“我就在新田沟与沙溪庙之间，”杨耐继续说，他的声音里带着一种超越时空的深深的沉静，“数以千万计的时光从我身上无声无息地碾过。”

向芸希觉得，眼前仿佛是一幅画，画面中是一个孤独的身影，站在新田沟与沙溪庙的交界处。他的眼神深邃而遥远，像是在回忆着那些被岁月遗忘的故事，又像是展望，展望无限宽广的未来。

向芸希咂咂嘴，想说什么，却没有说出口。只是在她的心灵深处，某些想法已经改变，某些念头已经滋生。因为这些改变与滋生，某些未来正在加速形成。

后来又发生了那么多令人难以忘怀的事情。如今自己正身处那一刻生发出来的未来。虽然周遭的世界依然动荡，各种糟糕的事情层出不穷，并且似乎看不到尽头，她却已不再辗转反侧，彻夜难眠。

生活于向芸希特别残酷，但因为杨耐如磐石一般坚定地存在，她愿意继续生活下去。

97

“这次重庆所遭遇的上行地闪①的规模与强度，确实是有史以来第一次。”重庆市防雷中心总工程师说道，“完全可以称之为上行闪电潮。”

董克强端坐在办公桌前，身体稍稍靠在椅背上。李秘书送来的茶已经凉了，他一口也没有喝。面前的大屏幕上，指挥部正在召开紧急会议。停了 8 个小时的电，刚刚抢修出一条特别通道。

“据我中心统计，1 月 15 日 9 点 21 分到 33 分，短短的 12 分钟内，重庆境内共监测到下行地闪 3425 次，上行地闪 16280 次，共计 19705 次，近 2 万次。其中大级别闪电②4382 次。”总工程师继续汇报，“需要补充的一点是，上行地闪一般是以高大的建筑物作为触发点。但这次闪电潮中，就观察到多个地方的山顶出现了上行地闪。同时，发生地闪时，地面聚集的是

① 当高层建筑物的顶空聚集了大量雷暴云的时候，这些建筑物的上空就会形成强烈的电场。当正、负电荷的数量达到一定量的时候，电流就会从地面上的高层建筑物流到天空中，称为上行地闪。上行地闪对地面的建筑物会造成极大的损害。研究表明，上行地闪一般多形成于高度高于 100 米的建筑物或构筑物尖端；当建筑物或构筑物介于 100—500 米之间时，其既能产生上行地闪，又易遭下行闪电击中；当其高度高于 500 米时，一般仅形成上行地闪。

② 大级别闪电，电流高达 30 万安培，这比整个三峡水电站单台机组输出的电流还要大 10 倍左右，电压可达 10 亿伏特，是 1000 千伏特高压输电电压的 1000 倍，其在产生一瞬间的温度高达 3 万摄氏度，比太阳表面的温度还要高 5 倍。

正电荷，而雷暴云底部聚集的是负电荷，因此，这次地闪潮不仅是少见的上行地闪，还是非常少见且破坏力更大的上行正地闪①。”

“还有要补充的吗？”主持人问。

“没有了。”总工程师说。

他被切出主画面。董克强几乎能感受到这位总工程师的如释重负。

“下面请国网重庆市电力公司汇报情况。”主持人说。同时，主画面切换到该公司负责人疲倦的脸上。

“险情就是命令，保供就是责任。国网重庆市电力公司已经第一时间启动Ⅰ级应急预案，成立抢险指挥部，部署电力设施保护和电力保供应急措施，即刻组织人员、物资、设备投入紧急抢修工作之中。”负责人照本宣科地说。

“汇报灾情。”主持人提醒道。

负责人似乎遭到了雷击，迟疑了好一阵子，才接着说：“电力系统的防雷措施几乎都是针对下行地闪的，而这次雷击，主要是上行正地闪，其范围之广，数量之多，能量之密集，也是前所未有的。”

“刚才市防雷中心的同志已经汇报过了。”

负责人结结巴巴起来：“正常情况下，雷电感应过电压②不会造成多大的破坏，只是这一次情况特殊。现场调查显示，雷电感应过电压造成的破坏比直击雷过电压③造成的破坏更为严重。好多地区遭受损失最大的是电力系统本身，也是现在停电范围极大且短时间内难以恢复的根本性原因。”

---

① 根据放电方携带电荷的正负，地闪分为正地闪和负地闪两种。正地闪的发生比例低，只有负地闪的1/5，但电流强度与破坏力却比负地闪大得多。

② 雷击于输电线路附近的地面时，可在输电线路上感应产生过电压，称为雷电感应过电压。感应过电压的出现极为普遍，幅值一般不会太高，不会造成破坏。

③ 雷电直接击中线路引起的直击雷过电压比感应过电压的幅值大得多，又可分为两种。一种叫反击雷过电压，雷击于输电线路的杆塔或避雷线时，形成很高的电位，与线路的其他部位产生较高的电位差；另一种叫绕击雷过电压，雷电绕过避雷线，即避雷线保护失效，直接击打在输电线路上。

主持人道：“有具体数据吗？”

负责人的汗水都要流下来了：“还在统计中。因为通信中断，统计特别困难。将其定性为特别重大[①]停电事件应该没有问题。而且，我个人估计，这会是21世纪以来，重庆地区最大规模的停电。”

“什么时候能够全面恢复供电？”这次问话的是市委书记。

电力公司的负责人更加紧张了：“非常困难，我们的人都派出去了，人手不够，物资也不够，到处都需要。这么大面积的电力损毁，我们没有遇到过，甚至没有预见过。”

“有时间表吗？”

“根据现在的情况，需要一个星期。”

“一个星期？老百姓要骂娘的。”

“3天。”负责人咬咬牙，“但需要物资，需要人。”

“具体工作，你来安排。市委市政府全力支持。要知道，电，每多停一个小时，老百姓的怨气就增加一分，危险也跟着增加一分。”市委书记说，然后把话题转向另一个方向，“董院长，您那边有什么要讲的？”

董克强说：“考虑到闪电潮爆发前，我们的军队对天坑光柱进行了火力覆盖，我们有理由怀疑，这次闪电潮不是自然产生的，而是佛手云阳龙对我们的反击。”

市委书记颔首道：“刚刚我和驻渝部队的首长讨论过了，他们也是这样认为的。同时，他们也做了一个预判，佛手云阳龙的大规模进攻马上就要开始了。因此，部队的同志们正在进行战前准备。”

此话由市委书记亲口说出来，又是一番感受。

市委书记继续说：“长期以来，我们生活在有电和网络的世界中，电力驱动着城市每一个部分的运转，而网络将我们连接成一个日益紧密的整体。

---

① 根据《国家大面积停电事件应急预案》等有关规定，按照事件严重性和受影响程度，大面积停电事件分为特别重大、重大、较大和一般四级。

远在天边，近在眼前，是网络时代的真实写照。然而，如今电停了，网络没了，整个重庆失去了动力，失去了联系，被大山大河分割成无数的小团体。丛林法则会在这些小团队里流行开来吗？

“没有上通下联，以往运行良好的行政系统失效了，这意味着考验我们基层组织能力的时候到了。他们，我们的基层干部，还有老百姓，能在没有上级的领导下，维持现有社会秩序不崩溃，并且展开积极的自救吗？

“失去电力，我们变得异常脆弱，甚至可能不用佛手云阳龙来进攻，我们自己就先崩溃了。我们要避免这样的事情发生。

“同志们，老百姓正在受苦，我们的人民正在受苦。当务之急，一是迅速了解受灾区县的真实情况，鼓励他们积极自救，尽快恢复灾区的电力、通信、交通；二是供应生活物资，保障数百万受灾群众的吃、穿、住、行；三是防范佛手云阳龙的大规模进攻；四是迅速与国务院取得联系，同时寻求兄弟省市的支援。一方有难，八方支援，是中国的制度优势。在没有电的时候，我们这样做过，并且做得很好。我相信，今天我们依然可以做到。”

98

璧山大火持续到 1 月 16 日上午 10 点，才渐渐熄灭。废墟之上，失去家园和亲人的人们如同游魂野鬼一般惶恐着，徘徊着。

黄耀东收拢部队，命令各个连队清点人数。汇报的结果让他稍稍松了一口气，只有烧伤和烫伤，没有死亡，也没有士兵遇到武装恐龙。他已经从灾民口里收集到了好几起武装恐龙的目击报告，对武装恐龙的担忧远大于对火灾的担忧。他们放了火就跑了吗？还是去了别的区县？别的区县现在怎么样呢？都不得而知。

黄耀东决定回营，等待上级的指示。

璧山国际机场的天坑光柱还在，那里有他的任务。

佛耳岩营地还没有来电。黄耀东下令，各个连队回归建制，抓紧时间吃饭，接下来肯定会有一场恶战。

炊事班送来饭，黄耀东刚扒拉了两口，阮祥州又传来一个坏消息：马俊飞去世了，于灵发现的。

“老马挺喜欢喝酒的，”于灵跟阮祥州一起来，她对黄耀东说，“他是齐齐哈尔人，喝了一杯就开始模仿女生唱东北小曲，喝了两杯倒头就睡，也不闹腾。所以呢，想请老马喝酒，得先把床——长条凳或者靠背椅也行——准备好。有意思吧？”

黄耀东不明白于灵为什么会在这个时候说这些。他命令阮祥州去通知所有营级干部开会。“还有杨耐杨博士。”他强调。随后，他对于灵说：“于博士，节哀。只是眼下，事态紧急——有太多的问题需要解决。”

不久，指导员覃郎、副指导员聂建磊、副营长“黑旋风”罗茂坤和首席参谋“肥猫”韩潇先后来了，加上营长黄耀东，合成九营的五大领导全部到齐。杨耐带着他的地质包也匆匆赶到。他到哪里都带着他的地质包。

各自落座后，营长黄耀东率先发言：“先汇报情况，再来讨论下一步怎么做的问题。”

指导员覃郎不疾不徐地汇报了全营各种装备的现状。经过后勤保障连12个小时的不间断的抢修，昨晚在雷暴中受损的装备，包括15式轻型坦克、山猫全地形突击车等在内，2/3恢复正常，随时可以投入战斗。根据烧毁的程度不同，后勤保障连的同志们采取了不同解决方法，有的修复，有的更换。剩下没有修复的，都是损毁最为严重的。“现在最大的困难是电器配件，不够用了。”覃郎最后说。

黄耀东叮嘱后勤保障连继续工作，落实“保障就是战斗力”，务必在短时间内修好剩下的武器。“与智慧恐龙的战争已经正式打响。”黄耀东说，“我们需要所有的武器装备都能够投入战斗。”

副指导员聂建磊汇报了他率队外出侦察的情况。以佛耳岩为核心，前出侦察了15千米的范围，没有发现任何敌情。“还没有同旅部取得联系。”

聂建磊说，“派到旅部去联络的通信兵一个都没有回来，也没有旅部的任何消息。”

“你们那边呢？”黄耀东望向于灵和杨耐，“有什么新消息要汇报吗？”

性急的于灵抢道：“我去找老马，是因为我想要告诉他一个新的发现，天坑光柱不只出现在我们所生活的新生代－第四纪－全新世[①]的时空，也同时出现在佛手云阳龙所在的中生代－侏罗纪－中侏罗世的时空。他却已经死了，我猜，是死于昨晚的闪电。”

黄耀东想象着那样的画面。天坑光柱顶天立地，那么醒目，那么耀眼，那么与众不同。如果望着它的不是人类，而是一众恐龙，又是怎样的景象呢？如果杨耐博士此前的推测是对的，那在佛手云阳龙看来，那一根根冲天而起的赤红色光柱代表的是种族延续的希望。但对我们来说，则恰恰相反。天坑光柱代表的是死亡，是巨大的浩劫，是真正意义上的物种灭绝。

“自从恐龙事件爆发以来，我就关注到他们到来的方式与众不同。之前我提出了发射理论，能够解释一部分现象，但不能解释全部现象。恐龙出现，又消失，连实验室里被切成碎片的标本都没有留下，这用任何传统的理论都无法解释。”于灵说，“我妈打电话告诉我，她亲手采集的密封在试管里的恐龙胃容物标本消失了，而封口完好无损时，那震惊，我至今难忘。”

杨耐的震惊溢于言表：“你妈妈是……”

“我妈姓黎，你认识的。”

“菡姐？你是菡姐的女儿？怎么从来没有听菡姐说过？”

“有什么奇怪的。我不让她出去炫耀，炫耀她有一个学了理论物理学的女儿。”于灵嘿嘿一笑，又解释道，“我也不喜欢到处说我妈是谁谁谁。我不想让人觉得，我的成绩，跟黎院长有什么说不清道不明的关系。每次有

① 全新世是地质时代的最新且最近的阶段，开始于约 11700 年前，以新仙女木事件结束为标志，并延续至今。这是一个气候相对稳定的时期。晚期智人——也就是我们——进入现代人阶段，人类社会的发展与繁荣都发生在全新世。有科学家提出，以第一次工业革命为起点，地球已经进入“人类世”，不过此种说法尚未得到主流科学界的一致认可。

人听说我妈是谁，都会引来一阵‘难怪你这么聪明，原来你是某某的女儿’的惊叹——说得好像我不用努力，躺着就能赢一样。屁话。”

只是黎乃菡刚刚去世，死于佛手湖的泥火山喷发。然而，黄耀东在于灵脸上似乎看不到任何悲戚，她只是滔滔不绝地往下说：“正是拜佛手云阳龙入侵所赐，我苦苦思考的融合理论——将超弦理论与圈量子引力理论融为一体——有了突破性进展，虽然还没有完成最后的计算，但完成的部分已经足以推导出‘时空三定律’，来解释佛手云阳龙是怎样从侏罗纪入侵现在的。”

众人的目光都集中到于灵脸上。他们都意识到，一件划时代的大事正在合成九营的营部发生。

“对融合理论，大家只需要知道一点，它的一切都基于这样一个假设：时空由‘时空原子’组成。一时空原子的体积为 10^{-99} 立方厘米，时间为 10^{-43} 秒。时空原子是最小的时空单位。然后，不可计数的时空原子层层堆叠与组装，演化为网络状结构，进而演化为自旋泡沫。时间和空间都是从自旋泡沫中涌现出来的。空间是自旋泡沫的几何结构，而时间是自旋泡沫的运动刻度，可观测宇宙是一个包括了无数节点和无穷边界，无比庞大、无比复杂的时空泡沫。

“我这里重点阐述，时空三定律的第三定律：时空交换定律。

“两个时空连续体的物质只能等量交换，以保持物质总量不变。这个时空连续体的物质传送到另一个时空连续体的同时，也会有另一个时空连续体的等量物质传送到前一个时空连续体。

“因此，佛手云阳龙们所做的，不是穿越，不是折叠，不是跃迁，而是交换，用他们那边的物质等量交换我们这边的物质。”于灵最后说。

“等等，你的意思是那些……”黄耀东觉得自己再一次跟不上于灵跳跃性的思维，“……佛手云阳龙出现在我们这边，会有我们这边的东西同时出现在佛手云阳龙那边？”

“空气、水、土壤、岩石，都可能交换过去。这些东西的消失，不会引起我们的注意。下一次交换回来，在我们眼里就是恐龙消失的时候。绝大多数人都只盯着恐龙。直到天坑光柱这种规模的交换出现，才为我们所关注。佛手村变成佛手湖，是时空交换的最新证据。事实上，我也是在天坑光柱出现后才突然想到时空交换的可能性。”

“也就是说，那些在天坑光柱出现时失联的42万人此时在侏罗纪？”覃郎问。

99

“对。”于灵答得甚是干脆。

杨耐不由得倒吸了一口凉气。他想象着简于宸，想象着彭孃孃与楠竹坪的老人们，想象着魏泽生，想象着刘满平书记与佛手村未能逃出的村民们，42万人在侏罗纪的湖泊、丛林与山地冒险的情景。恐龙环伺，他们面对的危险，一点儿也不比此时我们要面对的少。

“于灵博士提出的时空交换定律，不仅阐述了黎院长提出的佛手云阳龙要把侏罗纪的环境搬过来的物理学原理，实际上还回答了另一个问题。”杨耐说，“佛手云阳龙为什么要逃到他们的未来。现代的环境跟侏罗纪相比，确实有变化，但变化还没有大到需要把整个环境搬过来才能生存的程度。现在我知道原因了。”

“什么原因？”黄耀东问。

“侏罗纪的时空结构跟今天的时空结构是一样的，对吧？”杨耐边想边说，“佛手云阳龙中也出了一个于灵博士，悟出了类似的时空交换定律。而且，这是他们所能找到的唯一的逃跑方式。于是，他们就照着做了。”

罗茂坤疑惑地问：“那接下来会发生什么？所有的陆地和海洋，都变回侏罗纪时的模样？”

黄耀东不由得打了一个深深的寒噤。他一直在为战争做准备，然而真打起来，却是如此诡异，连对手的面都没有见着，就损失惨重，而此前的备战全部白费了，甚至演变成了某种尖刻至极的嘲笑。

“这取决于佛手云阳龙掌握了多大的能量，交换的物质越多，打破时空壁垒所需要的能量就越多，这是显而易见的事情。”于灵说，“现在来讲，我们谁也不知道佛手云阳龙的能量使用等级达到了几级。”

“是他们过来，而不是我们过去，仅仅从这一点就可以推导出，他们的能量使用等级在我们之上。”覃郎说，“如果时空交换是佛手云阳龙入侵的物理学原理，那我们能阻止它的发生吗？如果能，我们要怎么做才能拦截来自侏罗纪的交换？”

“我不知道。”

“什么？”

“就像……我知道原子弹爆炸的原理，但我不知道如何能阻止原子弹的爆炸。”

于灵的这个比喻，大家一下子就懂了。恍然大悟之后，又不禁都黯然了。

这时，阮祥州从外边气喘吁吁地跑来，圆嘟嘟的脸上全是汗。他将自己的发现报告给营长。正一筹莫展的黄耀东对众人说：“昨晚，阮祥州在璧山火灾现场发现了一部烧了一半的手持摄像机。刚拿去后勤保障连修好了。他说里边拍到一些东西，与入侵的智慧恐龙有关。”

100

视频还算清晰。一开始，镜头是追着一个人的背影，看着他逆行进入一栋冒着滚滚浓烟的大楼，周围是惊魂未定的群众。

“没有声音吗？”覃郎问。

“报告指导员，声音没能修复。”阮祥州回答。

然后，镜头一转——似乎是拍摄者听到了什么——转向另一侧的绿化带，一头两足行走的恐龙如同袋鼠一般高高跃起……

“这是普安云阳龙。”杨耐说。

黄耀东将画面暂停："确定？"

"1、2、3、4、5、6，一共6头。"杨耐拿手指数着。

画面继续，并且摇晃得厉害，说明拍摄者正在奔跑：有一位老人被一头普安云阳龙扑倒，旁边的人试图帮助他，但另外两头普安云阳龙紧随其后，将他们也扑倒在地……

画面陡然转向地面，在持续了两三秒后，镜头快速上扬，斜着扫过几栋建筑后，对准了这个小区的篮球场。先看见两组共12头2米多高的普安云阳龙。在这些面目狰狞的肉食恐龙的簇拥与拱卫之下，3头恐龙显得特别惹眼。它们——他们——穿着造型独特的金属铠甲。火光映照在铠甲上，熠熠生辉。

"佛手云阳龙吗？"于灵问。

"应该是。"杨耐谨慎地回答。

黄耀东再次暂停画面，仔细观察。几个军人一致认为，这铠甲设计得非常合理，防护非常全面。"而且，看上去有一种难以言表的美感。"于灵补充道。"不，"黄耀东纠正大家的说法，"这是动力外骨骼，不是一般的防弹背心或者铠甲。"

下一秒画面里，镜头再一次快速上扬，这次对准了天空。在燃烧着的楼与楼之间的天空中，在大片大片阴云的下方，悬浮着一艘六棱柱造型的庞然大物，山一般大，里边隐隐约约出现了数道五彩斑斓的闪电在游走。

"飞船！"于灵咋咋呼呼地喊道。

这回黄耀东没有暂停，而是让画面继续。因为后边的画面极短，只是旋转了两圈后——大约是拍摄者遭到了袭击——就变成了完全的黑暗。

众人也陷入了沉默。

"新田沟。"杨耐率先打破沉默，说，"原来先来的是新田沟帝国，这是他们的先遣军——先来的吃肉肉。"

"什么意思？"于灵问。

杨耐说："有一首儿歌，不知道大家有没有听过。"

这首儿歌是向芸希念给杨耐听的。

有一次在璧山的夜市一条街吃烧烤时，杨耐问那次在去楠竹坪的路上，向芸希唱的那首歌叫什么。

“哪首？”向芸希不解。

“那首啊，”杨耐回忆着，“喝你一口茶，问你一句话。后边你没有唱完。”

“嗨，那首啊。”向芸希忽然小脸一红，“换，不唱那首，换一首。”

没等杨耐反对，向芸希已经开始唱，不，准确地说，是念起来：

黄丝黄丝蚂蚂，
请你们尕公尕婆[①]来吃嘎嘎[②]，
坐的坐的轿轿，
骑的骑的马马。
先来的吃肉肉，
后来的啃骨头。

“这是什么？”杨耐由衷地赞道，“怪好听的。”

“儿歌，我妈教我的。我们那边的小孩子都会念。”

“再念一遍。”

“你不会吗？”

“不会。”

“强烈怀疑你没有童年。连首儿歌都不会。”

“我不会的东西多得很。念一个嘛，你念起来多好听的。”

“是不是哟？”

① 重庆方言，指外公外婆。

② 重庆方言，指肉，一般默认是猪肉。

“我一般不表扬人，除非是真的。”

于是，向芸希又念了一遍。

“先来的吃肉肉，后来的啃骨头。”杨耐把最后一句话重复了一遍，若有所思地说，“先来的是新田沟帝国还是沙溪庙王朝？谁先来谁吃肉？谁后来谁啃骨头？”

营部里，黄耀东盯着杨耐：“说清楚，这个时候就不要卖关子了。”

杨耐解释道，这不是一次处心积虑、筹备多年的入侵，而是事到临头、迫不得已、慌不择路的逃跑。他们不可能进行千百次实验，拿到足够多的数据，等一切条件成熟后，再大规模进行发射，而是争着、抢着，不顾一切地发射过来。那——他们一定会犯错。问题是，他们会犯什么错？简于宸说过，他们在错误的时间错误的地点，发起了一场错误的战争。既是如此，他们一定会犯错。谁都会犯错，马门溪龙[①]的命名就是一个错误。现在，问题的关键是他们会犯什么错？

“坐等他们犯错误？”黄耀东不可思议地把视线从杨耐脸上移到于灵脸上。

“也不失为一种办法。哈。”于灵眉毛挑动，最后一个语气词却暴露了她的真实想法。她难得严肃，现在严肃劲儿过去了，又回到了古灵精怪的状态。

“你让我说的，我想到什么就说什么。”杨耐干巴巴地说。

“事情已经很清楚了，”黄耀东皱着眉，道，“我们的种种反击使佛手云阳龙意识到我们的存在，由此我们成了他们的研究对象。我们在研究他们的同时，他们也在研究我们。虽然不知道他们对我们的研究有多深入，虽然说所有的战略性胜利都是由于对方犯了战略性错误，但坐等他们犯错误

---

① 1952 年，第一件马门溪龙化石发现于四川宜宾金沙江马鸣溪渡口旁的建设工地。照说以地名来命名应该叫马鸣溪龙，为什么会叫马门溪龙呢？原来，该化石的研究者杨钟健是陕西人，说话有浓重的陕西口音，建设马鸣溪龙被工作人员错误地记录为建设马门溪龙，其中“建设”是种名，“马门溪龙”是属名。因为已经上报国际组织，并确定为该化石的正式名称，所以即使后来发现有错，按照惯例，也不作更改。这样的事例，在恐龙研究史上发生过很多次。

这种事情，我做不出来……老百姓正在遭遇恐龙的全面侵袭。璧山燃起了大火，别的区县呢？先遣军说不定正在那边纵火……”

他强忍着，才没有把“要坏到何种程度的人才会渴望把这灾难持续的时间延长”这句话宣之于口。然而他的目光已经出卖了他的内心。他的愤怒，他的焦灼，他的渴望，与他的无能为力混杂在一起。他以为他做好了一切准备，然而当战争真正来临时，他却惊讶地发现，敌人的进攻方式匪夷所思，他甚至不知道敌人在哪里！

杨耐不敢面对黄耀东喷火的眼睛。他向来自恃知识丰富，如今要他想一个打败佛手云阳龙的法子，他却怎么也想不出来。这种深深的无力感，像巨石一般压着他的心。他眼前浮现出深渊的样子，旋转着，黧黑混着牛奶白，瞄了一眼只觉得深不可测，整个人摇摇欲坠，似乎要被吸进去一般。

就像他举报他的博士生导师学术不端后曾经体验过的黑暗一样。

不，不能，不能再在黑暗中纠结与徘徊了。

必须从眼前的黑暗中摆脱出来。

必须。

101

老杨跟小区里的几个男人讨论如何做好糖醋排骨：烧热锅，放菜油，再放碎冰糖渣，煎。关键是，事先把生姜片切好，一旦油冒青烟，糖色起泡时，就投下姜片，瞬间就把油温降下来，然后将切好的排骨入锅，猛火翻炒。莫放水，也莫放酱油。因为焦糖已经给肉把色上好了。旁听的几个男人都说老杨的厨艺确实了得，说着说着，口水都要流出来了。于是话题很快转到电什么时候来，冰箱里的菜还能支撑多久，如何在没有电的情况下做一桌美味的菜。“发生这么大的事情，你儿子不在家啊？”忽然有人问。老杨说：“他妈说的，儿子优秀了，是要上交给国家的。”邻居笑着捶他的肩膀：“杨老师就是个耙耳朵，啥子都听婆娘的。”老杨讪讪地笑着：“有啥子不好嘛。”心底本就悬起的那根弦儿不由得震颤起来，并且再也停不下来。

钟扬在嘉陵江边，跟把车停在路边的司机狠狠地吵了一架。要不是小慧拦着，说不定已经打起来了。他向来性格温和，别说打架了，连吵架斗嘴都极少。对此，小慧也是不解。“我不喜欢，”钟扬对小慧说，“不喜欢他用如此轻佻的语气谈论这场空前的灾难。”司机是开网约车的，没有电，也没有网络，无法接单，于是他不断地抱怨，其中一句飘进了路过的钟扬的耳朵里。那句话在钟扬心中飘过，但他无法用自己的嘴将它重复出来。他觉得非常可耻，为那人，也为自己。“他并不真正关心这场灾难所带来的痛苦和损失。”钟扬板着脸说，“死了那么多人——”话说到这里，他激动不已，以至于哽咽得无法说话。随后，他又意识到，自己当了可耻的逃兵，却在这里对别人的抱怨大发脾气。“你有什么资格啊？”于是更加痛苦。良久才发自内心地吐出一句话来：“这是……所有人的浩劫啊！”

难道真的要关门了吗？孙永河去世后，谭月如第一次有了绝望的感觉。就在刚才，先后有 4 批人从大师兄土灶老火锅门前路过，问老板娘能不能吃火锅。其中一个甚至说，想让老子死，也等老子把这顿火锅吃了来。她只能一脸热情地拒绝，请他们以后再来。没办法，停了电，吃不了火锅。她已经叫伙计去问过几次，供电所的都在忙，谁都不知道电啥时候来。在孙永河突然离去后，有人照顾她，有人诋毁她，也有人觊觎她，她全靠一股精气神独力支撑，没垮，没塌。然而此时此刻，看着黑洞洞、空荡荡的火锅店，那股精气神消失了。她整个人垮塌了，傻愣愣地看着周遭的一切，感觉到无比的绝望。

“温柔的巨人”不再温柔，赵培钦的嗓子已经吼哑了，锃亮的光头也不再发光。在咆哮了大半天之后，他终于意识到，上行闪电对子午工程科学谷实验室各种仪器设备的影响到底有多大——大到没法修复的程度。他如同困在迷宫里的老鼠，蹲坐在实验室的前台。“我们的军队呢？他们在哪里？”他自言自语道，“坦克、导弹、战斗机，还有那些超级武器，都别藏着掖着，搬出来打啊！”

“在思考生物进化问题时，如果局限于传统的桃树图，会在一定程度上限制了他们对生物世界多样性和复杂性的认识。”读到这句话时，曹世尧皱紧了眉头，“杨耐这是在说我吗？”此刻，他坐在仙女山别墅密封着的阳台上。因为停电，做不了别的事情，万般无聊中他翻看起“风马牛不相及”群里的聊天记录。喝了一小口刚沏好的茶后，他继续往下读：“为了打破这种局限性，我们需要重新审视生物进化过程，并以更为开放的心态去理解生物世界的多样性，而接纳黄葛树图是打破局限性的第一步。”“杨耐是在赤裸裸地嘲笑我的无知与保守吗？”曹世尧再也看不下去了，把手机往茶几上一丢，生起闷气来。老伴儿从里屋出来，关切地问：“咋呢？又有人问你恐龙的事情？你好歹回答一下嘛。”曹世尧用重庆话说：“你晓得个锤子。”他到重庆多年，重庆话能听懂，却不会说，有重庆朋友刻意教他，他就学会了这硬邦邦的6个字。完了他还不解气，教训起老伴儿来：“多做多错，少做少错，不做，就不会犯错。我呀，就等着平平安安地退休。”

“我跟你们讲，要不是我跑得快，我现在也遭困在重庆那个凼凼里头。”在泸州的一条老街上，何晓霞对街边的几个邻居说。有的邻居夸她运气好，有的邻居赞她会决断，是个聪明人。“我还认识第一个发现恐龙人的人。我和她……”她洋洋得意，旋即又隐隐觉得这样说不对，于是及时刹住车。“谁呀？说话说一半，吊人胃口。”邻居不满地说。“哎呀，说了你也认不到。那个昨天……”何晓霞连忙岔开话题。也不晓得向芸希和她那个博士男友这个时候怎么样了。她这样想着，思绪已经从泸州飞到了几百千米之外的重庆。

102

“天坑光柱是佛手云阳龙建造的时空灯塔，向1.6亿年前的佛手云阳龙传递着我们这个时空的精确坐标。”杨耐说，“只是，在天坑光柱出现之前，他们就往我们这边发射了数万头恐龙，他们是怎么办到的？”

然后杨耐自问自答："我知道这个问题的答案。"

"快说。"黄耀东盯着杨耐，像老鹰盯着自己的猎物。

"'老佛'。"杨耐说，"你们都知道'老佛'吧？

"'老佛'用超瞬态装置将自己转化为化石，最真实的目的是什么？大师兄说，'老佛'是想以这种方式顽强地对抗时间无情的碾压；钟扬说，'老佛'是佛手云阳龙文明最后的守望者，他想以成为化石这种方式，护送佛手云阳龙文明度过最黑暗的时期，抵达光明的未来。然而，这些是他把自己转变为化石最重要的原因吗？

"我第一次触摸到水晶球的时候，有轻微的触电感。后来，带菡姐和大师兄去锅圈岩溶洞看'老佛'化石的时候，我和向芸希都注意到水晶球发生了某种变化。这种变化非常微妙，能感觉到，但很难用语言描述出来。到底发生了什么事情，意味着什么，我当时并不清楚。现在，我想明白了。

"是的，就是在那个时候，水晶球启动了，用某种我们不能理解的方式，向 1.6 亿年前的佛手云阳龙发射了我们这个时空的坐标！那是这一系列灾难的起点！"

杨耐低着头，像犯了错、正在老师跟前检讨的孩子。

黄耀东看看杨耐，又看看他的参谋们："那么，你说的那个水晶球在哪里？"

"在这里。"杨耐说着，从地质包里拿出了那一颗水晶球。

银白色的水晶球如泪珠一般晶莹剔透，放在了营房中间的小桌子上。众人神情各异，齐齐注视着它，然后在它光洁的表面看到各自扭曲成弧形的面容。

怪异的感觉逼迫他们屏住了呼吸。

"问题是，"于灵说出了自己的疑惑，"暴雪之后，侏罗纪山谷出现在重庆云阳恐龙国家地质公园旁边，而闪电潮之前，佛手湖出现在距离公园 30 千米的地方。如果佛手村是因为'老佛'的水晶球泄露了时空坐标而变成佛手湖，那之前的侏罗纪山谷又是怎么一回事？而且，佛手村变佛手湖的时候，水晶球早就不在佛手村了。”

“没错，水晶球先是被大师兄带到了北碚区的重点实验室，后来，大师兄将水晶球交给钟扬进行翻译，它又被转移到了重庆自动化研究所。现在，钟扬把它交给了我，带到了这里。”杨耐面容呆滞，盯着水晶球，一动不动。

“这说明佛手云阳龙从水晶球那里得到的时空坐标是有问题的。”于灵的目光在空气中游移不定，“第一，存在模糊性，不够准确；第二，存在滞后性，不够及时。虽然我们并不知道水晶球是以何种方式将时空坐标发送回去的。毕竟，我们与他们之间隔着1.6亿年的时空壁垒，出现模糊与滞后，不够准确不够及时，也是可以理解的。而6根天坑光柱就是来解决时空坐标模糊与滞后的问题的。天坑光柱使他们的发射变得精确与及时。”

杨耐点头，于博士说得很对。他们曾经把6头普贤峨眉龙发射到万州区铁峰山分水镇隧道里，被疾驰而来的列车撞上，制造了那起名噪一时的高铁事故。当时的舆论认为那是非常可怕的事情，现在想来，分水镇隧道事故不过是整个恐龙事件中微不足道的一个注脚。

“有没有一种可能，”覃郎犹犹豫豫地说，“把它毁掉，佛手云阳龙就得不到我们这个时空的坐标了呢？”

“很有可能。”韩潇眼睛一亮，说，“不过前提是，水晶球是原始的数据来源，6根天坑光柱接收它的信号，以更高的能量将坐标发射回侏罗纪，引导佛手云阳龙前来入侵。但如果6根天坑光柱是独立运作，自己收集数据，自己发射坐标，那即使毁掉水晶球，也不能阻止佛手云阳龙获得我们的时空坐标。”

“那就要把6根天坑光柱全部毁掉。”罗茂坤说得斩钉截铁。

然而这样的事情已经做过了，昨晚对天坑光柱的火力覆盖，不但没有摧毁天坑光柱，反而引发了佛手云阳龙的报复。他们用闪电摧毁了重庆的电力系统，进而制造了一系列的次生灾害。

气氛更显焦灼。

“前者。”于灵忽然一扬眉，异常笃定地说，“水晶球是唯一的信号源，天坑光柱是信号中转站兼信号放大器。”

“你确定？”

“确定。我们研究天坑光柱那么久，并不是一无所获。”于灵解释说，之前子午工程的赵培钦主任报告过，发现天坑光柱有无法解释的能量波动，怀疑有信号注入。现在想来，那正是在接收并转发水晶球的信号。

“不管是不是，先毁掉再说。”罗茂坤盯着水晶球，恨不得一口把它吃掉。

杨耐拿出了地质锤，举到水晶球上方，比画了两下敲击的动作。“还有一个问题，”杨耐说，“这个水晶球，既是时空坐标发射器，又是佛手云阳龙文明的存储器——‘老佛’将他收集到的佛手云阳龙文明的全部资料都存储在这里。我这一锤子下去，水晶球要是碎了，佛手云阳龙文明留在这个世界的最后的痕迹，也没了。”

他的目光从众人的脸上一一扫过。

他还记得当初自己想到这一点的时候的感受。

103

当时，整个人宛如被冻住。一个念头自冰隙之间艰难抽出——难道这就是钟扬害怕的原因？此念一起，他的脑子顿时如同化冻的冰河一般运转起来。大块大块的坚冰，一边自己漂浮着、旋转着，一边彼此挤压着、碰撞着，在河水的托运与推送下，向着无垠的远方滚滚滔滔……

钟扬一直说他很害怕，他到底在害怕什么？现在，杨耐终于知道这个问题的答案了。水晶球里存储着佛手云阳龙文明的全部资料，也是留存至今的唯一资料。假如水晶球连同里面的资料一起损毁，佛手云阳龙文明就真的覆灭了，连一点儿痕迹都没有留下。他们所建立的那些城市，他们的帝国与王朝，他们的文字与服饰，他们的神话与传说，他们的喜怒与哀乐，他们的梦想与追求，他们征服过的无垠的大地与海洋，他们曾经付出心血为之努力的一切，这一切的一切，这所有的所有，这全部的全部，都彻底从历史的长河中消失了。

摧毁水晶球，就等于摧毁佛手云阳龙文明。

谁来摧毁水晶球，谁就是文明的覆灭者。

难怪钟扬要说他是一个爱幻想的胆小鬼，肯定是在意识到这一点时，他不能或者不愿意承担这样重大的历史责任，无法执行这样血腥而残忍的任务，无法做出覆灭一个光辉灿烂的文明的事情！“那么我呢？我愿意吗？”

此时，同样的疑问也会出现在眼前这些人的心里。他们又会做出怎样的选择？

聂建磊先开口：“不是说水晶球里的资料已经翻译出来了吗？”

杨耐道：“水晶球里的原始数据信息只提取了 10%，原始数据信息也只翻译了 70%。也就是说，佛手云阳龙文明 93% 未翻译的信息都还在水晶球里。”

“老百姓正在受苦，这场灾难越早结束越好。”黄耀东说着，从杨耐手里拿过地质锤，“我来，军人就是干这个的。”

黄耀东将地质锤举过头顶，重重砸下。嘭，声音很大，然而水晶球并没有应声裂成碎片。他又连续敲击了七八次，水晶球还是老样子，甚至连擦痕都没有。

看似脆弱的水晶球，却坚固无比。

黄耀东一声不吭，将水晶球拿到营部外面，找了块空地，放下它，然后转身，用突击步枪，对着水晶球一个点射，又是一个三连射，紧接着是连续射击，直到弹夹清空。

水晶球岿然不动，简直比金刚石还要坚固。

随即，他们用喷火器灼烧，用火箭筒轰击，用坦克碾压，用迫击炮轰炸……水晶球一如既往，无法摧毁。

黄耀东的脸色越来越难看。

目睹了这一切的众人也纷纷感慨：这东西是什么制成的？为什么这么坚固？到底要怎样才能摧毁它？

“毕竟是历经 1.6 亿年也没有损毁的东西。”杨耐自言自语道。

于灵对杨耐说：“你事先就知道？化石都这么坚固？”

“不，我不知道。”杨耐摇头，“没有这么坚固的化石，从来没有。”

接下去他们讨论了各种摧毁水晶球的办法：

水晶球会不会怕浓硫酸？浓硫酸不行的，再上王水，浓盐酸加浓硝酸，我就不信水晶球不怕！

重庆有火山吗？要不把水晶球丢火山口去？

去找家大型工厂，拿压力机压它。四川德阳不是有 8 万吨模锻压力机吗？8 万吨，压碎它应该没有问题吧。

假如把水晶球用火箭送到太空去，会不会将佛手云阳龙引导到近地轨道上去？到那个时候，恐龙们再从侏罗纪发射过来，便直接暴露在真空里，砰砰砰，如烟花一般爆开，然后纷纷死去？

要是把水晶球扔进天坑光柱，会发生什么事情？水晶球会发出一道绚丽的光旋即消失，到侏罗纪吗？那顶天立地的天坑光柱也会跟着消失，就像它们从来不曾出现过一样？

如果水晶球被摧毁了，那已经被发射到现在，此时在重庆的恐龙们会怎么样？也会消失吗？就像第一次、第二次它们凭空出现，又凭空消失吗？还是会因为丢失了坐标，无法被佛手云阳龙回收，于是永远地留在了现在？

有的方案无法执行，起码现在无法执行；有的方案无法预知结果，存在太多的变数。黄耀东心里堵得慌，就像压着一座又一座嵯峨的山。

韩潇摸了摸自己的鼻子，问：“要是把水晶球藏在什么地方，比方说山洞，或者海底，或者是铅做成的保险柜里，能不能阻止它向侏罗纪发射坐标？”

“不知道。”杨耐说，“我们并不知道水晶球的工作原理。它到底是依靠什么媒介——比如说中微子或者快子——突破时空壁垒，把信号传送到 1.6 亿年前，我们还不得而知。就水晶球现在的表现来看，我不认为把它藏起来就能阻止它向侏罗纪传递信号。”

把水晶球丢进天坑光柱的方案也被于灵否定了。天坑光柱并不是连接现在与侏罗纪的通道，它是一座跨越时空的灯塔，向侏罗纪的佛手云阳龙们传递着我们这个时空的精确坐标。进入其中并消失的科考队，很可能是真的消失，而不是依照时空交换定律，交换到了1.6亿年前的侏罗纪。

“那不是正好？”聂建磊这样说。

“不，”于灵说，“要是水晶球成为天坑光柱的一部分，为佛手云阳龙们提供更为精确与及时的时空坐标，怎么办？”

“那么核弹呢？”罗茂坤大着胆子问。

此话一出，众人不禁悚然。

“我们现在手里可没有那玩意儿。”覃郎说。

他们重新回到营部，各自落座，一时无话。

“杨耐博士，你一直在强调新田沟帝国与沙溪庙王朝处于敌对状态？”黄耀东看着杨耐，打破沉默。

“啊，是的，对。”杨耐忙不迭地回答，“最初是我的猜测，后来钟扬在水晶球里解读出来的资料，证明我的想法是对的。”

见没人说话，杨耐又接着说：“‘老佛’也很疑惑，一个窥见了宇宙最底层奥秘的文明何以在自相残杀中走向灭亡？他总结说，大部分佛手云阳龙对宇宙最底层的奥秘不感兴趣，佛手云阳龙只对彼此杀戮有着浓厚得不可思议的兴趣。之所以能窥见宇宙最底层的奥秘，也是出于杀戮的需要，想要制造威力更大的武器。”

“总而言之，不管原因是什么，新田沟帝国与沙溪庙王朝之间有不共戴天之仇，是吧？”

“是。”杨耐再度做出肯定的回答。

“现在的情况极其糟糕。因为停电和电力设备损坏，我们失去了与上级的联系，我们成了又聋又瞎的孤岛。我们不知道新田沟先遣军来了多少，使用什么样的武器，也不知道他们这个时候在哪里，有没有和兄弟部队交火，在我们之外的地方正在发生哪些事情，我们通通不知道。但我们是中国人民解放军，坐以待毙不是我们的风格。我有一个主意，说出来供大家讨论。”黄耀东坚毅的目光从几位营级干部的脸上扫过，“与其我们去找他们，不如让他们来找我们。如果我们伪装成沙溪庙王朝的军队，新田沟先遣军必然会放弃别的地方，转而向我们这边发起全面进攻。假设杨耐博士的猜测是对的，他们将疯了一般往这边冲。大家说，这主意如何？”

104

“假设杨耐博士的猜测是对的……”

听黄营长说这话的时候，杨耐耸了耸肩，一副无所谓的样子，实际上内心早已经沸反盈天。

黄营长让勤务兵阮祥州去传令，送所有科学家离开。“你们也回去收拾东西。”他说。这个你们，指的是杨耐和于灵。

回自己营房的路上，杨耐的思绪芜杂。

显而易见，现在大家对于佛手云阳龙的认知，新田沟帝国也好，沙溪庙王朝也罢，尤其是他们的敌对关系，全部都是建立在推测与想象的基础之上。

如果这些推测与想象都错了，怎么办？在其他时候，或许还有修正的机会，但现在重庆深陷灾难之中，阻止佛手云阳龙入侵的机会很可能只有这一次。“要是我猜错了……”

要是佛手云阳龙们为了他们的文明有一个光明的未来，新田沟帝国与沙溪庙王朝已经放下所有的仇恨，放下所有的积怨，握手言和……那合成九营的行动岂不是尚未开始就注定了失败，而许多年轻的生命将毫无意义地陨落？

杨耐的心怦怦直跳，激烈得仿佛要从嗓子眼儿跳出来，然后掉地上，啪的一声摔成无数的碎片。

他紧紧咬着牙关，喘息着，用尽全身的力气，把心堵在空空如也的胸腔里。于是，紧张、恐惧、迷惘等负面情绪更加清晰也更加集中地堆砌到他的每一个细胞上。

难道现在还要到无边的黑暗中去漫溯？他对自己说，呼吸沉重如同肺里灌满了炽热的岩浆。紧张的时候做自己擅长的事情能缓解紧张。向芸希在幻境中幽幽地说。

他回到自己的营房，翻找出工作笔记，坐在床边，拿笔开始写。

起初大脑一片空白，不知道写什么。在写下一句“之前所经历的一切，都已经为现在的选择做好了铺垫，事到临头才做心理建设属于典型的临阵磨枪”后，停留了很久，才写下后面的内容：

事实上，丛林法则，或者说竞争，只是物种演化的一部分，绝对不是全部。种内竞争与种间竞争，确确实实存在。然而，我们也应该看到如黄葛树演化图所揭示的那样，种内合作、种间合作、互利共生，也是非常普遍的事情。在我们的生活当中，有一部分人总是喜欢将丛林法则挂在嘴边，以为是天经地义的自然规律，那不过是作恶者为自己的恶行找到的借口罢了。

我不相信人类文明走到今天靠的是动物本能或者说兽性。相反，文明的根基在于控制兽性，相互信任。各类人才发挥自身优势，通过协同合作，创造出超越个体能力的文明成果。同时，建立了道德、伦理、法律等多重秩序，以抵御兽性的本能冲动。人类应致力于科技、商业和文明的发展，获取更多的生存资源，拓展更大的生存空间，实现多族群共赢，这无疑是比倡导丛林法则更优的选择。

这个道理我们懂了吗？成为社会共识了吗？成了全人类的生存策略了吗？我们能避免人类文明的自我毁灭吗？“老佛”认为佛手云阳龙之所以热衷于战争，是因为他们的直系祖先是肉食动物。我们的直系祖先是杂食动物，我们现在也是，也许……也许有摆脱生物本能、逃脱自我毁灭的可能。

回到眼前。

写完这 4 个字，杨耐又停了下来，思虑片刻，才重新开始：

“老佛”是佛手云阳龙文明最后的守望者。他为延续佛手云阳龙文明做了他能做的一切。他能办到的事情，我相信，我——我们——也能办到。

该我承担的责任，我自会承担。

我相信，从少许事实出发，经由科学的思维，经由有逻辑有条理的推测与想象，能抵达的真实足够深远。历史已经无数次证明这一点。此刻，不过是再一次验证这一点。

放弃幻想，准备战斗。

至此，杨耐不再犹豫，不再纠结。

阮祥州在外边喊道：“杨耐博士，车队已经……你还没有收拾啊！”

“车队在哪里？”杨耐问。

阮祥州疑惑地看着杨耐，随即指向营地的另一边。

杨耐拿着工作笔记，从阮祥州身边走过，走向车队。

已经有很多科学家往车队那儿聚集。

于灵也在其中，大包小包，背了不少。他走过去，对于灵说：“我不打算跟大家一起离开。”

于灵瞅了他一眼，似乎是重新认识了这个人。她没有问为什么，而是说：“我不能冒险，至少现在不能。我那个融合理论，还没有最终计算完成。那是我的任务与使命。”

她摆摆手，作势要离开。杨耐唤住了她：“你妈妈……”

“我已经哭过了。”于灵的眼睛忽闪忽闪着。

刹那间杨耐明白于灵的感受了。她是如此要强，不接受别人的安慰，更不想把痛苦表现给别人看，于是在自己与别人之间竖起一道冷漠与骄傲砌起的高墙。一念至此，他不再纠结于灵跟她妈妈的事情，而是将曾经属于大师兄、现在是他在撰写的工作笔记递给她，拜托她好好保管。

“你自己保管。”于灵拒绝了。

“我有我的任务，我的使命。”

杨耐把工作笔记硬塞给她。她嘴角抽搐了一下，说：“活着来找我拿，我可没有替人保管东西的习惯。”杨耐简单地说：“给她，给向芸希，她保管。”

于灵捏住工作笔记，掂量了一下，似乎在估计它的重量，然后她简单地说了声“好”，就把工作笔记塞进满是打印纸的背包里，随即摆摆手，头也不回地上车，走向她充满荆棘与坎坷的，但独属于她自己的传奇未来。

杨耐目送满载科学家的车队离去，心里品咂着向芸希这 3 个字。

向，方向的向，向着太阳的向；芸，芸香的芸，芸芸众生的芸；希，希望的希。简简单单 3 个字，却凑成了那样活泼的、倔强的、生动的一个人。

此时，向芸希不在身边，是一件好事。“不是吗？她要在这边，我还得想方设法将她支开。而看着她的眼睛，对她撒谎，我办不到。”杨耐的思绪由此飘散开去，不由自主地将目光上移，越过迤逦而行的车队，越过稍远处正在准备作战的解放军，越过地平线上的一座座起伏不定的丘陵，越过那根赤红色的天坑光柱，望向阴云密布的天空。300 千米之外的云阳，她在干什么？也如我一般在看着天空发呆，还是在做别的事情？她会在不经意间唱起那首古老的民歌吗？她一定如我想她一般想我吧。

杨耐穿过忙碌的营地，去找黄营长。

黄耀东站在营部外边，一脸焦灼。见到杨耐过来，他不禁皱眉：这帮科学家也太不把纪律当一回事了！“杨耐博士，你怎么没走？”他不客气地问。

“知道‘死支漫步’吗？”

“你直接说。”

“死支漫步是一个演化论的术语，指的是一些演化支，熬过了最艰难的大灭绝，却在此后的复苏期没有抓住机会实现多元化，也未实现适应性辐射，然后从化石记录中完全消失的现象[①]。”

---

① 通过测量死支漫步的频率和原因，我们能够更好地理解大规模灭绝事件是如何发生并影响地球历史的。

“你到底想说什么？”

“我想说，把我们的这次行动叫作死支漫步。”

“不是他们死，就是我们死，是吧？”黄耀东说，“好，听你的，我们这次的行动就叫死支漫步。然后呢？”

“然后，我要留下来，和你们一起。”

“你不是军人。”

“我知道。我也没打算火线入伍，临时学打几枪，就去跟新田沟先遣军作战。作战是你们的事情。”杨耐说，“我是科学家，我是研究恐龙的。我做我的事情。我留下来，能帮助你们，让你们更好地完成死支漫步。”

黄耀东沉吟着：“水晶球和黑曜石不都给我们了吗？我已经命令营部参谋研究去了。”

“你们足够了解佛手云阳龙吗？你们对佛手云阳龙一无所知。你们能像佛手云阳龙那样思考吗？我能。你们知道怎样伪装成沙溪庙王朝的军队吗？我知道。我对佛手云阳龙文明的研究，是当之无愧的世界第一人。”

杨耐说得义正词严，铿锵有力。为了留下来，他甚至不惜打破自己有一说一的习惯，使用了夸张的修辞手法。真正打动黄耀东的，是“伪装成沙溪庙王朝的军队”这句话。“那行。”他同意了杨耐的请求，同时叮嘱杨耐要注意自身的安全。

杨耐的脸上露出孩子一般纯真的笑容，然后模仿着向营长敬了一个不标准的军礼。

105

在杨耐和于灵离开营部后，合成九营的5位干部继续开会。

“恐龙军队穿金属铠甲，上哪儿给每一个战士弄一套？一套都没有啊。”副指导员聂建磊的抱怨很明显。

“充气恐龙服呢？”韩潇问，“我儿子有一套，穿着去学校运动会参加了表演，效果特别好。”

“也没有啊！”聂建磊心直口快，双手一摊，“再说，一想到战士们穿上充气恐龙服去驾驶坦克的样子，我就觉得滑稽。”

伪装是解放军最常训练的科目之一，但主要训练的是如何把自己隐藏在自然环境里，如丛林、沙漠、草原、戈壁，不被敌人发现，进而实现对敌人的突然打击。演习中，也会分为红、蓝两军对抗，而某些部队也会以假想敌的形式存在。然而不管是哪种，模仿的都是人，人的样子，人的行为，人的思维。伪装成恐龙，还是有智慧的恐龙的军队？确实是史无前例因而令人无所适从的事情。

黄耀东说：“现在汇总一下，我们对沙溪庙恐龙都知道些什么吧。”

几个人七嘴八舌地议论起来：佛手云阳龙是吃肉的；体温既不是恒温，也不是变温，而是介于两者之间的中温；卵胎生，也是介于卵生与胎生之间，得两者的长处于一身；寿命极长，在科技的加持下，佛手云阳龙的寿命至少是自然寿命的两倍甚至五倍；血液可能是红色，也可能是石龙子一样的灰绿色；眼睛比耳朵灵光，是四色视觉……

这些讨论依然停留在佛手云阳龙的生物性上，没有上升到社会层面上，更没有具体到军队这一细节上。他们越说越没有底气，于是讨论逐渐停了下来。“他们的军队是什么样的？有怎样的组织机构？使用怎样的武器？他们的……”黄耀东提出了一系列的问题，没有一个有答案。在对沙溪庙军队一无所知的情况下，要如何伪装成沙溪庙军队？他们一筹莫展。

黄耀东命令韩潇去召集情报参谋、火力参谋、战勤参谋与作战参谋到营部报到，又命令罗茂坤召集合成九营所辖 5 个连的连长集中到营部，召开合成九营的扩大会议，期望他们中有人能提出建设性意见。

集思广益，解放军的老传统。

然而参与讨论的人多了，却不过是把先前说过的话又重复了一遍。黄耀东并没有听到什么办法能解决眼前的难题。他瞅着桌子上放着的水晶球，若有所思，却没有新的主意。覃郎站在一边，也是默不作声。“指导员，平时你的主意最多。眼下……”没等黄耀东说完，就看见覃郎摇了摇头，表示无能为力。黄耀东心中憋闷，走出营部去透气，正好看见杨耐穿过熙熙攘攘的人群坚定地过来。

黄耀东请杨博士进营部。此刻营部里有 10 多个人，不可谓不挤，但都是身着军装、站得笔直的解放军，井然有序。

“杨耐博士建议，我们这次行动叫死支漫步。”黄耀东说，“关于如何伪装成沙溪庙军队，杨耐博士有话讲。同志们，仔细听，认真听。”

杨耐站到众人跟前，从容不迫地说：“我们无法在外形上伪装成沙溪庙军队。我们对他们的了解还太少太少。解剖一只黑猩猩，然后据此推测人类社会的构成，与真实情况会差多远呢？不过，假如我是一头恐龙，像恐龙那样思考，进而推演他们的做法，却是可能的。新田沟先遣军交换到现在，要做的第一件事情是什么？”

“消灭敌有生力量。”火力参谋回答。

“不，是先找到水晶球。”覃郎说。

杨耐点头：“水晶球的作用是什么？地球是在四维的时空连续体里不停运动的，也就是说，每一个具体的时空坐标也在不停变化。以佛手云阳龙的科技水平，肯定能用先前获得的时空坐标进行一定程度的推算，但失之毫厘，谬以千里，一点点传送误差，就能造成不可估量的巨大损失。

“现在的水晶球，同时向沙溪庙与新田沟传递时空坐标。佛手云阳龙文明中的任何一方拿到水晶球，以他们一贯的作风，肯定会以某种方式，比如调整频率，保证自己这一方能收到时空坐标，而对方收不到。这样，自己这一方就能继续进行时空交换，而对方则会被留在原地等着末日的最终降临。

“因此，谁先找到水晶球，谁就掌握了向侏罗纪传递时空坐标的权力，谁的那一脉文明就能超越末日，在 1.615 亿年后的现在得到延续，并重新崛起，再一次成为世界的霸主。

“因此，现在的关键是水晶球。”

杨耐指向桌面。众人的目光如一把把雪亮的刺刀，刺向水晶球。

“然后呢？”黄耀东急切地问，“让他们知道水晶球在我们这里，他们就会往我们这边进攻？”

“对。”杨耐说得肯定，眼神却有些飘忽。

“事关种族存亡，新田沟也好，沙溪庙也罢，必定全力以赴。对我们来说，则是无穷无尽的灾难。”覃郎的语气依旧不疾不徐，“杨耐博士不妨说明白些。”

“我是耿直人，耿直到愚蠢的那一种。”杨耐勉强笑了笑，立刻又换回一脸严肃，“我不想欺骗你们。既然我已经想到了，就必须告诉你们，没有一丝一毫的隐瞒。我务必让你们明白，在死支漫步行动开始后，会有怎样的结果。

“今时今日，我们无法毁掉水晶球。能毁掉水晶球的，只能是新田沟先遣军，而水晶球是新田沟先遣军最想得到的东西。因此，你们的抵抗越是强烈，先遣军的反击越是猛烈，使用武器的威力越大，水晶球毁掉的可能性就越大。而先遣军使用的武器威力越大，你们胜出，或者从这场惨烈的战斗中生还的可能性越小。想想 12 月 15 日的暴雪，想想天坑光柱，想想变成佛手湖的佛手村，想想昨晚的超级闪电，佛手云阳龙的武器威力到底有多大，现在的我们其实是无从想象的。”

“杨耐博士的意思，我明白了。”黄耀东望向几位营级干部，灼热的目光从他们的脸上一一划过，“你们明白了吗？”

“报告营长，明白。”罗茂坤第一个回答。

“明白。”韩潇点头道。

覃郎稳重地阐述：“我不知道现在有多少新田沟先遣军来到重庆，甚至不敢肯定沙溪庙的军队有没有到重庆，我们假冒沙溪庙军队的行动能否成功。但我知道的是，越早毁掉水晶球，终止时空交换，来重庆的佛手云阳龙军队越少，这场灾难结束的时间越早，老百姓遭受的痛苦就越小。所以，我明白。”

“我明白。”聂建磊跟着说。

黄耀东满意地点头：“同志们，现在通信中断，没有上级的指示，装备损毁严重，战斗力无法全部发挥，这样的事情我们遇到过吗？”

“遇到过，”罗茂坤说，“在朱日和演习的时候，我们营刚进场地，就接到导演组的通知，遭到核打击，人员减半，装备减半，要我们退出这次演习。”

“我们退出了吗？”

“没有。”

“对，我们没有。”黄耀东说，“确实，当前形势严峻，我们需要充分发挥自己的主观能动性。同志们，我们要主动出击，发挥自己的优势，坚决消灭敌有生力量。一直说，宁可备而不战，不可战而不备。现在，实践这句话的时候到了。”

覃郎说：“我们进行了那么多的训练，参加了那么多的演习，就是为了今天。首战用我，用我必胜。合成九营党委号召大家，要沉着冷静，英勇战斗，坚决完成此次死支漫步行动的任务。”

“同志们，胜利永远是属于我们的。”黄耀东说，“现在，各位连长，听我命令，合成九营按照第四套防御阵型展开，执行死支漫步行动。行动正式开始前，召开三分钟动员会，务必让每一个战士都明白这次战斗的意义与价值，以及战斗可能的结果。”

106

连长们离开了，“肥猫”韩潇和他的参谋小组也离开了，营部为之一空。

覃郎与黄耀东耳语几句，随即把聂建磊叫到一边。“你去旅部报告合成九营的情况，以及计划做的事情，请求支援。相信旅部也正在派人与各个营部建立联系。”

聂建磊没有说话，而是用黑洞洞的眼神问：“为什么是我？”

“你不去，难道我亲自去？”覃郎说。

“战友们在这边浴血奋战，我远离战场，跑去送信？”

“原本我申请了鸽子的……不说这个了。”覃郎说，“刚才杨耐博士已经说得很清楚了。但胜利的关键，不在于我们能抵抗多久，而在于你去旅部，能够说服旅长，在这个混乱的时刻，派出多少部队来璧山这边增援。你要明白，肯定不会只有我们这儿需要增援。”

“不会。”聂建磊说。也许每一个区都有新田沟先遣军在纵火，也许第77集团军的每一支部队都在遭受攻击，也许……

“我们只有一个营的兵力。靠这800人就击败新田沟先遣军是不可能的事情。聂建磊同志，在我们利用水晶球将新田沟先遣军吸引过来的时候，第77集团军，乃至西部战区下辖的所有部队，能够集中火力，将其歼灭。这是死支漫步行动能够成功的关键。我把这么关键的任务交给你，是对你的信任。”

“坚决完成任务。”聂建磊敬了一个标准的军礼。

“他有多少时间？”覃郎转向杨耐。

“合成九营全部展开需要多少时间？”

“40分钟。”

“50分钟，最多60分钟。”

“那好，”覃郎对聂建磊说，“你有60分钟时间。最多80分钟。开始行动。”

聂建磊转身，一阵风地跑出了营部。

另一边，黄耀东也安排副营长罗茂坤去检查各个连队的动员与阵型展开情况。营部就剩下黄耀东、覃郎与杨耐3个人。“现在，”覃郎再次望向杨耐，眼神如鹰隼，定定地看着他，说，“杨耐博士，请你告诉我们，要如何把水晶球在我们这里的消息告诉新田沟先遣军。”

在营部门口，确定行动名字叫死支漫步后，杨耐将他的想法和盘托出。“钟扬把一切都准备好了。”他说。黄耀东并非什么鲁莽血勇之人，想要说服他，拿合成九营800人的生命去冒险，必须有真材实料才行。

听杨耐讲完，黄耀东思忖片刻，毅然带着杨耐走进营部。

刚进营部，听指导员覃郎问起，黄耀东抢先回答："我知道。杨耐博士全都告诉我了。"

杨耐不再说话，走到营部中间那张桌子前，默默地从地质包里掏出笔记本电脑，搁到桌子上，摁下开机键。在笔记本电脑启动的同时，他又取出一个密封的纸袋，打开，里面是焦糖色的黏土。他揉捏了两下黏土，介绍道："这是北京的一所理工大学DNA储存技术研发团队的杰作，一种生物性材料。它是活的，有生命的。"另一只手拿起水晶球，又说，"看见上面恐龙爪印一样的花纹了吗？大师兄曾经认为这是佛手云阳龙的文字，其实是水晶球的DNA 接口。"

杨耐用黏土将水晶球包裹起来。此刻的水晶球，很接近杨耐最初看见它的模样。除了颜色。那时它是黄色的，在佛手村锅圈岩下的溶洞里，向芸希怀疑它是琥珀，那欣喜的眼神没有任何掩饰。杨耐笑了笑——这次笑没有任何勉强——又取出一根 USB 数据线，一头插进黏土里，一头插在笔记本电脑上，在水晶球与笔记本电脑之间建立起连接。

"一旦知道怎么做，事情就会变得异常简单。"杨耐拖了一把折叠凳，坐下，打开名为黑曜石的程序，然后气定神闲地对黄耀东与覃郎说，"现在，我输入到电脑里的内容，都将被黑曜石翻译成佛手云阳龙的语言，经由这根 USB 数据线，进入水晶球，再发射到旁边那根天坑光柱里，由它将信号放大后同步到佛手云阳龙的接收器上。"

就这么简单？覃郎流露出不相信的表情。

然而……新田沟先遣军交换到现在，必然有与总部进行跨时空通信的需求。1.6 亿年的时空壁垒可不是那么容易突破的。最好的解决方法是利用现有的天坑光柱。于灵说过，6 根天坑光柱同时矗立于现在与侏罗纪。它们既是传递时空坐标的灯塔，也是跨时空实时通信的通道。

杨耐埋头在键盘上敲击：水晶球已找到……

"不能这么说，水晶球是我们的叫法，佛手云阳龙可能有他们的叫法，叫错了会引起他们的怀疑。”黄耀东说。

“模糊处理，删去水晶球，只说目标已找到。至于找到什么，不提。”覃郎说，“让他们猜。我们直接告诉他们，他们会心生怀疑。他们自己猜出来的，会被他们认为是不可辩驳的事实。我想，即便是恐龙也摆脱不了这样的心理。”

杨耐删掉前面那句话，按照覃郎的说法进行了修改。

覃郎说：“再补充一句，协议已达成。”

“什么协议？”杨耐不解地问。

黄营长说：“与人类的协议。”

覃郎解释道：“这样说，是暗示沙溪庙已经与人类达成某种共同对付新田沟的合作协议。很显然，这将进一步刺激新田沟先遣军。待会儿新田沟先遣军遭到人类军队的反击，也不会怀疑。”

“我们所在的地方，要怎么描述？”杨耐问，“用地名肯定不行。”

“用经纬度也不行。经纬度是我们的说法，他们不一定懂，还可能露出马脚。”覃郎说。

“还有一个问题，”黄耀东问，“他们怎么知道这几句话是沙溪庙的军队发出的？”

“模糊处理。”杨耐说着，再一次修改：先于敌方夺得目标，且已达成协议。速派军队增援，巩固战果。“老佛”。

“‘老佛’？”这回轮到黄耀东不解了，“那具化石？”

杨耐解释：“‘老佛’在成为逃跑者之前，在沙溪庙军队里干过很多年。黑曜石会把‘老佛’的名字，自动替换成他在佛手云阳龙中的真实名字。钟扬说过，‘老佛’的真实名字在沙溪庙军队里就像张伟或者李刚在我们的文化中那样常见。”

“地点的话，我想到一个办法。”覃郎说，“拍照。给水晶球拍照，把太阳拍摄进去。这样，他们通过分析太阳光的入射角度，就能找到我们所在的时空坐标。”

黄耀东和杨耐都不禁说这是个好办法。黄耀东建议由杨耐托举水晶球拍照。起初杨耐不愿意，后来架不住覃郎的游说，同意和黄耀东一起拍照。“军人加上科学家，更有说服力。”他说。覃郎叫阮祥州去找一部相机来，他亲自拍摄。杨耐提醒覃郎：要站高一点儿，因为佛手云阳龙比人高多了，如果他们给人拍照，一定是俯视。覃郎照做了，于是他们得到了一张杨耐与黄耀东共同托举水晶球的照片。

“我还是老毛病，一拍照就歪头。”黄耀东说，“没改了。”

杨耐看着照片里的自己，笑得没心没肺的。

“角度不错，光线很清晰，构图也非常经典。”覃郎表扬自己。

“不就是狙击视角吗？”黄耀东打趣道。

“习惯了。”覃郎笑道，“练过好几年狙击呢。”

杨耐坐回折叠凳，对营长和指导员说：“可以发送了吗？”

“要不再等等？”覃郎犹豫着，“我们这种做法，无异于把自己变成宇宙中最耀眼的灯塔，把新田沟先遣军全部吸引过来。然而，战士们准备好了吗？”

他们枯坐了10分钟。黄耀东坐不住了，起身问阮祥州：“上次叫你买的自行车买了吗？”阮祥州说买了。于是，黄耀东命令阮祥州骑上自行车去旅部求救。“我们不能把希望寄托在副指导员一个人身上。”黄耀东说。阮祥州想要拒绝，但黄耀东咬着牙说这是命令：“跟我说，你不相信什么？”阮祥州条件反射般回答：“不相信有完不成的任务，不相信有克服不了的困难，不相信有战胜不了的敌人。”说罢，阮祥州不再犹豫，骑上自行车于暮色中向着旅部出发。

不久，罗茂坤气喘吁吁跑进营部，报告说合成九营防御阵型已完成部署。最后的时刻不可避免地到来了。黄耀东深深地望了指导员覃郎一眼，后者颔首，于是他对杨耐命令道：“发送。”

107

在重庆云阳恐龙国家地质公园里，向芸希忙碌了大半天，到了下午，终于闲下来，于是她换上红色为基调的骑行套装，骑上心爱的红色摩托车，在恐龙公园里四处游走。

算起来，她到恐龙公园的次数手指加脚趾就可以数出来。而且每次都只能在规定的区域参观，好些地方插着“游客止步”的标志，让她忍不住猜测，里边到底有些啥子东西是游客不能看的。如今，在这个冬日的下午，没有游客，只有少数工作人员，她一个人在空空如也的恐龙公园里骑着红色摩托车，信马由缰，让她有种久违的自由感与幸福感。真是奇怪，以前读书的时候，学到“信马由缰”，她并不懂得这个词语的意思，抄了字典上的解释也不懂，但此时此刻，她一下子懂了这个词语的全部内涵与外延。

高兴中她哼唱起了那首民歌：

喝你五口茶呀，问你五句话，你的那个弟弟噻，在家不在家？
你喝茶就喝茶呀，哪来这多话，我的那个弟弟噻，还是个奶娃娃。
喝你六口茶呀，问你六句话，眼前这个妹子噻，今年有多大？
你喝茶就喝茶呀，哪来这多话，眼前这个妹子噻，今年一十八。
呦耶呦耶呓呦呦耶，眼前这个妹子噻，今年一十八。

恐龙公园各处都有交通便道，通向所有的场馆。在摩托车的加持下，向芸希觉得恐龙公园没有想象中的那么大。流过佛手村的磨刀溪也从恐龙公园中间流过，她之前居然没有注意到这两处的河其实是同一条河，也是奇怪。

然后，她想起要去什么地方了。出了恐龙公园，远处有一个小小的植物园。她听周雨泉介绍过，那是黎院长的最爱。现在斯人已逝，园子却还在。物是人非，说的就是这个样子吧。她把摩托车停靠在路边，走进植物园，这里的植物多数她都叫不上名字，正值冬天，大部分都蔫了吧唧的，只有少部分依然青葱如春天时的样子。这时，她听见一阵阵奇怪的叫声从一片蕨类植物下面传来，那声音与她在某部纪录片中听过的鳄鱼发出的声音[①]极其相似。

向芸希用双手分开那丛蕨类植物，然后看见沙地上有 20 来颗色彩非常鲜艳的蛋。那些蛋每个都有 3 个拳头加起来那么大，围成一个同心圆，看上去很好看。发出那种奇怪声音的，正是它们。在她靠近时，那些声音停了下来，似乎是察觉到了危险。等向芸希蹲下，尽力不发出声音后，那些嘁嘁咳咳的声音又出现了。

好警觉的小家伙。向芸希不禁想。

在虎峰山上见过鹤形龙生的蛋与普安云阳龙的卵胎生后，向芸希一度对恐龙的繁殖方式非常感兴趣。杨耐告诉他，有些小恐龙在蛋中孵化时，会利用声音跟其他个体交流，以便在差不多同一时间破壳而出。这样，即使敌害在附近蹲守——就如同向芸希现在的样子——也不能把它们全部吃光。“总有那么一两个运气爆棚的机灵鬼能逃出生天。”杨耐如是说。

“它们是用爪子把蛋壳抓破吗？”

“才不是呢。小恐龙的爪子很柔软，根本不能用来破壳。它们用嘴，像小鸟儿那样，用嘴啄，把蛋壳啄破。”

说这话的时候，杨耐模仿着鸟儿用喙啄蛋壳的动作，引来向芸希欢快的笑声。

想到这里，向芸希不禁为当时杨耐流露出的孩子气而嫣然一笑。

附近传来一阵砰砰声。

---

① 鳄鱼没有声带，它们是通过振动喉头和气管内的气体产生声音。这种振动非常剧烈，如果鳄鱼在水中，它们发声时，喉头和气管的振动会带动颈部肌肉的振动，进而带动颈部周围的水振动，使水面看上去如同沸腾一般。它们发出的声音通常是低沉而深厚的低频声音，成年鳄鱼会用“呼噜呼噜”的声音表示气愤，而发出“嘶嘶”的声音则是在求偶。

那是……向芸希脸色骤变。杨耐也说过，小恐龙还会利用声音向母亲传递信息。恐龙妈妈听到蛋中的小恐龙发出声音时，就会回到巢边，清除巢上面的土，并守护在一旁等待小恐龙孵化。

那是恐龙妈妈回来的声音？

向芸希站起来，还没有等她站直，就有一个灰褐色的鸵鸟一般的家伙从她身边疾驰而过，差点儿把她撞倒，然后是第二头，第三头。在她左边和右边，都有鸵鸟一般的恐龙在疾驰。其中一头一脚踩在了那窝正在出壳的恐龙蛋上，踩碎了好几个，随即不管不顾地跑开了。

这些似鸟龙在躲避什么？

向芸希循着它们奔来的方向望去，看见了她原本来找的侏罗纪山谷，看见了围着侏罗纪山谷的围墙电网，也看见了围墙电网上大大的洞，看见数十头不同种类的恐龙正争先恐后地冲过围墙电网上的大洞，向着恐龙自然保护区之外的世界蜂拥而出。

冲在最后的，是 6 头 12 米长的上游永川龙。

有电的时候，围墙电网有效地限制了恐龙的活动区域。一停电，一些好奇又胆大的恐龙就开始探索摆脱限制的方法。而上游永川龙的组队出现，直接引发了这场恐龙大奔逃。

幸好向芸希机敏，身手矫健，骑行套装也很紧身，没有影响到她的速度。她的运气也不错，没有被疾驰而来的恐龙正面撞倒，也没有在跌倒后被哪一头恐龙给直接踩中。因此，向芸希得以躲到植物园的矮墙下，目睹了恐龙大奔逃的大部分过程，却没有受伤。

忙乱中，凭借这两个月恶补的知识，她分辨出奔逃的恐龙中有蹦蹦跳跳的磨刀溪三峡龙、矮胖敦实的普贤峨眉龙、憨态可掬的元始巴山龙、龇牙咧嘴的华彩江州龙和慢条斯理的胸忍渝州龙。

她甚至没有尖叫。

杨耐说过，在这种情况下，尖叫除了招来敌人，毫无用处。

然后，她意识到，恐龙们越过植物园，向着重庆云阳恐龙国家地质公园蜂拥而去。恐龙之桥、侏罗纪商业街、恐龙溪漂浮乐园、侏罗纪探险谷……这些名字很快将名副其实，真正的恐龙在其间或奔跑或漫步。骤然间，她想起恐龙化石遗迹馆与国际恐龙化石研学中心还住着佛手村的村民，8 个字在她脑海里奔涌：

血流成河、尸横遍野。

所有想象过的恐怖画面都将落实到眼前。

向芸希不敢再想。紧张的时候做自己擅长的事情能缓解紧张，她对自己说，旋即她起身去看先前停靠在路边的摩托车。那辆摩托车被奔逃的恐龙们撞倒，好几个地方被踩变了形。向芸希把它扶起来，尝试着发动。一下，两下，三下，就在她要绝望的时候，摩托车发出了惊喜的轰鸣声。

她驾驶摩托车，在奔逃的恐龙群中择路而行。

一边是磨刀溪三峡龙，一边是华彩江州龙，后边是气势汹汹的上游永川龙。

她要赶在恐龙们——尤其是肉食恐龙们——之前，赶到恐龙化石遗迹馆与国际恐龙化石研学中心，通知村民们。

她车技娴熟，将所有的注意力聚焦在眼前。“胆子要大，心要细；路面不平，身要稳。”爸爸的讲解早就化作了她的肌肉记忆。于是，在红色摩托车的帮助下，她穿过奔逃中的恐龙群，冲到了所有恐龙的前面。

前面是一条岔路，左边通向恐龙化石遗迹馆，右边通向国际恐龙化石研学中心。指示牌上写得清清楚楚，都住着佛手村的村民。然而向芸希却犯了难。眼下情况紧急，通知了一处就通知不到另一处，而没有接到通知的那一处势必血流成河、尸横遍野。她面临着艰难的选择。

她不由自主地望向天空。

她看见层层雾气之上，悬停着一艘造型怪异的飞船。它那么大，那么怪，宛如几种矿石随意拼接而成，却能在半空中悬停，内部还有五彩斑斓的闪电如同万千小蛇在游走，一看就不是出自人类之手。

她的心跳暂停了片刻：

那是杨耐提到过的……佛手云阳龙的飞船！

108

此次死支漫步行动的主要任务是防御，合成九营以位于佛耳岩的营部为核心，直径6—8千米的范围里，各种型号的装备在高低起伏的丘陵地区梯次展开。

数门涂着山地迷彩的自行榴弹炮藏身于山沟里，炮口闪着寒光；泥泞的公路边，新开辟出的发射阵地上，数门自行火箭炮一字排开。

数辆绰号“黑豹”的15式轻型坦克隐蔽在松林与竹林里，默默地等待出击、火力倾泻的那一刻；山猫全地形突击车分散各处，车上的战士们穿着山地迷彩，手握5.8毫米枪族的标准突击步枪、短突击步枪、精确射手步枪及别的单兵武器。

在轻型坦克与全地形突击车之间，几座山丘顶部，有“猛士高炮”之称的数门82毫米车载速射迫击炮已经竖起，随时为前两者提供近距离火力支持。

无人装备连的无人战车、机器狗、无人机、机器牦牛等则被分配到各个连队，承担侦察监视、火力引导、毁伤评估、电子战等多种作战任务。

那根赤红色的天坑光柱矗立在地平线上，早就不像刚出现时那么引人注意了。合成九营平均年龄21岁的800名战士，表情严肃，内心激动，期待着与恐龙军队决一死战。各个连队的干部四处游走，检查装备与人员情况，不时小声叮嘱“这不是演习”。

松林中，装甲步兵连连长问一个今年入伍的新兵：“怕吗？”

“不怕。”新兵回答，“我怕他们不来。”

“真不怕？”

“真不怕。”新兵握紧突击步枪，“有它。有它我就不怕。还有它们，它们，它们。”

他指的是那一排排的“黑豹”和“山猫”，指的是那一片片的榴弹炮、火箭炮和迫击炮。

真是初生牛犊！连长露出赞许的笑容：“最重要的是，还有我们——中国人民解放军。”

轻型坦克里，一个战士喊：“车长车长。”

“小点儿声。”车长问，“啥子事？心头虚吗？”

“不虚。不虚。哪个虚了嘛。”那名战士忙不迭地否认，又急切而真诚地问，“车长，要是我牺牲了，我妈问我勇不勇敢，你要怎么回答？”

“我会说，你是车上，不，合成九营里，最勇敢的那个崽儿。”

“车长，你可不能撒谎。”

“车长像是会撒谎的人吗？”

韩潇检查完自行榴弹炮阵地，被一个老班长偷偷叫住：“能打死吗？我是问，那些武装恐龙？”韩潇回答：“能，肯定能。”老班长出了一口气，有些不好意思地挠了挠后脑勺，说：“只要不是那种怎么打都打不死的怪物就好办。”韩潇自信满满地说：“你还不相信122毫米榴弹炮的威力吗？肯定能打死他们，打死了他们也不会翻个身就复活。”老班长说：“让榴弹炮教他们重新做龙。”

冬风吹起，带来阵阵寒意。松林和竹林发出的涛声覆盖了整个防御阵地。

在佛耳岩，黄耀东、覃郎和杨耐走出营部，远眺四周。

黄耀东问：“他们会从哪一个方向进攻呢？”

覃郎说：“新田沟先遣军有飞船，从哪一个方向进攻都有可能。”

黄耀东说：“合成九营的防空火力严重不足啊。”

覃郎没有回应黄耀东的这个感叹。合成九营是陆军，主攻山地作战，防空主要交给同一旅或者集团军的兄弟部队。但现在感叹这事儿没有任何实际用处。目前合成九营只能孤军奋战。“其实，死支漫步行动是一场合成九营的集体自杀，”覃郎顿了顿，把思考良久的答案说了出来，“最好的结果就是与水晶球同归于尽。”

“我早就想到了，”黄耀东望向远处，说，“最坏的结果是新田沟先遣军凭借先进的武器，抢走了水晶球，而合成九营这 800 人……白白牺牲。”

杨耐嘴唇翕动着，好像有无数的话想要喷薄而出，最终只是捏紧了水晶球，说了一句话：“这就是我为什么坚持留下来。”

“不知道聂建磊和阮祥州现在到了哪里。”

覃郎的这个问题也无人回应。

6 点 13 分，新田沟先遣军的进攻正式开始。

很难说清楚他们是从哪一个方向进攻的，前一秒还空荡荡的，下一秒，几乎所有阵地都有普安云阳龙在奔跑的身影。

与之前杨耐所见到的不一样，这些普安云阳龙身上套着金属铠甲。它们俯下身子，低着脑袋，尾巴翘起，龇着牙，咧着嘴，沉默地向合成九营的战士们猛冲。

枪声、炮声、爆炸声，此起彼伏，响成一片。

“能打死！”

“我还以为它们是刀枪不入、怎么打都打不死的怪物呢！”

“不要大意，继续打。”

爆炸声中，普安云阳龙纷纷倒下。然而它们的反击也来得很快，次声波一次又一次地发出，好些步兵捂着耳朵倒下。这时迫击炮发挥了作用，它们在次声波的有效攻击范围之外，向普安云阳龙群发射了数枚高爆弹，打败了恐龙们的第一波进攻。

韩潇还没有来得及高兴，就见空中出现 3 艘六棱柱形状的飞船，像某种矿物结晶，有山那么大，而且内部隐隐有斑斓的闪电在聚集。“转移阵地！”他意识到了什么，赶紧对迫击炮连连长下令。

然而已经晚了。

其中一艘飞船的尖端闪烁着，发出能量极高的高频波[①]，迫击炮连所有的装备，所有的人员，连同攻击范围内的植物、土壤与岩石，都在极短的时间里，汽化为一团团白热的光，再遇冷凝结成一块块不规整的琉璃一样的小石头，从半空中冰雹似的掉落下来。

迫击炮连的阵地转眼间成了一个落满了碎琉璃的深坑。

“黑旋风”罗茂坤睚眦欲裂：“肥猫！”他大喊着，举枪向着恐龙的飞船射击，尽情地宣泄他心中的悲伤与愤怒。然而，清空了一个弹夹，也没有一发子弹够得上那云天之上的飞船。不但他手里的步枪不行，合成九营的所有武器，无论是榴弹炮，还是火箭炮，都够不着。

紧接着，他所在的区域遭到了另一艘飞船的攻击。他和数辆“黑豹”一起消失在高频波引发的极热里。

合成九营的防御区域里又多了一个落满碎琉璃的深坑，触目惊心。

很显然，新田沟先遣军的战术简单而有效，仅仅用驯化的普安云阳龙就试探出合成九营的实力，而合成九营对于来自天空的进攻，束手无策。更何况，对方使用的武器杀伤力比合成九营高出了好几个量级。

无能为力的愤怒感与耻辱感同时袭上黄耀东心头。小时候听历史老师讲“璧山空战”的不解，他忽然间就明白了。那些驾驶老旧战斗机的飞行员，面对当时世界最先进的零式战斗机，连同归于尽都做不到，那是怎样的一种感受，他体会到了。

杨耐把水晶球举到眼前，仔细端详，但水晶球沉默不语。

“看那边！”覃郎忽然抬手一指。

在暮色中，东南方向的天空出现了一枚导弹的身影。它曳着长长的尾巴，向着新田沟先遣军的飞船扎去。紧接着，出现了第二枚、第三枚、第四枚。

---

① 又叫高周波，指的是频率大于 100kHz 的电磁波，其产生的高频电磁场能使物质内部分子发生极化并高速振荡，产生介电损耗，摩擦生热。现实中，通常借助这一原理对塑料进行焊接和熔接。小说里为了剧情需要，进行了夸张地描写。

“红旗 –22 防空导弹，”黄耀东喊道，“4 枚连射！”

“聂建磊到了旅部，完成任务了。”覃郎掩饰不住的欣喜。

他们看着 4 枚红旗 –22 防空导弹以不同角度飞向佛手云阳龙 3 艘飞船中的一艘，满心期待着命中目标那一刻的到来。

那艘佛手云阳龙飞船冒出火花来，击毁了其中 1 枚导弹。

剩下 3 枚红旗 –22 继续飞行。

然后，飞船周围的空气似乎波动了一下。

在地面众人看来，那艘即将被击中的佛手云阳龙的飞船忽然离开了原来的位置，出现在了另一个地方，中间没有任何过程。

2 枚红旗 –22 扑空。

幸而还有第 4 枚。

第 4 枚红旗 –22 防空导弹启用了末端制导机制，调整了飞行路径，拐了一个复杂的弯，直接命中了那一艘佛手云阳龙的飞船。

飞船摇摆着，喷出绚丽的火花与五彩的浓烟，一边倾斜地飞，一边在空中解体，然后分别落下。

落进松林里。

落进山沟里。

落进湖泊里。

一路呜咽着、翻滚着，变成不可修复的碎片。

阵地上，合成儿营幸存的战士们发出欢呼声。

它不是遥不可及的，它不是坚不可摧的，它不是不可战胜的。

“再来！再来！”黄耀东喊。

仿佛是听到了营长的呼喊，各处的战士们也心有灵犀地跟着喊起来：“再来！再来！再来！再来！”

下一秒，整个世界忽然窒息了瞬间。杨耐感觉浑身变得沉重，他看见黄耀东张了嘴，却听不见他说了什么。不只是黄耀东的声音，周遭所有的声音，他都听不见了。

是佛手云阳龙又用了什么新式武器吗？

随后，沉重感消失，整个人变得轻盈，轻得杨耐扎手扎脚地飞了起来。同时飞起来的，还有身边的一切。

黄耀东飞起来了。

覃郎飞起来了。

营部飞起来了。

佛耳岩飞起来了。

松林、竹林、山丘、湖泊，都在往天上飞。

合成九营的所有士兵，连同所有装备，火箭炮、榴弹炮、轻型坦克、全地形突击车，通通都飞了起来。

就像地球忽然失去了地心引力。

更准确的说法是，合成九营这十几平方千米的防御阵地忽然间拥有了反引力，被庞大的地球直接推开。

远远望去，整个场景犹如世界上最壮观的喷泉。

手心忽然一松，喷泉中的杨耐勉力去看，只见水晶球已经裂成无数粉末，从他的指缝间，在无重力的情况下随意飘走。

于是，杨耐发出放肆的笑。

笑到泪如泉涌。

这笑，是因为死支漫步计划成功了。

这泪，是为佛手云阳龙文明的彻底湮灭而流。

新田沟先遣军犯了一个不可饶恕的弥天大错。不，那甚至不能叫犯错，只能说，那是他们一贯以来的铭刻在基因里的做法。跟杨耐基于科学的理性与严密的逻辑，想象与推测出的结论高度一致。即“我们得不到的，你们也别想得到；我们活不下去，你们也别想活下去”。

当新田沟先遣军发现，无法夺得水晶球，自己反而可能会被消灭的时候，立刻使用了他们眼下所能使用的威力最大的武器。

不管这武器的名字叫什么，原理是什么，结果都一样：

合成九营全体指战员与阵地一起被摧毁；在此之前，那颗晶莹剔透、有着恐龙爪印般暗纹的水晶球已经被摧毁。

那颗向着亿万年之前发送着当下时空坐标，为佛手云阳龙的时空交换提供引导的水晶球，那颗存储了佛手云阳龙历尽千万年的悠长时光，所累积的浩瀚无比的哲学、科学与艺术成果的水晶球，那颗由“老佛”精心制作，经过 1.6 亿年的碾压依然熠熠生辉，代表着佛手云阳龙文明存续的最后一点希望的水晶球，被摧毁了。

他们不知道，或者即使知道了，也不在乎。

这一次攻击，他们亲手摧毁了自己的文明。

尾声　恐龙还会回来吗?

自达尔文提出演化论伊始，该理论便饱受争议与误解。虽曾一度被斥为异端邪说，甚至阴谋论，但演化论仍持续演进。相较于达尔文初期的理论框架，现代演化论已有显著发展，例如达尔文时代尚未揭示基因的存在，而现代演化论则深植于基因研究的基础之上。尽管如此，演化论依然是一项不断发展中的科学理论，需经历不断修正与完善的过程。尽管存在反对的声音，演化论却仍在科学领域不断取得新的进展。

——摘自《演化论演化着》

1

重庆，一直以来都以其独特的地理位置、悠久的历史文化、繁荣的经济、独特的城市风貌，以及多样的美食而闻名于世。

犹如一个巨大的磁场，重庆吸引着世界各地的人们。它既有深厚的文化底蕴，又充满活力与创新。在这里，历史与现代交织，传统与时尚碰撞，绽放出独特的魅力。

有人说，重庆像香港，也有人说，重庆就像芝加哥或者英国的首都伦敦，还有人说，重庆让他想到了纽约的曼哈顿。然而，重庆并不想成为其他城市，它只想做自己，一个独一无二的重庆。是的，重庆不是香港，不是伦敦，也不是纽约的曼哈顿，重庆就是重庆。世界上只有一个重庆。

重庆是独一无二的，也是包罗万象的。就像重庆火锅，天下美食一锅煮，万物可烫；士农工商一桌坐，兼高扯低。既到一口锅里吃，实现了最大的共性；又有各自的油碟，几十种调料，任君选择，彰显的是“人与人不同，花有几样红”的个性。

走进重庆，您就是重庆人的家人。这里是一座充满活力和热情的城市，等待着您的加入。重庆人诚挚地邀请您，一起分享这座城市的魅力，一起体验这里独特的生活方式。重庆欢迎您，让我们共同书写美好的未来！

2

任何苦难都不值得歌颂。

值得歌颂的是苦难中的那些平凡或不平凡的人和事。

因此，当在岔路口看见专心测试无人机的周雨泉时，向芸希无法用任何语言来描述自己的激动。“恐龙来啦！你去通知研学中心的村民，我去通知恐龙化石遗迹馆的，那边更远！”她喊道。周雨泉将她从两难的选择中拯救出来。她心中充满感激，虽然眼下还有更重要的事情要做。

恐龙的杀戮无法避免，但可以最大限度地减少伤亡。

“上一次，在楠竹坪，杨耐挡在我与普安云阳龙之间，是那么勇敢。这一次，他远在璧山，不可能从天而降。如今虽然没有他，但我同样能办到，像他那样勇敢，勇敢地挡在恐龙与村民之间。”

她向着恐龙化石遗迹馆疾驰前行。

再回头，发现天上那艘佛手云阳龙飞船不见了。

隐隐约约中，她觉得这事儿透着诡异。但也没有多想，因为恐龙化石遗迹馆到了。

姚所长站在恐龙化石遗迹馆门前，俨然门神。

3

后来，于灵遇到向芸希，跟她讲起 1 月 16 日那天的事情时，是这样描述的：

“那天下午，我跟一众科学家坐上车，离开合成九营，一路走走停停，上了虎峰山。我们的目的地是科学城。望向合成九营所在的方向，隔着重重迷雾，什么都看不见。我看见七八枚导弹从我们头顶上飞过，在天空上曳出一道道细长的尾迹，又看见成群的战斗机从山那边飞过来，轰鸣声低沉而压迫感十足。有科学家叫出了导弹和战斗机的型号，遗憾的是我一个都没有记住。

“再后来，合成九营的阵地突然腾起一个巨大无比的喷泉。那个地方的一切，都一股脑地冲向天空。这违反了所有已知的物理定律。物体在到达顶点后，又快速跌落，跌落的速度远远超过重力加速度作用下正常的速度。这用任何现有物理定律都无法解释。

“事后去考察，我亲自去的，直径 30 千米的地方，都变成了月球表面，却没有任何可怕的核辐射。佛手云阳龙到底使用了什么武器？现有的物理学无法给出令人满意的答案。

“除了融合理论。

“佛手云阳龙使用的武器叫作‘可控真空衰变’①。

“而且，因为目睹了那科幻一般的场景，我知道融合理论下一步要如何

---

① 能量越低就越稳定，因此宇宙万物都会自发地趋向于能量最低的状态。宇宙真空并不是处于能量最低状态，在一定的条件下，宇宙真空会向更低的能量状态“跌落”，这个过程被称为“真空衰变”。有理论认为，真空衰变一旦发生，失去控制，会导致严重的连锁反应，以光速改变现有宇宙的时空结构，等于毁灭现有宇宙。小说里加了“可控”二字，将其作为佛手云阳龙发明的一种威力巨大的武器。

计算了。”

向芸希对于灵的话题不感兴趣，只是咬着牙问:“然后呢?”

于灵说:“水晶球被可控真空衰变摧毁，不再能向1.6亿年前发送时空坐标，6根天坑光柱全部熄灭，从中侏罗世到全新世的时空交换停止了。已经交换的部分，比如佛手湖，还有那数千头恐龙，留在了现在。包括新田沟的先遣军，没有支援的他们，很快被歼灭。”

“我不想知道这些。”向芸希说，“你说的这些，新闻上都报道了。”

于灵明白她的意思了，把先属于大师兄，后来由杨耐续写的工作笔记递给向芸希:“他让我交给你。”

向芸希捏着工作笔记，手指因为用力而发白:“在他把工作笔记交出来的时候，他是不是已经知道接下来会发生什么呢?”

理论上是这样。

“我知道他为什么这么做。他是为我而死。应该死的人是我，我才是那第一个发现‘老佛’的人。”向芸希像是对于灵说，又像是自言自语。“生活于我特别残酷，但因为杨耐为我做出的牺牲，我会选择继续生活下去。”

4

你是一名普普通通的志愿者，是数以百万计的志愿者中的一员。当初为什么注册成为志愿者?也许是上级的要求，也许是一时的冲动，也许是长久以来想要做一些公益的愿望。不过结果都一样，你成了一名志愿者。有时，你是宣传员；有时，你是搬运工；有时，你是护士；有时，你是医生；有时，你是保安；有时，你是消防员。在这次恐龙危机中，你已经做了非常多的工作。

然而，随着局势的进一步恶化，你意识到，这场危机远比你想象的要严重得多。每天你都要冒着生命危险，深入恐龙肆虐的地区，救助被困的居民。你目睹了恐龙的凶残，也见证了人类的顽强。在这场人与恐龙的战争中，你没有退路，只能勇往直前。有时你也想打退堂鼓。但你深深地知道，作为一名志愿者，你有责任保护无辜的生命，捍卫人类的家园。这种责任感促使你更加努力。

在艰苦的战斗中，你逐渐意识到，恐龙危机并非简单的生物入侵，背后似乎隐藏着更深层次的秘密。

面对诸多未知，你并非没有恐惧，反而激发了内心的勇气和好奇心。你坚信，只要你们团结一心，勇敢面对困境，就一定能够战胜眼前的危机，迎接美好的未来。

5

1 月 28 日，除夕。

北碚区正码头，大师兄土灶老火锅，老板娘谭月如请地质遗迹研究院的同事们吃火锅。往年都是大师兄组织的。今年大师兄不在了，由老板娘亲自组织。

“过去的这一年，尤其是这个冬天，大家都不容易。”老板娘如是说，“菜品不如往年丰富，没办法。好在炒料是我亲自炒的。大家吃好喝好，来年更好。”

“炒料是个技术活儿，哪怕是配料的投放顺序不同，都会带来口感和风味上的差异。”曹世尧说，“本来董书记也说要来的，谁知道马上要开始了，他飞北京了。没这个口福哟。”

随着曹院的一声令下，耐煮的食材被倒进了沸腾的锅里。

周雨泉夹起一块老肉片，问：“这是恐龙肉吗？”

老板娘说：“你说是就是。”

周雨泉说：“我就当它是了。烫中间？还是涮锅边？”

这话引发了一阵善意的哄笑。

老杨和他的爱人也来了，非常低调，几乎不说话。大家都不约而同地避免杨耐的名字，仿佛这样就能减少老两口的悲伤。但后来老杨主动提起，说 1 月 16 日那天，在北碚区他家附近，空中突然出现了一艘犹如无数矿石拼凑在一起的飞船。它飞过的地方，地面都燃起了大火。当飞船向他飞过来，他以为自己死定了的时候，那飞船却出人意料地飞走了。几天后才知道，那艘飞船去了璧山，并且被解放军的防空导弹打下来了。“我儿子，救了北碚。”老杨说到这里，一半是骄傲，一半是悲伤，“他很勇敢的。”

1 月 16 日那天，遭新田沟先遣军的高周波焚毁的区县包括璧山、北碚、云阳、万州和武隆，损失有轻有重，多数都在重建之中。

向芸希也来了。谭月如听周雨泉说这个女孩子救了佛手村全村的人，勇敢又聪明，但一想到杨耐，还是不禁有几分神伤。见老杨夫妇时，谭月如想说这是杨耐的女朋友，却被杨妈妈用眼神制止了。没旁人的时候，杨妈妈对谭月如说：“老板娘，那是多好的妹儿呀。可我们不能耽误人家，你说是不是？”

向芸希不是独自前来的，她带了一个人，叫于灵，据说是重庆大学搞理论物理学的博士。于灵扎着彩色小辫儿，性格稍显古怪，说话尤其大大咧咧。不过，当大家知道她是菡姐的女儿时，她所有的古怪都得到了原谅。“你们古生物学家被骂没用，这才几天啊？”于灵一边往嘴里塞满了毛肚，一边嘟嘟囔囔地说，“我们理论物理学已经被骂了几十年了，说屁用没有，几十年了也没有突破性进展，还在吃上一个世纪的老本。等我把融合理论计算出来，哼。”

谭月如张罗了一圈，这才有闲暇去看两个孩子。大圣和小圣带了两枚五彩的恐龙蛋作为新年礼物，高兴得像两只峨眉山的小猴子。他们太小，还不懂爸爸去世的真正含义。谭月如看着灯光下的他们，脸上露出满足的微笑。

她还记得 1 月 8 日那天晚上，自己枯坐在漆黑的店里，周围只有少数的店点了蜡烛，此外哪里都是伸手不见五指。她心中悲凉如死。然后，电来了，伴随着一片一片的欢呼声，远远近近的灯亮起，整个世界似乎都得救了。她奢侈地打开店里所有的灯，照得店里店外如同白昼。她在店里上上下下地奔走，去看每一个熟悉或陌生的角落。最后，她的目光落在挂在大厅最显眼的位置的4句诗上。那是大师兄生前请他文艺界的朋友写的：

釜中熬百味，沉浮一箸间。
锅中小乾坤，人间大悲欢。

她看着这4句诗，忽然就想明白了。

老板不在了，老板娘还在，生活总得继续，不是吗？

6

一座城市的性格，体现在她最优秀的儿女身上。

重庆人耿直，有一说一，绝不藏着掖着。他们的性格直爽、率真，不拐弯抹角，不喜欢玩弄心机。这种性格使得他们在人际交往中非常坦诚，赢得了他人的信任和尊重。

当然，重庆人的性格也有其刚烈的一面。他们脾气火爆，性子急躁，能动手绝不瞎吵吵。这种刚烈的脾气，有时也会让他们在冲动之下做出一些不理智的行为。但是，这种直率的性格也使得他们在关键时刻表现出强烈的正义感和勇气。

对重庆人来说，重庆，不仅仅是一座城市，更是一种情感的寄托。这里有重庆人成长的记忆，有重庆人挥洒的青春，有重庆人奋斗的痕迹。重庆人共同见证了这座城市的变迁，也共同参与了这座城市的成长。重庆人为这座城市付出了辛勤的努力，也收获了满满的幸福。

随着时间的推移，世事变迁，那些古老的东西，如果不适应这个不断变化的时空，就应该被抛弃。恪守传统并非全然是一种美德，因为时代在发展，社会在进步，我们需要不断地创新和变革。在这个漫长又短暂的冬天过去之后，一些全新的东西已经悄然在重庆人的血脉中沉淀下来，成为新重庆人的骨和血，灵和魂。

7

向芸希起身，离开众人，走向窗边，隔着玻璃，眺望外边的公路，公路之外是浩荡的嘉陵江，嘉陵江之外是沉陷于茫茫黑夜之中的连绵群山。

于灵走到向芸希身边："想他呢？"

向芸希不答反问："那些被交换到侏罗纪的42万人会遭遇些什么？"

"肯定不好过。单单是侏罗纪的跳蚤[①]就够他们喝一壶的。"

"能救回他们吗？"向芸希又问，"用你说的那个时空交换定律，进行反转？"

"还在想办法。可能性是有的。"

"佛手云阳龙还会回来吗？"

"你认为呢？"

"我不知道。"

"会的。"这一回，于灵答得斩钉截铁，"他们一定会回来的。"

---

① 现在的跳蚤非常小，只有1—3毫米大。侏罗纪时代的跳蚤长度可以超过2厘米，而且浑身长满毛和刺，它的触角很短，口器为长长的宝剑形，两边发育了很多锯齿，使它可以轻易地刺穿恐龙厚实的皮肤吸血。